高职高专教育"十二五"规划教材

数据库原理及应用

（SQL Server 2005）

主　编　黄存东

副主编　沙有闯　余　强　许　鹏

中国水利水电出版社
www.waterpub.com.cn

内 容 提 要

本书系统介绍了数据库的基本概念、基本原理、基本设计方法及相关技术，全面、翔实地介绍应用 SQL Server 2005 进行数据库管理的各种操作，以及数据库程序开发所需的各种知识和技能。本书分为三篇：上篇主要介绍数据库的基本概念、原理及数据库设计的一般方法；中篇主要介绍基于 SQL Server 2005 进行数据库管理与开发的知识，主要内容包括 SQL Server 2005 的基础知识、T-SQL 语言编程基础、数据库及表格的创建和管理方法、数据的操纵方法（增、删、查、改）、视图的创建与管理方法、存储过程和触发器的创建和管理方法；下篇主要介绍 SQL Server 2005 的管理与维护方法。每章配有精选的习题与上机实验任务，以巩固和提高动手技能，加深对基础理论的理解。

本书体现了作者多年来在数据库应用课程教学模式改革过程中形成的"案例贯穿、任务驱动、项目导向"教学方法，融"教、学、做"于一体。本书集案例、习题与实验指导于一体，内容丰富，实用性强。

本书既可作为高职高专计算机类或相关专业数据库应用技术课程的教材，也可作为其他读者在数据库方面的入门提高用书和广大数据库开发者的参考用书。

本书提供电子教案、习题和实验参考答案及所有案例脚本，读者可以从中国水利水电出版社网站和万水书苑免费下载，网址为：http://www.waterpub.com.cn/softdown/ 和 http://www.wsbookshow.com。也可以与作者（hcdong@126.com）联系，获取更多教学服务支持。

图书在版编目（ＣＩＰ）数据

数据库原理及应用 ：SQL Server 2005 / 黄存东主
编. -- 北京 ：中国水利水电出版社，2010.12
高职高专教育"十二五"规划教材
ISBN 978-7-5084-8050-3

Ⅰ. ①数… Ⅱ. ①黄… Ⅲ. ①关系数据库－数据库管
理系统，SQL Server 2005－高等学校：技术学校－教材
Ⅳ. ①TP311.138

中国版本图书馆CIP数据核字(2010)第219916号

策划编辑：雷顺加　　责任编辑：张玉玲　　加工编辑：韩莹琳　　封面设计：李　佳

书　　名	高职高专教育"十二五"规划教材 **数据库原理及应用（SQL Server 2005）**
作　　者	主　编　黄存东 副主编　沙有闯　余　强　许　鹏
出版发行	中国水利水电出版社 （北京市海淀区玉渊潭南路 1 号 D 座　100038） 网址：www.waterpub.com.cn E-mail: mchannel@263.net（万水） 　　　　sales@waterpub.com.cn 电话：(010) 68367658（营销中心）、82562819（万水）
经　　售	全国各地新华书店和相关出版物销售网点
排　　版	北京万水电子信息有限公司
印　　刷	北京市天竺颖华印刷厂
规　　格	184mm×260mm　16 开本　17.75 印张　454 千字
版　　次	2011 年 1 月第 1 版　2011 年 1 月第 1 次印刷
印　　数	0001—4000 册
定　　价	29.80 元

高职高专教育"十二五"规划教材
编委会

前　言

数据库应用技术是现代信息技术的基础和核心，也是目前 IT 行业中应用最广泛的技术之一。它为人们提供了科学高效地管理数据的方法，利用数据库系统可以方便地实现数据操作、安全控制、可靠性管理等功能。微软公司的 SQL Server 2005 是一个关系型的数据库管理系统，也是目前使用最为广泛和普及率最高的数据库管理系统之一。

本书是作者在多年的数据库开发与教学经验总结的基础上编写而成的，采用案例贯穿、任务驱动的模式，将每一章分解为若干小任务，通过实现若干任务帮助读者理解概念，掌握技能。本书分为上、中、下三篇，其中上篇为理论篇，包括第 1~3 章，介绍数据库的概念及基本原理；中篇为实践篇，包括第 4~11 章，介绍基于 SQL Server 2005 进行数据库管理与开发的具体实践；下篇为管理篇，包括第 12 章和第 13 章，介绍数据库的日常管理及维护任务。各章具体内容简述如下：

第 1 章数据库概述：介绍数据库的基本概念及数据库技术的发展，以及数据库系统组成、结构和数据模型的概念。

第 2 章关系数据库基础：以关系模型为基础，介绍关系的运算、完整性及关系规范化理论，为数据库设计提供理论基础。

第 3 章数据库的设计：以"学生成绩管理系统"为例，介绍数据库设计的一般方法和具体步骤。

第 4 章 SQL Server 2005 概述：介绍 SQL Server 2005 的相关知识、安装方法与常用开发工具的使用方法。

第 5 章 Transact-SQL 语言基础：介绍 Transact-SQL 的基本语法要素及常见系统函数的用法。

第 6 章数据库的创建与管理：介绍数据库的基本概念、创建和管理方法。

第 7 章表的创建与约束机制：介绍表的概念、创建和管理方法，完整性约束的概念及实现方法。

第 8 章数据查询：介绍从数据库中检索数据的方法，包括基本查询、分组汇总、多表连接及子查询等。

第 9 章索引：介绍索引的基本常识、索引的创建及维护方法。

第 10 章视图：介绍视图的基本常识、视图的创建及使用方法。

第 11 章存储过程和触发器：介绍存储过程及触发器的概念、创建与管理的方法。

第 12 章管理 SQL Server 2005 的安全性：介绍数据库安全管理机制及 SQL Server 安全性管理方法。

第 13 章数据库的日常维护与管理：介绍 SQL Server 的日常管理和维护任务及实现方法，包括备份、还原、数据导入导出以及自动化任务等操作。

本书由黄存东策划并任主编，沙有闯、余强、许鹏任副主编，主要编写人员分工如下：第 1 章、第 2 章、第 9 章由黄存东编写；第 3 章由董坤编写；第 4 章、第 5 章由冯毅编写；第 6 章、第 7 章由余强编写；第 8 章和附录由沙有闯编写；第 10 章、第 11 章由许鹏编写；第

12 章由程代娣编写；第 13 章由耿涛编写，沙有闯负责全书的统稿工作。参加本书素材整理、案例选取和程序代码调试等的还有付贤政、盛安元、张前进、薄杨、朱小娟等，在此一并表示感谢。

由于编者水平有限，书中难免有疏漏甚至错误之处，恳请各位专家和读者批评指正。

编　者

2010 年 10 月

目 录

前言

理论篇——数据库原理及概论

第1章 数据库概述 2
1.1 数据管理技术的基本概念 2
1.1.1 数据与信息 2
1.1.2 数据管理技术的发展 3
1.2 数据库系统 4
1.2.1 数据库系统构成 4
1.2.2 数据库系统体系结构 6
1.2.3 数据库的体系结构 9
1.3 数据模型 10
1.3.1 数据模型的三要素 10
1.3.2 数据模型分类及关系 11
1.3.3 概念模型及其表示方法 12
习题1 14
第2章 关系数据库基础 16
2.1 关系模型的基本概念 16
2.1.1 关系模型 16
2.1.2 关系基本概念 17
2.1.3 关系数据库 20
2.2 关系数据的基本运算 20
2.2.1 关系代数 20
2.2.2 传统的集合运算 21
2.2.3 专门的关系运算 23
2.3 关系的完整性 26

2.4 关系规范化理论 28
2.4.1 第一范式 1NF 28
2.4.2 第二范式 2NF 29
2.4.3 第三范式 3NF 29
2.4.4 BC 范式 BCNF 30
2.4.5 关系规范化的实际应用 30
习题2 31
第3章 数据库的设计 33
3.1 数据库设计概述 33
3.1.1 数据库设计方法 33
3.1.2 数据库设计特点 34
3.2 数据库设计的步骤 34
3.2.1 SQL Server 数据库应用系统设计一般步骤 34
3.2.2 需求分析阶段 35
3.2.3 概念设计阶段 37
3.2.4 逻辑设计阶段 39
3.2.5 物理设计阶段 42
3.2.6 数据库实施阶段 45
3.2.7 运行和维护阶段 46
3.3 数据库保护 47
习题3 48

实践篇——SQL Server 2005 数据库应用

第4章 SQL Server 2005 概述 52
4.1 SQL Server 2005 简介 52
4.1.1 SQL Server 2005 版本介绍 52
4.1.2 SQL Server 2005 的新特性 53
4.2 SQL Server 2005 的安装 54
4.2.1 安装的软硬件需求 54

4.2.2 一般安装过程 56
4.3 SQL Server 2005 管理工具 60
4.3.1 Analysis Services 60
4.3.2 配置工具 60
4.3.3 文档和教程 61
4.3.4 性能工具 61

4.3.5　SQL Server Business Intelligence
　　　Development Studio ······················61
4.3.6　SQL Server Management Studio ········61
4.4　SQL Server Management Studio 的使用
　　方法 ···61
4.4.1　启动 SSMS ·······························61
4.4.2　SSMS 查询编辑器 ······················62
习题 4 ··64

第 5 章　Transact-SQL 语言基础 ·················66
5.1　T-SQL 语言简介 ·····························66
5.2　SQL Server 的数据类型 ····················67
5.2.1　SQL Server 系统提供的数据类型 ·······67
5.2.2　用户自定义数据类型 ····················70
5.3　变量、运算符与表达式 ····················70
5.3.1　变量 ·······································70
5.3.2　运算符与表达式 ·························71
5.4　批处理与流程控制 ··························73
5.4.1　顺序语句 ··································73
5.4.2　IF…ELSE…语句 ·························73
5.4.3　WHILE 语句 ······························74
5.4.4　CASE 语句 ································75
5.4.5　其他控制语句 ····························76
5.5　常用的系统函数 ····························76
5.5.1　字符串函数 ·······························77
5.5.2　日期和时间函数 ·························77
5.5.3　数学函数 ··································78
5.5.4　聚合函数 ··································78
5.5.5　系统函数 ··································78
习题 5 ··79

第 6 章　数据库的创建与管理 ·····················81
6.1　SQL Server 数据库简介 ·····················81
6.1.1　数据库结构 ·······························81
6.1.2　数据库的分类 ····························83
6.2　使用 T-SQL 脚本创建和管理数据库 ·········84
6.2.1　创建数据库 ·······························84
6.2.2　管理数据库 ·······························85
6.2.3　分离和附加数据库 ······················89
6.2.4　使用文件组管理数据文件 ···············90
6.3　使用 SSMS 创建和管理数据库 ··············91

6.3.1　创建数据库 ·······························91
6.3.2　管理数据库 ·······························94
6.3.3　分离和附加数据库 ······················95
6.3.4　使用文件组管理数据文件 ···············97
习题 6 ··98

第 7 章　表的创建与约束机制 ·····················100
7.1　数据表的基本概念 ··························100
7.2　表的设计与创建 ····························101
7.2.1　表的设计 ··································101
7.2.2　使用 T-SQL 语句创建表 ·················102
7.2.3　使用 SSMS 创建表 ·······················102
7.3　管理表 ······································104
7.3.1　使用 T-SQL 脚本管理表 ·················104
7.3.2　使用 SSMS 管理表 ·······················106
7.4　数据的插入、更新和删除 ···················108
7.4.1　使用 INSERT 语句添加数据 ·············108
7.4.2　使用 UPDATE 语句修改数据 ·············109
7.4.3　使用 DELETE 语句删除数据 ·············110
7.4.4　使用 SSMS 操纵数据 ·····················110
7.5　SQL Server 约束机制 ·······················112
7.5.1　SQL Server 提供的约束类型 ·············112
7.5.2　使用 T-SQL 脚本创建约束 ···············112
7.5.3　使用 SSMS 创建约束 ·····················117
7.5.4　约束的查看和删除 ······················120
习题 7 ··121

第 8 章　数据查询 ·································124
8.1　基本查询语句 ·······························124
8.1.1　查询语句的基本格式 ····················125
8.1.2　数据筛选 ··································126
8.1.3　设置结果集的显示格式 ···················129
8.2　数据分组与汇总 ····························133
8.2.1　使用聚合函数 ····························133
8.2.2　分组和汇总（GROUP BY）···············134
8.2.3　计算和汇总（COMPUTE 和
　　　　COMPUTE BY）······················135
8.3　多表连接查询 ·······························137
8.3.1　连接概述 ··································137
8.3.2　内连接 ······································138
8.3.3　外连接 ······································140

8.3.4 交叉连接 ················· 141
8.3.5 联合查询 ················· 141
8.4 子查询 ····················· 142
8.4.1 [NOT] IN 子查询 ········· 142
8.4.2 比较子查询（ALL|ANY） ·· 144
8.4.3 相关子查询 ··············· 145
8.5 使用 SSMS 实现简单查询 ······ 146
习题 8 ··························· 150

第 9 章 索引 ······················ 154
9.1 索引概述 ···················· 154
9.1.1 索引的概念 ··············· 154
9.1.2 索引的优点与缺点 ········· 155
9.1.3 索引的结构与分类 ········· 155
9.1.4 设计数据表的索引 ········· 158
9.2 创建和管理索引 ·············· 159
9.2.1 使用 CREATE INDEX 语句创建
索引 ····················· 159
9.2.2 创建索引时的选项 ········· 161
9.2.3 使用 T-SQL 语句管理索引 ··· 162
9.2.4 使用 SSMS 创建和管理索引 ·· 164
9.3 索引的分析与维护 ············ 166
9.3.1 索引的分析 ··············· 166
9.3.2 索引的维护 ··············· 169
9.3.3 关于统计信息 ············· 171
习题 9 ··························· 173

第 10 章 视图 ····················· 176

10.1 视图概述 ··················· 176
10.1.1 视图的优缺点 ············ 176
10.1.2 视图类型 ················ 177
10.2 创建视图 ··················· 177
10.2.1 使用 T-SQL 创建视图 ····· 178
10.2.2 使用 SSMS 创建视图 ····· 180
10.2.3 创建视图应注意的事项 ···· 182
10.3 管理视图 ··················· 183
10.3.1 使用 T-SQL 管理视图 ····· 183
10.3.2 使用 SSMS 管理视图 ····· 185
10.4 使用视图 ··················· 186
10.4.1 视图的查询 ·············· 186
10.4.2 利用视图更新基本表数据 ········· 187
习题 10 ·························· 189

第 11 章 存储过程和触发器 ········· 191
11.1 存储过程 ··················· 191
11.1.1 存储过程概述 ············ 191
11.1.2 创建存储过程 ············ 193
11.1.3 执行存储过程 ············ 196
11.1.4 修改与删除存储过程 ······ 198
11.2 触发器 ····················· 199
11.2.1 触发器概述 ·············· 199
11.2.2 创建触发器 ·············· 202
11.2.3 修改、查看、删除触发器 ········· 210
习题 11 ·························· 212

管理篇——SQL Server 2005 配置管理

第 12 章 管理 SQL Server 2005 的安全性 ········· 216
12.1 SQL Server 的安全体系 ······ 216
12.1.1 操作系统级别安全性 ······ 217
12.1.2 服务器级别的安全性 ······ 217
12.1.3 数据库级别的安全性 ······ 217
12.1.4 数据库对象级别的安全性 ·· 217
12.2 服务器级别的安全机制 ······· 218
12.2.1 选择身份验证模式 ········ 218
12.2.2 使用 SSMS 创建和管理登录账号··· 220
12.2.3 使用 T-SQL 创建和管理登录账号·· 224
12.2.4 服务器角色 ·············· 225

12.2.5 关于 sa ·················· 228
12.3 数据库级别的安全性 ········· 228
12.3.1 使用 SSMS 添加和管理数据库
用户 ····················· 228
12.3.2 使用 T-SQL 语句添加和管理数
据库用户 ················· 229
12.3.3 固定数据库角色 ·········· 230
12.3.4 关于 dbo 和 guest ········· 234
12.4 数据库对象级别的安全性 ······· 235
12.4.1 权限种类 ················ 235
12.4.2 使用 SSMS 管理权限 ······ 236

12.4.3 使用 T-SQL 语句管理权限 ············ 238

习题 12 ····································· 241

第 13 章 数据库的日常维护与管理 ········ 243

13.1 数据库备份与还原 ····················· 243

13.1.1 备份与还原概述 ················ 243

13.1.2 备份类型及备份设备 ········· 244

13.1.3 恢复模式 ························· 244

13.2 备份数据库 ·························· 245

13.2.1 使用 SSMS 备份数据库 ········· 245

13.2.2 使用 T-SQL 语句备份 ········· 248

13.3 还原数据库 ·························· 249

13.3.1 使用 SSMS 还原数据库 ········· 249

13.3.2 使用 T-SQL 语句还原数据库 ··· 250

13.4 数据导入与导出 ····················· 251

13.4.1 数据的导入 ···················· 251

13.4.2 数据的导出 ···················· 256

13.5 作业 ································ 256

13.5.1 创建作业 ······················ 257

13.5.2 管理作业 ······················ 259

13.6 警报 ································ 261

13.6.1 创建警报 ······················ 261

13.6.2 查看警报历史记录 ············· 264

习题 13 ····································· 264

附录 学生成绩管理系统数据库 SGMS 表结构设计 ····························· 267

参考文献 ································· 272

理论篇 | 数据库原理及概论

第 1 章　数据库概述

第 2 章　关系数据库基础

第 3 章　数据库的设计

第 1 章　数据库概述

本章首先介绍数据管理技术的基本概念，帮助大家了解数据与信息的基本概念及数据管理技术的发展；然后介绍数据库系统，要求掌握数据库系统的构成、数据库系统体系结构及数据库体系结构；最后介绍数据模型，要求掌握数据模型的三要素、数据模型分类、概念模型及其表示方法等。

- 数据库系统
- 数据库体系结构
- 数据模型

1.1　数据管理技术的基本概念

1.1.1　数据与信息

在计算机应用技术中，信息与数据的概念有很多相似之处，但其表述的具体内容是有区别的。

1. 数据

数据（Data）是对客观事物及其活动的抽象符号表示，是存储在某一种媒体上可以鉴别的符号资料。数据的表示形式多种多样，可以是数据、文本，也可以是图形、图像、声音、说明性信息等。

例如，定义某学生的学号是"201004005"，姓名是"张三"，年龄是"18"，性别是"男"，这里的"201004005"、"张三"、"17"和"男"就是数据。

2. 信息

信息（Information）是经过加工处理后具有一定含义的数据集合，是以某种数据形式表现的。例如，可以将上述四组相对独立的数据组合在一起形成表示张三同学基本情况的一条信息。

数据和信息是两个相互联系但又相互区别的概念。数据是信息的具体表现形式，但并非任何数据表示的都是信息；信息是加工处理后的数据，是数据所表达的内容。

3. 数据处理

将数据转换成信息的过程称为数据处理（Data Processing），它包括对各种类型的数据进行收集、储存、分类、加工和传输等一系列的活动，具体讲就是对所输入的数据进行加工整理。其目的是从大量的、已知的数据出发，推导、抽取出有价值的、有意义的信息。

数据、数据处理和信息三者之间的关系如图 1-1 所示。

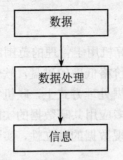

图 1-1 数据、数据处理和信息三者之间的关系

这里，数据可以看作原料，是输入；而信息是产出，是输出结果。可以这样说，信息是一种被加工成特定形式的数据。

1.1.2 数据管理技术的发展

数据管理是指对数据进行收集、分类、组织、编码、存储、检索和维护等，数据管理技术的发展经历了人工管理、文件系统和数据库系统 3 个阶段，目前正在向网络化、智能化和集成化的方向发展。

1. 人工管理阶段

20 世纪 50 年代中期以前，计算机主要用于科学计算，当时还没有直接存取的存储设备，也没有专门管理数据的软件，数据处理以批处理方式进行，数据并不能保存在类似磁盘这样的存储介质上，只保存于处理过程中。

人工管理阶段的特点如下：

- 数据管理者：用户自身。
- 数据面向的对象：具体应用程序。
- 数据的共享程度：无共享，冗余度极大。
- 数据的独立性：不独立，完全依赖应用程序。
- 数据的结构化：无结构。
- 数据控制能力：由应用程序控制。

这个阶段只有程序的概念，没有文件的概念。数据的组织方式必须由程序员自行设计。

2. 文件系统阶段

20 世纪 50 年代后期至 60 年代中后期，计算机不仅用于科学计算，还用于信息管理。硬件方面有了磁盘、磁鼓等直接存取的存储设备；软件方面有了专门管理外存的数据软件，数据处理方式不仅有批处理，还有联机实时处理。

文件系统阶段的特点如下：

- 数据管理者：文件系统。
- 数据面向的对象：具体应用程序。
- 数据的共享程度：共享性差，冗余度大。
- 数据的独立性：独立性差。
- 数据的结构化：单条记录内部有结构，从整体上看数据无结构。
- 数据控制能力：由应用程序控制。

因此，文件系统是一个不具有弹性的、无结构的数据集合，即文件之间是独立的，不能反映现实世界事物之间的联系。

3．数据库系统阶段

20 世纪 60 年代后期以来，计算机用于管理的范围越来越广泛，数据量也急剧增加，硬件技术方面，开始出现了大容量、价格低廉的磁盘，软件技术方面，操作系统更加成熟，程序设计语言的功能更加强大，在数据处理方式上，联机实时处理要求更多，另外提出分布式数据处理方式，用于解决多用户、多应用共享数据的实际要求。在这样的背景下，数据库管理系统软件产生了，它主要是以实现数据的独立性，实现数据的统一管理，达到数据共享为目的的。

数据库系统阶段的特点如下：

- 数据管理者：数据库管理系统。
- 数据面向的对象：整个应用系统。
- 数据的共享程度：共享性良好，冗余度小。
- 数据的独立性：独立性良好，具备高度的逻辑独立性和物理独立性。
- 数据的结构化：单条记录内部有结构，并使用数据模型描述，整体上有结构。
- 数据控制能力：由数据库管理系统提供数据安全性、完整性等数据控制。

数据库系统的共享是并发的共享，即多个用户可以同时存取数据库中的数据，这个阶段的程序和数据的联系通过数据库管理系统（DBMS）来实现。DBMS 必须为用户提供存储、检索、更新数据的手段，实现数据库的并发控制，实现数据库的恢复，保证数据完整性和保障数据安全性控制。

1.2　数据库系统

1.2.1　数据库系统构成

数据库系统（DataBase System，DBS）是指引进了数据库技术后的计算机系统，它能够有组织地、动态地存储大量数据，提供数据处理和数据共享机制。数据库系统是一个复杂的系统，一般情况下由硬件系统、软件系统、数据库和用户组成。

数据库系统的基本组成主要有以下几项：

（1）系统硬件（HW，Hard Ware）。硬件是数据进行存储的基础，一般数据库系统中的硬件是指具备一定数据存储能力和数据处理能力的服务器。

（2）操作系统（OS，Operating System）。操作系统是数据库系统硬件的第一次扩展，并对数据库系统中的软、硬件资源进行管理。优秀的操作系统可以保证系统正常、高效地运行。常见的操作系统有 Windows 系列操作系统、Linux 操作系统和 UNIX 操作系统等。

（3）数据库（DB，DataBase）。数据库指长期储存在计算机内，有组织的、可共享的数据集合。数据库中的数据按一定的数据模型组织、描述和储存，具有较小的冗余度、较高的数据独立性和易扩展性，并可为各种用户共享。

（4）数据库管理系统（DBMS，DataBase Management System）。数据库管理系统是处理数据访问的软件系统，是位于用户与操作系统之间的，对数据库进行管理的软件。数据库在建立、运行和维护时由数据库管理系统统一管理、统一控制。

数据库管理系统的功能主要包括：

- 数据定义：数据库提供数据定义语言（DDL，Data Definition Language）对数据库进行定义。
- 数据操纵：数据库提供数据操作语言（DML，Data Manipulation Lauguage）对数据进行具体操作。
- 数据库的运行管理：数据库提供数据控制语言（DCL，Data Control Language）对数据进行完整性控制、安全性控制、数据库恢复、数据库维护和数据库的并发控制等。
- 数据字典：数据库的逻辑结构、物理存储结构和完整性约束均保存在数据字典（DD，Data Dictionary）中。
- 数据通信接口：数据库管理系统需要提供与其他软件系统进行通信的功能。例如提供与其他数据库管理系统的接口，从而能够将数据转换为另一个数据库管理系统能够接受的格式，或者接收其他数据库管理系统的数据。

也就是说，数据库管理系统使用户能方便地定义数据和操纵数据，并能够保证数据的安全性、完整性、多用户对数据的并发使用以及发生故障后的系统恢复等。

常见的数据库管理系统有 Oracle、SQL Server、Sybase、MYSQL、DB2、Access 等。

（5）数据库应用系统开发软件（DT，Development Tools）。一个完善的数据库系统需要为用户提供友好、快捷的操作界面，以满足用户快速、方便地对数据进行存储、修改、查询的实际需求。对数据库应用系统中应用端的开发一般由常用的语言开发工具开发，如 C#、Java、VB.NET 等。

（6）数据库应用系统（DBAS，DataBase Application System）。开发语言开发的数据库应用系统可以使用户快速、便捷地对数据进行处理，大幅提高工作效率。数据库应用系统几乎应用于各行各业，如学生成绩管理系统、企业人力资源管理系统、酒店点餐系统等。

（7）用户（User）。根据数据库从建设到运行的整个过程中不同岗位的工作性质，可以将其用户分为两个大类：开发类用户和应用类用户，如图 1-2 所示。

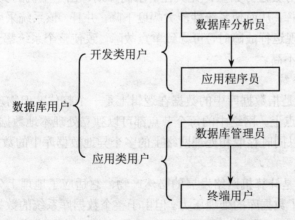

图 1-2　数据库用户分类

数据库分析员：在数据库系统开发的最初阶段对数据库系统的实际业务需求进行需求分析，建立数据库系统的数据模型，并正确建立数据库。

应用程序员：根据应用的实际需求，使用数据库应用系统开发软件开发出功能丰富、操作便捷、能够满足实际需求的应用系统。对于应用程序员，往往不但要熟悉数据库应用系统的开发软件，还要熟悉相应数据库管理系统。

数据库管理员：数据库系统建立完成后，数据库的运行、管理、维护工作均由数据库管理员完成，数据库管理员需要对数据库系统的软、硬件资源有较深了解，能够在数据库运行过程中发现问题，并能高效地解决问题。

终端用户：该用户群体是数据库系统中最广泛的一个群体，即使用数据库系统的人员，是数据库系统服务的对象。终端用户往往熟悉本身工作的相关业务，而不熟悉计算机的相关知识，因此在其使用数据库系统前，一般需要进行相应的系统使用培训。

1.2.2　数据库系统体系结构

1. 单机数据库系统

在该体系结构下，整个数据库系统，包括应用程序、数据库管理系统、数据信息，都安装在一台计算机上；这类系统系统结构简洁，系统运行速度快，但不同机器之间不能进行数据共享，安全性较差，只适用于小型用户使用。

2. 主从结构的数据库系统

该结构指一台主机带多个终端的结构，如图 1-3 所示。在这种结构中，数据库系统，包括应用程序、数据库管理系统、数据信息，都集中存放在系统中的一台主机上，所有处理任务都由该主机完成，各终端通过向主机发送请求获取服务，共享数据资源。

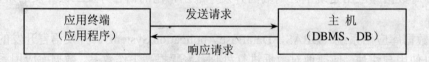

图 1-3　主从结构的数据库系统

由于该结构下的数据集中于一台主机，因此数据易于维护和管理。但由于多个终端同时请求主机服务，因此主机的任务会过分繁重，尤其在请求高峰期，由于主机的负载能力有限，往往会限制整个系统性能的发挥，从而使系统性能大幅度下降；并且，该系统采用以主机为中心的结构模式，因此当主机出现运行故障时，可导致单点故障，致使整个系统都无法使用，因此该类系统的可靠性和安全性不高。

3. 分布式结构的数据库系统

分布式结构的数据库系统是指数据库中的数据在逻辑上是一个整体，但物理地分布在整个数据库系统网络下的不同节点上。网络中的每个节点都可以独立处理本地数据库中的数据，执行本地数据库的应用；也可以同时存取和处理网络上的多个异地数据库中的数据，执行全网的数据库应用。

分布式结构的数据库系统是计算机网络发展的必然产物，它适应了地理上分散的客户对于数据库应用的需求，并均衡了数据库的处理压力。但由于整个数据库系统的数据被分散地存放在整个网络上，因此给数据的处理、管理与维护带来困难。同时，当用户需要访问远程数据时，访问请求要通过网络进行数据传输，此时系统效率会明显地受到计算机网络通信的制约。

分布式数据库系统的优点如下：

- 具有灵活的体系结构
- 适应分布式的管理和控制机构

- 经济性能优越
- 系统的可靠性高、可用性较好
- 局部应用的响应速度快
- 可扩展性好，易于集成现有数据库系统

分布式数据库系统的缺点如下：

- 系统开销大，主要消耗在通信部分
- 存取结构复杂，原来在主从式系统中有效存取数据的技术，在分成式系统中不再适用
- 数据的安全性和保密性处理较复杂

4. 客户/服务器（C/S，Client/Server）结构的数据库系统

C/S 系统是近几年非常受欢迎的一种分布式计算模式，其优势在于广泛地采用了计算机网络技术，将系统中的各部分任务分配给分布在网络上担任不同角色的计算机。比较复杂的计算机和管理任务交给网络上的高档计算机——服务器（Server）。而把一些频繁与用户打交道的任务交给前端较简单的计算机——客户机（Client），从而实现了网络信息资源的共享。如图1-4 所示。

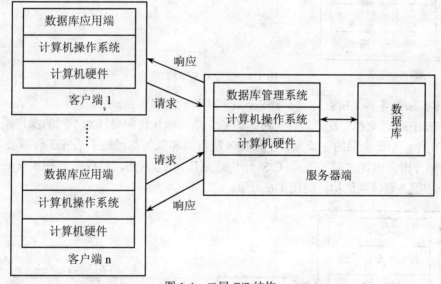

图 1-4　二层 C/S 结构

本课程要介绍的 SQL Server 2005 是可用于 C/S 模式的数据库管理系统。

该结构下的数据库系统显著地减少了网络上的数据传输量，提高了系统的性能、吞吐量和负载能力。二层 C/S 体系结构的数据库应用由客户应用程序和数据库服务器程序两部分组成，两者可分别工作于系统前台与后台。当后台服务器程序启动，服务器就随时等待响应客户端发来的请求信息；客户端运行在用户电脑上，当需要对数据库中的数据进行操作时，客户端就自动地寻找服务器，并向服务器发出服务请求，服务器根据一定的响应规则对请求作出应答，并将应答结果送回到客户端。

C/S 结构的数据库往往更加开放，应用程序具有更强的可移植性，同时也可以减少软件维护的开销。

C/S 结构下数据的储存管理功能较为透明。数据的储存管理功能是由服务器程序和客户应用程序分别独立进行的，但对于工作在前台的用户，数据库的管理是"透明"的，他们无须了

解后台数据库的存储过程，烦琐的数据处理都由服务器和计算机网络完成。

　　C/S 结构还有三层 C/S 结构形式，如图 1-5 所示。三层 C/S 结构比较二层 C/S 结构，在客户端与服务器之间增加了应用服务器中间层，用以完成数据处理和报告请求等工作。

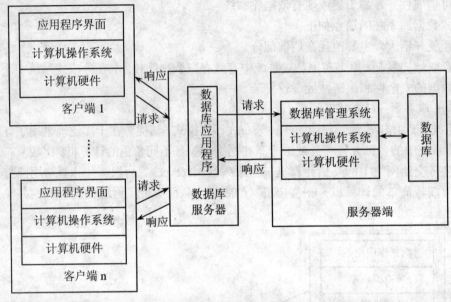

图 1-5　三层 C/S 结构

　　5. 浏览器/服务器（B/S，Browser/Server）结构的数据库系统

　　随着 Internet 越来越广泛的应用，传统的 C/S 结构的软件需要针对不同的操作系统开发不同版本的软件，由于产品的更新换代十分快，代价高和低效率已经不适应工作需要。在 Java 这样的跨平台语言出现之后，三层 C/S 结构逐渐应用于 Web，形成了一种新兴的体系结构——浏览器/服务器体系结构，如图 1-6 所示。

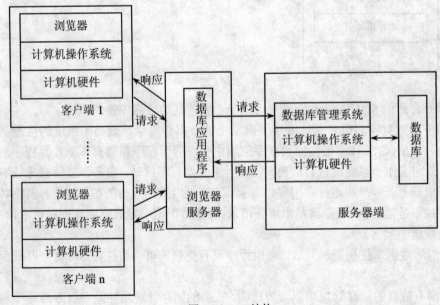

图 1-6　B/S 结构

　　B/S 结构猛烈地冲击 C/S 结构，并对其形成威胁和挑战。由于 B/S 结构是三层 C/S 结构的特例，因此 B/S 结构具备 C/S 结构的优点，同时具有使用简单、开发效率高、界面友好等优点。

1.2.3　数据库的体系结构

　　数据库管理系统将数据库建立为三级模式结构和二级存储映象，这便是数据库的体系结构。数据库的三级模式和二级映象可以很好地保证数据的独立性，保证应用程序不受数据库逻辑结构和物理结构的影响，能够增强系统的安全性和可靠性。

　　数据库的体系结构如图 1-7 所示。

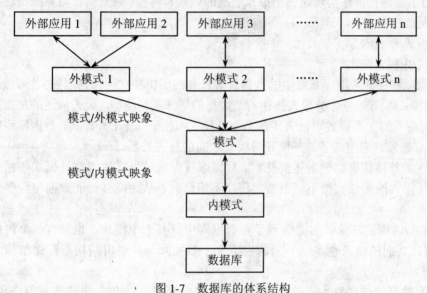

图 1-7　数据库的体系结构

1. 数据库系统的三级模式结构

　　美国国家标准协会（ANSI）的数据库管理系统研究小组于 1975 年提出了标准化的建议，将数据库结构分为 3 级：面向用户或应用程序员的用户级、面向建立和维护数据库人员的概念级、面向系统程序员的物理级。

　　用户级对应外模式，概念级对应模式，物理级对应内模式，使不同级别的用户对数据库形成不同的视图。所谓视图，就是指观察、认识和理解数据的范围、角度和方法，是数据库在用户思维中的反映，很显然，不同级别的用户所认识的数据库是不同的。

　　（1）外模式。外模式也称为用户模式，它是数据库用户对能够看见和使用的局部数据的逻辑结构和特征的描述，是数据库用户的数据视图，外模式是与某具体应用有关的数据的逻辑表示。外模式是单个用户所能看到的数据特性，它是与用户最近的模式。

　　数据库管理系统提供外模式描述语言来定义外模式，如 CREATE VIEW。

　　（2）模式。模式也称逻辑模式，是数据库中全体数据的逻辑结构和特征的描述，涉及到所有用户的数据定义，是全局的公共数据视图。

　　数据库模式以某具体数据模型为基础。定义模式时不仅要定义数据的逻辑结构（如数据记录的构成，数据项的名称、类型、范围等），而且要定义与数据有关的安全性、完整性要求，以及定义这些数据之间的联系。

在数据库应用中，一个具体的数据库只有一个对应的模式。

数据库管理系统提供模式描述语言来定义模式，如 CREATE TABLE。

（3）内模式。内模式也称存储模式，它是数据物理结构和存储结构的描述，是最接近于物理存储的模式，是数据在数据库内部的表示方式。

在数据库应用中，一个具体的数据库只有一个对应的内模式。

数据库管理系统提供内模式描述语言来定义内模式，如 CREATE DATABASE。

2. 数据库系统的二级映象

数据库系统的三级模式是对数据的三个抽象级别，它把数据的具体组织留给数据库管理系统管理，使用户能逻辑地、抽象地处理数据，而不必关心数据在计算机中的具体表示方式与存储方式。为了能够在内部实现这三个抽象层次的联系和转换，数据库管理系统在这三级模式之间提供了两层映象：

- 外模式/模式映象
- 模式/内模式映象

两层映象能够保证数据库系统中的数据具有较高的逻辑独立性和物理独立性。

（1）外模式/模式映象。外模式描述的是数据的局部逻辑结构，模式描述的是数据的全局逻辑结构。对应于同一个模式可以有任意多个外模式。对于每一个外模式，数据库系统都有一个外模式/模式映象，它定义了该外模式与模式之间的对应关系。

当数据库的整体逻辑结构发生变化时，数据库管理员可以通过调整外模式和模式之间的映象，使得外模式的局部数据不做改变，程序不用修改，从而能够保证数据与程序的逻辑独立性。

（2）模式/内模式映象。前面提到了在数据库中只有一个模式，也只有一个内模式，所以模式/内模式之间的映象也是唯一的，它定义了数据库全局逻辑结构与存储结构之间的对应关系。

当数据库的存储结构发生了改变，可以由数据库管理员对模式/内模式映象作相应改变，保持模式不变，从而保证了应用程序也不必进行改变，保证了数据库中数据与程序的物理独立性。

1.3　数据模型

1.3.1　数据模型的三要素

数据模型（Data Model）是对数据特征的抽象，是严格定义的概念集合。数据模型包括数据库数据的结构部分、数据库数据的操作部分和数据库数据的约束条件，即数据模型所描述的三个部分：数据结构、数据操作、数据约束。

（1）数据结构。数据结构是研究存储在数据库上的数据对象类型的集合，这些数据对象类型是数据库的组成部分。数据模型中的数据结构主要描述数据的类型、内容、性质以及数据间的联系等。数据库中的数据结构是数据模型的基础，数据操作和数据的约束都是建立在一定的数据结构基础上的，不同的数据结构具有不同的操作和约束。

数据库系统通常按数据结构的类型来命名数据模型。如层次结构、网状结构和关系结构的模型分别命名为层次模型、网状模型和关系模型。

（2）数据操作。数据模型中数据操作主要描述在数据库相应的数据结构上的操作类型和操作方式，是对数据库中各种对象执行操作的集合，包括操作和有关的操作规则。数据操作使数据库系统具备动态性的特点。

基本的数据操作包括两大类：

● 检索：数据查询。

● 更新：数据的插入、删除和更新等操作。

（3）数据约束。数据模型中的数据约束主要描述数据结构内数据间的语法、词义联系、它们之间的制约和依存关系，以及数据动态变化的规则，以保证数据的正确、有效和相容。

1.3.2 数据模型分类及关系

在实际数据库应用中，为了更为便捷、准确地描述现实世界中的数据，通常依据不同的应用环境，采用不同的数据模型。

数据模型按不同的应用层次分成三种类型：概念数据模型、逻辑数据模型、物理数据模型。

（1）概念数据模型（Conceptual Data Model）。概念模型是面向数据库用户的、实现世界的模型，主要用来描述世界的概念化结构，它使数据库的设计人员在设计的初始阶段，摆脱计算机系统及数据库管理系统的具体技术问题，集中精力分析数据以及数据之间的联系等，概念模型与具体的数据管理系统无关。

概念数据模型必须换成逻辑数据模型，才能在数据库管理系统中实现。

（2）逻辑数据模型（Logical Data Model）。逻辑模型与数据库管理系统直接相关。数据模型是用户从数据库所看到的模型，是具体的数据库管理系统所支持的数据模型。逻辑数据模型主要有网状数据模型、层次数据模型、关系数据模型和面向对象数据模型等。

逻辑数据模型有严格的形式化定义。此模型既要面向用户，又要面向系统，主要用于在数据库管理系统中的具体实现。

（3）物理数据模型（Physical Data Model）。物理模型是面向计算机物理表示的模型，描述了数据在储存介质上的组织方式，它不但与具体的数据库管理系统有关，而且还与操作系统和硬件有关。每一种逻辑数据模型在实现时都有其对应的物理数据模型。数据库管理系统为了保证其独立性与可移植性，大部分物理数据模型的实现工作由系统自动完成，而设计者只设计索引、聚集等特殊结构。

如果要将现实世界中的具体事物抽象和表示为根据某具体应用环境的、某种数据库管理系统支持的数据模型，那么通常需要先把现实世界转换为信息世界（概念模型），再由信息世界转换成数据库管理系统支持的逻辑模型。

现实世界：现实世界中客观存在的事物及事物之间的联系。

信息世界（概念模型）：对现实世界中客观存在的事物进行抽象描述，并对其进行建模，该模型在建立过程中不需要考虑模型在数据库中的实现。

机器世界（逻辑模型）：机器世界是建立在计算机上的数据模型，该模型的建立需要以某一特定数据库管理系统为基础。

以上三个世界的关系如图 1-8 所示。

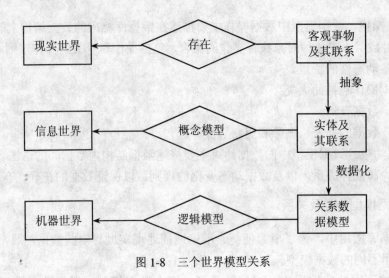

图 1-8　三个世界模型关系

1.3.3　概念模型及其表示方法

概念模型是对信息世界的建模，是对真实世界中问题域内的事物的描述，它不依赖于某一个具体数据库管理系统支持的数据模型，但概念模型可以转换为计算机上某数据库管理系统支持的特定数据模型。

概念模型具备以下特点：

- 能够方便、直接地表达应用中的各种语义知识。
- 简单、清晰、易于理解，是用户与数据库设计人员之间进行交流的媒介。

1. 基本概念

（1）实体（Entity）。客观存在并可相互区别的事物和活动的抽象称为实体。实体可以是具体的人、事、物，也可以是抽象的概念或联系。

例如：一个员工。

（2）属性（Attribute）。实体和联系所具有的特性称为属性。一个实体可以由若干个属性来描述。

例如：员工编号、员工姓名、员工性别、员工年龄。

（3）主码（Key）。能唯一标识实体的属性或属性集称为码。

例如：实体员工中的员工编号。

（4）域（Domain）。属性的取值范围称为该属性的域。

例如：可以为员工编号设置一定的取值范围。

（5）实体型（Entity Type）。用实体名及描述它的各属性名，可以刻画出全部同质实体的共同特征和性质，它被称为实体型。

（6）实体集（Entity Set）。同型实体的集合称为实体集。

（7）联系（Relationship）。实体集间或一个实体集内的各实体之间存在的关系，现实世界中事物内部以及事物之间的联系在信息世界中反映为实体内部的联系和实体之间的联系。

联系有以下三种：

- 一对一联系（1:1）

如果对于实体集 A 中的每一个实体，实体集 B 中至多有一个实体与之联系，反之亦然，则称实体集 A 与实体集 B 具有一对一联系，记为 1:1。

　　例如：在一个班级里，一个班级只有一个班长，反之一个班长只能在一个特定班级里，则班长和班级之间具有一对一联系，记为 1:1。

　　● 一对多联系（1:n）

　　如果对于实体集 A 中的每一个实体，实体集 B 中有 n 个实体（n≥0）与之联系，反之，对于实体集 B 中的每一个实体，实体集 A 中至多只有一个实体与之联系，则称实体集 A 与实体集 B 有一对多联系，记为 1:n。

　　例如：一个班级里有很多学生，某一个学生只属于一个班级，则班级和学生具有一对多的联系，记为 1:n。

　　● 多对多联系（m:n）

　　如果对于实体集 A 中的每一个实体，实体集 B 中有 n 个实体（n≥0）与之联系，反之，对于实体集 B 中的每一个实体，实体集 A 中也有 m 个实体（m≥0）与之联系，则称实体集 A 与实体集 B 具有多对多联系，记为 m:n。

　　例如：一门课程可以被很多学生学习，一个学生也可以学习很多课程，则学生和课程具有多对多的联系，记为 m:n。

　　实体型之间的一对一、一对多、多对多联系不仅存在于两个实体型之间，也存在于两个以上的实体型之间。

　　2. 概念模型表示方法——联系方法（Entity-Relationship Approach）

　　概念模型的表示方法最常用的是实体联系方法，这是 P.P.S.Chen 于 1976 年提出的。用这个方法描述的概念模型称为实体联系模型，简称 ER 模型。ER 模型（Entity-Relationship Model）用 E-R 图来描述现实世界的概念模型，它是一个面向问题的概念模型。

　　E-R 图的描述方式很接近人的思维方式，描述过程不设计数据在数据库中的表示和存取，便于用户与系统开发人员之间的交流。

　　在 ER 模型中，信息由实体型、实体属性和实体间的联系三种概念单元来表示。

　　（1）实体型。用矩形表示，矩形框内写明实体名。

　　（2）属性。是实体的说明，用椭圆形表示，并用无向边将其与相应的实体连接起来。如图 1-9 所示，学生实体具备学号、姓名、性别等属性。如图 1-10 所示，课程实体具备课程号、课程名称、课程类型等属性。

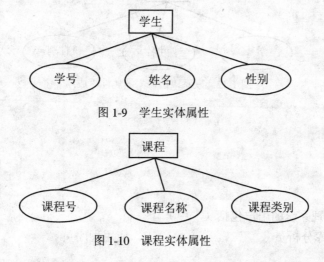

图 1-9　学生实体属性

图 1-10　课程实体属性

（3）联系。用菱形表示，菱形框内写明联系名，并用无向边分别与有关实体连接起来，同时在无向边旁标上联系的类型（1:1、1:n 或 m:n）。如图 1-11 所示，学生与课程之间存在多对多的联系。

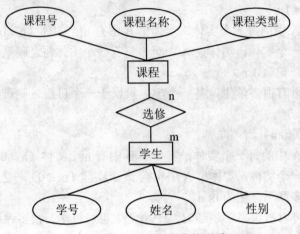

图 1-11　课程与学生的联系

联系本身也是一种实体型，可以有属性。如果一个联系具有属性，则这些属性也要用无向边与该联系连接起来。学生与课程具有联系选课，课程被学生选修后，学生需获得对应课程的成绩。因此，选修联系具有属性"成绩"，如图 1-12 所示。

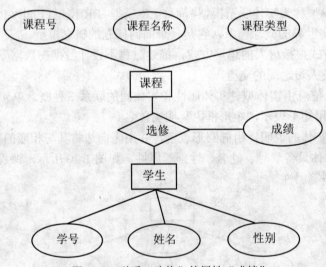

图 1-12　联系"选修"的属性"成绩"

一、选择题

1. 数据库管理系统的用户包括（　　　）。

　　A. 数据库分析员　　　　　　　　　B. 应用程序员

C. 数据库管理员　　　　　　　　　D. 终端用户

2. 数据库（DB）、数据库系统（DBS）和数据库管理系统（DBMS）之间的关系是（　　）。

　　A. DBS 包括 DB 和 DBMS　　　　　B. DBMS 包括 DB 和 DBS

　　C. DB 包括 DBS 和 DBMS　　　　　D. DBS 就是 DB，也就是 DBMS

3. 分布式数据库系统具有（　　）优点。

　　A. 具有灵活的体系结构

　　B. 系统的可靠性高、可用性较好

　　C. 可扩展性好，易于集成现有数据库系统

　　D. 适应分布式的管理和控制机构

　　E. 数据的安全性和保密性处理较容易

4. 描述数据库全体数据的全局逻辑结构和特性的是（　　）。

　　A. 模式　　　　　B. 内模式　　　　C. 外模式　　　　D. 三级模式

5. 数据模型（Data Model）的三要素包括（　　）。

　　A. 数据结构　　　B. 数据操作　　　C. 数据约束　　　D. 数据分类

6. 区分不同实体的依据是（　　）。

　　A. 名称　　　　　B. 属性　　　　　C. 对象　　　　　D. 概念

7. 一个学生可以同时借阅多本图书，一本图书只能由一个学生借阅，学生和图书之间为（　　）的联系。

　　A. 一对一　　　　B. 一对多　　　　C. 多对多　　　　D. 多对一

二、填空题

1. 数据库系统能够有组织地、动态地存储大量数据，提供数据处理和数据共享机制。它是一个复杂的系统，一般情况下由_____、_____、_____、_____组成。

2. 数据管理是指对数据进行收集、分类、组织、编码、存储、检索和维护，数据管理技术大致经历了_____、_____、_____3 个阶段。

3. 实体间的联系有_____、_____、_____3 种。

4. 在 ER 模型中，信息由_____、_____、_____3 种概念单元来表示。

三、简答题

1. 简述数据、信息、数据处理的关系。

2. 简述数据库系统体系结构。

3. 试述数据库结构的三层模式和二级映象。

4. 简述数据模型的分类及关系。

5. 简述数据库管理系统的功能。

第2章 关系数据库基础

本章首先介绍关系模型、关系基本概念、关系数据库等知识；其次对关系代数、集合运算、关系运算等基本运算进行介绍；最后介绍关系规范化理论，要求理解四种范式，初步体会关系规范化的实际应用。

- 了解数据模型的分类
- 掌握关系模型的组成及相关概念
- 了解关系代数的基础知识
- 能运用关系代数进行传统的集合运算和专门的集合运算
- 掌握关系完整性的相关知识，能够对关系进行实体完整性、参照完整性和用户定义完整性约束
- 掌握关系规范化理论，能够使用 1NF、2NF 和 3NF 对关系进行规范化
- 了解各范式间的层次关系

2.1 关系模型的基本概念

2.1.1 关系模型

在数据库中，有些数据实体之间存在着某种联系，用来描述这些数据实体间关联形式的模型叫做数据模型。

在数据库技术领域中，较为经典的数据模型有以下 3 种：

- 层次模型，采用属性结构描述实体间的关联，将数据组织成一对多关系的结构，用关键字来访问其中每一层次的每一部分。
- 网状模型，采用网状结构描述数据实体间的关联，用连接指令或指针来确定数据间的显式连接关系，是具有多对多类型的数据组织方式。
- 关系模型，采用二维表结构描述数据实体间的关联，以记录组或数据表的形式组织数据，以便于利用各种物理实体与属性之间的关系进行存储和变换，不分层也无指针，是建立空间数据和属性数据之间关系的一种非常有效的数据组织方法。

在这三种经典的数据模型中，应用最广泛的是关系模型。它和层次模型、网状模型相比，有以下特点：

- 数据结构简单（二维表）
- 扎实的理论基础

- 关系运算
- 关系模式的数据独立性强

关系模型由关系数据结构、关系数据操作和关系数据完整性约束组成。

1. 关系数据结构

在关系模型中，无论是从客观事物中抽象出的实体，还是实体之间的联系，都用单一的关系数据结构类型——关系来表示。从用户的角度看，关系的逻辑结构非常简单，就象日常所熟悉的二维表。

2. 关系数据操作

数据操作是指对各种数据对象允许执行的操作的集合，包括操作及有关的操作规则，用于描述数据库系统的动态特性。常用的关系操作包括查询操作和插入、删除、修改操作两大部分，其中查询操作的表达能力最重要。

关系操作有三种不同的描述方式：关系代数、关系演算和结构化查询语言 SQL。关系模型中的关系操作能力早期通常是用代数方法或逻辑方法来表示，分别称为关系代数和关系演算。关系代数是用集合论中对关系的代数运算来表达查询要求的方式；关系演算是用数理逻辑中的谓词演算来表达查询要求的方式。另外还有一种介于关系代数和关系演算的语言称为结构化查询语言，简称结构化查询语言 SQL，这种语言除具有数据查询功能之外，还具有数据定义 DDL 和数据控制 DCL 等功能，是集数据查询、数据定义、数据操纵、数据控制于一体的关系数据语言，是关系数据库的标准语言。

3. 关系数据完整性约束

关系数据完整性约束是为保证数据库中数据的正确性、有效性和相容性，从而对关系模型中的数据及其联系提出的某种约束条件或规则的集合。关系的完整性主要包括域完整性、实体完整性、参照完整性和用户自定义的完整性。

2.1.2 关系基本概念

在关系和关系数据库的学习中，需要先学习以下术语概念：

（1）域。

域是一组具有相同数据类型的值的集合。

（2）元组。

关系中的每个元素是关系中的元组，可以用来表示一个实体。

（3）关系。

关系是一个规范化的二维表，表的每一行对应一个元组，表的每一列对应一个域，由于域可以相同，为了加以区分表中的列，必须对每列起一个名字，称为属性。

基本的关系满足以下特性：

- 关系（二维表）中的每一行对应一个元组，即一个实体；表的每一列对应某个实体的一个属性。
- 关系中的元组（实体）不能完全相同。
- 关系中的属性名称不能重复。
- 关系中的元组次序和属性次序可以互换。
- 关系中的每个属性都是不可再分解的数据项。
- 关系的属性中必须有一个是关键字，用来唯一标识一个实体。

例如，第一章中概念模型及其表示方法相关内容中的学生选课系统，其概念模型中有学生实体、课程实体以及选课联系。

设计关系学生（Student），描述概念模型中的学生实体，如表 2-1 所示。

表 2-1　关系学生

学号（StudentID）	姓名（StudentName）	性别（Sex）
20100101	张小丽	女
20100102	王刚	男
20100103	李平	女
20100104	郭鹏	男
20100105	刘翔	男
20100106	吴飞	男
20100107	张国强	男
20100108	李国庆	男

设计关系课程（Course），描述概念模型中的课程实体，如表 2-2 所示。

表 2-2　关系课程

课程号（CourseID）	课程名（CourseName）	课程类别（TypeName）
342101	计算机基础	专业课
342102	数据库应用	专业课
342103	C 语言程序设计	专业课
342104	大学英语	基础课
342105	高等数学	基础课

最后，设计一个选课关系（Student_Course），描述概念模型中的联系，如表 2-3 所示。

表 2-3　关系选课

学号（StudentID）	课程号（CourseID）	成绩（Grade）
20100102	342103	86
20100101	342101	79
20100105	342102	81
20100107	342104	90
20100108	342101	92
20100102	342104	75
20100107	342105	80
20100106	342101	70

（4）属性。

描述实体或者联系的特性的列名称为属性，属性分为主属性和非主属性。

主属性：主码的各个属性。

非主属性：除了主属性之外的属性。

例如，关系 Student 中的 StudentID、StudentName、Sex 是关系 Student 的属性。在关系

Student 的各属性中，主属性有 StudentID，非主属性有 studentName 和 Sex。

关系 Course 中的 CourseID、Coursename、TypeName 是关系 Course 的属性。在关系 Course 的各属性中，主属性有 CourseID，非主属性有 Coursename 和 TypeName。

关系 Student_Course 中的 StudentID、CourseID、Grade 是关系 Student_Course 的属性。在关系 Student_Course 的各属性中，没有一个属性可以作为关键字，单独的用来唯一标识一个实体，而由 StudentID 和 CourseID 两个属性组成的属性组却可以唯一标识一个实体，所以，关系 Student_Course 的主属性是属性组，有 StudentID 和 CourseID，非主属性有 Grade。

（5）属性值。

描述实体或者联系的具体数据称为属性值。属性值的取值范围是域。

例如，关系 Student 中的 20100101、20100105、张小丽、张国强、女、男等都是关系 Student 的属性值。

关系 Course 中的 342101、342103、C 语言程序设计、数据库应用、专业课、基础课等都是关系 Course 的属性值。

关系 Student_Course 中的 20100102、20100108、342104、342101、70、81 等都是关系 Student_Course 的属性值。

（6）关系型。

关系表的所有列标题，即所有属性名。

例如，关系 Student 的关系型可表示成为：

(StudentID,StudentName,Sex)

关系 Course 的关系型可表示成为：

(CourseID,CourseName,TypeName)

关系 Student_Course 的关系型可表示成为：

(StudentID,CourseID,Grade)

（7）关键字。

关系中用来唯一标识一个实体的某个属性或属性组。每个关系只能有一个关键字，又被称为主码或主键。

例如，关系 Student 中的关键字是 StudentID 属性。

关系 Course 中的关键字是 CourseID 属性。

关系 Student_Course 中的关键字是 StudentID 和 CourseID 属性组，原理与关系 Student_Course 主属性的选取一样。

（8）外关键字。

关系中用的某个属性或属性组不是本关系的关键字，而是另一个关系的关键字，又被称为外码或外键。

例如，关系 Student_Course 中的 StudentID 属性和 CourseID 属性都是外关键字。

在关系 Student 和关系 Student_Course 中没有外关键字。

（9）候选码。

候选码是指可以作为关键字的属性或属性组。候选码可以有多个，可从候选码中选取一个或部分作为关键字。

上面的例子较简单，关键字和候选码相同，并没有多个候选码。

（10）关系模式。

用来描述关系的关系名称。

关系模式通常可以简记为：关系名(属性名 1, 属性名 2,……, 属性名 n)。

例如，学生关系模式通常可以简记为：

Student(StudentID,StudentName,Sex)

课程关系模式通常可以简记为：

Course(CourseID,CourseName,TypeName)

选课关系模式通常可以简记为：

Student_Course(StudentID,CourseID,Grade)

2.1.3　关系数据库

1. 关系数据库

关系数据库是指在一个给定的现实世界应用领域中，用于描述实体及实体之间联系的所有关系表的集合。

2. 关系数据库系统

采用关系数据模型构造的数据库系统，被称为关系数据库系统。关系数据库系统是目前使用最为广泛的数据库系统。

2.2　关系数据的基本运算

2.2.1　关系代数

关系数据的运算是以关系代数为基础的。关系代数是研究关系数据语言的数学工具。关系代数是一种抽象的查询语言，用于对关系的运算来表达各种操作，其运算对象是关系，运算结果亦为关系。

关系代数用到的运算符包括四类：

- 集合运算符（并、差、交、笛卡尔积）
- 专门的关系运算符（选择、投影、连接）
- 算术比较符（大于、小于、等于、大于等于、小于等于、不等于）
- 逻辑运算符（与、或、非）

其中，算术比较符和逻辑运算符是用来辅助专门的关系运算符进行操作的，所以关系代数的运算按运算符的不同主要分为传统的集合运算和专门的关系运算两类。

传统的集合运算符和专门的关系运算符表示如表 2-4 和表 2-5 所示。

表 2-4　传统的集合运算符

传统的集合运算符	
运算名称	运算符号
并	∪
差	−
交	∩
笛卡尔积	×

表 2-5　专门的关系运算符

专门的关系运算符	
运算名称	运算符号
选择	σ
投影	Π
连接	⋈

2.2.2　传统的集合运算

传统的集合运算是二目运算。假设有两个关系 R 和 S，t 是元组变量，关系 R 为学习成绩优秀的学生，关系 S 为心理素质优秀的学生，分别如表 2-6 和表 2-7 所示。

表 2-6　学习成绩优秀的学生关系 R

学生姓名	学生性别
张小丽	女
王刚	男
李平	女
郭鹏	男
刘翔	男
吴飞	男
张国强	男
李国庆	男

表 2-7　心理素质优秀的学生关系 S

学生姓名	学生性别
张小丽	女
王刚	男
王晓霞	女
郭鹏	男
刘翔	男

1.　并运算

$$R \cup S = \{t \mid t \in R \lor t \in S\}$$

任务 2-1　对以上 R 和 S 两个关系进行并运算。

任务分析：按照学习成绩优秀的学生关系和心理素质优秀的学生关系，可知并运算 R∪S 表示学习成绩优秀或心理素质优秀的学生，可以得到 R∪S 的关系如表 2-8 所示。

表 2-8　并运算后的新关系

学生姓名	学生性别
张小丽	女
王刚	男

续表

学生姓名	学生性别
李平	女
郭鹏	男
刘翔	男
吴飞	男
张国强	男
李国庆	男
王晓霞	女

2. 差运算

$$R-S=\{t\,|\,t\in R \vee t\notin S\}$$

任务 2-2　对以上 R 和 S 两个关系进行差运算。

任务分析：按照学习成绩优秀的学生关系和心理素质优秀的学生关系，可知差运算 R-S 表示学习成绩优秀的学生但心理素质没有达到优秀的学生，可以得到 R-S 的关系如表 2-9 所示。

表 2-9　差运算后的新关系

学生姓名	学生性别
李平	女
张国强	男
李国庆	男
吴飞	男

3. 交运算

$$R\cap S=\{t\,|\,t\in R \wedge t\in S\}$$

任务 2-3　对以上 R 和 S 两个关系进行交运算。

任务分析：按照学习成绩优秀的学生关系和心理素质优秀的学生关系，可知交运算 R∩S 表示学习成绩优秀同时心理素质也优秀的学生，可以得到 R∩S 的关系如表 2-10 所示。

表 2-10　交运算后的新关系

学生姓名	学生性别
张小丽	女
王刚	男
刘翔	男
郭鹏	男

4. 笛卡尔积运算

$$R\times S=\{t_R t_S\,|\,t_R \in R \wedge t_S \in S\}$$

任务 2-4　假如在学生选课系统中，学生关系 R 如表 2-11 所示，选课关系 S 如表 2-12 所示，对以上 R 和 S 两个关系进行笛卡尔积运算。

表 2-11　学生关系 R

学号	姓名	性别
20100101	张小丽	女
20100102	王刚	男

表 2-12　选课关系 S

学号	课程号	成绩
20100102	342103	86
20100101	342101	79
20100105	342102	81
20100107	342104	90

任务分析：笛卡尔积是关系的连接，在形成的新关系中前 m 个属性来自 R，后 n 个属性来自 S，即新关系的属性为 m+n；关系 R 的元组个数为 a，关系 S 的元组个数为 b，则新关系的元组个数为 a×b。

可知笛卡尔运算 R×S 后的新关系如表 2-13 所示。

表 2-13　笛卡尔积 R×S

学号	姓名	性别	学号	课程号	成绩
20100101	张小丽	女	20100102	342103	86
20100101	张小丽	女	20100101	342101	79
20100101	张小丽	女	20100105	342102	81
20100101	张小丽	女	20100107	342104	90
20100102	王刚	男	20100102	342103	86
20100102	王刚	男	20100101	342101	79
20100102	王刚	男	20100105	342102	81
20100102	王刚	男	20100107	342104	90

2.2.3　专门的关系运算

1. 选择运算

选择又称为限制，它是在关系 R 中选择满足给定条件的元组。

选择运算可记作：

$\sigma_{F(t)}(R) = \{t | t \in R \wedge F(t) = '真'\}$，其中 F 表示选择条件，它是一个逻辑表达式，取逻辑值"真"或"假"。

任务 2-5　使用选择运算从学生关系 R 中选择男学生，学生关系 R 如表 2-14 所示。

任务分析：运算过程中选择性别条件为"男"的元组组成新关系。进行过选择运算后的新关系如表 2-15 所示。

表 2-14   学生关系 R

学号	姓名	性别
20100101	张小丽	女
20100102	王刚	男
20100103	李平	女
20100104	郭鹏	男
20100105	刘翔	男
20100106	吴飞	男
20100107	张国强	男
20100108	李国庆	男

表 2-15   选择运算后的新关系

学号	姓名	性别
20100102	王刚	男
20100104	郭鹏	男
20100105	刘翔	男
20100106	吴飞	男
20100107	张国强	男
20100108	李国庆	男

2．投影运算

关系 R 上的投影是从 R 中选择出若干属性列组成新的关系。

投影运算可记作：

$\prod_A(R) = \{t[A] | t \in R\}$，其中 A 为 R 中的属性列。

任务 2-6   使用投影运算从表 2-15 所示的关系中运算出学生姓名和性别情况。

任务分析：运算过程中选择表 2-15 所示关系的"姓名"和"性别"情况组成新关系。进行过投影运算后的新关系如表 2-16 所示。

表 2-16   选择运算后的新关系

姓名	性别
王刚	男
郭鹏	男
刘翔	男
吴飞	男
张国强	男
李国庆	男

3．连接运算

连接也称为 θ 连接。它是从两个关系的笛卡尔积中选取属性间满足一定条件的元组，形成一个新的关系。

若 R.A 为 R 关系的属性，S.B 为 S 关系的属性，θ 是比较运算符，t 表示元组。

连接运算可记作：

$$\frac{R \rhd \lhd S}{A\theta B} = \{\widehat{t_r t_s} \mid t_r \in R \wedge t_s \in S \wedge t_r[A]\theta t_s[B]\} = \sigma_{A\theta B}(R \times S)$$

连接分为等值连接和自然连接。

（1）等值连接。

等值连接是在关系 R 和关系 S 的连接中，比较条件 θ 为等于，则在笛卡尔积中，按等于的比较条件进行选择。

任务 2-7 学生、选课和课程关系如表 2-17 至表 2-19 所示，使用等值连接进行关系运算。

表 2-17 学生关系（Student）

学号	姓名	性别
0101	张小丽	女
0102	王刚	男

表 2-18 选课关系（Student_Course）

学号	课程号	成绩
0101	342103	86
0101	342101	79
0102	342102	81
0102	342104	90

表 2-19 课程关系（Course）

课程号（courseID）	课程名（coursename）	课程类别（typename）
342101	计算机基础	专业课
342102	数据库应用	专业课
342103	C 语言程序设计	专业课
342104	大学英语	基础课
342105	高等数学	基础课

任务分析：以选课表中的 courseID 和 studentID 条件进行等值连接，观察等值连接的结果是具有重复属性的新关系。新关系如表 2-20 所示。

表 2-20 等值连接关系

学号	姓名	性别	学号	课程号	成绩	课程号	课程名	课程类别
0101	张小丽	女	0101	342103	86	342103	C 语言程序设计	专业课
0101	张小丽	女	0101	342101	79	342101	计算机基础	专业课
0102	王刚	男	0102	342102	81	342102	数据库应用	专业课
0102	王刚	男	0102	342104	90	342104	大学英语	基础课

（2）自然连接。

自然连接是一种特殊的等值连接，它要求两个关系 R 和 S 中进行比较的分量必须是相同的属性组，并且要在结果中把重复的属性去掉。此时，可以将自然连接运算过程理解为先进行等值连接，再去除重复属性列。

任务 2-8　根据任务 2-7 的结果，进行自然连接。

任务分析：自然连接运算过程理解为先进行等值连接，再去除重复属性列。因此，可以在表 2-20 的基础上去除重复列。其结果如表 2-21 所示。

表 2-21　自然连接关系

学号	姓名	性别	课程号	成绩	课程名	课程类别
0101	张小丽	女	342103	86	C 语言程序设计	专业课
0101	张小丽	女	342101	79	计算机基础	专业课
0102	王刚	男	342102	81	数据库应用	专业课
0102	王刚	男	342104	90	大学英语	基础课

2.3　关系的完整性

1. 实体完整性

任意一个关系通常对应现实世界的某一个实体，如学生关系对应于学生的集合，课程关系对应课程的集合。现实世界中的实体是可区分的，即它们具有自身特定的标识。相应地，关系模型中以主码作为唯一性标识。主属性不能取空值，即不能是"不知道"或"无意义"的值。如果主属性取空值，就说明存在某个不可标识的实体，即存在不可区分的实体，这与实体的定义相矛盾。

实体完整性规则：若属性 A 是基本关系 R 的主属性，则属性 A 不能取空值。

任务 2-9　建立表"学生"，其中的属性"课程号"为主码，该主码唯一且不能为空。使用 T-SQL 语言定义"学生"表。

任务分析：T-SQL 语言的相关知识将在第 5 章介绍，此处从 T-SQL 语言定义数据表的角度帮助读者理解实体完整性规则。

使用 T-SQL 语言创建某表"课程"的语句如下：

```
CREATE TABLE COURSE
(
    courseID char(8) NOT NULL PRIMARY KEY,
    coursename varchar(20) null,
    typename varchar(18) null
)
```

从表的定义中可以看到"courseID char(8) NOT NULL PRIMARY KEY"，对"课程"表的主属性"PRIMARY KEY"指明了"NOT NULL"。依据以上 T-SQL 语句进行了表的创建后，当有基于此表的数据输入、修改等操作时，数据库管理系统自动对输入和修改的数据进行检查，从而可以保障数据的有效性。

2. 参照完整性

实体与实体之间往往存在某种依存关系，这种依存关系叫做联系。在关系模型中实体及实体间的联系都是用关系来描述的，这样就自然存在着关系与关系间的引用，即关系参照的完整性。

在一个关系模型中，关系 R 中的外码对应另一个关系 S 的主码（关系 R 和 S 不一定是不同的关系），关系 R 中外码的取值要参照另一个关系 S 主码的取值。此时，R 为参照关系，S 为被参照关系。

参照完整性规则：定义外码与主码之间的引用和参照规则，参照关系的外码取值不能超出被参照关系的主码取值。

在数据库管理系统中，只要确定了参照和被参照关系，并给出参照关系中的外码，此时数据库管理系统会在数据输入、修改时按照参照完整性规则对输入和修改的数据进行检查，当有违规操作时，数据库管理系统反馈错误信息，用户可根据错误信息更正数据输入和修改时的错误操作。

可能的错误有如下几种：

- 在对参照关系进行数据输入时，数据库管理系统检查外码属性值是否在被参照关系的主码属性值里存在。只有在被参照关系主码属性值里出现的数据才可输入至参照关系对应的外码属性值中。
- 删除被参照关系的元组时，数据库管理系统检查被参照关系的主码是否被参照关系的外码引用，若没有被引用，则可执行删除操作，若被引用，则可能出现三种情况：拒绝删除、空值删除（将外码改为空值）、级联删除（同时将参照关系对应的数据删除）。
- 对参照关系进行数据更新时，相当于先删除旧数据，再输入新数据。数据库管理系统依据数据删除和数据更新时的规则对参照关系和被参照关系进行检查。

任务 2-10　新建一个关系"选课"，与任务 2-9 中关系"课程"形成参照关系和被参照关系，此时"选课"中外码 courseID 的值不能超过"课程"中 courseID 的值。使用 T-SQL 语言定义参照完整性。

任务分析：T-SQL 语言的相关知识将在本书第五章介绍，此处从 T-SQL 语言实现参照完整性约束的角度帮助读者理解参照完整性。

使用 T-SQL 语言创建某表"选课"的语句如下：

```
CREATE TABLE Student_Course
(
    studentID char(10) NOT NULL,
    courseID char(8) NOT NULL,
    Grade Tinyint,
    PRIMARY KEY(studentID,courseID),
    FROEIGN KEY(courseID) REFERENCES Course(courseID)
)
```

当对"选课"中插入数据时，数据库管理系统检查其插入的 courseID 值是否在"课程"的 courseID 属性值中，如果存在则可插入，如不存在则不能插入。

3. 用户定义完整性

实体完整性和参照性适用于任何的关系数据库系统，而用户自定义的完整性规则是针对某一具体数据库的约束条件。

不同的关系数据库系统根据其应用环境的不同，往往需要一些特殊的约束条件，用户定义的完整性就是针对某一具体关系数据库进行的条件约束，它反映的是具体应用所涉及的数据所须满足的要求。关系模型应能提供定义和检验这类完整性的机制，以便统一地处理这些条件要求。因此，在实际应用中，应用程序的编程人员不需考虑这类完整性规则。

任务 2-11 对关系"学生"，其中的属性"性别"的取值范围必须满足"男"或"女"，使用 T-SQL 语言定义用户完整性约束（CHECK 约束）。

任务分析：T-SQL 语言的相关知识将在本书第五章介绍，此处从 T-SQL 语言实现用户定义完整性约束的角度帮助读者理解用户定义完整性。

使用 T-SQL 语言创建某表"学生"的语句如下：

```
CREATE TABLE STUDENT
(
    studentID char(10) NOT NULL PRIMARY KEY,
    studentName varchar (10) NOT NULL,
    Sex char(2) NULL CHECK（Sex='男' OR Sex='女'）
)
```

在对关系"学生"进行数据输入的时候，数据库管理系统自动检查所输入性别对应的值，所输入的 Sex 值只可能是"男"或者是"女"两种情况之一。

2.4 关系规范化理论

在数据库设计过程中，需要考虑到针对具体问题构造适合于这个问题的数据库模式，即在该数据库设计过程中应该构造几个关系模式，每个关系由哪些属性组成等。这是数据库设计的问题，确切地讲是关系数据库逻辑设计问题。

关系数据库逻辑设计的好坏与其所含的各个关系模式设计的好坏相关。如果各个关系模式结构合理、功能简单明确、规范化程度高，就能确保所建立的数据库具有较少的数据冗余、较高的数据共享度、较好的数据一致性，并为数据库系统能够很好的应用于实际打下良好的基础。

不规范的关系设计会增大系统在运行过程中的数据冗余，进而可能由于数据冗余为整个数据库系统带来其他运行的障碍。同时，还会带来数据的删除异常和插入异常等问题。因此，关系的规范化在数据库设计中起着很重要的作用。

本节以任务实例为出发点介绍关系规范化相关知识。

2.4.1 第一范式 1NF

在关系模式设计中，经常会遇到某一属性还具有子属性的情况。此时，可对其进行规范化，使其满足第一范式。

1NF 定义：设关系 R，则关系 R 中所有属性不可再分，即消除非原子属性分量。

例如：在关系"学生"中有"电话"属性，电话属性可能有家庭电话、手机、宿舍电话等子属性，如表 2-22 所示。

表 2-22 学生信息表

学号	姓名	性别	电话		
			家庭电话	手机	宿舍电话
20100101	张小丽	女	5223689	1365521****	6122545
20100102	王刚	男	5368857	1352215****	6258798
20100103	李平	女	5365895	1592256****	6820012
20100104	郭鹏	男	5681257	1385965****	6156328

任务 2-12 对以上关系进行规范化，使其满足 1NF。

任务分析：家庭电话、手机、宿舍电话三个属性属于"电话"属性的子属性。此时，可将"电话"属性进行分解，结果如表 2-23 所示。

表 2-23 满足 1NF 的学生信息表

学号	姓名	性别	家庭电话	手机	宿舍电话
20100101	张小丽	女	5223689	1365521****	6122545
20100102	王刚	男	5368857	1352215****	6258798
20100103	李平	女	5365895	1592256****	6820012
20100104	郭鹏	男	5681257	1385965****	6156328

2.4.2 第二范式 2NF

在关系模式设计中，如果非主属性存在对主码的部分函数依赖，则不满足 2NF。此时，可对其进行规范化，使其满足第二范式。

2NF 定义：设关系 R，则关系 R 中所有非主属性需完全函数依赖每个主码，即消除非主属性对主码的部分函数依赖。

例如：假如某设计人员将学生"选课"关系设计为"Student_Course（studentID,studentName,Sex,courseID,coursename,typename,Grade）"，主码为 studentID 和 courseID，则此时存在非主属性对主码的部分函数依赖。

可能产生的问题：

数据冗余：不同课程同一个选课学生的学生姓名、性别信息存在数据冗余。即一个学生可能选了多门课程，则在这个学生对应的多个课程实体中，存在大量学生姓名、性别的数据冗余。

插入异常：如果有某门课程没有学生进行选择，则导致该门课程的信息无法正常插入，造成插入异常。

删除异常：如果某学生只选择了一门课程，则在删除该门课程信息时，导致学生信息也被删除，造成删除异常。

更新异常：更新过程实际是删除和插入过程的结合，所以也会带来更新异常。

任务 2-13 对以上关系进行规范化，使其满足 2NF。

任务分析：可以发现存在两种非主属性：一种是"Grade"，它完全由 studentID 和 courseID 同时决定，它对主码是完全函数依赖；另一种是"studentName,Sex, coursename,typename"，它们对主码并不是完全函数依赖，比如 studentName 只由 studentID 决定，而 coursename 只由 courseID 决定。

此时，可将"选课"关系分解为两个关系：

Student_Course(studentID,courseID,Grade)　　主码：studentID,courseID

Course(courseID,coursename,typename)　　　　主码：courseID

这样，两个新关系中的非主属性就分别完全函数依赖于各自的关系主码，从而达到了 2NF。

2.4.3 第三范式 3NF

在关系模式设计中，如果非主属性存在对主码的传递函数依赖，则不满足 3NF。此时，可对其进行规范化，使其满足第三范式。

3NF 定义：设关系 R，则关系 R 中所有非主属性需不传递函数依赖每个主码，即消除非主属性对每个主码的传递函数依赖。

例如：假如某设计人员将"课程"关系设计为"Course(courseID,coursename,CoursetypeID, typename)"，主码为 courseID，则此时存在非主属性对主码的传递函数依赖。

可能产生的问题：

数据冗余：同一课程类型的多门课程对应的类型名称存在数据冗余。即可能多门课程属于同一课程类型，此时，同一类型多门课程对应实体中存在课程类型名称的数据冗余。

插入异常：在某课程类型没有对应课程的情况下，无法正常插入课程类型信息，造成插入异常。

删除异常：某类型课程只有一门对应课程，当删除该课程信息时，导致删除课程类型信息，造成删除异常。

更新异常：更新过程实际是删除和插入过程的结合，所以也会带来更新异常。

任务 2-14　对以上关系进行规范化，使其满足 3NF。

任务分析：可以发现"课程"关系中的主码 courseID 决定 CoursetypeID，而 CoursetypeID 决定非主属性 typename，即非主属性 typename 通过 CoursetypeID 传递函数依赖主码 courseID，达不到 3NF。

此时，可将"课程"关系分解为两个关系，取消其传递依赖：

Course(courseID,coursename, CoursetypeID)　　　主码：courseID

Coursetype(coursetypeID,typename)　　　主码：coursetypeID

这样，由于分解为两个新关系，则取消了原有关系之间的传递依赖，且新关系中也不存在其他传递依赖，从而达到了 3NF。

2.4.4　BC 范式 BCNF

在关系模式设计中，如果不是每一个决定因素都包含关键字，则不满足 BCNF。

BCNF 定义：设关系 R，则关系 R 中所有属性都不传递函数依赖每个候选码，即消除属性对候选码的传递函数依赖。

BC 范式的要求比第三范式更加严格，是改进的第三范式。第三范式只关注非主属性和关键字之间的传递函数依赖关系，而 BC 范式则关注所有属性和每个候选码之间的传递函数依赖。当一个关系模式中有多个候选码，并且这些候选码具有公共属性时，就不能够满足 BC 范式。由此可见，满足 BC 范式的关系模式一定满足第三范式，但满足第三范式的关系模式不一定满足 BC 范式。

2.4.5　关系规范化的实际应用

规范化的实质是概念的单一化。如图 2-1 所示，1NF、2NF、3NF、BCNF 和 4NF 之间存在着逐步深化的过程。

但在实际应用中，未必是关系的规范化程度越高，数据库系统的效率越高。关系有时故意保留成非规范化的模式，甚至有些情况下，在进行了规范化处理后，又进行规范化的逆操作，这样做完全是由数据库的实际情况决定的，过分的规范化可能加大数据库维护的成本。

因此，将关系分解到什么程度要根据实际情况决定，对于大多数商业应用，一般分解到 3NF 就够了。

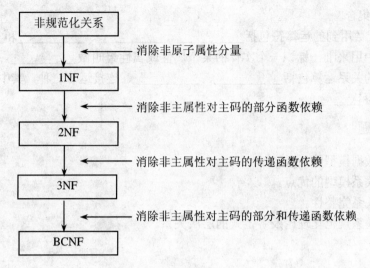

图 2-1　范式间的关系

一、选择题

1. 关系模型由_____、_____和_____组成。

    A．关系数据结构   B．关系数据操作

    C．关系数据完整性约束   D．关系规范化

2. 关系代数分为（　　）两类。

    A．传统的集合运算   B．逻辑运算

    C．算术运算   D．专门的关系运算

3. 关系操作有三种不同的描述方式（　　）。

    A．关系代数   B．关系演算

    C．外模式   D．结构化查询语言

4. 传统的集合运算包括（　　）。

    A．并   B．差   C．交   D．笛卡尔积

5. 关系中用的某个属性或属性组不是本关系的关键字，而是另一个关系的关键字这个属性叫做（　　）。

    A．主码   B．外码   C．外键   D．候选码

6. 从一个关系中取出满足某个条件的所有元组组成一个新关系的操作是（　　）。

    A．连接   B．投影   C．自然连接   D．选择

7. 不规范的关系可能会带来（　　）影响。

    A．数据冗余   B．插入异常   C．删除异常   D．更新异常

二、填空题

1. 关系数据库是指在一个给定的现实世界应用领域中，用于描述_____之间联系的

所有关系表的集合。

2. 关系代数用到的运算符包括_____、_____、_____和_____四类。

3. 关系中用来唯一标识一个实体的某个属性或属性组叫做_____。

4. 专门的关系运算包括_____、_____、连接运算三种，其中连接运算又可分为_____和_____。

三、简答题

1. 简述数据模型的分类。
2. 简述关系模型的优点。
3. 简述关系完整性。
4. 简述关系规范化理论及各范式的层次关系。

第3章 数据库的设计

本章首先介绍数据库设计的方法和特点，然后重点介绍数据库设计的六个步骤，最后简单介绍数据库保护方面的知识。

- 了解数据库设计的基本方法
- 了解影响数据库设计的各因素及数据库设计的特点
- 能够根据项目需求分析进行数据库的概念模型设计
- 能运用关系模型的基本知识将概念模型转换为关系模型
- 能够用关系规范化方法对关系模型进行规范化和优化
- 能够根据完整性规则对关系模型进行完整性的设计
- 了解数据库系统安全的基础知识

3.1 数据库设计概述

数据库技术是对信息资源进行管理的最有效的手段。数据库设计是指对于一个给定的应用环境，构造最优的数据库模式，建立数据库及其应用系统，使之能有效的存储数据，满足用户的应用需求（信息要求和处理要求）。数据库设计是数据库应用系统开发的核心问题，是数据库在应用领域的主要研究课题，数据库设计的成败直接关系到数据库应用系统的可用性。

3.1.1 数据库设计方法

在数据库设计过程中，由于数据信息结构的复杂，应用环境的多样，在相当长的一段时间内，数据库设计主要采用手工试凑法。试凑法缺乏可靠的理论依据和科学的工程方法的支持，设计过程基本依赖于设计人员的经验和水平，从而难以保证数据库的设计质量，并且手动设计增加了系统维护的代价。

为解决试凑法的缺陷，在数据库技术发展过程中，数据库设计人员通过不断的努力探索，提出了很多数据库的设计方法。这些方法以软件工程的思想为基础，总结出了数据库设计中需遵守的准则和规程。具备一定的设计准则和规程的数据库设计方法都属于规范化设计方法。

规范化设计中著名的有新奥尔良法，它将数据库设计分为四个标准阶段：需求分析（分析用户需求）、概念设计（信息分析和定义）、逻辑设计（设计实现）和物理设计（物理数据库设计）。后来，很多设计者在此基础上对新奥尔良法进行了补充和丰富。S.B.Yao 法将数据库设计分为 6 个步骤：需求分析、模式构成、模式汇总、模式重构、模式分析和物理数据库设计；

I.R.Palmer 法主张将数据库设计当成一步步的过程并采用一些辅助手段实现每一过程；数据库生命周期法以软件生命周期（规划、设计、实施和运行维护）为主线对数据库进行设计。

基于 E-R 模型的数据库设计方法、基于 3NF（第三范式）的设计方法和基于抽象语法规范的设计方法，都是在数据库设计的不同阶段上支持实现的具体技术和方法。规范法设计从本质上看仍然属于手工设计方法，其基本思想是过程迭代和逐步求精，在遵从一定设计标准的基础上，设计出科学、合理的数据库系统。

3.1.2　数据库设计特点

数据库设计的基本任务是根据用户使用的硬件系统、操作系统与数据库管理系统等条件，设计出数据库模式，设计过程中受很多因素的影响。因此，数据库系统设计具有如下几个主要特点：

（1）反复性。

通常数据库的设计并不是一次完成的。由于数据库设计是将现实世界中抽象的事物转换为数据库管理系统中的数据信息，因此在设计过程中通常存在许多不确定因素，如需求改变等。因此，数据库的设计往往需要多次反复和修正，通过多次反复和修正的数据库才可能真正接近用户的实际需求。

（2）试探性。

在反复和修正数据库的过程中，需要设计者不断的对数据库进行修改和完善。由于很多修改会带来不确定的结果，因此，其设计过程具有一定的试探性。

（3）多步性。

当前数据库设计过程都遵从一定的数据库设计方法，规范的设计方法为设计出规范的、可用性强的数据库提供了保障。规范化设计方法都将数据库设计过程分解为目标明确的多个设计步骤，因此，数据库设计具有多步性特点。

（4）面向数据。

数据库设计过程中要以基础数据为依据进行设计，基础数据是所有数据库建立的基础。

3.2　数据库设计的步骤

3.2.1　SQL Server 数据库应用系统设计一般步骤

在数据库设计过程中，按照规范化进行设计是数据库开发成功的保证，考虑到数据库系统的开发过程，一般可将数据库设计分为以下 6 个阶段：

（1）需求分析阶段。

进行数据库分析首先要收集资料，并对资料进行分析整理，画出数据流程图，然后建立数据字典，并把数据字典图集和数据字典的内容返回客户，进行用户确认，最后形成文档资料。需求分析是进行数据库设计的起点，需求分析的结果应能准确地反映客户的实际要求，该阶段直接影响到后面各个阶段的设计，并影响设计结果的合理性和实用性。

（2）概念设计阶段。

根据需求分析的结果，建立独立于不同数据库管理系统的概念模型，该概念模型用 E-R 图来描述。

（3）逻辑设计阶段。

将概念设计 E-R 图转换成具体数据库管理系统支持的数据模型（关系模型），形成数据库的模式，并对数据进行优化处理，形成数据库的外模式。

（4）物理设计阶段。

根据数据库管理系统的特点和处理的需要，对逻辑设计的关系模型进行物理存储安排，形成数据库的内模式。

（5）数据库实现阶段。

运用具体数据库管理系统提供的数据语言、工具及宿主语言，根据逻辑设计和物理设计的结果建立数据库，编制与调试应用程序，组织数据入库，并进行试运行。

（6）数据库运行和维护阶段。

经过试运行的数据库即可投入正式运行。在数据库系统运行过程中必须不断对其进行评价、调整与修改。

在实际工程中，能够按照以上步骤一次完成数据库设计的情况并不多见。通常上述过程需要经过多次反复，通过不断的反复和修正才能使系统逐步接近用户的真实需求。一个数据库的设计流程如图 3-1 所示。通常，每个项目都要有一个团队，包括项目经理、数据库设计人员、应用系统设计人员、程序员、技术文档编写人员和数据库管理员等。对于小的数据库设计项目，以上角色可由一个人承担。但要注意，对于每一方面一定要有专人负责以使项目的开发取得成功。

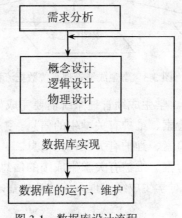

图 3-1　数据库设计流程

3.2.2　需求分析阶段

需求分析是整个数据库设计的基础，在进行数据库设计时，首先要了解与分析用户的应用需求，因为该阶段需要设计者与客户的沟通，因此也是最费时、最困难的一个阶段。

本章以学生成绩管理系统为例进行数据库设计。

任务 3-1　学生成绩管理系统需求分析。

任务分析：通过与教务处学生成绩管理职能部门的沟通，获得该部门的组织结构图，分析组织结构图后绘制该系统的数据流程图，分析学生成绩管理系统的功能需求，写出数据字典。

（1）绘制学生成绩管理部门（教务处）组织结构图。组织结构是用户业务流程与信息的载体，对分析人员解释用户的业务、确定系统范围具有很好的帮助。取得用户的组织结构图，是需求分析步骤中的基础工作之一。学生成绩管理部门的组织结构如图 3-2 所示。

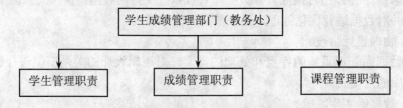

图 3-2　学生成绩管理部门的组织结构图

（2）绘制系统数据流程图。通过收集资料，在对资料进行分析的基础上绘制出学生管理系统数据流程图，如图 3-3 所示。

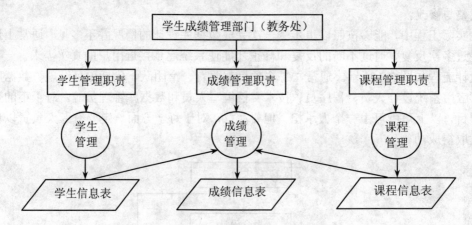

图 3-3　学生成绩管理系统数据流程图

（3）了解系统功能需求。学生成绩管理系统需要完成如下功能：

● 学生管理：存储、检索、维护有关学生的信息。
● 课程管理：存储、检索、维护有关课程的信息。
● 成绩管理：存储、检索、维护有关学生成绩的信息。

（4）细读数据字典。针对学生成绩管理系统的功能需求，通过分析、归纳，总结出需要的如下信息：

● 学生信息：学生编号、学生姓名、民族、性别、出生日期、班级专业系部信息、入学年份、联系电话、已修学分、家庭住址、密码、备注。
● 课程信息：课程编号、课程名称、课程类型、总课时、周课时、学分、备注。
● 成绩信息：学生编号、课程编号、学生成绩、学期。

需要注意的是，收集、分析需求中的每一步都可能出现问题，在收集需求时应注意以下几点：

● 注意与用户进行充分的交流。设计人员需重视需求分析的重要性，充分的需求交流是数据库设计的关键。
● 在交流中把握系统本质性的需求。通常在数据库设计中会遇到意见分歧的困难，在同一系统下，当不同的用户提出不同的需求时，设计者需能把握问题的实质，对正确合理的需求给予满足。

● 关注系统开发过程中需求的改变。当设计者正在为某一环境进行新系统的开发时，它的需求又改变了，这种情况会经常遇到。因此，设计者需及时关注系统开发中需求的改变，及时调整系统设计以满足实际需要。可以发现，使一个系统满足变化着的需求是极具挑战性的。

3.2.3　概念设计阶段

概念设计是将需求分析得到的用户需求抽象为数据库的概念结构，是对现实世界的抽象反映，它不依赖于具体的计算机系统，是现实世界到数据世界的一个中间层次，如图 3-4 所示。

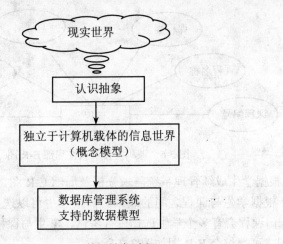

图 3-4　数据抽象过程

结合学生成绩管理系统的需求分析，对数据库系统进行概念设计。

（1）定义实体。根据需求分析，找出数据实体。根据学生成绩管理系统的需求分析，可找出学生和课程两个数据实体。

（2）定义联系。根据需求分析，找出实体与实体之间的联系。通过分析学生成绩管理系统可知，学生与课程之间存在选课考试并获得成绩的联系。一个学生可以选择多门课程并获得对应的多门课成绩，一门课程也可能被多个学生选择。

（3）定义主码。根据需求分析，找出实体的主码。学生成绩管理系统中实体学生的主码为学生编号，课程的主码为课程编号。

（4）定义属性。根据需求分析，找出实体的属性。根据需求分析中的数据字典可以得到学生和课程的属性。

（5）E-R 模型设计。综合以上分析进行 E-R 模型设计。

任务 3-2　根据学生成绩管理系统需求分析，绘制局部 E-R 图。

任务分析：E-R 模型设计过程中先绘制局部 E-R 图，即实体及属性 E-R 图。根据用户需求可知学生实体属性有学生编号、学生姓名、民族、性别、出生日期、班级专业系部信息、入学年份、联系电话、已修学分、家庭住址、密码、备注，主码为学生编号，其局部 E-R 图如图 3-5 所示。

课程实体属性有课程编号、课程名称、课程类型、总课时、周课时等，主码为课程编号，其局部 E-R 图如图 3-6 所示。

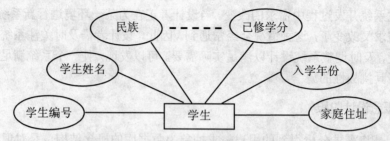

图 3-5   学生实体及属性局部 E-R 图

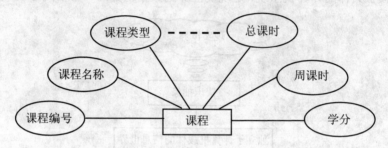

图 3-6   课程实体及属性局部 E-R 图

任务 3-3   根据学生成绩管理系统需求分析及局部 E-R 图，绘制综合 E-R 图。

任务分析：根据学生与课程之间的联系。一个学生可以选择多门课程进行考试，并获得对应的成绩，一门课程会有多个学生选择进行考试，学生与课程之间存在多对多的成绩联系。综合局部 E-R 图，可得综合 E-R 图如图 3-7 所示。

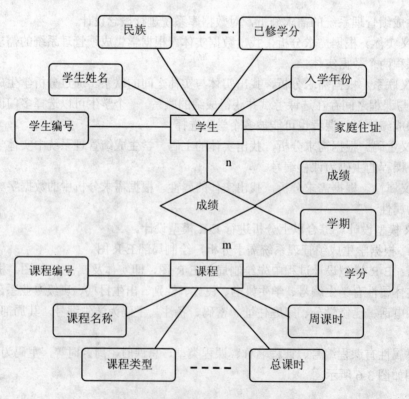

图 3-7   学生成绩管理系统概念设计 E-R 图

学生成绩管理系统的概念设计较为简单，而在实际的大、中型数据库应用中概念设计是非常复杂的，这就需要在工作中不断的积累经验。

3.2.4　逻辑设计阶段

在上节中知道独立于计算机载体的信息世界（概念模型）是通过对客观世界进行认知抽象后得到的，概念模型不依赖于具体的计算机，而数据库最终的实现都是以计算机为载体的，因此需对概念模型进行转化。

本小节以学生成绩管理系统为例，介绍信息世界（概念模型）到机器世界（关系模型）的转换。

1. 实体（E）转换为关系模式的方法

实体转换为关系模式：实体的属性就是关系的属性，实体的主码就是关系的主码。由于逻辑设计是面向具体数据库管理系统，所以概念设计中实体、联系和属性名称在关系模型中最好设计为英文的标准命名标识符。

任务 3-4　将学生和课程实体转换为关系模式。

任务分析：将学生和课程实体对应的主码转换关系的主码，将实体的属性转换为关系的属性。

实体（E）：学生(学生编号,学生姓名,民族,性别,出生日期,入学年份,联系电话,已修学分,班级专业系部信息,家庭住址,密码,备注)

PK：学生编号

关系模式：Student(studentID,studentName,nation,sex,birthday,ru_date,telephone,credithour, class-speciality-department,address,pwd,remark)

PK：studentID

实体（E）：课程(课程编号,课程名称,课程类型,总课时,周课时,学分,备注)

PK：课程编号

关系模式：Course(courseID,coursename,coursetype,totalperiod,weekperiod,credithour,remark)

PK：courseID

2. 联系（R）转换为关系模式

实体间的联系存在一对一、一对多、多对多三种情况，在转换成关系模式的时候应分别遵从联系到关系的转换方法：

- 一对一：将联系与任意端实体所对应的关系模式合并，并加入另一端实体的主码和联系本身的属性。
- 一对多：将联系与多端实体所对应的关系模式合并，加入一端实体的主码和联系的属性。
- 多对多：将该联系相连的各实体的主码和联系本身的属性转换为关系的属性。

任务 3-5　将学生实体与课程实体之间的联系转换成关系模式。

任务分析：学生实体和课程实体之间的联系是多对多的。因此，将联系转换成一个关系模式，该联系相连的学生实体主码"学生编号"和课程实体的主码"课程编号"加上联系本身的属性"成绩"和"学期"转换为关系的属性，如图 3-8 所示。

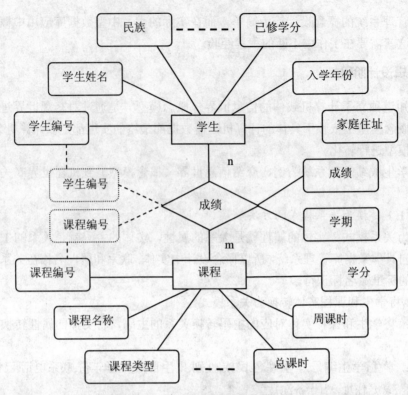

图 3-8　学生成绩管理系统概念设计 E-R 图

联系成绩的关系为：

Grade(studentID,courseID,Term,grade)

PK：studentID,courseID

FK：studentID 和 courseID

3．关系规范化

数据库逻辑设计的好坏与关系模式的结构有很大关系，关系模式的结构合理、规范化程度高，可以确保所建立的数据库具有较高的数据密度、较好的数据共享度、较准确的数据一致性。关系规范化的相关理论在第二章已经介绍。在学生成绩管理系统中，由于关系不规范，可能存在大量的数据冗余，此时需要进行关系规范化。

任务 3-6　分析课程关系的规范情况，对其进行关系规范化。

任务分析：课程关系的 coursetype 属性还包括课程类型编号 coursetypeID、课程类型名称 typename 属性。可知此时的课程关系模式为：

Course(courseID,coursename,coursetypeID,typename,totalperiod,weekperiod,credithour,remark)

PK：courseID

可以发现该关系属性之间存在传递函数依赖，主码 courseID 决定 coursetypeID，而 coursetypeID 决定非主属性 typename。即非主属性 typename 传递依赖主码 courseID。

由于存在传递依赖，所以该关系存在如下问题：

- 数据冗余：同一个类型的课程对应的课程类型信息存在大量重复。
- 插入异常：在某课程类型没有对应课程的情况下，不容许插入数据。
- 更新异常：冗余带来更新不一致。

为解决上述问题，将该关系进行分解，分解如下：

Course(courseID,coursename,coursetypeID, totalperiod,weekperiod,credithour,remark)

PK：courseID

FK：coursetypeID

CT(courseID,coursetypeID)←该联系可通过增加外码省略

Coursetype(coursetypeID,typename)

此时，学生成绩管理系统的数据模型规范化如下：

Course(courseID,coursename,coursetypeID, totalperiod,weekperiod,credithour,remark)

PK：courseID

FK:coursetypeID

Coursetype(coursetypeID,typename)

PK：coursetypeID

Grade(studentID,courseID,Term,grade)

PK：studentID,courseID

FK：studentID 和 courseID

Student(studentID,studentName,nation,sex,birthday,ru_date,telephone, credithour,class-speciality-department,address,pwd,remark)

PK：studentID

任务 3-7　分析学生关系的规范情况，对其进行关系规范化。

任务分析：学生关系的 class-speciality-department 属性还包括班级编号 classID、班级名称 className、专业编号 specialityID、专业名称 specialityName、入学年份 EntranceYear、班长编号 MonitorID、部门编号 departmentID、部门名称 DepartmentName、部门负责人 DepartmentHead 属性。

此时的学生关系模式为：

Student(studentID,studentName,nation,sex,birthday,ru_date,telephone,　　　　　credithour,classID,className,specialityID,specialityName,EntranceYear,MonitorID,departmentID,DepartmentName,DepartmentHead,address,pwd,remark)

PK：studentID

可以发现该关系属性之间存在多重传递函数依赖，主码 studentID 决定 classID，而 classID 决定非主属性 className、specialityID、specialityName、EntranceYear、MonitorID、departmentID、DepartmentName、DepartmentHead，即以上非主属性通过 classID 传递依赖主码 courseID。同时 classID 决定属性 specialityID、specialityName、departmentID、DepartmentName、DepartmentHead；specialityID 决定属性 departmentID、DepartmentName、DepartmentHead。

根据以上分析，将该关系进行分解，分解如下：

Student(studentID,studentName,nation,sex,birthday,ru_date,telephone, credithour,classID,address,pwd,remark)

PK：studentID

SC(studentID,classID)←该联系可通过增加外码省略

Class(classID,specialityID,className,EntranceYear,MonitorID)

PK：classID

FK：specialityID 和 MonitorID

CS(specialityID,classID)←该联系可通过增加外码省略

Speciality(specialityID,specialityName,departmentID)

PK：specialityID

FK：DepartmentID

SD(departmentID,specialityID)←该联系可通过增加外码省略

Department(departmentID,DepartmentName,DepartmentHead)

PK：DepartmentID

此时，学生成绩管理系统的数据模型规范化如下：

Student(studentID,studentName,nation,sex,birthday,ru_date,telephone,credithour,classID,address, pwd,remark)

PK：studentID

Class(classID,specialityID,className,EntranceYear,MonitorID)

PK：classID

FK：specialityID 和 MonitorID

Speciality(specialityID,specialityName,departmentID)

PK：specialityID

FK：DepartmentID

Department(departmentID,DepartmentName,DepartmentHead)

PK：DepartmentID

Course(courseID,coursename,coursetypeID, totalperiod,weekperiod,credithour,remark)

PK：courseID

FK：coursetypeID

Coursetype(coursetypeID,typename)

PK：coursetypeID

Grade(studentID,courseID,Term,grade)

PK：studentID 和 courseID

FK：studentID 和 courseID

3.2.5　物理设计阶段

对数据库进行设计后，数据库最终是要存储在物理设备上的。为一个给定的逻辑数据模型选取一个最适合应用环境的物理结构（存储结构与存取方法）的过程，就是数据库的物理设计。物理结构依赖于给定的数据库管理系统和硬件系统，因此设计人员必须对所使用数据库管理系统的内部特征有充分了解，特别是存储结构和存取方法；充分了解该数据库的具体应用环境，特别是对响应频率和响应速度的具体要求；同时，充分了解物理存储设备的使用特性。

数据库的物理设计通常分为两步：

● 确定数据库的物理结构。

● 对物理结构进行时间和空间效率评价。

1. 确定数据库的物理结构

（1）确定数据的存储结构。确定数据库存储结构时要综合考虑存取时间、存储空间利用

率和数据库维护代价三方面的因素。这三个方面常常是相互矛盾的，例如消除冗余数据虽然能够节约存储空间，但往往会导致检索代价的增加，因此必须进行权衡，选择一个适合具体应用环境的折中方案，使存取时间、存储空间利用率和数据库维护代价三方面达到用户可以接受的平衡状态。

（2）设计数据的存取路径。在关系数据库中，设计数据的存取路径主要是确定如何建立数据库索引。例如，应把哪些域作为次码建立次索引，建立简单索引还是组合索引，建立多少个为合适，是否建立聚集索引等问题。

（3）确定数据的存放位置。在数据库应用过程中，为了提高系统在实际应用过程中的性能，数据应该根据应用情况将易变的数据部分与稳定的数据部分、经常存取的数据部分和存取频率较低的数据部分合理存放。

例如，数据库数据备份、日志文件备份等由于只在故障恢复时才使用，而且数据量很大，可以考虑存放在磁带上长期保存。目前应用数据库的计算机都有多个磁盘，因此进行数据库物理设计时可以考虑将数据库的表和索引分别放在不同的磁盘上，在查询时，由于多个磁盘驱动器分别同时工作，从而保证物理读写速度较快。同样，也可以将比较大的表分别放在两个磁盘上，从而可以实现并行读写，以加快存取速度，这在多用户环境下特别有效。此外还可以将日志文件与数据库对象放在不同的磁盘以改进系统的性能。

（4）确定系统配置。数据库管理系统一般都提供一些存储分配参数，供设计人员和数据库管理员对数据库进行物理优化。例如，同时使用数据库的用户数，同时打开的数据库对象数，使用的缓冲区长度、个数，时间片大小、数据库的大小等，这些参数值直接影响存取时间和存储空间的分配，在物理设计时就要根据应用环境确定这些参数值，以使系统性能最优。

一般数据库管理系统会提供一些默认参数，但是这些默认参数值不一定适合每一种具体的应用环境，在根据具体应用环境进行物理设计时，需要重新根据具体的应用环境对这些参数进行赋值，以改善系统的性能，适应数据库具体应用的需求。

同时，前面我们已经提到，数据库的设计是一个反复的过程，随着具体应用的改变，很多设计也要根据实际情况进行调整。此时的物理设计对系统配置参数的调整只是初步的，在系统运行时还要根据系统实际运行情况对其参数配置做进一步的调整，通过符合实际应用的调整，切实改进系统性能。

任务 3-8　根据学生成绩管理系统数据库的具体应用情况和 SQL Server 2005 关系数据库系统特点，对学生成绩管理系统数据库进行物理设计。

任务分析：在学生成绩管理系统逻辑设计的基础上，根据其系统特点，根据实际应用情况对学生成绩管理系统进行物理设计，设计结果如表 3-1 至表 3-7 所示。

表 3-1　学生信息表（Student）

序号	名称	数据类型	可否为空	说明	备注
1	studentID	char (10)	否	学生编号，主键	
2	studentName	varchar (10)	否	学生姓名	
3	nation	char (10)	是	民族	
4	sex	char (2)	是	性别	
5	birthday	datetime	是	出生日期	
6	classID	char (7)	是	班级编号	

序号	名称	数据类型	可否为空	说明	备注
7	telephone	varchar (16)	是	联系电话	
8	credithour	tinyint	否	已修学分	
9	ru_date	char (4)	是	入学年份	
10	address	varchar (50)	是	家庭住址	
11	pwd	varchar (16)	是	密码	
12	remark	varchar (200)	是	备注	

表 3-2　班级信息表（Class）

序号	名称	数据类型	可否为空	说明	备注
1	classID	char (7)	否	班级编号，主键	
2	className	varchar (12)	否	班级名称	
3	specialityID	char (5)	是	专业编号	外键约束
4	EntranceYear	char (4)	是	入学年份	
5	MonitorID	char (10)	是	班长编号	外键约束

表 3-3　专业信息表（Speciality）

序号	名称	数据类型	可否为空	说明	备注
1	specialityID	char (5)	否	专业编号，主键	
2	specialityName	varchar (30)	否	专业名称	
3	departmentID	char (3)	是	专业所在系部 ID	外键约束

表 3-4　部门信息表（Department）

序号	名称	数据类型	可否为空	说明	备注
1	DepartmentID	char (3)	否	系部编号，主键	
2	DepartmentName	varchar 30	否	系部名称	
3	DepartmentHead	char 8	是	部门负责人	

表 3-5　课程信息表（Course）

序号	名称	数据类型	可否为空	说明	备注
1	courseID	char (8)	否	课程编号，主键	
2	coursename	varchar (20)	否	课程名称	
3	coursetypeID	char (3)	是	课程类型编号	外键约束
4	totalperiod	tinyint	是	总课时	
5	weekperiod	tinyint	是	周课时	
6	credithour	tinyint	是	学分	
7	remark	varchar (50)	是	备注	

表 3-6　课程类型信息表（Coursetype）

序号	名称	数据类型	可否为空	说明	备注
1	coursetypeID	char (3)	否	课程类型编号，主键	
2	typename	varchar (18)	否	课程类型名称	

表 3-7　成绩信息表（Grade）

序号	名称	数据类型	可否为空	说明	备注
1	studentID	char (10)	否	学生编号，主键	外键约束
2	courseID	char (8)	否	课程编号，主键	外键约束
3	Term	nvarchar(20)	否	学期	
4	grade	Tinyint	是	学生成绩	

2．评价物理结构

数据库物理设计过程中需要对时间效率、空间效率、维护代价和各种用户的实际要求进行权衡，在权衡的过程中便会产生很多可选的物理设计方案，而最终使用的设计方案只有一种，因此，数据库设计人员必须对这些方案进行细致的评价，从中选择一个较优的设计方案作为数据库的物理结构。

评价物理数据库的方法完全依赖于所选用的数据库管理系统，主要是从定量估算各种方案的存储空间、存取时间和维护代价入手，对估算结果进行权衡、比较，选择出一个较优的、合理的物理结构。

如果没有符合用户需求的设计结构，则需要修改设计。因此，物理结构的设计与物理结构的评价往往也需要一个反复的过程，通过不断的完善才能达到适应具体应用环境的物理结构设计。

3.2.6　数据库实施阶段

数据库实施主要包括以下工作：
- 用 DDL 定义数据库结构
- 组织数据导入数据库
- 编制与调试相关应用程序
- 数据库试运行

1．定义数据库结构

确定了数据库的逻辑结构与物理结构后，就可以用所选用的数据库管理体系所提供的数据定义语言（DDL）来定义数据库的结构。例如创建数据库、创建数据库的表、创建数据库的视图等。

2．数据装载

数据库的结构定义好以后，就可以向数据库中装载数据了。数据是数据库的基础，合理有效的组织数据录入数据库是数据库实施阶段最主要的工作。对于数据量不是很大的小型系统，可以用人工的录入方法完成数据的录入，其步骤为：

（1）数据选择。需要录入数据库中的数据通常都是原始数据，这些数据都存放在相应的原始文件中，如纸制文件等。即便文件存放在计算机存储介质中，也可能是分散而不规律的，因此，首先必须对需要录入数据库的数据信息进行选择。

（2）数据格式转换。选择出来的需要录入数据库的数据，其格式一般不能满足具体数据库管理系统的要求，还需要进行转换。这种转换涉及数据的具体格式，因此往往非常复杂。

（3）录入数据。将转换好的数据输入计算机中，原始数据的录入过程较简单，但由于数据量较大，往往需要消耗较多的人工。

（4）数据校验。对录入的数据进行检查，检查输入的数据是否有误。

对于中大型系统，由于数据量十分庞大，用人工方式对数据进行录入将会耗费大量的人力、物力，最重要的是人工录入很难保证数据的正确性。因此，在大中型应用中，可以通过设计一个数据输入子系统，由计算机来辅助数据的录入工作，以保障数据录入的效率和录入的准确率。

3．编制与调试应用程序

在数据库应用中还需要一些具体的应用设计，即一些应用程序的设计。在数据库实施阶段，当数据库结构建立好后，就可以开始编制与调试数据库的应用程序，也就是说，编制与调试应用程序应与组织数据录入数据库同步进行。调试应用程序时由于数据录入尚未完成，因此可先使用模拟数据进行应用程序的测试。

4．数据库试运行

数据库的应用程序测试完成，并且已有一小部分数据入库后，就可以开始数据库的试运行，该阶段也称为数据库联合测试阶段。数据库试运行的主要工作包括功能测试和性能测试两部分。

功能测试：实际运行数据库应用程序，执行对数据库的各种应用操作，在实际环境下测试应用程序的各种功能。

性能测试：测试数据库系统的性能指标，分析是否符合设计目标。

3.2.7　运行和维护阶段

当数据库试运行结果符合数据库设计目标后，就可以真正投入运行了。数据库的运行标志着数据库开发任务的基本结束和数据库维护工作的开始，但这并不意味着数据库设计过程的终结，由于在具体的应用环境下数据库使用的具体需求也在不断变化，随着数据库的运行，其物理存储也会不断变化，因此对数据库设计进行调整、修改、评价等工作是一个长期反复的任务，也是设计工作的继续和对数据库设计质量的提高。

在数据库运行阶段，对数据库的维护工作主要是由数据库管理员完成的，其工作内容包括以下几点：

（1）数据库的备份和恢复。

数据库的运行过程中可能会发生很多意想不到的事情，从而影响数据库的安全和数据信息的完整。因此需要定期对数据库和数据库日志文件进行备份，以保证一旦数据库系统发生故障，数据库管理员能利用数据库备份及日志文件备份，在尽可能减少数据库数据损失的前提下，将数据库恢复到某种无错状态。

（2）数据库的安全性、完整性控制。

由于应用环境是不断变化的，因此数据库管理员必须对数据库的安全性和完整性控制负起责任。例如根据用户的实际需要授予不同的数据库操作权限，并根据数据库完整性约束条件的不断变化对完整性约束进行修正，以满足用户要求。

（3）对数据库性能的监督、分析和改进。

许多数据库管理系统都提供了监测系统性能参数的监测工具，数据库管理员可以利用这些工具方便地得到系统运行过程中的一系列性能参数。数据库管理员通过仔细分析这些数据，可以调整某些数据库设置参数来进一步改进数据库的可用性。

（4）数据库的重组织和重构造。

数据库运行过程中，由于数据信息的不断增、删、改，会使数据库的物理存储性能下降，从而降低数据库存储空间的利用率和数据的存取效率，使数据库的存储性能下降。这时数据库管理员就要对数据库进行重组织。数据库的重组织不会改变原有数据库设计的数据逻辑结构和物理结构，只是按原设计要求重新安排存储位置，例如：回收垃圾、减少指针链等，以提高系统性能。数据库管理系统一般都提供了供重组织数据库使用的实用程序，帮助数据库管理员重新组织数据库。

在数据库应用环境发生变化时，往往会导致实体及实体间的联系也发生相应的变化，使原有的数据库设计不能很好地满足新环境下应用的需求，从而不得不适当调整数据库的模式和内模式，这就是数据库的重构造。数据库管理系统都提供了修改数据库结构的功能。

重构造数据库的程度往往是有限的。如本书中对介绍的学生成绩管理系统，可以根据实际应用情况增加教师信息表和用户信息表，这些都是根据实际需求对数据库进行的简单重构造。

但很多情况下，由于应用环境变化太大，在新的应用环境下已无法通过重构数据库来满足新的需求，或重构数据库的代价太大，则表明此时数据库应用系统的生命周期已经结束，应该重新设计新的数据库系统，开始新数据库应用系统的生命周期，以满足新应用环境的应用需求。

3.3　数据库保护

在数据库运行过程中，需要对数据库进行保护，以保障数据库安全正常的运行，数据库保护是计算机安全中的一个重要部分。计算机系统安全是指为计算机系统建立和采取的各种安全保护措施，以保护计算机系统中的硬件、软件及数据，防止其因偶然或恶意的原因使系统遭到破坏、数据遭到更改或泄露等。计算机系统的安全性问题可分为技术安全类、管理安全类和政策法律三大类。

1. 技术安全类

指计算机系统中采用具有一定安全性的硬件、软件来实现对计算机系统及其所存数据的安全保护，当计算机系统受到无意或恶意的攻击时仍能保证系统的正常运行，保证系统内的数据安全。

2. 管理安全类

指技术安全之外的，诸如软硬件意外故障、事故和管理不善导致的计算机设备的物理破坏等安全问题。

3. 政策法律类

指相关管理部门建立的有关计算机犯罪、数据安全保密的法律、道德准则和政策法规、法令。

本书只介绍技术安全保护。根据计算机安全的基本理论和数据库系统的特点，在一般计算机系统中，数据库的保护措施是分层设置的。具体包括四个级别的安全性：

- 操作系统级别的安全性

  客户要访问数据库，首先要获得计算机操作系统的使用权。

- 服务器级别的安全性

  SQL Server 的服务器级安全性建立在控制服务器登录账号和密码的基础上，用户名和密码保证了用户在使用数据库前能获得 SQL Server 的访问权限。

- 数据库级别的安全性

  用户获得服务器安全性验证后，将直接面对不同的数据库入口，这是用户接受的第三层安全性验证。

- 表和列级的安全性

  该层是对某一数据库中对象使用权限的验证。

本小节只对数据库保护做简单介绍，数据库保护的相关知识将在第 12 章进行详细介绍。

一、选择题

1. 数据库系统设计特点（　　）。

    A. 反复性　　　　　　　　　　B. 试探性

    C. 单步性　　　　　　　　　　D. 面向数据

2. SQL Server 数据库应用系统设计的一般步骤（　　）。

    A. 需求分析阶段　　　　　　　B. 概念设计阶段

    C. 逻辑设计阶段　　　　　　　D. 物理设计阶段

    E. 数据库实现阶段　　　　　　F. 数据库运行和维护阶段

3. 在数据库需求分析阶段，收集、分析需求中的每一步都可能出现问题，在收集需求时应注意以下几点（　　）。

    A. 注意与用户进行充分的交流

    B. 在交流中把握系统本质性的需求

    C. 根据主观意识完全可以完成一个小型数据库的需求分析

    D. 关注系统开发过程中需求的改变

4. 需求分析阶段和逻辑结构设计阶段得到的结果分别是（　　）、（　　）。

    A. 数据字典描述的数据需求

    B. E-R 图表示的概念模型

    C. 某个 DBMS 所支持的数据模型

    D. 包括存储结构和存取方法的物理结构

5. 对数据库系统进行概念设计包括（　　）。

    A. 根据需求分析，找出数据实体

    B. 根据需求分析，找出实体与实体之间的联系

    C. 根据需求分析，找出实体的主码

    D. 根据需求分析，找出实体的属性

    E. 进行 E-R 模型设计

6. 数据库的实施主要包括以下哪些工作（　　）。

　　A．用 DDL 定义数据库对象

　　B．用 DML 操作数据库对象

　　C．组织数据导入数据库

　　D．编制与调试相关应用程序

　　E．数据库试运行

7. 数据库在运行阶段，数据库管理员的工作内容包括（　　）。

　　A．数据库的备份和恢复

　　B．数据库的安全性、完整性控制

　　C．对数据库性能的监督、分析和改进

　　D．数据库的重组织和重构造

8. 数据库的保护措施是分层设置的，具体包括四个级别的安全性（　　）。

　　A．操作系统级别的安全性

　　B．服务器级别的安全性

　　C．数据库级别的安全性

　　D．表和列级的安全性

　　E．视图级的安全性

二、填空题

1. 数据库的物理设计通常分为确定数据库的物理结构、对物理结构进行评价两步，其中确定数据库的物理结构包括＿＿＿＿＿、＿＿＿＿＿＿、＿＿＿＿＿＿、＿＿＿＿＿。

2. 对于数据量不是很大的小型系统，可以用人工方法完成数据的录入，其步骤为＿＿＿＿＿、＿＿＿＿＿＿、＿＿＿＿＿＿、＿＿＿＿＿。

3. 在一般计算机系统中，数据库的保护措施是分层设置的。具体包括四个级别的安全性＿＿＿＿＿、＿＿＿＿＿＿、＿＿＿＿＿＿、＿＿＿＿＿。

三、简答题

1. 需求分析阶段的设计目标是什么？调查的内容是什么？

2. 试述数据库概念结构设计的重要性和设计步骤。

3. 试述数据库设计过程各个阶段上的设计描述。

4. 简述实体转换成关系模式时遵从的转换方法。

5. 试述数据库设计过程中结构设计部分形成的数据库模式。

上机实验

一、实验目的和要求

1. 了解数据库设计的基本方法。

2. 能够对数据库开发项目进行需求分析。

3. 能够根据项目需求分析进行数据库的概念模型设计。

4．能将概念模型转换为关系模型。

5．能对关系模型进行规范化。

二、实验内容

根据实际情况完成一个实际部门的数据库系统设计。内容包括：数据库系统需求分析、数据库概念设计、数据库逻辑设计阶段、数据库物理设计。

1．分组实验，每组 4～5 人。合理分工，每人担任不同的角色，包括需求分析人员、数据库概念设计人员、数据库逻辑设计人员、数据库物理设计人员等。

2．选择一个实际部门的数据库系统进行项目需求分析，写出需求调查报告。

3．在需求分析的基础上，进行数据库概念设计，并用 E-R 图来描述该概念模型。

4．进行数据库逻辑设计，将概念模型转化成关系模型，并对该模型进行关系规范化。

5．根据数据库管理系统的特点和处理的需要，对逻辑设计的关系模型进行物理存储安排。

6．将各组的设计结果进行集体讨论、互相学习，指出各自的特点和不足，交流数据库设计过程中的收获和体会。

实践篇 | SQL Server 2005 数据库应用

第 4 章　SQL Server 2005 概述

第 5 章　Transact-SQL 语言基础

第 6 章　数据库的创建与管理

第 7 章　表的创建与约束机制

第 8 章　数据查询

第 9 章　索引

第 10 章　视图

第 11 章　存储过程和触发器

第 4 章　SQL Server 2005 概述

SQL Server 2005 系统是 Microsoft 公司发布的关系型数据库管理系统（RDBMS）。它是一个全面的数据库管理平台，它使用集成的商业智能工具（BI）提供了企业级的数据管理。SQL Server 2005 是基于 C/S 模式的大型分布式关系型数据库管理系统。本章将详细介绍 SQL Server 2005 的一些常识，包括版本、特性和安装方法等，同时重点介绍 SQL Server 管理工具和 SQL Server Management Studio（SSMS）的使用方法。

- 了解 SQL Server 2005 的功能
- 熟悉 SQL Server 2005 的安装条件
- 掌握 SQL Server 2005 的安装方法
- 熟悉 SQL Server 的管理和配置工具
- 掌握 SSMS 查询编辑器的用法

4.1　SQL Server 2005 简介

SQL Server 2005 系统是 Microsoft 公司于 2005 年 12 月 7 日向全球发布的关系型数据库管理系统（RDBMS），是一个全面的、集成的、端到端的数据解决方案，它为企业中的用户提供了一个更安全可靠和更高效的平台。

4.1.1　SQL Server 2005 版本介绍

目前，SQL Server 2005 有 6 个版本，分别为：Enterprise Edition（32 位和 64 位，缩写为 EE）、Standard Edition（32 位和 64 位，缩写为 SE）、Workgroup Edition（只适用于 32 位，缩写为 WG）、Developer Edition（32 位和 64 位，缩写为 DE）、Express Edition（只适用于 32 位，缩写为 SSE）、Mobile Edition（以前的 Windows CE Edition 2.0，缩写为 CE 或 ME）。根据实际应用的需要，如性能、价格和运行时间等，可以选择安装不同版本的 SQL Server 2005。大部分用户喜欢选择安装 EE 版、SE 版或 WG 版，因为这几个版本可以应用于产品服务器环境。

1. Enterprise Edition（32 位和 64 位）

企业版 SQL Server 2005 支持多达几十个 CPU 的多进程处理，而且支持聚类（两个独立服务器之间提供自动接管功能并分担工作量），允许 HTTP 访问联机分析处理（OLAP）多维集。企业版支持超大型企业进行联机事务处理（OLTP）、高度复杂的数据分析、数据仓库系统和网站所需的性能水平。企业版的全面商业智能和分析能力及其高可用性功能（如故障转移群集），使它可以处理大多数关键业务的企业工作负荷。企业版是最全面的 SQL Server 版本,是超大型企业的理想选择,能够满足最复杂的要求。

2. Standard Edition 版(32 位和 64 位)

SE 版是 SQL Server 的主流版本,大多数 SQL Server 用户都会选择安装这一版本。它支持多进程处理,还可支持多个 CPU 和 2GB 以上的 RAM。SE 版是中、小企业或组织管理数据并进行分析的平台。它包含了电子商务、数据仓库等技术需要的重要功能。

3. Workgroup Edition 版(只适用于 32 位)

WG 版是中、小组织数据管理的理想解决方案,这种方案可以满足对数据库大小或用户数量无特定限制的需要。WG 版既可以充当前端 Web 服务器,也可以满足部门和分支机构运营的需要。它具有 SQL Server 产品的核心数据库特点,容易升级为标准版和企业版。

4. Developer Edition(32 位和 64 位)

系统默认安装为 DE 版,而企业版和标准版则应视为应用服务器的解决方案。利用 DE 版软件,可以开发和测试应用程序。由于该版本具有企业版的所有特性,因此可以将在开发版上成功开发的解决方案顺利移植到产品环境下而不会产生任何问题。

5. Express Edition 版

SSE 版是一种免费、易用而且管理简单的数据库系统。它集成在 Microsoft Visual Studio 2005 之中,利用它可以轻松地开发出兼容性好、功能丰富、存储安全、可快速部署的数据驱动应用程序。SSE 版是低端独立软件开发商、低端服务器用户、建立 Web 应用程序的非专业开发者和开发客户端应用程序的业余爱好者的理想选择。

6. Windows CE(或 ME)版

这个版本将用于 Windows CE 设备,其功能完全限制在给定范围内,显然这些设备的容量极其有限。CE 版是一种专为开发基于 Microsoft Windows Mobile 的设备的开发人员而提供的移动数据库平台。其特有的功能包括强大的数据存储功能、优化的查询处理器,以及可靠、可扩展的连接功能。

4.1.2　SQL Server 2005 的新特性

SQL Server 2005 的新特性很多,此处只列举几个同学们现在可以理解的。

1. .NET Framework 集成

数据库编程人员可以充分利用 Microsoft .NET Framework 类库和现代编程语言 Microsoft Visual Basic.NET 和 C# 编程语言来实现服务器中的功能。通过集成的通用语言运行时(Common Language Runtime,CLR),可以使用所选择的.NET Framework 语言对存储过程、函数和触发器进行编码。

2. Web Services

在 SQL Server 2005 中,可以开发数据库层中的 XML Web services,把 SQL Server 作为 HTTP 侦听器,这对那些以 Web services 为中心的应用程序提供了新型的数据访问功能。

3. XML 技术

SQL Server 2005 完全支持关系型和 XML 数据,这样企业可以以最适合其需求的格式来存储、管理和分析数据。对于那些已存在的和新兴的开放标准,如超文本传输协议(HTTP)、XML、简单对象访问协议(SOAP)、XQuery 和 XML 方案定义语言(XSD)的支持也有助于让整个企业系统相互通信。

4. 数据库镜像

数据库镜像允许事务日志以连续的方式从源服务器传递到单台目标服务器上。当主系统出现故障时，应用程序可以立即重新连接到辅助服务器上的数据库。辅助实例几秒钟内即可检测到主服务器发生了故障，并能立即接受数据库连接。

5. Microsoft Office System 的集成

Reporting Services 的报表服务器提供的报表可运行在 Microsoft SharePoint Portal Server 和 Microsoft Office System 应用程序（如 Microsoft Word 和 Microsoft Excel）的上下文中。可使用 SharePoint 中的功能来订阅报表，创建新版报表和分发报表。

4.2 SQL Server 2005 的安装

4.2.1 安装的软硬件需求

需要特别注意的是，在 32 位平台上运行 SQL Server 2005 与在 64 位平台上运行 SQL Server 2005 所需要的软、硬件要求有所不同。

以下是对安装 SQL Server 2005（32 位和 64 位平台）所需满足的最低软、硬件要求：

- VGA 显示器，并至少需要工作在 1024×768 像素模式下。
- 鼠标或兼容的指点设备。
- CD 或 DVD 驱动器。
- PII 500MHz 以上的服务器。
- 群集硬件要求　在 32 位和 64 位平台上，支持安装 8 节点群集安装（这是 Windows Server 2003 所支持的最大节点数）。
- 网络软件要求 32 位版本与 64 位版本在软件的要求上相同，Windows 2003、Windows XP 和 Windows 2000 都具有内置网络软件。但是要注意的是：SQL Server 2005 已不再支持 Banyan VINES 顺序包（SPP）、Multiprotocol、AppleTalk 和 NWLink IPX/SPX 等网络协议。以前利用这些协议进行连接的客户端，现在需要采用其他协议来实现。单机运行和默认实例支持以下网络协议：Shared memory（故障群集转移不支持该协议）、Named pipes、TCP/IP、VIA。
- 有关 IE 浏览器，32 位版本和 64 位版本的要求相同。
- 软件要求　Microsoft Windows.NET Framework 2.0、Microsoft SQL Server Native Client、Microsoft SQL Server Setup support files。SQL Server 2005 不安装 .NET Framework 2.0 软件开发包（SDK）。SDK 包含文档、C++编译器和其他工具，这些工具在使用.NET Framework 进行 SQL Server 开发时十分有用。

1. 对硬件环境的要求

表 4-1 列出了在 32 位的平台上安装 SQL Server 2005 所要满足的配置条件。

表 4-1　不同版本所要求配置条件

版本（32）	开发版	标准版	工作组版	精简版
CPU 类型	Intel 兼容的 Pentium III 处理器或更高级别	Intel 兼容的 Pentium III 处理器或更高级别	Intel 兼容的 Pentium III 处理器或更高级别	Intel 兼容的 Pentium III 处理器或更高级别

续表

版本（32）	开发版	标准版	工作组版	精简版
CPU 速度	最低：500MHz 推荐：1GHz 或更高 最高：TBD	最低：500MHz 推荐：1GHz 或更高 最高：TBD	最低：500MHz 推荐：1GHz 或更高 最高：TBD	最低：500MHz 推荐：1GHz 或更高 最高：TBD
内存大小	最低：512MB 推荐：1G 或更高 最高：TBD	最低：512MB 推荐：1G 或更高 最高：TBD	最低：512MB 推荐：1G 或更高 最高：TBD	最低：128MB 推荐：512MB 或更高 最高：TBD

2. 对操作系统的要求

表 4-2 列出了各种版本的 SQL Server 2005 可以运行的操作系统。

表 4-2　对操作系统的要求

操作系统	企业版	开发版	标准版	工作组版	Express 版	企业评估版
Windows 2000 Professional Editon SP4	否	是	是	是	是	是
Windows 2000 Server SP4	是	是	是	是	是	是
Windows 2000　Advanced Server SP4	是	是	是	是	是	是
Windows 2000 Datacenter Edition SP4	是	是	是	是	是	是
嵌入式 Windows XP	否	否	否	否	否	否
Windows XP Home Editon SP2	否	是	否	是	是	否
Windows XP Professional Editon SP2	否	是	是	是	是	是
Windows XP Media Editon SP2	否	是	是	是	是	是
Windows XP Tablet Editon SP2	否	是	是	是	是	是
Windows 2003 Server SP1	是	是	是	是	是	是
Windows 2003 Enterprise Edition SP1	是	是	是	是	是	是
Windows 2003 Datacenter Edition SP1	是	是	是	是	是	是
Windows 2003 Web Edition SP1	否	否	否	否	是	否

3. 对 Internet 要求

表 4-3 列出了 SQL Server 2005 对 Internet 的要求。

表 4-3　对 Internet 的要求

组件	要求
Internet 软件	所有 SQL Server 2005 的安装都需要 Microsoft Internet Explorer 6.0 SP1 或更高版本，因为 Microsoft 管理控制台（MMC）和 HTML 帮助需要它。
Internet 信息服务	安装 Microsoft SQL Server 2005 Reporting Services（SSRS）需要 IIS 5.0 或更高版本。
ASP.NET 2.0	Reporting Services 需要 ASP.NET 2.0。安装 Reporting Services 时，如果尚未启用 ASP.NET，则 SQL Server 安装程序将启用 ASP.NET。

注意　　.NET Framework 2.0 软件 SQL Server 2005 安装的时候会检查你的计算机是否安装，如果没有安装，会自动配置这些组件，不用另外安装。如果服务器符合以上要求，就可以直接安装 Microsoft SQL Server 2005。

4.2.2   一般安装过程

用户往往会在安装 SQL Server 2005 时遇到这样或那样的问题，下面就以在 Windows Server 2003 上安装企业版 SQL Server 2005 为例，介绍 SQL Server 2005 的安装步骤。

将 SQL Server 2005 安装盘插入光驱后，SQL Server 2005 安装盘将自动启动安装程序；或手动执行光盘根目录下的 Autorun.exe 文件，这两种方法都可进行 SQL Server 2005 的安装。

（1）如果光盘未自动运行，可以双击安装盘中的 SPLASH.HTA 可按照提示一步一步安装完毕，如图 4-1 所示。

图 4-1   安装系统选择界面

（2）x86、x64 分别是基于 32 位、64 位的操作系统（请单击与操作系统相匹配的链接启动安装程序）。

（3）单击安装"服务器组件、工具、联机丛书和示例"，如图 4-2 所示。

图 4-2   安装选择界面

（4）在打开的"最终用户许可协议"对话框中阅读许可条款，再选中"我接受许可条款和条件"复选框，单击"下一步"按钮，如图 4-3 所示。

（5）在打开的"安装必备组件"对话框中，安装程序显示必需的组件，单击"安装"按钮开始安装必备组件，如图 4-4 所示。

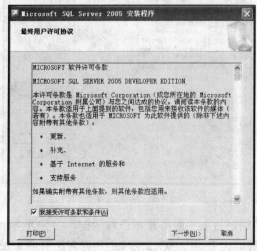
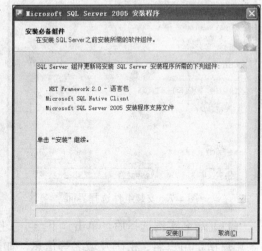

图 4-3　许可协议界面　　　　　　　　　　图 4-4　安装必备组件界面

（6）必备组件安装结束后，单击"下一步"按钮将进入正式安装的向导界面。再次单击"下一步"按钮进入系统配置检查界面，检查配置没问题，单击"下一步"按钮，如图 4-5 所示。

（7）配置检查结束后，单击"下一步"按钮进入"注册信息"输入对话框，如图 4-6 所示。在这个对话框中需要输入相应的注册信息。

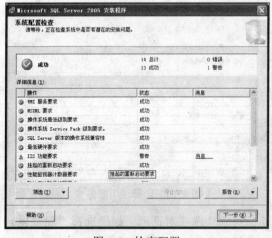

图 4-5　检查配置　　　　　　　　　　　图 4-6　注册信息

（8）注册信息输入完毕后单击"下一步"按钮打开"要安装的组件"对话框，如图 4-7 所示。在这个对话框中选择需要安装的组件。

（9）单击"高级"按钮可以打开"功能选择"对话框，进行更详细的配置，如图 4-8 所示。

（10）安装组件选择和设置完毕后，单击"下一步"按钮，进入"实例名"对话框，可以为 SQL Server 服务器命名。如果是首次安装可以选择"默认实例"单选按钮，然后单击"下一步"按钮，如图 4-9 所示。

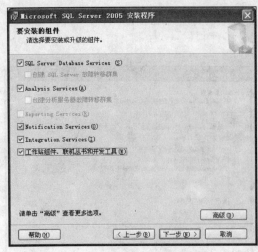

图 4-7　安装组件选择界面　　　　　　　　图 4-8　功能选择界面

（11）命名实例选择后，单击"下一步"按钮，进入"服务账户"对话框，为 SQL Server 服务账户指定用户名、密码及域名等信息，如图 4-10 所示。SQL Server 允许对所有服务使用一个账户，也可以对每个服务单独指定账户。如果在没有域的环境中使用，可以直接选择使用内置系统账户。此外，在此对话框中还可以选择安装结束后自动启动的服务。

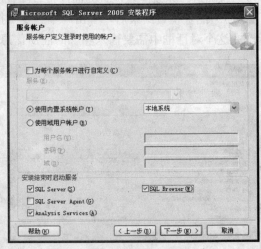

图 4-9　选择实例　　　　　　　　　　　图 4-10　选择使用服务账户

（12）单击"下一步"按钮，进入"身份验证模式"选择对话框。如果选择"混合模式"，还必须输入默认账户 sa 的密码，而且 sa 默认必须是强密码，如图 4-11 所示。

（13）单击"下一步"按钮，打开"排序规则设置"对话框，指定 SQL Server 实例的排序规则，如图 4-12 所示。

（14）单击"下一步"按钮进入"错误和使用情况报告设置"对话框，SQL Server 可以将错误及使用情况报告到 Microsoft。单击"下一步"按钮，打开"准备安装"界面，如图 4-13 所示。

（15）单击"安装"按钮，打开"安装进度"对话框，如图 4-14 所示。在这个对话框中可以监视安装进度。还可以通过单击某个服务的名称，打开该服务安装的日志文件。

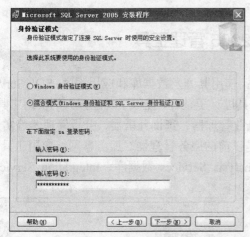

图 4-11　身份验证模式界面

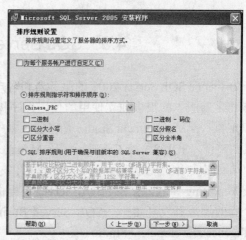

图 4-12　排序规则设置

图 4-13　准备安装

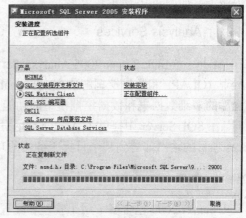

图 4-14　安装进度

（16）安装完毕，单击"下一步"按钮，如图 4-15 所示。单击"完成"按钮，安装完毕。

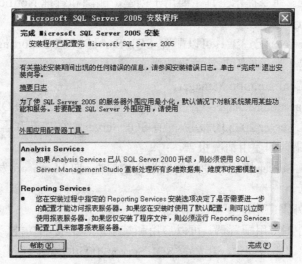

图 4-15　安装完成界面

4.3　SQL Server 2005 管理工具

为了管理 SQL Server 2005 的服务器和客户端，使用其开发数据库和应用程序，SQL Server 2005 将之前版本的很多独立使用的使用程序和工具进行了整合，提供了功能强大的实用工具。如 SQL Server Management Studio 是以前版本中企业管理器、查询分析器、分析管理器等实用工具的整合，SQL Server Configuration Manager 是以前的服务管理器、服务器网络实用工具、客户端网络实用工具的整合。为了设计和开发 Analysis Services 数据库、Integration Services 以及 Reporting Services 等，SQL Server 还提供了一个新的集成开发环境——SQL Server Business Intelligence Development Studio。

一般情况下，在完整安装完 SQL Server 2005 之后，开始菜单中会自动添加上述的实用工具和相应的服务，如图 4-16 所示。

图 4-16　添加的菜单

4.3.1　Analysis Services

在 Microsoft SQL Server 2005 Analysis Services（SSAS）中，可以方便地创建复杂的联机分析处理 (OLAP) 和数据挖掘解决方案。Analysis Services 工具提供了设计、创建和管理来自数据仓库的多维数据集和数据挖掘模型的功能，还提供对 OLAP 数据和数据挖掘数据的客户端访问。在 SQL Server 中提供了 Analysis Services 的"部署向导"，为用户提供将某个 Analysis Services 项目的输出部署到某个目标服务器的功能。

4.3.2　配置工具

SQL Server 2005 包含多个用于管理和配置服务器和客户端的工具，主要包括：

（1）Notification Services 命令提示。

Notification Services 可生成消息，并将消息发送给订阅了此应用程序的用户或其他应用程序。Notification Services 命令提示工具主要用于创建、删除和管理 Notification Services 实例。

（2）Reporting Services 配置。

使用 Reporting Services 配置工具可以配置 SQL Server 2005 Reporting Services 的安装，包括报表服务器的配置、数据库及密钥的设置等。

（3）SQL Server Configuration Manager。

SQL Server Configuration Manager（配置管理器）用于查看和配置 SQL Server 的服务。可以在该工具中管理 SQL Server 2005 的服务、配置 SQL Server 服务器端和客户端的网络等操作。

（4）SQL Server 错误和使用情况报告。

可以通过配置 SQL Server 错误和使用情况报告的属性，向 Microsoft 发送 SQL Server 的错误消息及使用情况信息。

（5）SQL Server 外围应用配置器。

使用 SQL Server 外围应用配置器，可以启用和禁用远程链接的功能、服务和网络协议等，SQL Server 外围应用配置器帮助进一步配置 SQL Server 2005 的安装。

4.3.3　文档和教程

SQL Server 2005 提供了大量的联机帮助文档和内容翔实的教程，为用户提供学习帮助。除了在开始菜单中启动联机帮助外还可以直接在其他任何 SQL Server 的实用工具中启动。

4.3.4　性能工具

SQL Server 的性能工具包括 SQL Server Profiler 和"数据库引擎优化顾问"两个。主要用于用户数据库性能调试和优化。

4.3.5　SQL Server Business Intelligence Development Studio

SQL Server Business Intelligence Development Studio 是商务智能（BI）系统开发人员设计的集成开发环境，构建于 Visual Studio 2005 技术之上，为商业智能系统开发人员提供了一个丰富的、完整的专业开发平台，支持商业智能平台上的所有组件的调试、源代码控制以及脚本和代码的开发。

4.3.6　SQL Server Management Studio

SQL Server Management Studio（SQL Server 管理控制台）是 SQL Server 的集成管理工具，将 SQL Server 早期版本中包含的企业管理器、查询分析器和分析管理器的功能组合到单一环境中，为不同层次的开发人员和管理员提供 SQL Server 的访问能力。

4.4　SQL Server Management Studio 的使用方法

SQL Server Management Studio，以下简称为 SSMS，基于 Microsoft Visual Studio，为用户提供图形化的、集成的、丰富的管理工具。

4.4.1　启动 SSMS

启动 SSMS 的步骤如下：

（1）单击"开始"→"程序"→SQL Server 2005→SQL Server Management Studio 命令，弹出"连接到服务器"对话框，如图 4-17 所示。

图 4-17　连接到服务器

（2）选择身份验证模式，输入用户名和密码，单击"连接"按钮，便可以进入 SQL Server Management Studio 窗口，如图 4-18 所示。

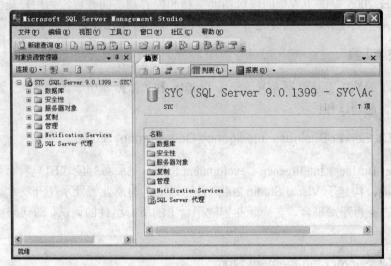

图 4-18　SQL Server Management Studio 窗口

4.4.2　SSMS 查询编辑器

1. 查询编辑器工具栏

在使用查询编辑器编写 SQL 脚本的时候经常会用到 SSMS 工具栏中的 SQL 编辑器工具栏，如图 4-19 所示。该工具栏只在查询编辑器打开的时候出现。

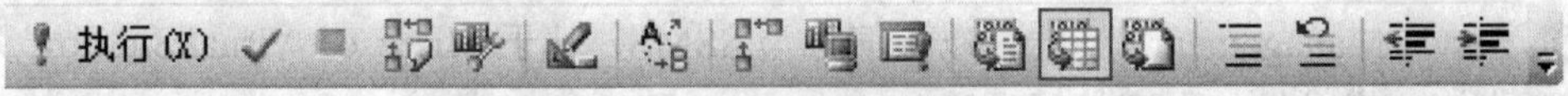

图 4-19　查询编辑器工具栏

该工具栏上的常用按钮及其说明如下：

执行(X) 按钮：用于执行编写好的 T-SQL 脚本。

按钮：用于检查分析编写好的 T-SQL 脚本。

按钮：终止正在执行的 T-SQL 脚本。

按钮：用于显示预估的执行计划。

按钮：以文本形式查看运行结果。

按钮：以网格形式查看运行结果。

按钮：将运行结果另存到文件。

按钮：将选中行注释。

按钮：取消对选中行的注释。

2. 使用 SSMS 编写并运行 SQL 脚本

编写并运行 T-SQL 脚本的步骤如下：

（1）单击"文件"→"新建"→"数据库引擎查询"命令或单击工具栏上的"数据库引擎查询"按钮或"新建查询"按钮，在弹出的"连接到服务器"对话框中单击"确定"按钮，在"文档"窗口打开了查询编辑器，如图 4-20 所示。

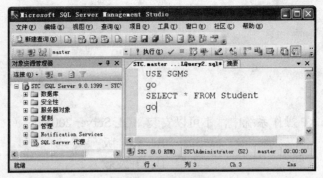

图 4-20 查询编辑器

（2）在查询编辑器的编辑面板中，输入 T-SQL 语句：

```
USE SGMS
go
SELECT * FROM Student
go
```

（3）使用工具栏上的"连接"、"执行"、"分析"或"显示估计的执行计划"按钮完成相应的任务；在查询结果栏里显示执行结果，如图 4-21 所示。

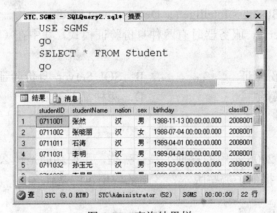

图 4-21 查询结果栏

（4）单击"文件"→"保存"→"另存为"命令，保存 T-SQL 查询语言为脚本语言（.sql），如图 4-22 所示。

图 4-22 另存为界面

习题4

一、选择题

1. 在 Windows XP 操作系统中，不可以安装 SQL Server 2005 的（　　　）。
   A. 企业版
   B. 标准版
   C. 个人版
   D. 开发版

2. SQL Server 中包含多种服务，下列（　　　）是 SQL Server 提供的服务。
   A. SQL Server Database Services
   B. Integration Services
   C. Analysis Services
   D. SQL Server Full Text Search

3. 下面（　　　）工具是 Microsoft SQL Server 2005 提供的集成环境，这种工具可以完成访问、配置、控制、管理和开发 SQL Server 的所有工作。
   A. Microsoft SQL Server Management Studio
   B. SQL Server Profiler
   C. SQL Server Configuration Manager
   D. SQL Server Business Intelligence Development Studio

4. 在连接到 SQL Server 服务器时有两种身份验证模式，其中在（　　　）方式下，需要输入登录用户名以及密码。
   A. Windows 身份验证
   B. SQL Server 身份验证
   C. 上述两种都需要
   D. 两种都不需要

二、简答题

1. 简述 SQL Server 2005 常用的管理工具有哪些，主要功能是什么？
2. SQL Server 2005 提供了哪些版本？各自的应用范围是什么？

上机实验

一、实验目的和要求

1. 通过安装了解 SQL Server 2005 的一些常识。
2. 熟悉安装 SQL Server 2005 所需要的软、硬件需求及操作系统版本。
3. 掌握 SQL Server 2005 的一般安装方法。
4. 了解 SQL Server 2005 常用工具的用法。
5. 掌握 SSMS 的用法。

二、实验内容

1. 在实验室的计算机上安装 SQL Server 2005，如果已安装过 SQL Server，选择安装命名实例，并将该实例命名为自己的姓名。在安装时做好以下设置：
● 选择安装所有的服务，并查看哪些服务已经在本机安装。

- 将服务账户设置为"使用内置系统账户"。
- 将登录身份验证模式设置为"SQL Server 和 Windows"混合的身份验证,并一定记住 Sa 的密码。

2. 启动 SQL Server Configuration Manager,熟悉 SQL Server 的常用配置及其设置方法,完成以下几个任务:

- 查看当前服务器上已经安装的 SQL Server 2005 服务,并启动或停止其中某个服务,如 SQL Server Agent 服务。
- 查看当前服务器的网络配置,选择启用其中某个协议。
- 查看 SQL Server Native Client 的配置。

3. 启动并使用 sa 用户登录 SQL Server Management Studio,熟悉该工具的用法,完成以下几个任务:

- 打开或隐藏"对象资源管理器",并逐级展开其目录,查看其内容。
- 在对象资源管理器中查看服务器的属性,了解 SQL Server 的常规配置信息。
- 打开或隐藏"已注册服务器"窗口,在该窗口中可以看到所有本地计算机上安装的服务器和已注册的其他远程服务器。
- 尝试注册本局域网内的其他能连接的服务器(需要该服务器的用户名和密码)。

4. 编写基本的 T-SQL 脚本并调试运行,具体任务如下:

- 新建查询,并执行下面一段程序:

```
USE master
Go
CREATE DATABASE db_test
GO
```

- 选择查询编辑器工具栏上的执行按钮或按下 F5 键,执行程序并查看执行结果。
- 在对象资源管理器中刷新,查看数据库节点下的变化。
- 在查询编辑器窗口中,选中 CREATE DATBASE,按下 Shift+F1 组合键,查看该语句的语法帮助。

第 5 章 Transact-SQL 语言基础

Transact-SQL（以下简称 T-SQL）是一种数据定义、操作和控制语言，是 SQL Server 中的重要元素。本章介绍了该编程语言，同时描述了它的语句类型和语法元素。T-SQL 是 SQL Server 编程的重要工具，是 SQL Server 编程的基础。无论是数据库管理员、还是数据库程序员都必须使用该语言进行数据库的设计、维护和编程。即使作为一名应用程序设计者，也必须熟练掌握 T-SQL 语法以便同 SQL-Server 进行交互。

本章将首先简单介绍 T-SQL 的常识及其类型，再分别介绍 T-SQL 语言的基本语法要素，包括数据类型、变量、运算符及表达式，然后介绍了 T-SQL 的批处理和流程控制语句，最后给出了后面编程中经常会用到的系统函数及其用法。

本章要点

- 了解 T-SQL 编程语言的基本常识
- 理解 T-SQL 语句的类型
- 理解 T-SQL 所提供的系统数据类型
- 理解 T-SQL 所提供的运算符及表达式的用法
- 掌握变量的声明、赋值及输出方法
- 掌握基本的流程控制语句用法
- 了解 SQL Server 提供的函数的分类
- 掌握常用函数的用法

5.1 T-SQL 语言简介

SQL 全称是"结构化查询语言（Structured Query Language）"，最早是 IBM 的圣约瑟研究试验室为其关系数据库管理系统 SYSTEM R 开发的一种查询语言，它的前身是 SQUARE 语言。SQL 语言结构简洁，功能强大，简单易学，得到了广泛的应用。目前，SQL 语言已被确定为关系数据库系统的国际标准，被绝大多数商品化关系数据库系统采用，如 Oracle、Sybase、DB2、Informix、SQL Server 这些数据库管理系统都支持 SQL 语言作为查询语言。结构化查询语言 SQL 是一种介于关系代数与关系演算之间的语言，其功能包括查询、操纵、定义和控制四个方面，是一个通用的功能极强的关系数据库标准语言。

T-SQL 语言是微软公司对标准 SQL 功能的增强和扩展，利用 T-SQL 可以完成数据库上的各种管理操作，而且可以编制复杂的程序。它是应用程序与 SQL Server 沟通的主要语言。T-SQL 提供标准 SQL 的 DDL 和 DML 功能，加上延伸的函数、系统预存程序以及程序设计结构（例如 IF 和 WHILE）让程序设计更有弹性。

T-SQL 主要包含以下三部分功能：

- 数据定义语言（Data Definition Language，DDL）：主要用来定义数据的结构，包括 CREATE、ALTER、DROP。
- 数据控制语言（Data Control Language，DCL）：用来控制数据库的存取许可、存取权限等的命令，包括 GRANT、REVOKE、DENY。
- 数据操纵语言（Data Manipulation Language，DML）：主要用来操纵数据库中的数据的命令，包括 SELECT、INSERT、UPDATE、DELETE。

5.2　SQL Server 的数据类型

在计算机中数据有两种特征：类型和长度。所谓数据类型就是以数据的表现方式和存储方式来划分的数据的种类。

在 SQL Server 2005 中，每个列、局部变量、表达式和参数都有其各自的数据类型。指定对象的数据类型相当于定义了该对象的四个特性：

（1）对象所含的数据类型，如字符、整数或二进制数。

（2）所存储值的长度或它的大小。

（3）数字精度（仅用于数字数据类型）。

（4）小数位数（仅用于数字数据类型）。

SQL Server 提供系统数据类型集，定义了可与 SQL Server 一起使用的所有数据类型；另外用户还可以使用 T-SQL 或.NET 框架定义自己的数据类型。

每个表可以定义至多 250 个字段，除文本和图像数据类型外，每个记录的最大长度限制为 1962 个字节。

5.2.1　SQL Server 系统提供的数据类型

在 SQL Server 中每个变量、参数、表达式等都有数据类型。系统提供的数据类型分为几大类，如表 5-1 所示。

表 5-1　SQL Server 2005 提供的数据类型分类

分类	数据类型
整数数据类型	INT 或 INTERGER、SMALLINT、TINYINT、BIGINT
浮点数据类型	REAL、FLOAT、DECIMAL、NUMERIC
货币数据类型	MONEY、SMALLMONEY
字符数据类型	CHAR、NCHAR、VARCHAR、NVARCHAR、TEXT、NTEXT
日期和时间数据类型	DATETIME、SMALLDATETIME
二进制数据类型	BINARY、VARBINARY、IMAGE
逻辑数据类型	BIT
特定数据类型	TIMESTAMP、UNIQUEIDENTIFIER
用户自定义数据类型	SYSNAME

下面分类讲述各种数据类型。

1. 整数数据类型

整数数据类型是最常用的数据类型之一。具体类型名称、表示范围和有效存储空间如表5-2所示。

表 5-2　整数数据类型

数据类型	范围	存储空间
bigint	长整数 $-2^{63} \sim 2^{63}-1$	8 字节
int	整数 $-2^{31} \sim 2^{31}-1$	4 字节
smallint	短整数 $-2^{15} \sim 2^{15}-1$	2 字节
tinyint	更小的整数 $0 \sim 255$	1 字节

2. 浮点数据类型

浮点数据类型用于存储十进制小数。浮点数据类型包括精确的小数数据和近似的小数数据类型。精确的小数类型包括 decimal 和 numeric 两种，近似的小数类型包括 float 和 real 两种，如表 5-3 所示。

表 5-3　浮点数据类型

数据类型	应用说明	存储空间
decimal [(p[,s])]	p 为精度，最大 38；s 为小数位数，$0 \leqslant s \leqslant p$	2～17 字节
numeric [(p[,s])]	等价于 decimal	2～17 字节
float [(n)]	范围为 -1.79E+308～1.79E+308；n 为用于存储尾数的位数，$1 \leqslant n \leqslant 53$	4 字节
real	范围为 3.40E+38～3.40E+38	4 字节

3. 货币数据类型

货币数据类型用于存储货币值，包括 money 和 smallmoney 两种类型。它们的表示范围如表 5-4 所示。

表 5-4　货币数据类型

数据类型	范围	存储空间
money	922 337 203 685 477.580 8～+922 337 203 685 477.580 7	8 字节
smallmoney	-214 748.3648 ～ 214 748.3647	4 字节

4. 字符数据类型

字符数据类型是使用最多的数据类型。它可以用来存储各种字母、数字符号、特殊符号。一般情况下，使用字符类型数据时须在其前后加上单引号"'"。在 SQL Server 中，支持两种编码形式的字符串，即 ANSI 格式的字符串和 UNICODE 格式的字符串。ANSI 格式的字符串单个字符近占用 1 个字节，而 UNICODE 格式的字符串单个字符占用 2 个字节，如表 5-5 所示。

表 5-5 字符数据类型

数据类型	应用说明	备注
char [(n)]	存储字符个数为 0～8 000	ANSI 字符串
varchar [(n)]	存储字符个数为 0～8 000	
text	存储字符个数为 0～2GB	
nchar [(n)]	存储字符个数为 0～4 000	UNICODE 字符串
nvarchar[(n)]	存储字符个数为 0～4 000	
ntext	存储字符个数为 0～1GB	

下面以 ANSI 字符为例介绍几种类型的特点，UNICODE 字符与此相似。

（1）char：定义形式为 char [(n)]。 以 char 类型存储的每个字符和符号占一个字节的存储空间。n 表示所有字符所占的存储空间，n 的取值为 1 到 8000， 即可容纳 8000 个 ANSI 字符。若输入数据的字符数小于 n，则系统自动在其后添加空格来填满剩余空间。若输入的数据过长，将会截掉其超出部分。

（2）varchar：定义形式为 varchar [(n)]，n 的取值也为 1 到 8000，其占据存储空间的数量是根据文本的长度而定的。若输入的数据过长，将会截掉其超出部分。

（3）text：用于存储大量文本数据，其容量理论上为 1 到 2 的 31 次方-1 个字节，在实际应用时需要视硬盘的存储空间而定。

5. 日期和时间数据类型

日期和时间数据类型包括 datetime 和 smalldatetime 两种，它们的表示范围如表 5-6 所示。

表 5-6 整数数据类型

数据类型	范围	精确度
datetime	占 8 个字节，表示从 1753 年 1 月 1 日到 9999 年 12 月 31 日的日期	3.33 毫秒（1/300 秒）
smalldatetime	占 4 个字节，表示从 1900 年 1 月 1 日至 2079 年 6 月 6 日的日期	1 分钟

6. 二进制数据类型

（1）BINARY：用于存储二进制数据。其定义形式为 BINARY(n)，n 表示数据的长度，取值为 1 到 8000。

（2）VARBINARY：定义形式为 VARBINARY(n)。它与 BINARY 类型相似，n 的取值也为 1 到 8000，若输入的数据过长，将会截掉其超出部分。不同的是 VARBINARY 数据类型具有变动长度的特性，因为 VARBINARY 数据类型的存储长度为实际数值长度+4 个字节。当 BINARY 数据类型允许 NULL 值时，将被视为 VARBINARY 数据类型。

（3）IMAGE：用于存储照片、目录图片或者动画，其理论容量为 2^{31}-1 个字节。

7. 逻辑数据类型

BIT：占用 1 个字节的存储空间，其值为 0 或 1。如果输入 0 或 1 以外的值，将被视为 1。BIT 类型不能为 NULL。

8. 其他数据类型

除了上述的数据类型外，SQL Server 还包括一些特殊的数据类型，如 cusor、sql_variant、table、timestamp、uniqueidentifier、xml 等，用户在使用时可以参阅相关的帮助文档。

5.2.2   用户自定义数据类型

SQL Server 允许用户自定义数据类型，用户自定义数据类型是建立在 SQL Server 系统数据类型基础上的，当用户定义一种数据类型时，需要指定该类型的名称、建立在其上的系统数据类型以及是否允许为空等。

1. 创建用户自定义数据类型

用户自定义数据类型基于单一的系统数据类型，但它提供了一种对数据类型应用更具描述性名称的机制。它可以进一步地优化系统数据类型，以确保不同表使用公共数据元素时的一致性。

在创建用户自定义数据类型时，必须提供数据类型名称、所基于的系统数据类型，以及为空性（是否允许为 NULL）。创建别名数据类型的基本语法如下：

CREATE TYPE *数据类型名称* From *基类型描述* [NULL | NOT NULL]

例如，为学生成绩管理系统创建一个 student_number 别名数据类型：

CREATE TYPE student_number FROM varchar(12) NULL

在创建完成后，该数据类型将可以直接用于声明字段数据类型等，但是其作用范围仅在当前数据库系统中。

2. 删除用户定义数据类型

如果该数据类型已不再使用，可以使用 DROP TYPE 语句将其删除。DROP TYPE 语句不可以用来删除系统数据类型，只能删除别名数据类型。其基本语法如下：

DROP TYPE [schema_name.] type_name

5.3   变量、运算符与表达式

5.3.1   变量

T-SQL 语言中有两种形式的变量，一种是用户自己定义的局部变量，另外一种是系统提供的全局变量。

1. 局部变量

局部变量的作用范围仅限制在程序内部。局部变量被引用时要在其名称前加上标志"@"，而且必须先用 DECLARE 命令定义后才可以使用。

（1）局部变量的声明。定义局部变量的语法形式如下：

DECLARE {@local_variable data_type} […n]

其中，参数@local_variable 用于指定局部变量的名称，参数 data_type 用于设置局部变量的数据类型及其大小.data_type 可以是任何由系统提供的或用户定义的数据类型。但是，局部变量不能是 text，ntext 或 image 数据类型。

（2）局部变量的赋值。使用 DECLARE 命令声明并创建局部变量之后，会将其初始值设为 NULL，如果想要设定局部变量的值，必须使用 SELECT 命令或者 SET 命令。其语法形式为：

SET   { @local_variable = expression }

或者

SELECT { @local_variable = expression } [,...n]

（3）局部变量及表达式的输出。在进行程序调试时往往需要将变量的值输出，可以使用 PRINT 命令或 SELECT 命令输出。其语法形式为：

PRINT expression

或者

SELECT expression　[,...n]

两种打印输出结果的显示形式是不一样的，PRINT 将以文本形式输出，而 SELECT 语句默认将以表格的形式输出。

任务 5-1　定义两个整型变量 a 和 b，赋值并打印输出两者的和与差。

实现本任务的脚本如下：

```
DECLARE @a int, @b int
SET @a = 1
SELECT @b = 2
PRINT @a + @b
SELECT @a - @b
```

2．全局变量

除了局部变量之外，SQL Server 系统本身还提供了一些全局变量。全局变量是 SQL Server 系统内部使用的变量，其作用范围并不仅仅局限于某一程序，而是任何程序均可以随时调用。全局变量通常存储一些 SQL Server 的配置设定值和统计数据。用户可以在程序中用全局变量来测试系统的设定值或者是 T-SQL 命令执行后的状态值。所有的全局变量都以标记符"@@"开头。SQL Server 提供的全局变量共有 33 个，常用的不多，常见的全局变量如表 5-7 所示。

表 5-7　基本全局变量含义表

全局变量名	含义
@@ERROR	最后一个 T-SQL 错误的错误号
@@IDENTITY	最后一次插入的标识值
@@LANGUAGE	当前使用的语言的名称
@@MAX_CONNECTIONS	可以创建的同时连接的最大数目
@@ROWCOUNT	受上一个 SQL 语句影响的行数
@@SERVERNAME	本地服务器的名称
@@TRANSCOUNT	当前连接打开的事务数
@@VERSION	SQL Server 的版本信息

5.3.2　运算符与表达式

运算符是一种符号，用来指定要在一个或多个表达式中指定的操作。SQL Server 2005 中使用如下几种运算符：算术运算符、赋值运算符、位运算符、比较运算符、逻辑运算符、字符串连接运算符。

1．算术运算符

算术运算符用来在两个表达式上执行数学运算，这两个表达式可以是任意两个数字数据类型的表达式。算术运算符包括+（加）、-（减）、*（乘）、/（除）、%（模）五个。

在 T-SQL 中，"+"除了表示加运算符外，还包括另外两个方面的意义：

- 表示正号，即在数值前添加"+"号表示该数值是一个正数。
- 连接两个字符型或 binary 型的数据，这时的"+"号叫做字符串串联运算符。

2．赋值运算符

T-SQL 有一个赋值运算符，即等号（=）。赋值运算符能够将数据值指派给特定的对象。另外，还可以使用赋值运算符在列标题和为列定义值的表达式之间建立关系。

3．比较运算符

比较运算符用来测试两个表达式是否相同。除了 text、ntext 或 image 数据类型的表达式外，比较运算符可以用于所有的表达式。比较运算符的符号及其含义如表 5-8 所示。

表 5-8　比较运算符

运算符	含义
=	等于
>	大于
<	小于
>=	大于等于
<=	小于等于
<>	不等于

比较运算符的结果是布尔数据类型，即 TRUE（表示表达式的结果为真）、FALSE（表示表达式的结果为假）以及 UNKNOWN。

在 WHERE 子句中使用带有布尔数据类型的表达式，可以筛选出符合搜索条件的行，也可以在流控制语言语句（例如 IF 和 WHILE）中使用这种表达式。

4．逻辑运算符

逻辑运算符用来对某个条件进行测试，以获得其真实情况。逻辑运算符和比较运算符一样，返回带有 TRUE 或 FALSE 值的布尔数据类型。逻辑运算符的符号及其含义如表 5-9 所示。

表 5-9　逻辑运算符

运算符	含义
AND	如果两个布尔表达式都为 TRUE，那么就为 TRUE
OR	如果两个布尔表达式中的一个为 TRUE，那么就为 TRUE
NOT	对任何其他布尔运算符的值取反
BETWEEN	如果操作数在某个范围之内，那么就为 TRUE
LIKE	如果操作数与一种模式相匹配，那么就为 TRUE
IN	如果操作数等于表达式列表中的一个，那么就为 TRUE

5．字符串连接运算符

字符串允许通过加号（+）进行字符串串联，此时加号"+"被称为字符串连接运算符。例如对于语句 SELECT 'abc'+'def'，其结果为 abcdef。

6．运算符优先级

当一个复杂的表达式有多个运算符时，运算符优先级决定执行运算的先后次序。执行的顺序可能严重地影响所得到的值。运算符的优先级别如表 5-10 所示。在较低级别的运算符之前先对较高级别的运算符进行求值。

表 5-10　运算符优先级

级别	运算符
1	~（位非）
2	*（乘）、/（除）、%（取模）
3	+（正）、-（负）、+（加）、+（连接）、-（减）、&（位与）（位异或）、|（位或）
4	=, >, <, >=, <=, <>, !=, !>, !<　（比较运算符）
5	NOT
6	AND
7	ALL、ANY、BETWEEN、IN、LIKE、OR、SOME
8	=（赋值）

当一个表达式中的两个运算符有相同的运算符优先级别时，将按照它们在表达式中的位置对其从左到右进行求值。

5.4　批处理与流程控制

流程控制语句是指那些用来控制程序执行和流程分支的语句，在 SQL Server 2005 中，流程控制语句主要用来控制 SQL 语句、语句块或者存储过程的执行流程。

5.4.1　顺序语句

1. 批（batch）

两个 GO 之间的 SQL 语句作为一个批处理。在一个批处理中可以包含一条或多条 T-SQL 语句，成为一个语句组。这样的语句组从应用程序一次性地发送到 SQL Server 服务器进行执行。SQL Server 服务器将批处理编译成一个可执行单元，称为执行计划。这样处理可以节省系统开销。并不是所有语句都可以和其他语句在一个组合成批，如在同一个批中不能同时出现 create procedure、create rule、create default、create trigger、create view 等。

2. BEGIN…END 语句

BEGIN…END 语句用于将多条 T-SQL 语句封装起来，构成一个语句块，它用在 IF…ELSE 语句及 WHILE 等语句中，使语句块内的所有语句作为一个整体被依次执行。BEGIN…END 语句可以嵌套使用。BEGIN…END 的基本语法格式如下：

BEGIN

　　　　{SQL 语句|SQL 语句块}

END

5.4.2　IF…ELSE…语句

IF…ELSE 语句是条件判断语句，其中，ELSE 子句是可选的，最简单的 IF 语句没有 ELSE

子句部分。IF…ELSE 语句用来判断当某一条件成立时执行某段程序，条件不成立时执行另一段程序。SQL Server 允许嵌套使用 IF…ELSE 语句，而且嵌套层数没有限制。

IF…ELSE 语句的语法形式为：

IF <布尔表达式>

　　　　　{ SQL 语句|SQL 语句块 }

[ELSE

{ SQL 语句|SQL 语句块 }]

任务 5-2　在学生成绩管理系统中查看张然的成绩。如果张然的最低成绩为 60 分以上，显示其成绩情况，否则显示文本"成绩不理想"。

```
DECLARE @avgs int
SELECT @avgs = AVG(grade)
FROM Student as s , Grade as g
WHERE s.studentID = g.studentID AND studentName = '张然'
IF(@avgs >= 60)
    SELECT s. studentID, studentName, courseID, grade
    FROM Student as s , Grade as g
    WHERE s. studentID = g. studentID AND studentName = '张然'
ELSE
    PRINT '成绩不理想'
```

5.4.3　WHILE 语句

WHILE…CONTINUE…BREAK 语句用于设置重复执行 SQL 语句或语句块的条件。只要指定的条件为真，就重复执行语句。其中，CONTINUE 语句可以使程序跳过 CONTINUE 语句后面的语句，回到 WHILE 循环的第一行命令。BREAK 语句则使程序完全跳出循环，结束 WHILE 语句的执行。

其语法形式为：

WHILE <布尔表达式>

　　　　　{ SQL 语句 |SQL 语句块 }

　　　　[BREAK]

　　　　　　{ SQL 语句 |SQL 语句块 }

　　　　[CONTINUE]

任务 5-3　计算 1 到 10 之间的奇数之和。

```
DECLARE @i tinyint,@sum int
SET @sum = 0
SET @i = 0
WHILE @i >= 0
BEGIN
IF(@i >= 10)
    BEGIN
        SELECT '总和' = @sum
        BREAK
    END
ELSE
```

```
        BEGIN
            SET @i = @i + 1
            IF (@i % 2) = 0
                CONTINUE
            ELSE
                SET @sum = @sum + @i
        END
END
```

5.4.4　CASE 语句

CASE 语句可以计算多个条件式，并将其中一个符合条件的结果表达式返回。CASE 语句按照使用形式的不同，可以分为简单 CASE 语句和搜索 CASE 语句。

简单 CASE 语句的语法格式如下：

CASE　表达式

　　　WHEN　表达式　THEN　表达式

WHEN　表达式　THEN　表达式　　　[...n]

　　　　[ELSE　表达式]

END

搜索 CASE 语句的语法格式如下：

CASE

WHEN　布尔表达式　THEN　表达式

WHEN　布尔表达式　THEN　表达式　　　[...n]

　　　[ELSE　表达式]

END

任务 5-4　根据学生的成绩显示学生成绩的等级，将 90～100 分的显示为"优秀"，80～90 分的显示为"好"，70～80 分的显示为"中等"，60～70 分的显示为"及格"，其他为"不及格"。

```
SELECT studentID,courseID,term,grade,
      'rank'=CASE grade%10
            WHEN 10 THEN '优秀'
            WHEN 9 THEN '优秀'
            WHEN 8 THEN '良好'
            WHEN 7 THEN '中等'
            WHEN 6 THEN '及格'
            ELSE '不及格'
            END
FROM Grade
```

上述语句可以改写为搜索 CASE 语句，改写后的程序如下：

```
SELECT studentID,courseID,term,grade,
      'rank'=CASE
            WHEN grade>=90 and grade<=100 THEN '优秀'
            WHEN grade>=80 and grade<90 THEN '良好'
            WHEN grade>=70 and grade<80 THEN '中等'
            WHEN grade>=60 and grade<70 THEN '及格'
```

```
              ELSE  '不及格'
              END
FROM Grade
```

5.4.5 其他控制语句

1. GOTO 语句

GOTO 语句可以使程序直接跳到指定的标有标识符的位置处继续执行，而位于 GOTO 语句和标识符之间的程序将不会被执行。GOTO 语句和标识符可以用在语句块、批处理和存储过程中，标识符可以为数字与字符的组合，但必须以 "：" 结尾，如 "a1:"。在 GOTO 语句行，标识符后面不用跟 "："。

GOTO 语句的语法形式为：

GOTO 标签

…

标签:

…

2. WAITFOR 语句

WAITFOR 语句用于暂时停止执行 SQL 语句、语句块或者存储过程等，直到所设定的时间已过或者所设定的时间已到才继续执行。

WAITFOR 语句的语法形式为：

WAITFOR { DELAY 'time' | TIME 'time' }

其中，DELAY 用于指定时间间隔，TIME 用于指定某一时刻，其数据类型为 datetime，格式为 hh:mm:ss。

任务 5-5　使用 WAITFOR 语句，以便在晚上 10:20 执行存储过程 update_all_stats。

```
BEGIN
     WAITFOR TIME '22:20'
     EXECUTE update_all_stats
END
```

3. RETURN 语句

RETURN 语句用于无条件地终止一个查询、存储过程或者批处理，此时位于 RETURN 语句之后的程序将不会被执行。

RETURN 语句的语法形式为：

RETURN [*整型表达式*]

其中，参数 integer_expression 为返回的整型值。存储过程可以给调用过程或应用程序返回整型值。

5.5　常用的系统函数

在 T-SQL 语言中，函数被用来执行一些特殊的运算以支持 SQL Server 的标准命令。SQL Server 包含多种不同的函数用以完成各种工作，每一个函数都有一个名称，在名称之后有一对小括号，如 gettime()。大部分的函数在小括号中需要一个或者多个参数。

5.5.1　字符串函数

字符串函数可以对二进制数据、字符串和表达式执行不同的运算，可以在 SELECT 语句的 SELECT 和 WHERE 子句以及表达式中使用字符串函数。常用的字符串函数包括：

（1）ASCII：用于返回字符表达式最左端字符的 ASCII 代码值。

语法：ASCII (*字符串表达式*)

（2）CHAR：用于将 int 类型的 ASCII 代码转换为字符的字符串函数。

语法：CHAR (*整型表达式*)

（3）CHARINDEX：用于返回子字符串在某个特定字符串中的起始位置。如果没有发现子串，则返回 0。

语法：CHARINDEX (*子串，字符串表达式*)

（4）LEFT：用于返回从字符串左边开始指定个数的字符。

语法：LEFT (*字符串表达式, 返回个数*)

（5）LEN：用于返回给定字符串表达式的字符（而不是字节）个数，其中不包含尾随空格。

语法：LEN (*字符串表达式*)

（6）LOWER：用于将大写字符数据转换为小写字符数据后返回字符表达式。

语法：LOWER (*字符串表达式*)

（7）LTRIM：用于删除起始空格后返回字符表达式。

语法：LTRIM (*字符串表达式*)

（8）PATINDEX：用于返回指定表达式中某模式第一次出现的起始位置；如果在全部有效的文本和字符数据类型中没有找到该模式，则返回 0。

语法：PATINDEX ('*%模式串%*'，*字符串表达式*)

（9）REPLACE：用于用第三个字符串表达式替换第一个字符串表达式中出现的所有第二个给定字符串表达式。

语法：REPLACE (*字符串表达式 1', '字符串表达式 2', '字符串表达式 3'*)

（10）RIGHT：用于返回字符串中从右边开始指定个数的字符。

语法：RIGHT (*字符串表达式, 返回个数*)

（11）STUFF：用于删除指定长度的字符并在指定的起始点插入另一组字符。

语法：STUFF (*字符串表达式, 起始位置, 结束位置, 替换字符串*)

（12）SUBSTRING：用于返回第一个参数中从第二个参数指定的位置开始、第三个参数指定的长度的子字符串。

语法：SUBSTRING (*字符串表达式, 返回个数*)

5.5.2　日期和时间函数

日期和时间函数用于对日期和时间数据进行各种不同的处理和运算，并返回一个字符串、数字值或日期和时间值。与其他函数一样，可以在 SELECT 语句的 SELECT 和 WHERE 子句以及表达式中使用日期和时间函数。

（1）DATEADD：用于在向指定日期加上一段时间的基础上，返回新的 datetime 值。

语法：DATEADD (*日期部分, 所加数字, 日期*)

（2）DATEDIFF：用于返回开始日期与结束日期之间指定部分的差。

语法：DATEDIFF（*日期部分, 开始日期, 结束日期*）

（3）GETDATE：用于按 datetime 值的 Microsoft SQL Server 标准内部格式返回当前系统日期和时间。

语法：GETDATE（）

（4）MONTH：用于返回代表指定日期月份的整数。

语法：MONTH（*日期*）

（5）DAY：用于返回代表指定日期的天的日期部分的整数。

语法：DAY（*日期*）

（6）YEAR：用于返回代表指定日期中的年份的整数。

语法：YEAR（*日期*）

5.5.3 数学函数

数学函数用于对数字表达式进行数学运算并返回运算结果。

（1）ABS：用于返回给定数字表达式的绝对值。

语法：ABS（*数字表达式*）

（2）RAND：用于返回 0～1 之间的随机 float 值。

语法：RAND（[*种子*]）

（3）ROUND：用于返回数字表达式并四舍五入为指定的长度或精度。

语法：ROUND（*数字表达式, 长度*）

（4）FLOOR：用于返回小于或等于所给数字表达式的最大整数值表达式的最大整数。

语法：FLOOR（*数字表达式*）

（5）SQUARE：用于返回给定表达式的平方。

语法：SQUARE（*数字表达式*）

（6）POWER：用于返回给定表达式的 N 次方。

语法：POWER（*数字表达式*, N）

5.5.4 聚合函数

（1）AVG：用于返回组中值的平均值。空值将被忽略。

语法：AVG（[ALL | DISTINCT] *表达式*）

（2）MAX：用于返回表达式的最大值。

语法：MAX（[ALL | DISTINCT] *表达式*）

（3）MIN：用于返回表达式的最小值。

语法：MIN（[ALL | DISTINCT] *表达式*）

（4）SUM：用于返回表达式中所有值的和。空值将被忽略。

语法：SUM（[ALL | DISTINCT] *表达式*）

（5）COUNT：用于返回组中项目的数量。

语法：COUNT（{ [ALL | DISTINCT] *表达式*] | * })

5.5.5 系统函数

系统函数用于返回有关 SQL Server 系统、用户、数据库和数据库对象的信息。系统函数可以让用户在得到信息后，使用条件语句，根据返回的信息进行不同的操作。

（1）CAST 和 CONVERT：用于将某种数据类型的表达式显式转换为另一种数据类型。CAST 和 CONVERT 提供相似的功能

语法：CAST (*表达式* AS *数据类型*)

CONVERT (*数据类型* [(*长度*)], *表达式* [,*格式*])

（2）COALESCE：用于返回其参数中第一个非空表达式

语法：COALESCE (*表达式* [,...n])

（3）DATALENGTH：用于返回任何表达式所占用的字节数

语法：DATALENGTH (*表达式*)

（4）ISDATE：用于确定输入表达式是否为有效的日期

语法：ISDATE (*表达式*)

（5）ISNULL：用于使用指定的替换值替换 NULL

语法：ISNULL (*表达式*, *替换值*)

（6）NULLIF：用于如果两个指定的表达式相等，则返回空值

语法：NULLIF (*表达式 1*, *表达式 2*)

习题 5

一、选择题

1．SQL Server 中使用的 SQL 语言是（　　）。

　　A．ANSI-SQL　　　　B．PL/SQL　　　　C．T-SQL　　　　D．MYSQL

2．下面字符可以用于 T-SQL 的注释的有（　　）。

　　A．--　　　　　　　B．//　　　　　　　C．/* */　　　　D．@@

3．T-SQL 语言的分类包括三类，不包括下面的（　　）。

　　A．数据定义语言　　　　　　　　B．数据操纵语言

　　C．数据控制语言　　　　　　　　D．数据传输语言

4．下列数据类型中，（　　）所占字节最少。

　　A．TINYINT　　　　　　　　　　B．FLOAT

　　C．LONG　　　　　　　　　　　　D．DATETIME

5．（　　）函数可以用来使用指定字符串替换原字符串中指定长度的字符串。

　　A．STUFF　　　　　　　　　　　B．REPLACE

　　C．SUBSTRING　　　　　　　　　D．PATINDEX

二、填空题

1．运算符是一种符号，用来指定要在一个或多个表达式中执行的操作，SQL Server 2005 常使用_____、_____、_____、_____、_____和字符串连接运算符六类。

2．T-SQL 提供的控制流语句包括：_____、_____、_____、_____、_____、_____。

3．在 SQL Server 中，变量共分为两种：一种是＿＿＿＿＿＿＿＿，另一种是＿＿＿＿＿＿＿＿。

4．＿＿＿＿＿＿＿＿函数用于在指定日期的基础上加上一部分，＿＿＿＿＿＿＿＿函数用于返回两个时间日期之间的部分差值。

三、简答题

1．简述 T-SQL 语言的功能及其分类。

2．简述 char 类型与 varchar 类型之间的区别，char 类型与 nchar 类型之间的区别。

3．如何定义局部变量？如何给局部变量赋值？

上机实验

一、实验目的和要求

1．会使用 SQL Server 2005 查询分析器练习 T_SQL 语句。

2．熟悉 T-SQL 语言的基本语法。

3．掌握变量的定义方法和表达式的写法。

4．理解程序流程控制实现方法。

5．能编写基本的选择结构和循环程序。

6．掌握常用的系统函数的功能和用法。

二、实验内容

1．编写程序计算 1+2+…+1000 的和。

2．编写程序计算 n!（n=20）。

3．尝试求解所有的水仙花数。水仙花数是三位数，它的各位数字的立方和等于这个三位数本身。

4．使用系统函数实现下列任务：

● 将你的身份证号的出生日期提取出来，例如 19900913

● 将你的手机号码中间第 4 至 7 位号码隐藏为****，例如 138****9008。

● 获取 1～10 之间的随机整数。

● 从你的身份证号获取年龄。

第6章 数据库的创建与管理

本章
导读

前面我们介绍了 SQL Server 2005 管理工具、SQL Server Management Studio（SSMS）的使用方法以及 T-SQL 语言基础。SQL Server 是一个关系数据库管理系统，它提供了多种工具供用户管理数据库。此外，SQL Server 还扩展了 ANSI-SQL，丰富了其功能，形成了独特的 T-SQL 语言。

从这一章开始我们要基于前面学习的内容实现一个数据库系统。要实现一个数据库系统，首先第一步就是设计和建立数据库。这些操作即可以使用 T-SQL 语句实现，又可以通过 SSMS 来实现。

本章将首先主要介绍数据库的存储结构和数据库的分类，数据库文件和文件组的概念，并通过学生成绩管理系统数据库为实例，重点介绍利用 T-SQL 语句和利用 SSMS 创建和修改数据库、分离和附加数据库的方法。最后，介绍了利用文件组来管理数据库的具体方法。

本章要点

- 理解数据库存储结构
- 理解数据库文件和事务日志文件的功能和作用
- 了解文件组的类型及其作用
- 了解数据库分类和数据库对象
- 掌握利用 T-SQL 语句创建、修改和删除数据库的操作方法
- 掌握利用 SSMS 创建、修改和删除数据库的操作方法
- 会使用 T-SQL 语句和使用 SSMS 分离和附加数据库
- 了解文件组的作用并会利用文件组来管理数据文件

6.1 SQL Server 数据库简介

6.1.1 数据库结构

1. 数据库文件

SQL Server 2005 用文件来存放数据库，即将数据库映射到操作系统文件上。

SQL Server 2005 中的文件通常有两种类型：逻辑文件名和物理文件名。逻辑文件名是在所有 T-SQL 语句中引用物理文件时所使用的名称。逻辑文件名必须符合标识符的命令规则，而且数据库中的逻辑文件名必须是唯一的。物理文件名是包括目录路径的物理文件名。它必须

符合操作系统的命名规则。逻辑文件名和物理文件名是一一对应的，其对应关系由 SQL Server 系统来维护。

SQL Server 2005 数据库文件有 3 类：

（1）主数据文件（也称主文件）：主数据文件主要用来存储数据库的启动信息、部分或全部数据，是数据库的关键文件。主数据文件是数据库的起点，包含指向数据库中其他文件的指针。每个数据库都有一个主数据库文件。主数据库文件推荐扩展名为.mdf。

（2）次要数据文件（也称辅助数据文件）：除主数据文件以外的所有其他数据文件都是次要数据文件。用于存储主数据文件中未存储的剩余数据和数据库对象。一个数据库可以没有，也可以有多个次要数据文件。次要数据文件推荐扩展名为 .ndf。

（3）事务日志文件（简称日志文件）：存放用来恢复数据库所需的事务日志信息，每个数据库必须有一个或多个日志文件。事务日志文件推荐扩展名为.ldf。

一般情况下，一个数据库可以只有一个主数据库文件和一个事务日志文件组成，如果数据库很大，则可以设置多个次要数据文件和多个日志文件，并将它们放在不同的磁盘上，以便提高数据存取和处理的效率。

注意 SQL Server 2005 不强制使用文件扩展名，但使用上述推荐扩展名，有利于标识文件的各种用途和类型。

2. 数据库文件组

SQL Server 2005 中提供了两种类型的文件组：主文件组和用户定义文件组。

（1）主文件组包括主数据文件和任何没有明确分配给其他文件组的数据文件。

（2）用户定义文件组是在 CREATE DATABASE 或 ALTER DATABASE 语句中使用 FILEGROUP 关键字指定的任何文件组。

一个文件组可以包含多个文件，但是一个文件只能属于一个文件组。每个数据库中均有一个文件组被指定为默认文件组。如果创建表或索引时未指定文件组，则将其分配到默认文件组。一次只能有一个文件组作为默认文件组。db_owner 固定数据库角色成员可以将默认文件组从一个文件组切换到另一个文件组。如果没有指定默认文件组，则将主文件组作为默认文件组。但因为日志文件要与数据空间分开管理，所以不包括在文件组内。

SQL Server 的数据文件和文件组必须遵循以下规则：

- 一个文件和文件组只能被一个数据库所使用
- 一个文件只能属于一个文件组
- 日志文件不能属于文件组

3. 数据库对象

SQL Server 2005 数据库中的数据在逻辑上被组织成一系列对象，当一个用户连接到数据库后，就能看到这些逻辑对象，而不是物理的数据库文件。

SQL Server 2005 中数据库对象有表、视图、存储过程、触发器、用户定义数据类型、用户自定义函数、索引、规则、默认值等。

在 SQL Server 2005 中创建每个对象都必须有一个唯一的完全限定对象名，即对象的全名，它由 4 部分组成：服务器名、数据库名、所有者名和对象名，各个部分之间用"."连接。格式为：

server.database.owner.object

使用当前数据库内的对象可以省略完全限定对象名的某部分，省略的部分系统将使用默认值或当前值，例如：

server.database..object

server..owner.object

database.owner.object

server...object

owner.object

object

6.1.2　数据库的分类

SQL Server 2005 数据库分为 3 种：系统数据库、实例数据库和用户数据库。

1. 系统数据库

依次打开 SSMS 中"对象资源管理器"对话框中的"服务器"→"数据库"→"系统数据库"文件夹，可以看到 4 个系统数据库，如图 6-1 所示。

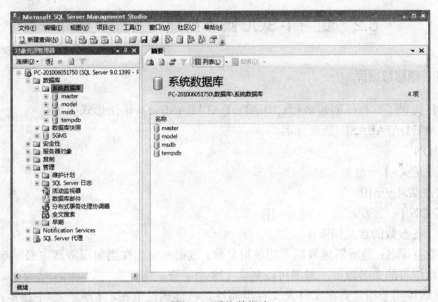

图 6-1　系统数据库

SQL Server 2005 系统数据库分别是 master 数据库、tempdb 数据库、model 数据库和 msdb 数据库。

（1）master 数据库。master 数据库记录 SQL Server 系统的所有系统级信息。包括实例范围内的元数据（如登录账户）、端点、链接服务器和系统配置数据设置。master 数据库记录了所有其他数据库是否存在以及这些数据库文件的位置。另外，数据库还记录了 SQL Server 的初始化信息。因此，如果 master 数据库不可用，则 SQL Server 将无法启动。

（2）tempdb 数据库。tempdb 数据库是连接到 SQL Server 实例的所有用户都可用的全局资源，它保存了所有临时表和临时存储过程。另外，它还用来满足所有其他临时存储的要求，如存储 SQL Server 生成的临时工作表。每次启动 SQL Server 时，都要重新创建 tempdb，以便系统启动时，该数据库总是空的。在断开连接时，系统会自动删除临时表和存储过程，并且在系统关闭后没有活动链接。因此，tempdb 中不会有什么内容从一个 SQL Server 会话保存到另一个会话。

（3）model 数据库。model 数据库是在 SQL Server 实例上创建的所有数据库的模板。因为每次启动 SQL Server 时都会创建 tempdb 数据库，所以 tempdb 数据库必须始终存在于 SQL Server 系统中。model 数据库相当于一个模子，所有在系统中创建的数据库的内容，在刚创建时都和数据库完全一样。可以在数据库中创建表或其他数据库对象，这些对象可以供以后建立的数据库所继承。

（4）msdb 数据库。msdb 数据库由 SQL Server 代理（SQL Server Agent）来计划警报和作业。

2．实例数据库

AdventureWorks、AdventureWorks DW 是 SQL Server 2005 中的实例数据库，此类数据库是基于一个生产公司，以简单、易于理解的方式来展示 SQL Server 2005。

3．用户数据库

用户根据数据库设计创建的数据库，一般是用来解决某一具体实际问题的数据库。如学生成绩管理数据库（SGMS），教务管理数据库（EDUC）等。

6.2 使用 T-SQL 脚本创建和管理数据库

6.2.1 创建数据库

T-SQL 提供了数据库创建语句 CREATE DATABASE，其语法形式如下：

CREATE DATABASE 数据库名

    [ON

[<*文件定义*> [,…n]

[,<*文件组*>[,…n]]]

[LOG ON {< *文件定义* > } [,…n]]}

其中，各参数的含义如下：

- 数据库名：是所创建数据库的逻辑名称。数据库名称在当前服务器中必须唯一且符合标识符的命名规则，最多可以包含 128 个字符。
- ON：用于指定数据文件及文件组属性，具体属性值在<*文件定义*>中指定；<*文件定义*>的详细格式如下：

    <*文件定义*>::=[PRIMARY]

                    (NAME='逻辑文件名',

                    FILENAME='存放数据库的物理路径和文件名'

                    [,SIZE=数据文件的初始大小]

                    [,MAXSIZE=指定文件的最大大小]

                    [,FILEGROWTH=指定文件每次的增量])

- LOG ON：用于指定事务日志文件的属性，具体属性值在<filespec>中指定。

如果在定义时没有指定 ON 子句和 LOG ON 子句，系统将默认设置，自动生成一个主数据文件和一个事务日志文件，并将文件存储在系统默认路径上。

任务 6-1 创建一个名为 TestSGMS 的测试数据库，文件及其他选项均为默认。

任务分析：由于没有指定数据文件名，默认的情况下，命名主数据文件为 TestSGMS.MDF，事务日志文件为 TestSGMS_log.LOG，同时由于按复制 model 数据库的方式来创建新的数据库，主数据文件和事务日志文件的大小都与 model 数据库的主数据文件和事务日志文件的大小一致，并且可以自由增长。实现本任务的程序为：

```
CREATE DATABASE TestSGMS
GO
```

任务 6-2　创建一个名为 SGMS 学生成绩管理系统数据库。要求有 3 个文件，其中，主数据文件为 10MB，最大大小为 50MB，每次增长 20%；辅助数据文件属于文件组 group，文件为 10MB，大小不受限制，每次增长 10%；事务日志文件大小为 20MB，最大大小为 100MB，每次增长 10MB。文件存储为 C:\db 路径下。

任务分析：本任务中，要求创建的数据库是 SGMS，数据库中有 3 个文件，分别是主数据文件、次数据文件和事务日志文件，创建时每个文件都要给出逻辑文件和物理文件名称，文件的大小、最大大小、增长方式等详细信息。实现代码如图 6-2 所示。

图 6-2　创建 SGMS 数据库

注意

（1）服务器中不能存在同名的数据库名，所以类似 CREATE 语句均只能正确执行一次，下一次执行时，将提示该对象已存在。
（2）创建数据库之前，文件存储路径 C:\db 必须存在。

6.2.2　管理数据库

随着时间的变化，数据库在运行过程中也会发生变化，如文件增长等。所以数据库管理员要经常对数据库进行管理和维护。日常的管理任务包括查看数据库信息、修改数据库属性、删除数据库等操作。

1. 使用 T-SQL 语句查看数据库信息

（1）使用系统存储过程 sp_helpdb 查看数据库信息。其语法格式如下：

Sp_helpdb　[*数据库名*]

1）不指定数据库参数，将显示服务器中所有数据库的信息，如图 6-3 所示。

2）指定具体数据库参数，将显示服务器中所指定数据库的信息，如图 6-4 所示。

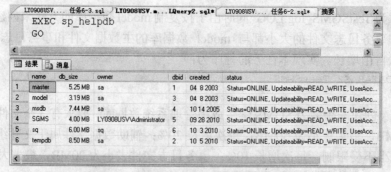

图 6-3　查看服务器中所有数据库的信息

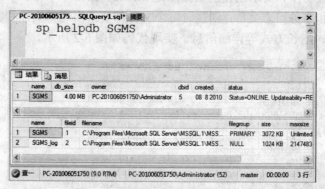

图 6-4　查看 SGMS 数据库的信息

（2）使用系统存储过程 sp_database 查看数据库信息，其语法格式如下：

sp_database

此命令用来显示服务器中所有可以使用的数据库的信息，如图 6-5 所示。

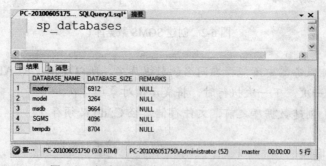

图 6-5　查看服务器中可以使用的数据库信息

（3）使用系统存储过程 sp_helpfile 查看数据库中文件的信息。其语法格式如下：

sp_helpfile　[文件名]

1）不指定文件名参数，将显示当前数据库中所有文件的信息，如图 6-6 所示。

2）指定具体文件名参数，将显示数据库中指定文件的信息，如图 6-7 所示。

（4）使用系统存储过程 sp_helpfilegroup，用法与 sp_helpfile 相似。其语法格式如下：

sp_helpfilegroup [文件名]

1）不指定文件名参数，将显示数据库中所有文件的信息。

2）指定具体文件名参数，将显示数据库中指定文件组的信息。

图 6-6　查看 SGMS 数据库中所有文件的信息

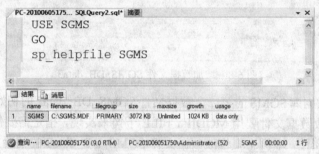

图 6-7　查看 SGMS 数据库中 SGM 主文件信息

2．使用 T-SQL 语句修改数据库

修改数据库包括增减数据库文件、修改文件属性（包括文件名和文件大小等）、修改数据库选项等。T-SQL 提供了数据库修改语句 ALTER DATABASE，其语法格式如下：

ALTER DATABASE　*数据库名*

  {ADD FILE <*文件定义*>[,…n] [TO FILEGROUP *文件组名*]

  |ADD LOG FILE<*文件定义*> [,…n]

  |REMOVE FILE *逻辑文件名*

  |ADD FILEGROUP *文件组名*

  |REMOVE FILEGROUP *文件组名*

  |MODIFY FILE <*文件定义*>

  |MODIFY NAME=*新文件名*

}

其中，各子句的作用如下：

- ADD FILE：在文件组中增加数据文件。
- ADD LOG：增加事务日志文件。
- REMOVE FILE：删除数据文件。
- ADD FILEGROUP：增加文件组。
- REMOVE FILEGROUP：删除文件组。
- MODIFY FILE：修改文件属性。
- MODIFY NAME：更改数据库的名称。

下面通过一些实例来掌握 ALTER DATABASE 语句的使用。

任务 6-3　为数据库 SGMS 增加一个数据文件 SGMS_DB_Data3,物理名称为 SGMS_DB_

Data3.ndf，初始大小为 5MB，最大大小为 50MB，每次扩展 1MB。

　　任务分析：本例中要增加数据文件，通过 ADD FILE 子句来实现。增加时要给出数据文件的物理文件名和逻辑文件名、文件的初始大小、最大文件大小和增加方式。实现的代码如图6-8 所示。

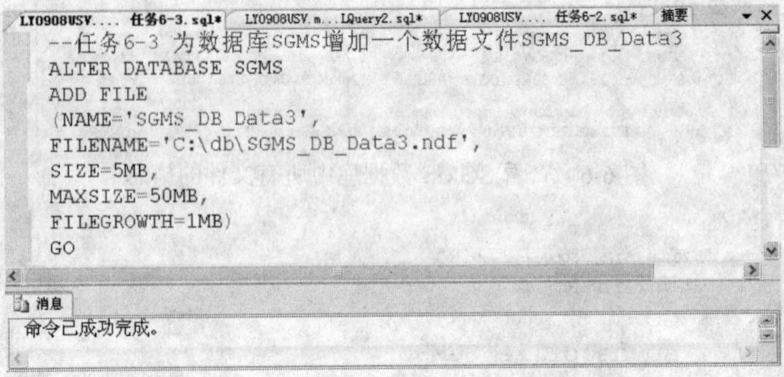

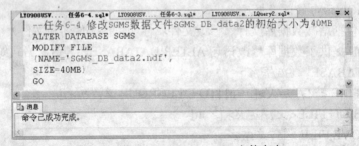

图 6-8　增加数据文件 SGMS_DB_data3

　　任务6-4　将数据库 SGMS 的第二个数据文件 SGMS_DB_data2 的初始大小修改为 40MB。

　　任务分析：修改数据文件要用 MODIFY FILE 子句来实现，指定需要修改数据文件名和具体需要修改文件的属性，本例中要修改数据文件 SGMS_DB_data2 的初始大小，其他的属性不变。实现的代码如图 6-9 所示。

图 6-9　修改 SGMS_DB_data2 文件大小

　　任务 6-5　删除 SGMS 数据文件 SGMS_DB_Data3。

　　任务分析：删除数据文件要用 REMOVE FILE 子句来实现。实现的代码如图 6-10 所示。

图 6-10　删除数据文件 SGMS_DB_data3

　　3. 使用 T-SQL 语句删除数据库

　　T-SQL 中提供的 DROP DATABASE 语句可以删除数据库，一次可以删除多个数据库。其语法格式如下：

　　DROP DATABASE database [,....n]

任务 6-6　删除测试数据库 TestSGMS。

任务分析：当数据库不再使用，或者已将其移到其他数据库服务器上时，可以删除该数据库，如图 6-11 所示。删除数据库后，文件及其数据都从服务器的磁盘中被删除，一旦删除将无法恢复，除非已经对数据库做了备份，因此删除数据库之前一定要格外小心。不管数据库所处的是何种状态（脱机、只读和可疑），都可以将其删除。

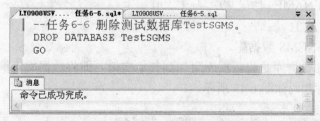

图 6-11　删除数据库 SGMS

注意

（1）不能删除系统数据库。

（2）删除数据库后，应备份 master 数据库，因为删除数据库将更新数据库中的信息。

（3）如果数据库已经损坏，不能删除复制，可以首先使用 ALTER DATABASE 语句将数据库设置为脱机，然后再删除数据库。

（4）如果数据库涉及日志传送操作，应在删除数据库之前取消日志传送操作。

6.2.3　分离和附加数据库

SQL Server 2005 允许分离数据库的数据和事务日志文件，然后将其重新附加到另一台服务器。分离数据库将从 SQL Server 删除数据库，但是保持在组成该数据库的数据和事务日志文件中的数据库完好无损。然后这些数据和事务日志文件可以用来将数据库附加到任何 SQL Server 实例上，包括从中分离该数据库的服务器。分离和附加数据库的功能作用有：

● 将数据库移动到其他计算机的 SQL Server 中使用；

● 改变存放数据库数据文件和日志文件的物理位置。

1. 分离数据库

SQL Server 中用执行系统存储过程 sp_detach_db 来实现。其格式如下：

　EXEC sp_detach_db 数据库名

任务 6-7　将 SGMS 数据库从当前计算机中分离。

任务分析：分离数据库是将数据库文件从当前 SQL Server 实例脱离，即数据库从某台计算机上移走。实现代码如图 6-12 所示。

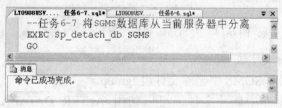

图 6-12　分离 SGMS 数据库

2. 附加数据库

在数据库分离后，该数据库的日志文件和数据文件是可以任意复制和移动的，并且可以将其附加到其他的 SQL Server 服务器上。附加数据库可以用带 FOR ATTACH 的 CREATE DATABASE 语句，其语法格式如下：

CREATE DATABASE *数据库名*
　　　ON　（FILENAME=*物理文件名*）[,…n]
　　　FOR　ATTACH

任务 6-8　附加 SGMS 数据库。

任务分析：附加数据库是将数据库附加到其他实例，即将数据库实例移动到另一个数据库实例。附加数据库代码如图 6-13 所示。

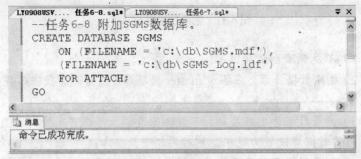

图 6-13　附加 SGMS 数据库

6.2.4　使用文件组管理数据文件

为了达到分配和管理的目的，可以将数据库文件分成不同的文件组。可以通过文件组来实现对文件的管理，主题包括将文件组添加到数据库中、从数据库中删除文件组和设置默认文件组。

1. 将文件组添加到数据库

任务 6-9　向数据库 SGMS 中添加文件组 fgroup。

任务分析：将文件组添加到数据库中，可以用 ALTER DATABASE 语句中 ADD FILEGROUP 子句来实现。实现本任务的代码如图 6-14 所示。

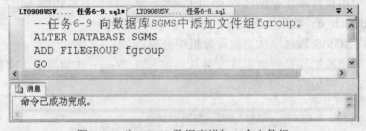

图 6-14　为 SGMS 数据库增加一个文件组

2. 从数据库中删除文件组

任务 6-10　从数据库 SGMS 中删除文件组 fgroup。

任务分析：从数据库中删除文件组可以使用 ALTER DATABASE 语句中 REMOVE FILEGROUP 子句来实现，实现本任务的代码如图 6-15 所示。

图 6-15 删除文件组 fgroup

注意　删除文件组时，要确保文件组为空，否则无法删除。

3．设置数据库默认文件组

设置默认文件组，通过修改数据库 ALTER DATABASE 来实现，其格式如下：

MODIFY FILEGROUP 文件组名

{<更新选项> | DEFAULT | NAME = 新文件组名}

子句中参数如下：

- <更新选项>：对文件组设置只读（READ_ONLY）或读/写（READ_WRITE）属性。
- DEFAULT：将当前文件组设置为默认数据库文件组。
- NAME =新文件组名：更改文件组名称为"新文件组名"。

任务 6-11 将 SGMS 数据库中 fgroup 文件组设置为默认文件组。

实现本任务的代码及执行结果如图 6-16 所示。

图 6-16 删除文件组 fgroup

注意　一个数据库中只能有一个文件组作为默认文件组。设置默认文件组之前要确保该文件组中已经包含文件。

6.3　使用 SSMS 创建和管理数据库

6.3.1　创建数据库

任务 6-12 创建学生成绩管理数据库 SGMS。

在 SSMS 中创建数据库的具体步骤如下：

（1）打开 SSMS 并连接到相应的服务器。在"对象资源管理器"中，逐级展开"服务器"→"数据库"，右击"数据库"节点，在弹出的快捷菜单中选择"新建数据库"，如图 6-17 所示。

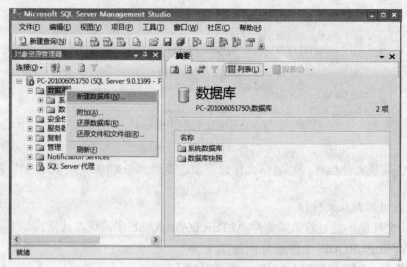

图 6-17　创建新数据库

（2）在弹出的"新建数据库"对话框中，左侧"选择页"中包括"常规"、"选项"和"文件组" 3 项，默认显示的是"常规"选项，如图 6-18 所示。在"常规"选项卡中，可以设置新建数据库的名称、数据库的所有者、数据文件、事务日志文件等信息。本例中要建立 SGMS 数据库，在弹出"数据库名称"文本框中输入 SGMS，此时，系统为数据库设置了两个必须的文件。

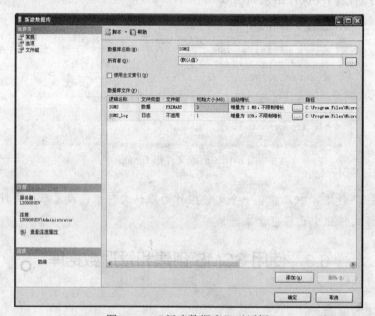

图 6-18　"新建数据库"对话框

（3）可以对主文件和事务日志文件的属性进行修改。例如要修改主数据文件的"自动增长"选项，可以单击其后的按钮，将显示"更改 SGMS 的自动增长设置"对话框，如图 6-19 所示。在对话框中可以设置文件增长方式以兆字节增长还是以百分比增长，以及每次增长的幅度。"最大文件大小"可以设置文件的最大大小或不限制文件增长。设置完成后，单击"确定"按钮，返回"新建数据库"对话框。

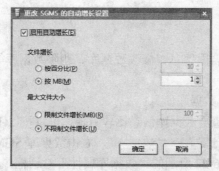

图 6-19　"更改 SGMS 的自动增长设置"对话框

（4）单击"确定"按钮，系统会根据用户设置的信息完成数据库的创建。在 SSMS 的"对象资源管理器"中，会显示创建的数据库 SGMS，如图 6-20 所示。

图 6-20　查看新建的数据库

可以根据用户设置的数据库文件存储路径找到创建的数据库文件。默认情况下，在本机的 C:\Program Files\Microsoft SQL Server\MSSQL.1\MSSQL\Data 下生成物理数据库文件，如图 6-21 所示。

图 6-21　数据库文件及路径

6.3.2　管理数据库

管理数据库包括查看数据库信息、修改数据库、删除数据库等操作。

1. 查看数据库信息

任务 6-13　查看 SGMS 数据库信息。

任务分析：使用 SSMS 查看数据库信息比较方便，可以按以下方法实现：在 SSMS "对象资源管理器"中，展开"服务器"→"数据库"，右击数据库 SGMS，在弹出的快捷菜单中选择"属性"命令，打开如图 6-22 所示的"数据库属性"对话框，其中包含"常规"、"文件"、"文件组"、"选项"、"权限"、"扩展属性"、"镜像"和"事务日志传送"8 个选择页。可以通过它们来查看数据库的基本属性。

图 6-22　SGMS "数据库属性" 对话框

2. 修改数据库

修改数据库包括增减数据库文件、修改文件属性、修改数据库选项等。

在 SSMS "对象资源管理器"中，展开"服务器"→"数据库"，右击数据库 SGMS，在弹出的快捷菜单中选择"属性"命令，打开如图 6-22 所示的"数据库属性"对话框，可以通过选择页来修改数据库的基本属性。

（1）增减数据库文件和文件组。用户可以使用"文件"选项增减数据库文件或修改数据库文件属性。使用"文件组"选项可以增加或删除一个文件组，修改现有文件组的属性。

（2）修改数据库选项。使用"选项"可以修改数据库的选项。只需要单击要修改的属性值后的下拉列表按钮，选择 True 或 False 即可。

比较常用的数据库选项有：

● 限制访问：即限制访问数据库的用户，包括 MULTI_USER（多用户）、SINGLE_USER（单用户）和 RESTRICTED_USER（受限用户）三种。

● 只读：即数据库中的数据只能读取，不能对它进行修改。

- 自动关闭：用于指定数据库在没有用户访问并且所有进程结束时自动关闭，释放所有资源，当又有新的用户要求连接时，数据库自动打开。数据库自动关闭后，数据库文件可以像普通文件一样处理，所以这个选项很适合移动用户。而对于网络应用数据库，则最好不要设置这个选项。

- 自动增减：当数据或日志量较少时自动缩小数据库文件的大小，当设置了只读属性时，这个选项失效。

3. 使用 SSMS 删除数据库

在 SSMS "对象资源管理器" 中右击要删除的数据库，在弹出的快捷菜单中选择 "删除" 命令即可，如图 6-23 所示。

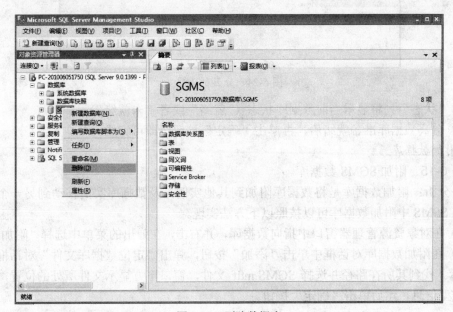

图 6-23　删除数据库

6.3.3　分离和附加数据库

分离和附加数据库的概念和作用见 6.2.2 节。

1. 分离数据库

任务 6-14　分离 SGMS 数据库。

任务分析：分离数据库是将数据库从 Microsoft SQL Server Database Engine 实例中删除，但保留完整的数据库及其数据文件和事务日志文件。分离数据库可以按照以下步骤来实现。

（1）展开 "数据库"，右击需要分离的用户数据库名。

（2）指向 "任务"，再单击 "分离"，将显示 "分离数据库" 对话框，如图 6-24 所示。

（3）选中要分离的数据库，网格将显示 "数据库名称" 列中选中的数据库的名称。确定是否为要分离的数据库。

（4）默认情况下，分离操作将在分离数据库时保留过期的优化统计信息；若要更新现有的优化统计信息，请选中 "更新统计信息" 复选框。

（5）默认情况下，分离操作保留所有与数据库关联的全文目录。若要删除全文目录，请清除 "保留全文目录" 复选框。

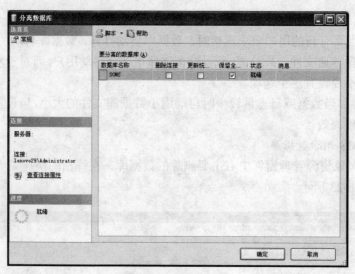

图 6-24　分离对话框

（6）"状态"列将显示当前数据库状态（"就绪"或者"未就绪"）。

（7）分离数据库准备就绪后，再单击"确定"按钮，即可完成。

2. 附加数据库

任务 6-15　附加 SGMS 数据库。

任务分析：附加数据库是将数据库附加到其他实例，及数据库实例移动到另一个数据库实例。在 SSMS 中附加数据库可以按照以下方法实现。

（1）在对象资源管理器窗口中指向数据库，并右击，在弹出的菜单中选择"附加"选项。

（2）在附加数据库对话框中单击"添加"按钮，弹出"定位数据库文件"对话框，如图 6-25 所示。找到其所在路径并选择 SGMS.mdf 文件，窗口下方显示文件所处的位置，文件名及文件类型信息，然后单击"确定"按钮。

图 6-25　"定位数据库文件"对话框

（3）在附加对话框中显示要附加的数据 SGMS 以及 SGMS 数据库详细信息，如图 6-26 所示，然后单击"确定"按钮，完成 SGMS 数据库的附加。

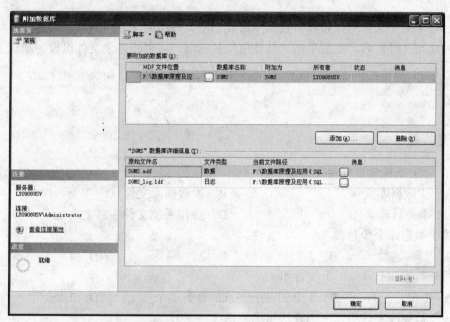

图 6-26　附加 SGMS 数据库详细信息

6.3.4　使用文件组管理数据文件

在 SSMS 中，利用文件组管理数据文件，可以通过如图 6-27 所示的窗口中进行。在窗口中可以实现：将文件组添加到数据库、从数据库中删除文件组、设置数据库默认文件组。

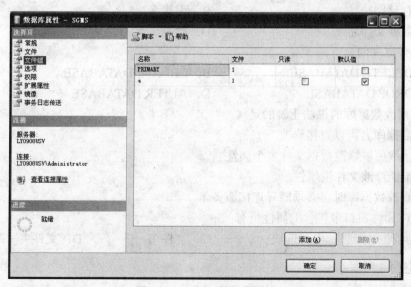

图 6-27　SGMS 数据库属性

在"SGMS 数据库属性"对话框中，选择左侧的"文件组"页，在对应的右侧窗口中可以通过"添加"按钮、"删除"按钮、默认值复选框，实现向数据库中添加新的文件组、删除文件组和设置默认文件组，可按如下具体操作实现。

（1）单击"添加"按钮，输入文件组名称，然后单击"确定"按钮，可向数据库中添加新的文件组。

（2）选中某个文件组，可以将数据库需要删除文件组的文件组删除。

（3）选定文件组名，然后单击"默认值"复选框，可以将某个文件组设为默认了。

习题6

一、选择题

1．（　　）不能放在任何文件组中。

    A．主数据库文件 　　　　　　　B．次数据库文件

    C．事务日志文件 　　　　　　　D．操作系统文件

2．每个数据库至少包含（　　）文件。

    A．1 　　　　　B．2 　　　　　C．3 　　　　　D．4

3．每个数据库有（　　）文件组。

    A．1个 　　　　B．1个到多个 　　C．0到多个 　　D．2个

4．关于数据库文件组，下列说法正确的是（　　）。

    A．所有数据库都至少包含一个文件组，数据库首先创建时，主文件组是默认的文件组

    B．文件或文件组只能由一个数据库使用，不能属于不同的文件组

    C．一个文件只能属于一个文件组，不能属于不同的文件组

    D．事务日志文件必须存放在主文件组中

5．在 SQL Server 中创建数据库时，必须指明（　　）。

    A．存储路径 　　　　　　　　　B．逻辑名

    C．数据文件名 　　　　　　　　D．数据库名

6．删除数据库的命令是（　　）。

    A．DELETE DATABASE 　　　　　B．CREATE DATABASE

    C．DROP DATABASE 　　　　　　D．ALTER DATABASE

7．有关修改数据库的说法正确的是（　　）。

    A．数据库名可以直接修改

    B．一次可以修改数据文件多个属性

    C．不能修改文件组属性

    D．修改数据库时，必须断开连接服务器

8．数据库属性窗口中包含的属性页有（　　）。

    A．常规 　　　　B．选项 　　　　C．文件组 　　　　D．文件夹

二、填空题

1．SQL Server 数据库中系统数据库有_____、_____、_____、_____。

2．用 CREATE DATEBASE STU 创建数据库时，数据库文件逻辑名自动为_____。

3．数据库从一台计算机上移动到另一台计算机上，必须通过分离和_____。

4. 修改数据库 T-SQL 语句为_____，删除数据库的 T-SQL 语句为_____。

5. 数据库首次建立时，_____是默认文件组，但用户可以通过命令将用户定义的文件组指定为默认文件组。

三、简答题

1. 简述 SQL Server2005 数据库中包含的 3 类文件，4 种系统数据库。

2. 简述 SQL Server2005 中对数据库能做哪些方面属性的修改？

3. SQL Server2005 中能对数据库做哪些方面的设置？

4. 简述 SQL Server2005 数据库对象有哪些，数据库对象完全限定对象名由哪几部分组成？怎样表示一个数据库对象？

上机实验

一、实验目的和要求

1. 熟悉数据库的存储结构。

2. 会使用 SSMS 创建数据库和管理数据库。

3. 会使用有关 T-SQL 语句创建数据库和管理数据库。

4. 会利用 SSMS 和 T-SQL 语句对数据库进行分离和附加。

二、实验内容

1. 利用 SSMS 和 T-SQL 语句创建 "JWGL"，相关属性为默认值。

2. 使用 SSMS 和 T-SQL 查看 JWGL 数据库的属性。如当前数据库文件、文件组及数据库大小等信息。

3. 在 D 盘 student 目录下新建一个名为 LIBRARY 数据库，其中：

（1）主文件逻辑名称为 LIBRARY_data，物理文件名为 LIBRARY_data.mdf，初始大小为 5MB，最大大小为 10MB，增长方式为 1MB；

（2）事务日志文件逻辑名为 LIBRARY_log，物理文件名为 LIBRARY_log.ldf，初始大小为 2MB，最大大小为 10MB，增长方式为 5%。

4. 修改 LIBRARY 数据库，修改要求如下：

（1）为其增加一个文件组 dy，其中包含两个数据文件，逻辑名分别为 dya 和 dyb 其他属性采用默认值；

（2）为其增加一个事务日志文件，其中逻辑名为 dy_log，物理文件名为 dy_log.ldf，初始大小为 1MB，最大大小为不限制，增长方式为 1MB。

（3）修改数据文件 LIBRARY_data，将其最大大小修改为不受限制（UNLIMITED）。

5. 将 LIBRARY 数据库分离出来后，尝试删除其中的事务日志文件，然后附加到当前计算机 SQL Server 服务器上，检查一下事务日志文件相关属性的前后变化。

第7章　表的创建与约束机制

本章导读

　　前面我们介绍了数据库的创建和管理工作。我们可以使用 T-SQL 语句或 SSMS 来创建和管理数据库。此外，我们还学习数据库的存储结构、数据库的分类、数据库文件和文件组的概念，并通过学生成绩管理系统数据库实例，学习了数据库的创建、管理、分离和附加的方法。

　　当数据库创建好以后，它除了具有一些系统信息外，还包含用户定义的有关数据库对象，数据库中最重要的一个对象就是数据表，数据表是数据库存储数据的主要容器，其他有关数据库对象的操作基本上都是基于表上进行的。因此，数据表是数据库中最基本的数据对象。在建立基于 SQL Server 2005 数据库系统过程中，创建、管理数据库表是重要的基础工作，它直接关系到数据库其他对象的操作。

　　本章主要介绍数据表的基本概念和表的分类，讨论表的设计方法，并通过学生成绩管理系统（SGMS）中所包含的表，重点介绍利用 T-SQL 语句和 SSMS 创建、修改表的基本方法及表创建好之后，添加、修改和删除数据等操作的基本方法。最后，为保证输入数据的合法性，介绍了通过约束机制对表及表中有关字段进行限制。

本章要点

- 掌握 T-SQL 语句创建表的方法
- 掌握使用 SSMS 创建表的方法
- 掌握 T-SQL 语句对表结构修改的方法
- 掌握使用 SSMS 修改表结构的方法
- 掌握 T-SQL 语句对表中数据进行操作
- 会利用 SSMS 对表中数据进行操作
- 理解并掌握 5 种约束机制基本概念
- 会使用 T-SQL 语句和利用 SSMS 创建约束的方法

7.1　数据表的基本概念

　　表是用来存储数据和操作数据的逻辑结构。关系数据库中的所有数据都存储在表中。因此表是 SQL Server 数据库中最为重要的组成部分。表由行和列组成，最多可以有 1024 列，每行对应实体集的一个实体，也称为记录，每列代表一个属性，也称为字段。

　　在 SQL Server 中，表分为系统表和用户表两类。

1. 系统表

　　默认情况下，每个数据库都有一组系统表，系统表主要记录所有服务器活动的信息，大多数系统表的表名以 sys 开头。系统表中的信息组成了系统使用的数据字典。任何用户都不能直接修改系统表，也不允许直接访问系统表中的信息，如要访问其中的内容，最好通过系统存储过程或系统函数来访问。

2. 用户表

用户表是由用户自定义的表，用来存储用户特定的数据，又可分为永久表和临时表两种。

（1）永久表。永久表存储在用户数据库中，用户数据通常存储在永久表中，如果用户没有删除永久表，永久表及其存储过程将永久存在。

（2）临时表。临时表存储在 tempdb 数据库中，当不再使用时，系统会自动删除。临时表又可分为本地临时表和全局临时表两种。

- 本地临时表：表名以#开头，仅对当前连接数据库的用户有效，当用户断开连接时，本地临时表自动删除。
- 全局临时表：表名以##开头，对所有连接数据库的用户有效，当所有用户断开连接，全局临时表才自动删除。

7.2　表的设计与创建

7.2.1　表的设计

设计表时，要事先确定需要什么样的表，表中有哪些数据，表中各字段的数据类型及其属性，建表一般经过定义表结构、设置约束、输入记录等步骤，其中设置约束既可以在定义表结构时进行，也可以在定义表结构完成之后进行。

1. 定义表结构

确定表的各列的列名及其数据类型、数据长度、是否允许为空等。定义表结构时要注意：

（1）允许为空：决定某列在表中是否允许为空值。空值是不等于零、空白或零长度的字符串。

（2）默认值：当在表中插入该列为空值的行时，用此默认值。设置该值能够起到默认输入的作用，减少输入数据的工作量。如设置性别的默认值为"男"。

（3）标识列：设置为标识的列，可以有系统自动操作计数（自动编号），不用用户输入，对于一些具有递增或递减自动编号性质的列，如订单号、发票号等可以设置此附加属性。将一个字段设置为标识列，其数据类型必须是以下类型之一：int、bigint、smallint、tinyint 或小数位数为 0 的 decimal、numeric 字段。该字段不允许为空，且不能有默认值。

（4）计算列：计算字段是一个虚拟的字段，它并未将计算结果实际存储在表中，而只是在运行时才计算出结果。在设置计算字段时，不需要指定该字段的数据类型，当保存表结构时，SQL Server 会自动决定计算字段的数据类型。

2. 设置约束

约束定义了关于允许什么数据进入数据库的规则，是分配给表或表中某列的一个属性。使用约束，主要目的在于防止列中出现非法数据，可以自动维护数据库中的数据完整性。数据完整性是指数据的正确性、完备性和一致性，是衡量数据库质量好坏的重要标准。使用 INSERT、DELETE、UPDATE 语句修改数据库内容时，数据的完整性可能会遭到破坏。可能会将无效的数据添加到表中，如将学生考试成绩输入成负数。为了解决类似的问题，SQL Server

提供了对数据库中表、列实施数据完整性的方法。完整性的类型主要包括：

（1）域完整性。域完整性是指一个列的输入有效性，是否允许空值。通常使用有效性检查强制域完整性，也可以通过限定列中允许的数据类型、格式或可能值的范围来强制域完整性。

（2）实体完整性。实体完整性是指保证表中所有的行唯一。实体完整性要求表中的所有行都有一个唯一标识符。这个唯一标识符可能是一列，也可能是几列的组合，称之为主键。也就是说，表中主键在所有行上必须取值唯一且不能为空值。

（3）参照完整性。参照完整性也叫引用完整性。参照完整性总是保证主关键字（被引用表）和外部关键字（引用表）之间的参照关系。

在 SQL Server 中约束是强制数据完整性的首选方法，它是强制数据完整性的 ANSI 标准方法。每种数据完整性类型，使用单独的约束类型进行强制。约束确保在列中录入有效的数据值，并且能维护表之间的关联关系。具体的约束类型及实现方法将在 7.5 节做详细介绍。

3．输入记录

表结构设计好之后，就可以向表中输入数据了。输入记录时，必须遵循所设置的约束条件，否则，服务器将拒绝接受所输入非法数据。

按照学生成绩管理系统数据库（SGMS）实际问题的需要，设计了 9 张表：student、course、coursetype、teacher、users、department、class、speciality、grade，表结构见附录。

7.2.2 使用 T-SQL 语句创建表

用 T-SQL 语句创建表比使用 SSMS 创建表更加直接、有效。实际的应用系统中，通常用 CREATE TABLE 语句创建表，其基本语法格式如下：

CREATE TABLE *表名*

（{*列名 数据类型* NOT NULL|NULL}）

上面格式中，包含参数的含义如下：

● 表名：是所创建的表的名称，在一个数据库内表名必须唯一。

● 列名：在一个表内列名必须唯一。

● 数据类型：可以使用系统数据类型，也可以使用用户定义的数据类型。对于需要给定数据最大长度的类型，在定义时要给出长度。

任务 7-1 在 SGMS 数据库中创建 student 表。

任务分析：创建表时，要给出表的名称、字段名、字段数据类型等有关信息。在 T-SQL 中，可以用 CREATE TABLE 命令来创建表，表中列的定义必须用括号括起来。一个表中最多可以包含 1024 列。本例中可以按照 student 表结构，依次定义字段的名称、数据类型及是否允许为空。实现代码如图 7-1 所示。

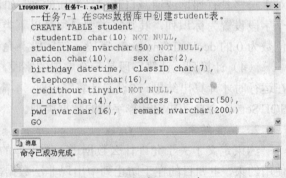

```
--任务7-1 在SGMS数据库中创建student表。
CREATE TABLE student
(studentID char(10) NOT NULL,
studentName nvarchar(50) NOT NULL,
nation char(10),    sex char(2),
birthday datetime,  classID char(7),
telephone nvarchar(16),
credithour tinyint NOT NULL,
ru_date char(4),    address nvarchar(50),
pwd nvarchar(16),   remark nvarchar(200))
GO
```

消息
命令已成功完成。

图 7-1 创建 student 表

7.2.3 使用 SSMS 创建表

任务 7-2 使用 SSMS 创建 course 表。

任务分析：使用 SSMS 创建表，首先必须打开 SGMS 数据库，然后再打开"表设计器"，在"表设计器"窗口中依次定义表的字段名、数据类型、是否允许为空就可以了。

利用 SSMS 创建表步骤如下：

（1）在"对象资源管理器"的树型目录中找到要建表的数据库 SGMS，展开该数据库。

（2）选择"表"并右击，在弹出的快捷菜单中选择"新建表"命令，打开表设计器，如图 7-2 所示。

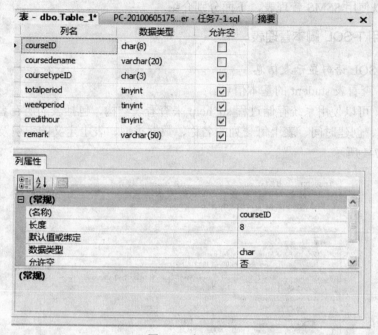

图 7-2　表设计器

（3）表设计器的上半部分有一个表格，在这个表格中输入列的属性，表格的第一行对应设置一列，对每一列都需要进行如下设置：

- 列名：为每一列设定一个列名。
- 数据类型：数据类型是一个下拉列表框，其中包含了所有的系统数据类型和用户自定义的数据类型。用户可根据需要来选择数据类型和长度。
- 允许空：单击该行的复选框，可以切换是否允许该列为空值的状态。打勾表示允许为空值，空白表示不允许为空值，默认状态下是允许为空值的。

表设计器的下半部分是特定列的详细属性，包括是否是 INDENTITY 列、是否使用默认值等。表设计器右半部分是表的详细属性，这里可以设置表的名称、表所在的文件组等信息。

（4）逐个定义好表中的列，单击工具栏中的"保存"按钮。若没有在表设计器中给出表的名称，会出现保存对话框，提示用户输入表的名称，如图 7-3 所示。单击"确定"按钮，course 表就建立完成。

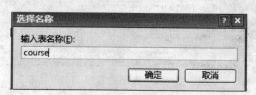

图 7-3　保存表结构

7.3　管理表

在表创建完成以后，根据实际的需要，有可能会对表原有的设计作相应的修改，比如增加一列，删除一列，或者对相应的某一列的数据类型做些调整等。用户可以使用 T-SQL 脚本管理表，也可以使用 SSMS 管理表，下面分别介绍。

7.3.1　使用 T-SQL 脚本管理表

1. 使用 T-SQL 语句显示表信息

任务 7-3　查看表 student 的基本信息。

任务分析：可以使用系统存储过程 sp_help 来查看表结构，包括表的所有者、类型（系统表还是用户表）、创建时间、表上每一列的名称、数据类型、表上定义的索引及约束等。本例实现代码如图 7-4 所示。

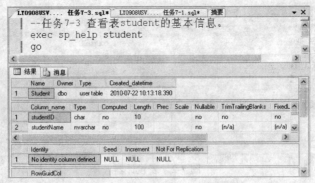

图 7-4　查看 student 表的结构

2. 使用 T-SQL 语句修改表结构

使用 ALTER TABLE 语句可以对表结构进行修改，具体包括增加列、删除列以及修改列定义。

（1）增加列。向表中增加列，通过 ADD 子句实现，其基本语法格式为：

ALTER TABLE　表名

ADD　列名　列的描述

参数：列的描述中要给出列的数据类型，是否为空。

任务 7-4　向 student 表中增加列 Email 列。

任务分析：向表中增加一列时，应使新增加的列有默认值或允许为空值，SQL Server 将向表中已经存在的行填充新增加列的默认值或空值。如果既没有提供默认值也不允许为空值，那么新增加列的操作将会出错，因为不知道该怎样处理那些已经存在的行。实现代码如图 7-5 所示。

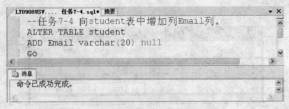

图 7-5　增加 Email 列

💡**注意**　可以一次向表中增加多列，多列之间用逗号分开。

（2）删除列。对于一张表，要删除表中某列可以用 DROP COLUMN 子句实现，其基本语法格式如下：

ALTER TABLE　表名

DROP COLUMN　列名

任务 7-5　删除 student 表中 Email 列

任务分析：删除表中的列，使用 T-SQL 中提供的 DROP COLUMN 子句实现，实现代码如图 7-6 所示。

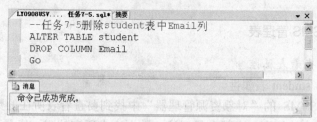

图 7-6　删除 student 表中 Email 列

（3）修改列定义。修改列定义可以用 ALTER COLUMN 子句实现，其基本语句格式如下：

ALTER TABLE　表名

ALTER COLUMN　列名　列的描述

任务 7-6　将 student 表中 studentName 修改为最大长度为 60 的 nvarchar 型数据，且不允许为空值。

任务分析：表中的每一列都有其定义，包括列名、数据类型、数据长度及是否允许为空值等，这些值都可以在表创建好以后，如果不合适，可以对其进行修改。实现代码如图 7-7 所示。

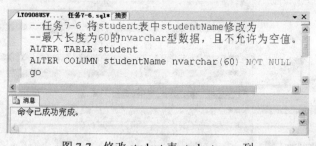

图 7-7　修改 student 表 studentname 列

💡**注意**　默认状态下，列是被设置为允许为空值的，将一个原来允许为空值的列修改为不允许为空值的列时，必须有两个前提条件：

● 列中没有存放有空值的记录。

● 在列上没有创建索引。

3. 使用 T-SQL 删除表结构

在 T-SQL 语句中，DROP TABLE 语句可以用来删除表。其基本语法格式如下：

DROP TABLE　表名

任务 7-7 删除 SGMS 数据库中的表 course 表。

任务分析：删除表之前一定要确定该表是不再需要的表。一旦一个表被删除，那么它的数据、结构定义、约束、索引等都将被永久的删除，以前用来存储数据和索引的磁盘空间可以用来存储其他数据库对象了。实现代码如图 7-8 所示。

图 7-8　删除 course 表结构

7.3.2　使用 SSMS 管理表

1. 使用 SSMS 查看表属性

任务 7-8 查看 student 表属性。

任务分析：在 SSMS 的"对象资源管理器"中找到要查看表所在的数据库，选中树型结构中的"表"节点，右边的窗口中就会显示这一数据库中所有的表，其中系统表单独在"系统表"文件夹内。对于每一个表，都会显示它的架构和创建时间。在列表中选择一个要查看的表，右击打开快捷菜单，选择"属性"命令，弹出"表属性"对话框，如图 7-9 所示，可以在此查看、设置表的属性、权限和扩展属性等。

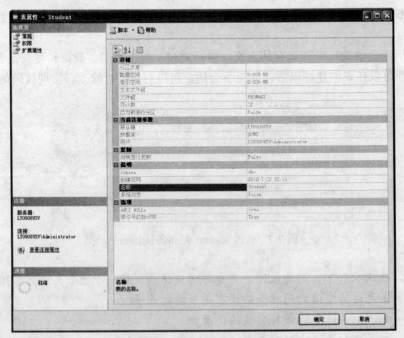

图 7-9　查看 student 表的属性

2. 使用 SSMS 修改表结构

任务 7-9 修改 student 表结构。

任务分析：修改表结构，也是在"表设计器"窗口中进行。其方法如下：

在 SSMS 的"对象资源管理器"中要修改的表，右击要修改的表，在弹出的快捷菜单中选择"修改"命令，将弹出如图 7-10 所示的表设计器。

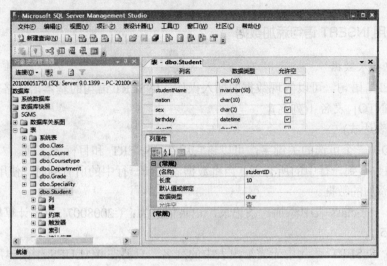

图 7-10　修改 student 表结构

此时可以象新建表一样，向表中增加列、从表中删除已有列或修改列的属性，修改完毕后单击"保存"按钮即可。

选中某一列并右击，在弹出的快捷菜单中选择"删除列"命令，则可删除某一列。

3. 使用 SSMS 删除表结构

任务 7-10　删除 SGMS 数据库中 student1 表结构。

任务分析：这里对 student 表复制了一份，在副本 student1 上进行删除操作。

（1）使用 SSMS 删除表非常简单，只需在"对象资源管理器"中找到要删除的表并右击，在弹出快捷菜单中选择"删除"命令，如图 7-11 所示。

图 7-11　删除 SGMS 数据库中的 student1 表

（2）在弹出的"删除对象"对话框中，单击"确定"按钮。

7.4　数据的插入、更新和删除

7.4.1　使用 INSERT 语句添加数据

1. 向表中插入数据

使用 INSERT 语句，可以实现数据的插入操作。INSERT 语句的基本语法格式如下：

INSERT [INTO]　表名　[(列名)]

VALUES(表达式)

参数 INTO：一个可选的关键字，可以将它用在 INSERT 和目标表之间。

（1）添加数据到一行中的所有列。当将数据添加到一行中的所有列时，使用 VALUES 关键字来给出要添加的数据。

任务 7-11　向 class 表中添加一条记录，记录信息为：（'2008007'，'08 计算机控制'，'a01'，'2008'，'0733005'）。

任务分析：INSERT 语句中无需给出表中的列名，只要在 VALUES 中给出所有的数据就可以了。但给出的数据要与用 CREATE TABLE 定义表时给定的列名顺序、数据类型和个数均相同。实现代码及运行结果如图 7-12 所示。

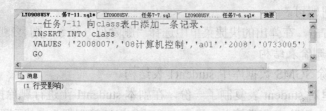

图 7-12　插入一行中所有列及显示运行结果

若对表中列的顺序不明确，则要在表名后给出具体的列名，而且列名顺序、类型和数量也要与 VALUES 中给出的数据一一对应。如上面的语句也可以写为：

INSERT INTO class(classID,className,specialityID,specialityName,EntranceYear,Monitor)

VALUES('2008007','08 计算机控制','a01','2008','0733005')

（2）添加数据到一行中部分列。

任务 7-12　向 student 表中添加到一条记录，插入记录是：student 表中的 studentID、studentName、sex、birthday、credithour，列的数据为：（'0711003'，'张红'，'女'，'1988-8-8',34）。

任务分析：要将数据添加到一行中部分列时，则必须同时给出要使用的列名以及要赋给这些列的数据。由于 Student 表中 studentID、studentName 和 credithour 三列均为非空，在插入记录时必须给出具体的值。实现代码和运行结果如图 7-13 所示。

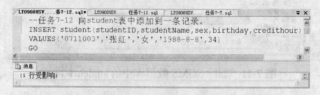

图 7-13　插入一行中部分列及运行结果

- 输入数据的顺序和数据类型必须与表中列的顺序和数据类型一致。
- 列名与数据必须——对应，当每列都有数据输入时，列名可以省略，但输入数据的顺序必须与表中列的定义顺序相一致。
- 可以不给全部列赋值，但没有赋值的列必须是可以为空的列。
- 插入字符型和日期型数据时要用单引号括起来。

（3）添加多行数据。通过在 INSERT 语句中嵌套子查询实现。可以将子查询的结果作为批量数据，一次向表中添加多行数据。查询语句将在第 8 章作讲解，这里仅给出一个简单的例子。

任务 7-13　添加批量数据，将 student 表中女生信息插入到一张新表 stu_girl 中。

任务分析：为了实现新旧数据的比较，可以先建立一个 stu_girl 表，表中包含 studentID、studentName、nation 列。假设 student 表中已有一批数据，可以从 student 表中选择女生的记录信息插入到新表 stu_girl 中。实现代码和运行结果如图 7-14 所示。

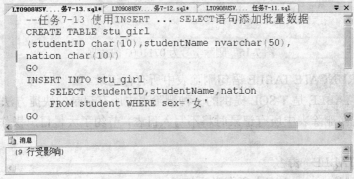

图 7-14　插入多行数据及运行结果

7.4.2　使用 UPDATE 语句修改数据

T-SQL 语句中提供了 UPDATE 语句对表中数据进行修改，其基本语法格式如下：
UPDATE　*表名* SET　*列名=表达式*
[WHERE　*条件*]

任务 7-14　将 student 表中学号为 0711001 的学生的家庭住址列修改为"马鞍山"。

任务分析：本例中要修改 student 表中学号为 0711001 address 列的信息，要用 WHERE 来指出条件。实现代码如图 7-15 所示。

图 7-15　更新学号为 0711001 address 列数据

7.4.3　使用 DELETE 语句删除数据

当数据的添加工作完成后，随着使用和对数据的操作，表中存在一些无用的数据，这些无用的数据会占用空间，影响修改和查询数据的速度，所以应及时对无用的数据进行删除。

（1）使用 DELETE 语句删除数据。使用 DELETE 语句可以删除数据表中的一行或多条记录。DELETE 语句基本语法格式如下：

DELETE　表名　[WHERE　条件]

任务 7-15　删除 student 表中 studentID 为 0711003 同学的记录。

任务分析：这里要删除 student 表中 studentID 为 0711003 同学记录，要用 WHERE 子句来指定条件。实现代码如图 7-16 所示。

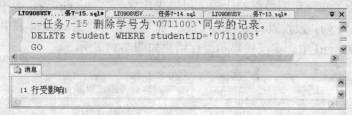

图 7-16　删除学号为 0711003 的数据

（2）使用 TRUNCATE TABLE 语句删除表中所有行记录。

TRUNCATE TABLE 是 T-SQL 提供的一种删除表中所有记录的快捷方法，它比 DELETE 命令要快。因为它在删除表中所有记录时将不写入日志，节约了大量日志操作的时间。其基本语法格式如下：

TRUNCATE TABLE　*表名*

任务 7-16　删除 student1 表中所有学生记录。

实现本任务的代码及执行结果如图 7-17 所示。

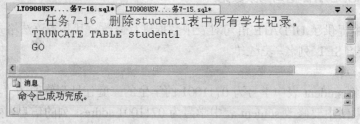

图 7-17　删除 student1 表中所有学生记录

注意

TRUNCATE TABLE 删除表中记录是一种快捷方法。因为 TRUNCATE TABLE 语句不记录日志，只记录整个数据页的释放操作，而 DELETE 语句对每一行数据修改都记录日志，所以 TRUNCATE TABLE 语句总比没有指定条件的 DELETE 语句删除记录要快。

7.4.4　使用 SSMS 操纵数据

使用 SSMS 对数据进行操作比使用 T-SQL 语句要简单得多。

任务 7-17　使用 SSMS 操纵 Course 表中的数据。

任务分析：使用 SSMS 可以对一个表中的数据进行查看、插入、修改和删除等操作，方法如下：

（1）在"对象资源管理器"的树型目录中找到存放表的数据库。

（2）展开数据库，选中要操作的数据表。

（3）右击要操作的表，在弹出的快捷菜单中选择"打开表"命令，如图 7-18 所示。

图 7-18　打开 course 表

（4）打开的窗口如图 7-19 所示显示 course 表数据。在此窗口中可以实现对 course 表中数据的添加、修改和删除等操作。

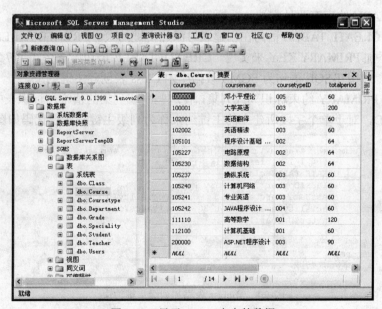

图 7-19　显示 course 表中的数据

7.5　SQL Server 约束机制

7.5.1　SQL Server 提供的约束类型

SQL Server 2005 中提供了 5 种约束，分别是主键约束（PRIMARY）、唯一键约束（UNIQUE）、默认值约束（DEFAULT）、检查约束（CHECK）和外键约束（FOREIGN KEY）。具体描述如表 7-1 所示。

表 7-1　约束的类型和功能表述

完整性类型	约束类型	描述
域	DEFAULT	如果在 INSERT 语句中未显式提供值，则指定为列提供的值
	CHECK	指定列中可接受的数据值
实体	PRIMARY KEY	唯一标识每一列，确保用户没有输入重复的值。同时创建一个索引以增强性能。不允许空值
	UNIQUE	确保在非主键列中无重复值，并创建索引以增强性能。允许空值
引用	FOREIGN KEY	定义一列或多列的值与同表或其他表中主键的值匹配
	CHECK	基于同表中其他列的值，指定列中可接受的数据值

创建约束始终和表的创建和修改分不开，因为约束是关联在表的某一列或几列的组合上的，所以可以通过 CREATE TABLE 语句在建表的时候添加约束，也可以使用 ALTER TABLE 语句来为已经存在的表添加约束。下面我们分别介绍通过 T-SQL 语句与 SSMS 创建约束的方法。

7.5.2　使用 T-SQL 脚本创建约束

1. PRIMARY 约束

创建 PRIMARY 约束有两种方法：

（1）使用 CREATE TABLE 语句在创建表时添加主键约束。CREATE TABLE 语句中，通过对某个字段添加 PRIMARY KEY 来实现。CREATE TABLE 语句语法格式见 7.2.2 节。

任务 7-18　使用 T-SQL 语句为 SGMS 数据库中 Class 表创建主键约束。

任务分析：PRIMARY 约束标识列或列集，使这些列或列集的值唯一标识表中的行。Class 表主键是 classID，对于单个字段所建立的主键约束称为列级主键。实现代码如图 7-20 所示。

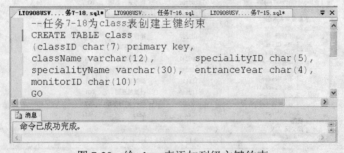

图 7-20　给 class 表添加列级主键约束

任务 7-19　使用 T-SQL 语句为 SGMS 数据库中 Grade 表创建主键约束。

任务分析：Grade 表的主键是组合字段 studentID 和 courseID。对于组合关键字段所建立的主键称为表级主键。实现代码如图 7-21 所示。

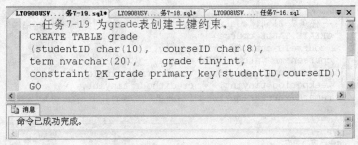

图 7-21　给 grade 表添加表级主键约束

（2）使用 ALTER TABLE 语句向现有表添加主键约束。当表创建好之后，可以通过修改表结构 ALTER TABLE 命令来实现，其基本语法格式如下：

ALTER TABLE　*表名*　ADD [CONSTRAINT　*约束名*]

PRIMARY KEY [CLUSTERED | NONCLUSTERED](*列名*[,...])

参数含义如下：

- 约束名：为约束指定的名称。
- CLUSTERED | NONCLUSTERED ：索引选项。主键默认为聚集索引。
- 列名：表示创建 PRIMARY KEY 约束所依据的列。

任务 7-20　假设 Grade 表已经存在且没有定义主键，为该表添加主键约束。

任务分析：利用 ALTER TABLE 修改表结构，通过 ADD CONSTRAINT 子句来实现添加主键。实现代码如图 7-22 所示。

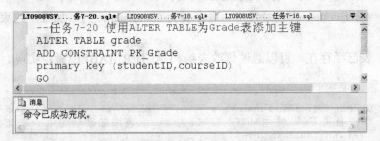

图 7-22　修改 grade 表中添加主键约束

> **注意**　在一个表中，不能有两行包含相同的主键值，不能在主键内的任何列输入 NULL 值，NULL 值在数据库中是特殊值，代表不同于空白和 0 值的未知值。每一个表都应有一个主键，且对于每一个表只能创建一个 PRIMARY KEY 约束。一个表中可以有一个以上的列组合，这些组合能唯一标识表中的行，每个组合就是一个候选键，数据库管理员可以从候选键中选择一个作为主键。

2. UNIQUE 约束

创建 PRIMARY 约束有两种方法：

（1）使用 CREATE TABLE 语句在创建表时添加 UNIQUE 约束。

任务 7-21 创建 course 表时，为 coursename 列添加唯一约束，不允许课程名重复。

任务分析：创建 course 表时，为 coursename 列添加唯一约束，利用 CREATE TABLE 命令创建表时来实现，实现代码如图 7-23 所示。

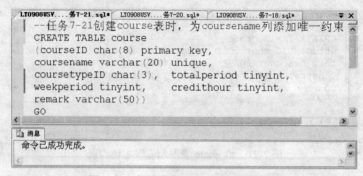

图 7-23 创建表时添加 UNIQUE 约束

 注意 UNIQUE 约束在列集内强制执行值的唯一性。对于 UNIQUE 约束中的列，不允许出现相同的值，这一点与主键约束类似。与主键约束不同的是，在 UNIQUE 约束的列中允许输入空值，所有空值都是作为相同的值对待的。主键也强制执行唯一性，但主键不允许出现空值。

（2）使用 ALTER TABLE 语句向现有表添加 UNIQUE 约束。

当表已经建立好，可以通过修改表结构命令 ALTER TABLE 来添加唯一约束，其基本语法格式如下。其参数含义与上述创建主键约束的参数含义相似。

ALTER TABLE *表名*

ADD [CONSTRAINT *约束名*] UNIQUE (*列名*)

任务 7-22 假设 course 表已经建立，现在要为 coursename 列添加唯一约束，不允许出现相同的课程名。

任务分析：表已经存在，可以通过修改表结构 ALTER TABLE 命令实现。实现代码如图 7-24 所示。

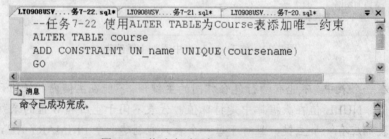

图 7-24 修改表时添加 UNIQUE 约束

3. DEFAULT 约束

DEFAULT 约束指为表中的列定义默认值。当执行数据插入操作而又没有为该列提供数据时，系统将自动以定义的默认值填充该列。

（1）使用 CREATE TABLE 语句在创建表时添加 DEFAULT 约束。

任务 7-23 创建 student 表，为 sex 列添加 DEFAULT，默认值为"男"。

任务分析：创建表时添加默认值约束，只需要指定某列的 DEFAULT 及默认值就可以了。实现代码如图 7-25 所示。

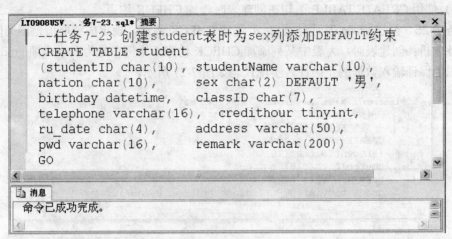

图 7-25　创建表时添加 DEFAULT 约束

（2）使用 ALTER TABLE 语句向现有表添加 DEFAULT 约束。

如果表已存在，则可以修改表结构时添加 DEFAULT 约束，基本语法格式如下：

ALTER TABLE　表名
ADD [CONSTRAINT] [约束名] [DEFAULT] 表达式 FOR 列名

任务 7-24　在 SGMS 数据库中已经存在的 student 表，为 sex 列添加 DEFAULT，默认值为"男"。

任务分析：student 表已经存在，添加 DEFAULT 约束，可以通过修改表结构实现。实现代码如图 7-26 所示。

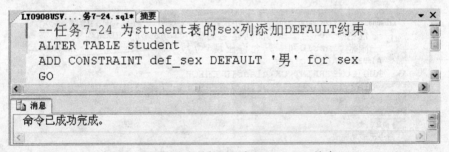

图 7-26　修改表结构时添加 DEFAULT 约束

注意

- 表中的每一列都可以包含一个 DEFAULT 定义，但每列只能有一个 DEFAULT 定义。
- DEFAULT 定义可以包含常量值、函数或 NULL。
- DEFAULT 定义不能引用表中的其他列，也不能引用其他表、视图或存储过程。
- 不能对数据类型为 timestamp 的列或具有 IDENTITY 属性的列创建 DEFAULT 定义。
- 不能对使用用户定义数据类型的列创建 DEFAULT 定义。

4. CHECK 约束

向表中输入数据时，CHECK 约束可以确保输入数据的正确性。创建方法也有两种。

（1）使用 CREATE TABLE 语句在创建表时添加 CHECK 约束。

任务 7-25　创建 grade 表时为 grade 列添加 CHECK 约束，规定成绩取值范围为[0,100]。

任务分析：创建表时，为表中某列添加 CHECK 约束，本例中是为表中成绩 grade 列规定取值范围，保证输入数据的正确性。实现代码如图 7-27 所示。

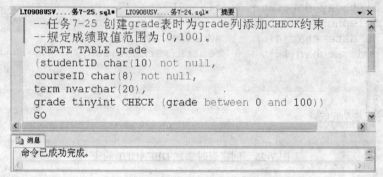

图 7-27　创建表时添加 CHECK 约束

（2）使用 ALTER TABLE 语句向现有表添加 CHECK 约束，其语法格式如下：

ALTER TABLE　表名

ADD CONSTRAINT　约束名　CHECK(表达式)

任务 7-26　使用 T-SQL 语句在 SGMS 数据库中为 class 表创建名为 CK_classID 的 CHECK 约束，该约束限制 classID 列中只允许出现 7 位数字。

任务分析：CHECK 约束对可以放入到列中的值进行限制，本例中是限制数据格式，以保证数据的完整性，可以用 like 关键字来指定其格式。实现代码如图 7-28 所示。

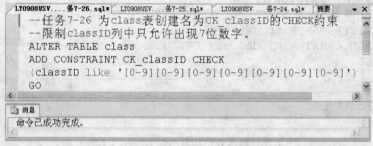

图 7-28　修改表时添加 CHECK 约束

5. FOREIGN KEY 约束

FOREIGN KEY 约束标识表之间的关系，建立两个表之间的联系。

（1）使用 CREATE TABLE 语句在创建表时添加 FOREIGN KEY 约束。

任务 7-27　表 Grade 的外键为 studentID，用于与表 student 的 studentID 相关联。

任务分析：SGMS 数据库中有成绩记录的学生应该是本校学生，因此 grade 表中的 studentID 列取值范围应当是 student 表中的 studentID 中的所有数据。这就要建立 grade 表和 student 表之间的联系。实现代码如图 7-29 所示。

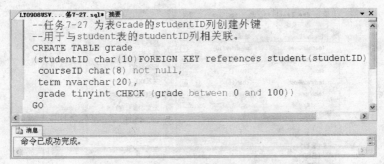

图 7-29 创建表时添加 FOREIGN KEY 约束

（2）使用 ALTER TABLE 语句向现有表添加 FOREIGN KEY 约束。

当表已存在，可以修改表结构时，添加 FOREIGN KEY 约束，基本语法格式如下：

ALTER TABLE *表名 1*

ADD [CONSTRAINT *约束名*]

FOREIGN KEY (*列名 1*)

REFERENCES   *表名 2* (*列名 2*)

参数如下：

- 表名 1：要设置外键的表的名称。
- FOREIGN KEY：关键字，表示外键。
- 列名 1：外键列。
- REFERENCES：关键字，表示参照。
- 表名 2：主键表（外键表所参照的表）的名称。
- 列名 2：主键列。

任务 7-28 当表 Grade 已经存在时，为其设置键为 studentID，用于与表 student 的 studentID 相关联。

任务分析：可以通过 ALTER TABLE 表结构实现外键的添加。实现代码如图 7-30 所示。

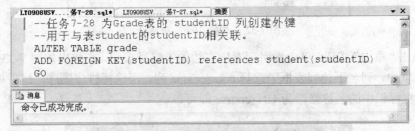

图 7-30 修改表时添加 FOREIGN KEY 约束

7.5.3 使用 SSMS 创建约束

1. 使用 SSMS 创建 PRIMARY KEY 主键约束

任务 7-29 为表 Teacher 表创建主键 teacherID 约束。

任务分析：使用 SSMS 创建表主键约束，可以在表创建好之后，通过修改表结构进行，而修改表结构是在"表设计器"环境中进行的，因此首先必须打开"表设计器"，然后右击需要设置主键的字段，从弹出的快捷菜单中选择"设置主键"命令，如图 7-31 所示。

图 7-31　设置主键

2. 使用 SSMS 创建表的 UNIQUE 约束

任务 7-30　为 Course 表 coursename 列增加 UNIQUE 约束。

步骤如下：

（1）利用 SSMS 打开 SGMS 数据库，打开 Course 表的"表设计器"。

（2）右击需要设置 UNIQUE 约束的字段，从弹出的快捷菜单中选择"索引/键"命令，弹出如图 7-32 所示的"索引/键"对话框。

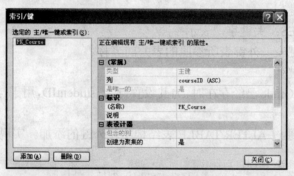

图 7-32　"索引/键"对话框

（3）单击"添加"按钮，单击索引列对应右边的省略号按钮，在弹出如图 7-33 所示的"索引/列"对话框中，列名下拉列表框中选择 coursename 列，再选择排序顺序，然后单击"确定"按钮，最后将标识中的名称修改为 UN_course 即可。

图 7-33　"索引/列"对话框

3. 使用 SSMS 创建 DEFAULT 约束

任务 7-31　为 student 表性别字段添加默认值为"男"。

任务分析：为表添加默认值，仍然在表的设计器中进行，当打开表的设计器，选择需要添加默认值的字段，在设计器的下半部分中"常规"项目中选择"默认值或绑定"，在右侧输入默认值，如"男"，如图 7-34 所示。

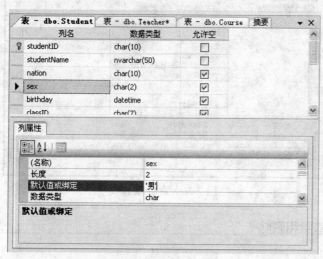

图 7-34　设置默认值

4. 使用 SSMS 创建 CHECK 约束

任务 7-32　为 grade 表中 grade 字段添加取值范围为[0,100]。

任务分析：在需要建立 CHECK 约束的字段上右击，在弹出的快捷菜单中选择"CHECK 约束"命令，弹出如图 7-35 所示"CHECK 约束"对话框，编辑"grade between 0 and 100"或通过右边的"省略号"按钮进行编辑。

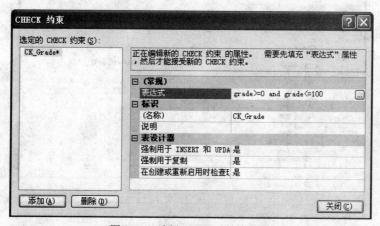

图 7-35　编辑 CHECK 约束属性

5. 使用 SSMS 创建 FOREIGN KEY 约束

任务 7-33　为 course 表和 grade 表之间建立联系。

任务分析：表 Grade 的外键为 courseID，用于与表 Course 的 CourseID 相关联。其操作步骤为：首先打开"表的设计器"，在"表设计器"窗口中选择 courseID 字段并右击，从弹出的快捷菜单中选择"关系"，弹出"外键关系"对话框，如图 7-36 所示。单击"添加"按钮，新建一个外键，展开"表和列规范"项目，通过其右侧的"省略号"按钮打开"表和列"对话框，设置引用关系。最后编辑"标识"项目中的名称即可。

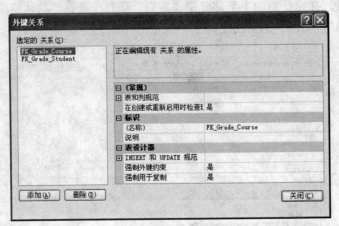

图 7-36　索引/键属性

7.5.4　约束的查看和删除

1. 约束的查看

PK_class 主键约束创建好之后，可以在 SSMS "对象资源管理器" 树状目录中依次单击"表"，再单击 class 表中的"键"节点或"约束"节点就能查看到所有已经建立的约束，如图 7-37 所示。

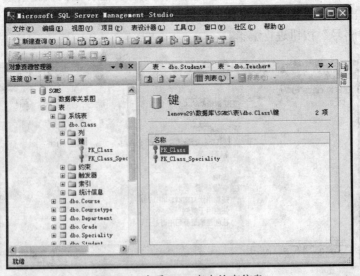

图 7-37　查看 class 表中约束信息

2. 约束的删除

约束的删除可以用 SSMS 来删除约束，也可以使用 DROP CONSTRAINT 子句实现，其基本语法格式如下：

ALTER TABLE *表名*

DROP CONSTRAINT *约束名*

任务 7-34   删除 Class 表的 PK_class 约束。

实现本任务的代码及执行结果如图 7-38 所示。

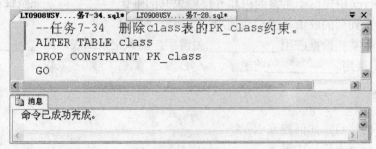

图 7-38   删除约束

一、选择题

1. 用 ALTER TABLE 不可以修改表的（   ）内容。

    A. 表名　　　　　B. 增加列　　　C. 删除列　　　　　D. 列约束

2. 创建表结构用（   ）语句实现。

    A. CREATE TABLE 表名　　　　　B. CREATE DATABASE 表名

    C. ALTER TABLE 表名　　　　　　D. ALTER DATABASE 表名

3. ALTER COLUMN 子句实现的功能是（   ）。

    A. 修改列名　　　　　　　　　B. 设置默认值或删除默认值

    C. 增加列　　　　　　　　　　D. 改变列的属性

4. 如果要防止插入空值，应使用（   ）来进行约束。

    A. Unique 约束　　　　　　　　B. Not null 约束

    C. Primary Key 约束　　　　　　D. Check 约束

5. 增加约束用（   ）语句来实现。

    A. ADD COLUMN　　　　　　　B. ADD CONSTRAINT

    C. ADD FILE　　　　　　　　　D. ADD TABLE

6. 某个字段最多输入 80 个字符，最少输入 1 个字符，应设置该字段的数据类型是（   ）。

    A. char(8) NOT NULL　　　　　　B. varchar(80) NULL

    C. char(80) NOT NULL　　　　　　D. varchar(80) NOT NULL

7. 表 table1 中有一列被表 table2 引用作为外键，在数据库定义这两个表时，正确的安排顺序是（   ）。

    A. 先定义表 table1，然后再定义表 table2

    B. 可以先定义表 table2

    C. 与定义的先后顺序无关

    D. 以上说法不正确

二、填空题

1. SQL Server 中提供了_____ 约束和唯一性约束共同来维护实体完整性。

2. SQL Server 中提供了主键约束和外键约束共同维护_____完整性。

3. 限制输入到列的取值范围，应使用_____约束。

4. 更新表中某列数据应用_____关键字，插入记录到表中用_____关键字，删除表中某条记录用_____关键字。

三、简答题

1. 简述表的特点，如何建立表？

2. 如何为一个表设计主键？

3. 修改表中数据与修改表结构有何不同？

4. 如何在表中插入数据？

上机实验

一、实验目的和要求

1. 学会使用 SSMS 创建表结构，并输入数据。

2. 会使用 CREATE TABLE 定义表结构。

3. 会使用 ALTER TABLE 修改表结构。

4. 会建立有关约束。

二、实验内容

1. 利用 SQL Server 2005 中 SSMS 创建 LIBRARY 数据库，在此数据库中创建"图书"表和"出版社"表。表结构分别定义为如表 7-2 和表 7-3 所示。

表 7-2 "图书"表结构

列名	数据类型	是否为空	约束
书号	Char(6)	否	主键
书名	Varchar(20)	否	
数量	Int		大于 0
位置	Varchar(20)		
出版社编号	Char(6)		外键

表 7-3 "出版社"表结构

列名	数据类型	是否为空	约束
出版社编号	Char(6)	否	主键
出版社名称	Varchar(30)	否	唯一约束
电话	Char(13)		
邮编	Char(6)		六位数字
地址	Varchar(30)		

2．利用 T-SQL 语句在 LIBRARY 数据库中创建"学生"表和"借阅"表，表的结构分别定义为如表 7-4 和表 7-5 所示。

表 7-4　"学生"表结构

列名	数据类型	是否为空
学号	Char(8)	否
姓名	Varchar(20)	否
性别	Char(2)	
院系	Char(20)	

表 7-5　"借阅"表结构

列名	数据类型	是否为空
学号	Char(8)	否
书号	char(6)	否
借书日期	Datetime	
还书日期	datetime	

3．利用 T-SQL 语句在 LIBRARY 数据库中做以下修改：

（1）利用 T-SQL 语句在"学生"表中增加列"民族"，数据类型为 varchar(6)，默认值为"汉"。

（2）在"学生"表中修改列"姓名"，数据类型为 char(20)。

（3）在"借阅"表中增加列"到期日期"，数据类型为 datetime。

4．利用 T-SQL 语句在 LIBRARY 数据库中添加以下约束：

（1）为学生表定义主键列，主键列为"学号"。

（2）在"借阅"表中添加 DEFAULT 约束，借书日期默认值为 getdate()。

（3）为"借阅"表的"学号"列设置 FOREIGN KEY 约束。"学号"列外键约束于"学生"表中的"学号"列。

（4）为"学生"表中"学号"列设置 CHECK 约束，检查输入的学号是数字形式。

5．利用 T-SQL 语句在 LIBRARY 数据库中做以下一些数据操作：

（1）在"学生"表中插入一条记录，记录信息为（"08010110"、"章敏"、"女"、"计算机系"）。

（2）更新学号为 08021102 同学的"院系"为"电子系"。

第8章 数据查询

通过前面的介绍，已经明确了数据库和表格的建立和管理方法，已经将数据添加到数据库的表格中，并且能够修改或删除它们。到现在为止，我们还只可以使用SSMS 打开整张表格来查看表格中所有的数据，不能按照用户的需求来查看表格中的部分数据。这就是本章要学习的内容——数据的查询方法。在数据库中，查询是最重要的一类操作了，也是最常用的一类。

本章将首先简单介绍 SELECT 语句的语法，再通过学生成绩管理系统这个案例来贯穿本章，分别介绍了单表的基本查询方法、数据筛选的方法和设置结果集的格式的方法；聚合函数的用法及分组与汇总的实现方法和多表连接的概念及内连接、外连接、交叉连接的实现方法；子查询的概念与实现方法。最后还简单介绍了在 SSMS 中实现查询的主要操作。

本章要点

- 理解 SELECT 语句的语法
- 掌握基本的单表查询的用法
- 会进行数据筛选
- 会设置结果集的格式
- 了解常见的聚合函数
- 掌握实现分组汇总的方法
- 理解多表连接的概念和类型
- 掌握内连接和外连接的用法
- 会使用联合查询
- 会使用一般的嵌套子查询
- 理解相关子查询的用法
- 会使用 SSMS 实现查询

8.1 基本查询语句

数据库的主要作用就是用来组织大量的数据，以方便用户快速查阅和操纵，使人们能快速地获取数据和处理数据。"查询"用来描述怎样从数据库中获取特定条件的数据，查询通过SELECT 语句实现。SELECT 语句的作用是让数据库服务器根据客户端的要求搜寻用户所需要的信息资料，并按用户规定的格式进行整理后返回给客户端。查询的过程不会改变数据库中的数据，只是将数据按照 SELECT 语句的要求呈现出来。

8.1.1 查询语句的基本格式

SELECT 语句的基本语法形式如下：

SELECT [ALL | DISTINCT][TOP n] <目标列列表>

[FROM] {<表或视图名>} [,…n]

[WHERE] <搜索条件>

[GROUP BY] {<分组表达式>}[,…n]

[HAVING] <搜索条件>

[ORDER BY] {<字段名[ASC|DESC]>} [,…n]

在上面的语法描述中，其包含的语义如下：

● 用[ ]括起来的是可选项，SELECT 子句是不可省略的。

● DISTINCT 选项从结果集中消除了重复的行，TOP n 选项限定了要返回的行数。

● 目标列列表指定了要返回的列，如果要返回所有列的数据可以使用"*"代替。

● FROM 子句指明返回的行和列所属的表。

● WHERE 子句指定限制查询的条件，在搜索条件中，可以使用比较操作符、字符串、逻辑操作符来限制返回的行数。

● GROUP BY 子句是对结果集进行分组，进而实现数据的汇总。

● HAVING 子句是在分组的时候对字段或表达式指定搜索条件。

● ORDER BY 子句对结果集按某种条件进行排序，返回有序的结果集。

1. 全表查询

任务 8-1 学生成绩管理人员需要查看所有学生的详细信息。

任务分析：从表中查询数据首先需要从表中选择指定的列，选择列表当中可以包含列、表达式、要选的关键字或需要赋值的局部变量。除此之外，还可以使用"*"代替表中所有的列名。这样的查询也被称为全表查询。在实际应用中，一般不建议使用全表查询。

本任务需要查看所有学生的详细信息，即可使用"*"代替目标列列表。实现任务 8-1 的 SELECT 语句及返回结果如图 8-1 所示。

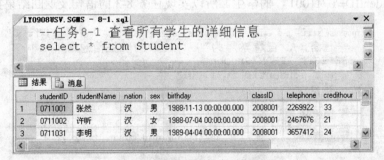

图 8-1 查询学生表所有的数据

2. 查询指定列的数据

任务 8-2 仅向普通用户返回学生学号与姓名两列数据。

任务分析：在学生成绩管理系统中，一般的用户是不可以查看所有学生详细资料的。这时需要使用<目标列列表>来指定返回的数据。<目标列列表>中可以指定多个字段，多个字段之间用逗号分隔。除字段名之外，还可以包含列、表达式、可选的关键字或需要赋值的局部变量等。

本任务需要返回学号和姓名两列数据，只需在 SELECT 关键字的后面指定 studentID 和 studentName 两个字段即可。实现任务 8-2 的 SELECT 语句及返回结果如图 8-2 所示。

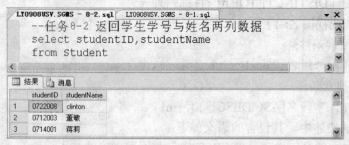

图 8-2　查询学生表中学号与姓名两列数据

在<目标列列表>中各个字段及表达式的顺序可以与表中的顺序不一致，结果集将按照<目标列列表>指定的顺序显示。这个操作不影响表中数据。

8.1.2　数据筛选

实际应用中，一般的查询只需要从表中查询少数行的数据，而不是所有的记录。通过在 WHERE 子句中指定查询条件可以限定 SELECT 语句只返回表中部分的行。而在 WHERE 子句中查询条件可以包括：比较运算（=、>、<、>=、<=和<>）、字符串比较（LIKE 和 NOT LIKE）、逻辑运算（AND、OR 和 NOT）、值的范围判断（BETWEEN 和 NOT BETWEEN）、值的列表判断（IN 和 NOT IN）和未知值比较（IS NULL 和 IS NOT NULL）。

1. 简单条件查询

任务 8-3　学生成绩管理人员需要查看学号为"0711001"的学生信息。

任务分析：简单的条件查询可以使用常用比较运算符来实现。比较运算符可以用来判断值的大小或两个值是否相等。本任务要查询学号为"0711001"的学生信息，就是要在 Student 表中查找"studentID='0711001'"的学生。所以实现任务 8-3 的语句及返回结果如图 8-3 所示。

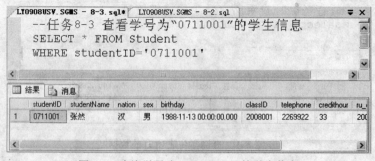

图 8-3　查询学号为"0711001"的学生信息

2. 实现模糊查询

在查询条件不具体的情况下，可以使用 LIKE 运算作为查询条件。在 LIKE 引导的条件中需要一个匹配字符串，该匹配字符串中可以使用通配符。常用的通配符包括以下几种：

● %：可以替代包含零个或更多字符的任意字符串。

- _: 可以替代任何单个字符。
- [ ]: 可以替代指定的范围或集合内的任何单个字符。
- [^]: 可以替代不再指定范围或集合内的任何单个字符。

使用与通配符结合的 LIKE 搜索条件可以实现较为复杂的字符串匹配查询，表 8-1 列出了几个在 LIKE 搜索条件中使用通配符的示例。

表 8-1　常见的通配符应用举例

表达式	返回值
LIKE 'BR%'	每个以字符串 BR 开头的字符串
LIKE '%EEN'	每个以字符串 EEN 结尾的字符串
LIKE '%EN%'	每个包含字符串 EN 的字符串
LIKE '_EN'	每个以字符串 EN 结尾，包含三个字符的字符串
LIKE '[CK]%'	每个以字母 C 或 K 开头的字符串
LIKE '[C-K]ING'	每个以 ING 结尾并且以 C～K 中任意字符开头的四字符字符串
LIKE 'M[^c]%'	每个以字母 M 开头、第二个字符不是字符 C 的字符串

任务 8-4　教学管理人员需要查找所有姓李的学生信息。

任务分析：要查询姓"李"的学生信息，只需在 WHERE 语句中使用 LIKE 运算符即可。实现任务 8-4 的 SELECT 语句及返回结果如图 8-4 所示。

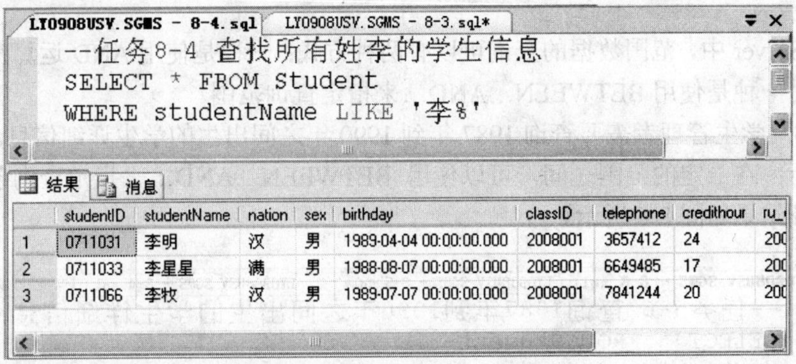

图 8-4　查找所有姓"李"的学生信息

💡**注意**　LIKE 一般只适用于 char、nchar、varchar、nvarchar 和 datetime 等数据类型。

3. 多条件组合查询

在复杂查询中，可以使用逻辑运算符 AND、OR 和 NOT 连接多个表达式来表示复杂的查询条件。查询结果将因表达式的分组情况和搜索条件的顺序的不同而有所不同。逻辑运算符的含义如下：

- AND 运算符：逻辑与，满足运算符连接的所有条件，返回真，否则返回假。
- OR 运算符：逻辑或，满足运算符连接的任一条件即返回真，否则返回假。
- NOT 运算符：逻辑非，当运算符连接的条件为真时返回假，否则返回真。

任务 8-5　学生管理者需要查询所有 1987 年出生的所有男生的详细信息。

任务分析：本任务的查询条件包括"1987 年出生"和"男生"两个条件，而这两个条件需要同时满足，即需要使用 AND 运算符来连接它们。实现本任务的语句及返回结果如图 8-5 所示。

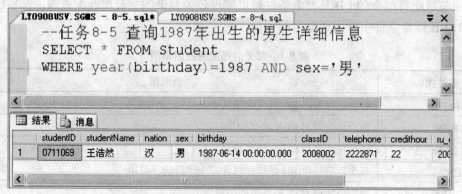

图 8-5　查找所有姓李的学生信息

注意

- 在本任务中 year 函数用来获取指定日期的年份部分，返回整数数据。
- 在逻辑表达式中三个运算符的优先级顺序是：NOT→AND→OR。
- 当有多个表达式作为搜索条件时，可以使用括号来限定求值顺序来增加表达式的可读性。

4. 范围查询

在 SQL Server 中，范围数据的查询可以有两种方式：一种是使用 AND 运算符连接两个比较表达式；另一种是使用 BETWEEN…AND…来指定查询范围。

任务 8-6　学生管理者需要查询 1987 年到 1990 年之间出生的学生详细信息。

任务分析：在一定的范围之间，可以使用 BETWEEN…AND…来指定查询条件。本任务的实现方法及结果如图 8-6 所示。

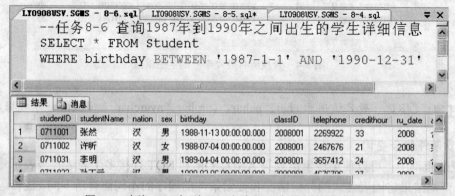

图 8-6　查询 1987 年到 1990 年之间出生的学生详细信息

注意

BETWEEN…AND…运算符包含范围内的边缘值，相当于（>=x AND <=y）。如果要使结果集不包含边缘值，则应该使用（>x AND <y）。如果要返回不在指定区域的行时，可以使用 NOT BETWEEN…AND…。

5. 使用值的列表作为查询条件

在 WHERE 子句中可以使用 IN 搜索条件查询与指定值列表相匹配的行，它相当于使用 OR 运算符连接多种条件。

任务 8-7　学生管理者需要查询来自合肥和芜湖的学生详细信息。

任务分析：要想查询来自芜湖和合肥的学生信息，可以有两种方式：一种是使用 OR 运算符连接两个比较表达式；另一种是使用 IN 谓词来指定查询范围。本任务的实现方法及结果如图 8-7 所示。

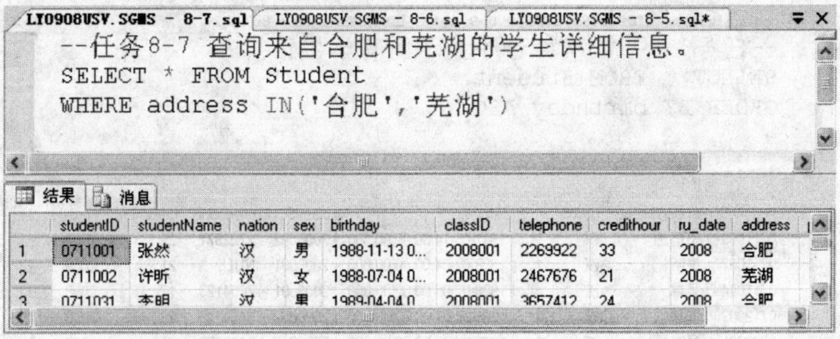

图 8-7　查询来自合肥和芜湖的学生详细信息

6. 未知值（NULL）查询

如果在输入数据过程中未给某列允许空值的列输入值时，那么该列就会存在一个空值（NULL）。空值不等同于数值 0 或空字符串，也不能与其他任何值进行比较。将 NULL 与任何值比较都将返回假，所以不能使用比较运算符来判断某列是否为空。在 SQL Server 中，可以使用 IS NULL 来判断空值。

任务 8-8　学生管理人员需要查询电话未登记的学生信息。

任务分析：在学生表中，电话列（telephone）是允许空值的，如果在登记学生信息时未登记，将会以空值显示。在查询时如果使用比较运算符来比较，即"WHERE telephone = NULL"，将不会返回任何结果，需要使用"IS NULL"。本任务的实现方法及结果如图 8-8 所示。

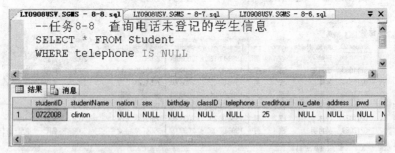

图 8-8　查询电话未登记的学生信息

8.1.3　设置结果集的显示格式

在查询时通常还需要对结果集进行排序、消除重复等设置，来改善结果集的可读性。这些格式选项并不改变原数据，只是改变了数据的表示方式。

1. 将查询结果排序

在 SQL Server 中进行查询时，如果没有指定查询结果的显示顺序，SQL Server 将按照其最方便的顺序（通常是记录的物理顺序）输出查询结果。要想改变数据的显示顺序，需要使用 ORDER BY 子句指定要排序的列。

任务 8-9　学生管理人员需要按年龄升序显示所有学生信息。

任务分析：在学生表中没有年龄列，但是年龄可以由出生日期（birthday）列推出，所以可以按照 birthday 列升序排列。升序是 SQL Server 的默认排序方式，可以使用 ASC 关键字说明。如果要降序可以使用 DESC 关键字说明，不可以省略。实现本任务的语句及结果如图 8-9 所示。

图 8-9　按年龄升序显示所有学生信息

任务 8-10　学生管理人员需要先按照班级升序、再按年龄降序显示所有学生信息。

任务分析：在 SELECT 语句中可以按多列排序，即在 ORDER BY 子句中可以出现多个字段，这时 SELECT 语句会先按照第一个字段排序，当第一个字段中有相同的值时，会再按照第二个字段排序，依此类推。实现任务 8-10 的方法及结果如图 8-10 所示。

图 8-10　按照多列排序的情况

注意

● 在 ORDER BY 子句中，除了使用字段排序外，还可以通过列名、计算的值或者表达式进行排序。

● 可以使用字段在选择列表中的位置序号代替列名进行排序。

● 如果在排序的列出现了空值，则这条记录将会出现在结果集的最后。

2．使用 TOP n 子句返回前 n 个记录

很多时候，需要在查询时仅返回部分数据，如查询本学期成绩前 5 名的学生。在这种情况下，可以使用 TOP n 子句进行操作。TOP n 将返回符合查询条件的前 n 条记录。一般情况下，需要配合 ORDER BY 子句使用，返回的将是排好序后的前 n 条记录。尽管 TOP n 关键字不符合 ANSI 标准，但是很实用。

任务 8-11　学生管理人员需要查看年龄最大的三个学生的详细信息。

任务分析：要查看年龄最大的学生信息，首先需要按照降序排序，然后再取结果的前 3 个。为了更精确地区别学生年龄之间的差距，本任务可以通过计算出生日期与当前日期之间的天数来排序。实现任务 8-11 的方法及结果如图 8-11 所示。

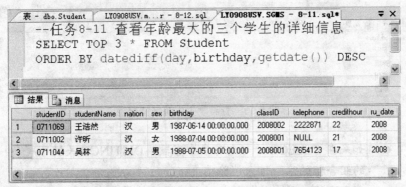

图 8-11　查看年龄最大的三个学生的详细信息

任务 8-12　教务人员需要查看学分最高的前 10%的学生信息。

任务分析：TOP n 可以查询排名前 n 个记录，而要求解前 10%的记录，需要在 TOP n 后加上 PERCENT。实现上述任务的方法及查询结果如图 8-12 所示。

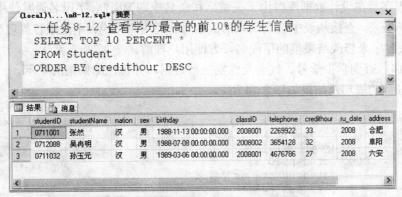

图 8-12　查看学分最高的前 10%的学生信息

在使用 TOP n 或 TOP n PERCENT 关键字时，应注意以下一些问题：

- TOP n 一般需要与 ORDER BY 子句配合使用。
- TOP n PERCENT 关键字一般计算得到的都是小数，SQL Server 将对其取整。
- 在排序过后的结果集中可能存在两个或多个记录相等，如果该重复值恰好出现在第 n 个位置，系统将忽略掉第 n 个后面的。如果需要考虑多值并列的情况，可以在 TOP n 后面使用 WITH TIES 关键字来返回并列值。

3. 消除重复行

由于某些原因，如关系模型规范化程度不高，用户在查询数据时，可能会出现大量重复行。如果希望查询结果中没有重复数据，则可以使用 DISTINCT 关键字消除结果集中的重复行。

任务 8-13 学校招生工作人员需要查看学生生源地情况。

任务分析：学生的生源地信息，每个地名将会重复出现多次，查询时就需要使用 DISTINCT 关键字来消除重复。实现本任务的语句及结果如图 8-13 所示。

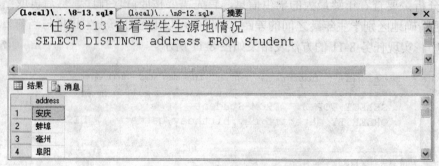

图 8-13　查看学生生源地情况

 注意

- 如果在 SELECT 子句中有多个字段，DISTINCT 关键字将会按照所有字段的组合值的唯一性来消除重复。
- DISTINCT 子句将按随机的顺序显示结果集中的行，可以使用 ORDER BY 来指定结果集的显示顺序，此时排序字段必须出现在 SELECT 语句的目标列表中。

4. 改变显示的字段名

数据库程序员在设计数据库时由于关键字和命名规则等限制，字段名通常使用字母和数字来表示，这样一来，直接从表中查询出来的数据对普通用户来说，不是很容易理解。为此，可以使用 AS 关键字来修改结果集的字段名，方便用户理解。

任务 8-14 查询学生学号、姓名及性别三列数据，并优化结果集的显示。

实现本任务的语句及结果如图 8-14 所示。

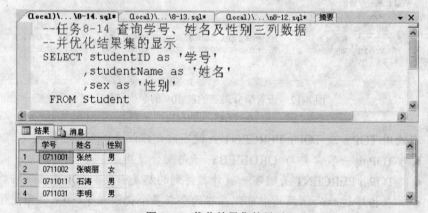

图 8-14　优化结果集的显示

在改变列名时需要注意以下问题:

- 默认情况下,结果集显示的列名是在创建表格时指定的;
- 某些包含函数的列或者常量值或者计算列在结果集中将以"无列名"显示, 可以使用 AS 关键字为其定义列名。
- 除了使用 AS 关键字外,还可以直接使用字符串赋值的方法来改变列名, 如上述任务的语句还可以写为:

SELECT '学号'=studentID, '姓名'=studentName, '性别'=sex FROM Student

8.2　数据分组与汇总

通过前面的学习,掌握了基本数据查询以及对数据进行条件查询的方法,还学习了增加数据可读性的方法,如排序、改变列名显示等。本节中,将学习更加复杂的技巧——分组与汇总。其主要用途是将同一张表中的数据以某一列或几列的值为准进行分组操作,再来计算其聚合情况,如平均值、最大值等。例如可以从学生成绩表查看单个或所有学生的平均成绩、可以统计每个学生选课门数等。

8.2.1　使用聚合函数

计算诸如平均值和总和的函数称为聚合函数。在实际应用过程中,如果要从数据表中用到诸如求解学校学生的总数、学生某门课程的平均分、员工的平均工资这样的查询就需要用到聚合函数。当聚合函数执行时,SQL Server 对整个表或表里某个组中的字段进行汇总、计算,然后生成单个的值。聚合函数可以和 SELECT 语句一同使用,也可以与语句 GROUP BY 联合使用。表 8-2 列出了常用的聚合函数及其作用。

表 8-2　常用聚合函数描述

聚合函数	描述
AVG(*expr*)	返回表达式中所有值的平均值。该列只能包含数字数据,而且将忽略 NULL 值
COUNT(*expr*)	返回表达式中所有非空值的计数,该列只能包含数字数据和字符数据
COUNT(*)	返回表达式中所有行的计数,COUNT(*)不包括任何参数,它对所有行进行计数,包括含有空值的行
MAX(*expr*)	返回表达式中最大的值(文本数据类型中按字母顺序排在最后的值),忽略空值
MIN(*expr*)	返回表达式中最小的值(文本数据类型中按字母顺序排在最前的值),忽略空值
SUM(*expr*)	返回表达式中值的合计。该列只能包含数字数据

任务 8-15　从学生表统计学生的人数、学生的平均年龄。

任务分析:学生人数可以使用 COUNT 函数来统计。表中没有直接存储学生年龄,需要通过调用 DATEDIFF 函数来计算得到,再用 AVG 函数来统计。实现本任务的语句及结果如图 8-15 所示。

在上面的实现方法中,用到了两个 SELECT 语句,所以会出现两个结果集。可以在一个 SELECT 语句中使用多个聚合函数,这样的话将只返回一个结果集。如:

SELECT COUNT(*) AS '学生数',AVG(datediff(year,birthday,getdate())) AS '平均年龄'
FROM Student

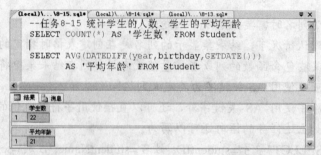

图 8-15 统计学生的人数、学生的平均年龄

8.2.2 分组和汇总（GROUP BY）

如果未对查询结果分组，聚合函数将作用于整个查询结果，即整个结果集会产生一个聚合值。如果需要按某一字段数据值进行分类，在分类的基础上在进行统计计算，就需要使用GROUP BY 子句。对某列或某些列使用 GROUP BY，可以把表中数据分组，聚合函数将作用于每一组，即每一组产生一个聚合值。例如，按照部门来统计每个部门的平均工资，每个学生的平均成绩等。

1. 使用 GROUP BY 分组与汇总

任务 8-16　学生管理人员需要统计每个班级学生的数量和平均年龄。

任务分析：要想汇总计算学生的数量，需要使用聚合函数，而如果需要统计每个班级的学生数量就需要首先使用 GROUP BY 分组。实现本任务的语句及结果如图 8-16 所示。

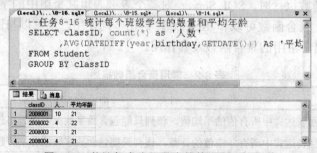

图 8-16 统计每个班级学生的数量和平均年龄

上述程序的执行过程是这样的：首先将[Student]表中所有数据按照 classID 分组排列，然后对每一个班级，汇总学生数量和平均年龄，每一组生成一个汇总值。如果在结果集中只显示汇总结果，这样的结果集是不能理解的，所以应该在结果集中增加一列 classID。

在使用 GROUP BY 分组汇总时，应注意：
- 在 SELECT 子句后的目标字段列表中只能包含聚合函数和 GROUP BY 子句中出现的列。
- SQL Server 将为每个组返回一行数据，不返回具体的明细数据。
- 空值将会作为一个组来处理，同样会返回一行数据，所以尽量不要在存在多个空值的列上使用 GROUP BY 子句。

2. 分组后使用 HAVING 子句筛选

如果分组后还要求按照一定条件对结果集进行筛选，只返回满足条件的记录，这时候可以使用 HAVING 子句来指定筛选条件。

　　HAVING 子句的作用同 WHERE 子句相似，都是给出查询条件。所不同的是，WHERE 子句是检查汇总前的数据检查每条记录是否满足条件，而 HAVING 子句是检查分组汇总之后的各组汇总数据是否满足条件。WHERE 子句中不能直接使用聚合函数，但 HAVING 子句的条件中可以包含聚合函数。HAVING 子句是针对 GROUP BY 子句的，没有 GROUP BY 子句时使用 HAVING 子句是没有意义的。

　　任务 8-17　统计每个班级学生的数量和平均年龄，只返回人数少于 10 人的班级。

　　任务分析：要想汇总学生数量，需要使用聚合函数，要统计每个班级的学生数量需要首先使用 GROUP BY 分组。人数是统计后才有的数据，要返回人数少于 10 人的班级，必须使用 HAVING 子句，而不能使用 WHERE 子句。因此实现本任务的语句及结果如图 8-17 所示。

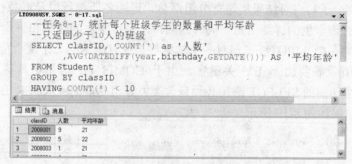

图 8-17　只返回人数少于 10 人的班级

8.2.3　计算和汇总（COMPUTE 和 COMPUTE BY）

　　GROUP BY 子句有个缺点，就是返回的结果集中只有合计数据，而没有原始的详细记录。如果想在 SQL Server 中完成这项工作，可以使用 COMPUTE 和 COMPUTE BY 子句。COMPUTE 子句可以用来生成单独的汇总值并作为附加出现在结果集的最后。当与 BY 一起使用时，COMPUTE 子句在结果集内生成多个控制中断，并计算出多个汇总值。

　　1. COMPUTE 子句的用法

　　COMPUTE 子句可以在查询结果集的最后生成汇总数据行，具体如何汇总取决于子句中采用的聚合函数。

　　任务 8-18　查询学生的详细信息，同时返回学生的总数和平均年龄。

　　任务分析：既要返回学生的详细信息，又要返回学生的总数和平均年龄，就必须用到 COMPUTE 子句了。具体的实现方法及查询结果如图 8-18 所示。

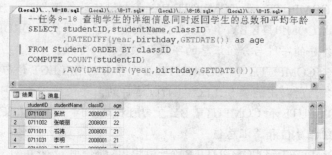

图 8-18　查询学生详细信息同时返回学生的总数及平均年龄

使用 COMPUTE 子句计算汇总的时候，应注意：

- COMPUTE 子句中指定的列必须是 SELECT 子句中已有的。
- 前面的 SELECT 语句中只需要查询基本的数据，还可以对其进行排序等操作，而聚合函数只需要出现在 COMPUTE 子句中。
- 聚合函数中所出现的字段、关键字及表达式等，都必须包含在 SELECT 子句的字段列表中。
- 在 COMPUTE 子句中的聚合函数，会在显示时自动分配一个缩写的字段名，而不能自定义字段名。

2．COMPUTE BY 子句的用法

COMPUTE BY 子句将对结果集进行分组汇总，返回各明细行以及汇总行。

任务 8-19 查询学生的详细信息，同时返回每个班级学生的总数和平均年龄。

任务分析：使用 COMPUTE 子句对一个结果集来说只能返回一个聚合值。如果需要计算多个分组的聚合值就需要加上 BY 关键字。由于 COMPUTE 语句不具备分组功能，所以 COMPUTE BY 子句前的 SELECT 语句必须包含类似分组功能的 ORDER BY 子句。具体的实现方法及查询结果如图 8-19 所示。

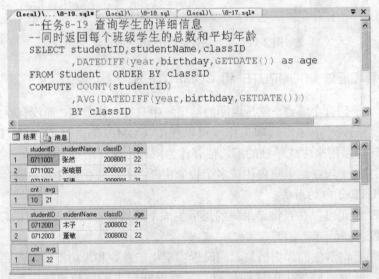

图 8-19 查询学生详细信息的同时汇总各班级学生总数及平均年龄

在使用 COMPUTE 和 COMPUTE BY 子句进行计算汇总时，应注意：

- 使用 COMPUTE BY 子句获取汇总的时候，必须使用 ORDER BY 先排序，并且排序的字段与分组汇总的字段必须是同一字段。
- 包含 COMPUTE 和 COMPUTE BY 子句的 SELECT 语句会返回不止一个结果集，所以不能被 SELECT INTO 这样的句子使用，也不可以创建为视图。
- COMPUTE 和 COMPUTE BY 子句可出现在同一条 SELECT 语句中，以得到分组汇总值和总汇总值。
- COMPUTE 和 COMPUTE BY 子句中，不能使用 ntext、text 或 image 数据类型。

8.3 多表连接查询

数据库表设计的一个重要原则就是要避免数据的冗余性。为了达到这个目标，数据表会被拆分。数据库规范化程度越高，数据拆分就越多。而在数据查询时，必须要将这些被拆分的数据组合起来。这样就需要在查询时连接多张数据表。

多表连接查询是指将多个数据表连接在一起，根据一定的查询条件获得数据信息。在 SQL Server 中，有两种方式实现多表连接查询，一种是前面介绍的 FROM 子句，在 FROM 子句中指定要连接的表，在 WHERE 子句中指定表与表之间的连接条件。另一种连接方式是 ANSI SQL 的连接语句，即使用 JOIN 关键字连接表，使用 ON 关键字指定表与表之间的连接条件。SQL Server 推荐使用 ANSI 形式的连接，ANSI 连接的部分语法如下：

FROM 表 A [INNER | LEFT | RIGHT | CROSS] JOIN 表 B ON 连接条件

8.3.1 连接概述

表与表之间的连接类型有 3 种：内连接、外连接和交叉连接。外连接还包括左外连接、右外连接和全外连接三种。

1. 内连接

FROM 表 A [INNER] JOIN 表 B ON 连接条件

内连接是通过比较两个被连接表所共同拥有的字段来把两个表连接起来，只返回满足连接条件的数据，忽略不符合 ON 子句指定的连接条件的数据。通常内连接可以理解为等值连接。可以使用 INNER JOIN 关键字表示。由于内连接是默认的连接方式，所以 INNER JOIN 可以简写为 JOIN。

2. 左外连接

FROM 表 A LEFT [OUTER] JOIN 表 B ON 连接条件

左外连接不仅仅返回满足连接条件的数据，还返回表 A 中不满足连接条件的数据。换句话说，它将保留左表中所有的数据，如果左表的某行在右表中没有匹配行，则右表所有字段将为空值。左外连接使用 LEFT OUTER JOIN 表示，可以简写做 LEFT JOIN。

3. 右外连接

FROM 表 A RIGHT [OUTER] JOIN 表 B ON 连接条件

右外连接不仅仅返回满足连接条件的数据，还返回表 B 中不满足连接条件的数据。换句话说，它将保留右表中所有的数据，如果右表的某行在左表中没有匹配行，则左表所有字段将为空值。右外连接使用 RIGHT OUTER JOIN 表示，可以简写做 RIGHT JOIN。

4. 全外连接

FROM 表 A FULL [OUTER] JOIN 表 B ON 连接条件

全外连接不仅仅返回满足连接条件的数据，还同时返回表 A 和表 B 中不满足连接条件的数据。全外连接使用 FULL OUTER JOIN 表示，可以简写做 FULL JOIN。

5. 交叉连接

FROM 表 A CROSS JOIN 表 B

不指定连接条件的连接称为交叉连接，它将返回两张表指定列数据的笛卡尔积。使用 CROSS JOIN 关键字表示。

下面就分别介绍这几种连接的实现方法。

8.3.2　内连接

内连接通常使用比较运算符，根据每个表共有的列的值匹配两个表中的行。表的连接条件经常采用"主键=外键"的形式。内连接可以通过在 FROM 子句中使用 INNER JOIN 关键字来实现。

1. 等值连接

任务 8-20　学生管理人员要查看每个学生所在的班级名称。

任务分析：学生表中存储有每个学生的班级编号，而没有班级的名称，而班级的名称在班级表中有。这时需要将学生表与班级表连接起来，并指定两张表的连接关系即可。实现任务的方法及结果如图 8-20 所示。

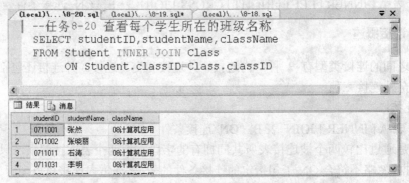

图 8-20　查询每个学生所在的班级名称

在上述的任务中，要注意以下问题：

- 如果在两张表中存在同名的字段，在引用时必须指定该字段所在的表，即在字段名前面加上表名，中间用点号连接。
- 可以通过为表起别名的方式简化程序。如上述的程序可简写成如下形式：

SELECT studentID, studentName, className

FROM Student as s INNER JOIN Class as c ON s.classID = c.classID

任务 8-21　查看每个班级所在的专业名称。

任务分析：班级表中存储的没有专业名称，只有专业编号，此时需要用到连接才可以查询到专业信息。实现此任务的程序及结果如图 8-21 所示。

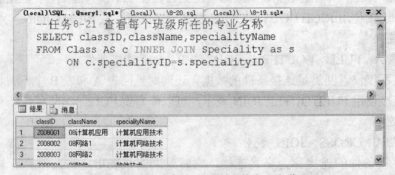

图 8-21　查询每个班级所在的专业名称

2. 自连接

连接不仅可以在不同的表上进行，而且在同一张表内也可以进行自身连接，即将同一个表的不同行连接起来。自连接可看作一张表的两个副本之间进行的连接。

任务 8-22　从学生表中查询与"木子"这个学生同班的其他学生信息。

任务分析：要查询与木子同班级的学生，首先得查询出木子的班级号，然后据此连接 Student 表，查询与此班级号相同的学生，此时还需要排除木子本人。

实现本任务的语句及结果如图 8-22 所示。

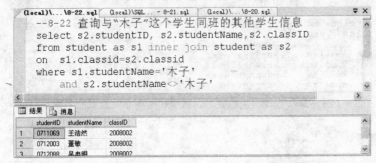

图 8-22　查询与"木子"这个学生同班的其他学生信息

● 在自连接中，必须为表指定两个别名，使之在逻辑上成为两张表；
● 生成自连接时，表中每一行都和自身比较一下，并生成重复的记录，使用 WHERE 子句来消除这些重复记录。

3. 多表连接

在关系型数据库中，数据的规范化程度越高，拆分的次数就越多。用户在查询需要的数据时，一次连接往往是不够的。多张表的连接与普通连接的形式是一样的。

任务 8-23　教务人员需要查询每个学生各门课程的成绩。

任务分析：学生成绩信息存储在成绩表（Grade）中，而直接从成绩表中查询的数据是无法被普通用户理解的，因为只有学号和课程号的信息，没有具体的课程名称和学生姓名。此时就需要连接，而且由于这些数据分别存储在三张表中，需要进行两次连接。

实现本任务的语句及结果如图 8-23 所示。

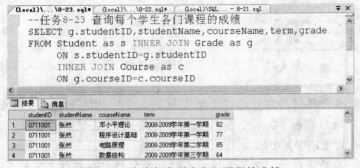

图 8-23　查询每个学生各门课程的成绩

任务 8-24　查询每个学生的姓名、班级和所在专业及系的名称。

任务分析：学生姓名存储在学生表中，班级信息存储在班级表中，专业名称存储在专业表中，系名称存储在系表中。如果需要同时获取这些数据，就需要将这四张表通过其外键连接起来。实现本任务的语句及结果如图 8-24 所示。

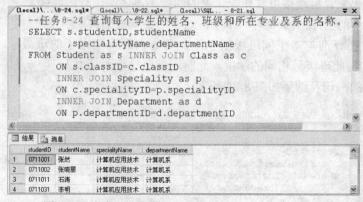

图 8-24　查询学生的姓名、班级和所在专业及系的名称

8.3.3　外连接

在上述的内连接中，SELECT 语句只会返回两张表中只满足连接条件的数据，若其中某一张表中存在不满足连接条件的数据，将会被忽略。假如在查询时需要将这些不满足条件的数据返回，这时就需要使用外连接。外连接包括左外连接、右外连接或完整外连接。

1. 左外连接

任务 8-25　学生管理人员需要查询所有学生所在班级信息，假如有些班级还没有学生，也要将其列出。

任务分析：学生所在班级信息需要将学生表和班级表连接起来才能获取。如果需要返回没有学生的班级，这时就要求我们将所有班级表的数据返回，不管其是否满足连接条件。实现本任务的语句及结果如图 8-25 所示。

图 8-25　查询所有学生班级信息，列出所有班级

注意

- 左外连接与右外连接是相对而言的，即 JOIN 关键字左侧的表为左表，右侧的为右表。在本任务中，Class 表在 JOIN 关键字的左侧，所以是左外连接，即 LEFT JOIN。
- 左外连接时，不符合连接条件的数据将被列在结果集的最后，右表中不满足条件的数据将以 NULL 填充。右外连接时，左表中不满足条件的数据将以 NULL 填充。

2. 右外连接

任务 8-26　查询所有班级所在的专业，如果有的专业还没有班级，也要将其列出。

任务分析：查询班级所在专业需要将班级表和专业表连接，如果需要列出暂时还没有班级的专业，需要用到外连接。实现本任务的语句及结果如图 8-26 所示。

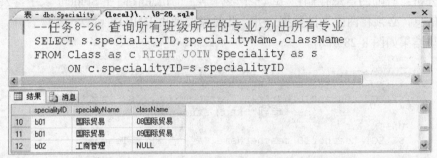

图 8-26　查询所有班级所在的专业，列出所有专业

8.3.4　交叉连接

交叉连接是不需要任意连接条件的连接，可以返回两个表的任意组合，即两张表指定列数据的笛卡尔积，交叉连接后得到的结果集的行数是两个被连接表的行数的乘积。通过在 FROM 子句中使用 CROSS JOIN 关键字，可以实现两个来源表之间的交叉连接。

在一个规范化的数据库中很少会使用交叉连接，而且也应避免使用。但是它有些特殊的用途，比如，为数据库生成测试数据；为核对表及业务模板生成所有可能组合的清单等。

任务 8-27　程序员想测试所有学生选课的可能情况。

任务分析：所有学生选课的可能情况，需要将学生和课程的信息做笛卡尔积。交叉连接学生表和课程表，可以产生所有学生的选课可能。其实现方法及结果集如图 8-27 所示。

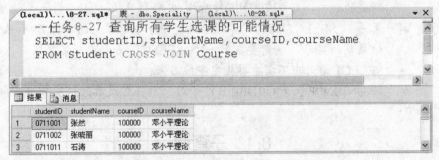

图 8-27　测试所有学生选课的可能情况

8.3.5　联合查询

在实际的应用过程中，除了使用连接来组合多张表的数据外，还可以直接将两个 SELECT 语句的结果集合并，达到组合多表数据的目的。在 SQL Server 中，可以使用 UNION 运算符来把多个 SELECT 语句返回的结果集组合到一个结果集中。

当查询的数据在不同的地方，并且不能用单独的一个查询语句得到时，可以使用 UNION 运算符。UNION 运算符的使用方法为：

SELECT_语句 1

UNION [ALL]

SELECT_语句 2

任务 8-28 人事部门想查询学院所有师生的信息。

任务分析：教师的信息存储在 Teacher 表，学生的信息存储在 Student 表中，要想返回所有的师生信息，必须将两张表的数据合并。此时需要使用 UNION 运算符实现合并。实现本任务的语句与结果如图 8-28 所示。

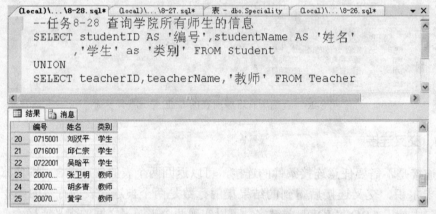

图 8-28 查询学院所有师生的信息

使用 UNION 运算符时，应注意以下几个问题：

- UNION 运算符连接的查询必须有类似的数据类型、相同的字段数目，并且在字段列表中字段顺序相同。
- 默认情况下，SQL Server 将自动删除结果集中重复的记录。如果想要返回所有的数据，可以在 UNION 后增加 ALL 选项。
- 第一个 SELECT 语句的字段名决定了整个结果集的字段名，如果想要改变结果集的显示，就需要在第一个 SELECT 语句中指定字段名。在第二个 SELECT 语句中不需要再指定字段名。
- 若 UNION 中包含 ORDER BY 子句，则将对最后的结果集排序。

8.4　子查询

所谓子查询，是指包含在某一个 SELECT、INSERT、UPDATE 或 DELETE 命令中的 SELECT 语句。当从表中选取数据行的条件依赖于该表本身或其他表的联合信息时，需要使用子查询来实现。子查询也称为内部查询，而包含子查询的语句称为外部查询，也称为主查询。

子查询可以把一个复杂的查询分解成一系列的逻辑步骤，使用若干个简单的 SELECT 语句就可以实现一个复杂的查询。

8.4.1　[NOT] IN 子查询

带有 IN 谓词的子查询是指主查询与子查询之间用 IN 进行连接，判断某个属性列值是否在子查询的结果集中。由于一个查询通常返回一个集合，所以谓词 IN 是子查询中最常用的谓词之一。

任务 8-29　查询与没有选过课的所有学生名单。

任务分析：要查询所有没选课的学生名单，需要首先从学生表中查询出所有已选课的学生学号，再从学生表中将不在这个学号列表中的学生信息查询出来即可。实现本任务的语句与结果如图 8-29 所示。

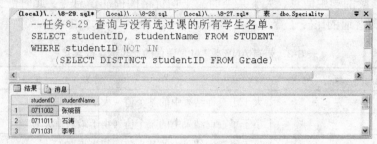

图 8-29　查询与没有选过课的所有学生名单

任务 8-30　从学生表中查询与"木子"这个学生同班的学生信息。

任务分析：在前面的介绍中，本任务可以使用自连接来实现。而学习了子查询后，同样可以通过子查询实现。即先在学生表中找出木子的班级号，然后再从学生表中查询此班级号的学生信息即可。实现本任务的语句与结果如图 8-30 所示。

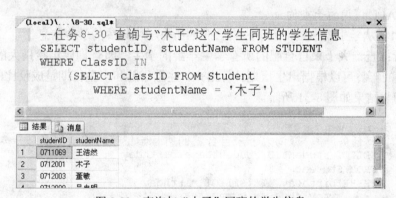

图 8-30　查询与"木子"同班的学生信息

在上述程序中，由于子查询的结果集只有一个值，而不是一个列表，所以可以直接使用比较运算符"="来判断，即：

SELECT studentID, studentName FROM STUDENT
WHERE classID = (SELECT classID FROM Student WHERE studentName = '木子')

在使用带有 IN 谓词的子查询中，应该注意以下一些问题：

- 子查询部分应该用括号将其限定，否则程序会报错。
- 连接查询基本上都可以通过子查询实现，而子查询的功能有些不能通过连接实现。
- 一般情况下，连接的性能略高于子查询，所以能使用连接的尽量不要使用子查询。

8.4.2 比较子查询（ALL|ANY）

比较子查询是指主查询与子查询之间用比较运算符连接。当用户确切知道内层查询返回的是单个值时，就可以将其用于比较。如在任务 8-26 中，子查询只返回单值，所以就可以直接使用"="判断，而不必使用 IN 谓词。

是不是子查询中返回了多个值就一定不能使用比较运算符了呢？不是。比如要查询大于某个班级平均年龄的学生信息、大于某类商品平均价格的商品信息等。此时需要使用 ANY 或 ALL 谓词来修改普通的比较子查询。其含义如表 8-3 所示。

表 8-3　带有 ANY 和 ALL 谓词的比较运算符含义

带有谓词的运算符	含义
>ANY	大于子查询结果中的某个值（大于最小值）
<ANY	小于子查询结果中的某个值（小于最大值）
=ANY	等于子查询结果中的某个值（相当于 IN）
<>ANY	不等于子查询结果中的某个值
>ALL	大于子查询结果中的所有值（大于最大值）
< ALL	小于子查询结果中的所有值（小于最小值）
<>ALL	不等于子查询中的任何一个值

1. 带有 ALL 谓词的子查询

任务 8-31　从学生表中查询大于来自合肥的所有学生年龄的学生信息。

任务分析：查询大于来自合肥的所有学生年龄的学生，即查询比年龄最大的学生还要大的学生。学生的年龄可以根据出生日期计算出来，注意年龄和出生日期是成反比的，所以实现本任务的语句与结果如图 8-31 所示。

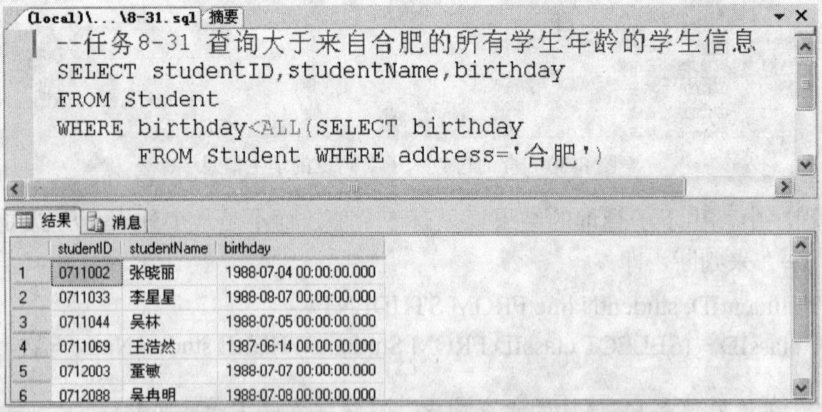

图 8-31　查询大于来自合肥的所有学生年龄的学生信息

上述查询中，年龄最大的学生可以直接使用 MAX 函数计算得到，所以本任务可以同样使用以下语句实现：

SELECT studentID,studentName,birthday FROM Student

　　WHERE birthday< (SELECT MAX(birthday) FROM Student WHERE address='合肥')

2. 带有 ANY 谓词的子查询

任务 8-32　教务人员需要查询选修过英语类课程的学生信息。

任务分析：英语类课程可在课程表中查询到，而且有多门类似课程。选修过此类课程的学生信息需要通过连接课程表、成绩表和学生表才能获取到。实现本任务的语句与结果如图 8-32 所示。

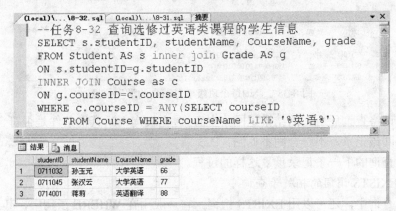

图 8-32　查询与选修过英语类课程的学生信息

关于比较子查询，在使用时应该注意以下几点：

- 很多情况下，ANY 和 ALL 谓词连接的子查询通常可以使用聚合函数实现。而且带有聚合函数的查询效率较高。
- 一般情况下，ANY 和 ALL 谓词可以相互替换，具体如何替换，读者们可自行分析。

8.4.3　相关子查询

与经典子查询不同，子查询的执行依赖于外部查询，多数情况下是在子查询的 WHERE 子句中引用了外部查询的表。相关子查询的执行过程与前面所讲的查询完全不同，前面介绍的子查询在整个查询过程中只执行一次，而相关子查询中的子查询需要重复地执行。相关子查询的执行过程是：子查询为外部查询的每一行执行一次，外部查询将子查询引用的外部字段的值传给子查询，进行子查询操作；外部查询根据子查询得到的结果或结果集返回满足条件的结果行；外部表的每一行都将做相同的处理。

1. 一般相关子查询

任务 8-33　教务管理人员需要查询每个班级学分最高的学生信息。

任务分析：学生的学分可以直接在学生表中查询，而每个班级的最高学分也可以通过分组汇总来查询得到，但是想要返回学分最高的学生信息就必须用到子查询。实现本任务的语句及结果如图 8-33 所示。

在本任务中，它与前面介绍的查询明显不同，该语句中的子查询无法独立于外部查询而得到解决。该语句的执行过程如下：

- 对于每一个学生（记录），主查询（外部查询）将班级号传递给子查询（内部查询）。
- 子查询根据主查询传递来的班级号，计算出该班级学分的最大值。

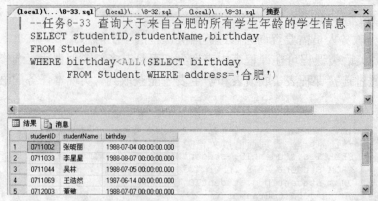

图 8-33 查询每个班级学分最高的学生信息

- 子查询将查询后得到的结果返回给主查询，主查询判断查询条件是否符合。如果符合，则返回该记录，不符合则不返回。
- 对主查询的下一条记录重复这样的过程。

2. 使用 EXISTS 谓词的相关子查询

在相关子查询中，还可以用 EXISTS 谓词。它一般用在 WHERE 子句中，其后为子查询，从而形成一个条件。当该子查询至少存在一个返回值时，这个条件为 TRUE，否则为 FALSE。其部分语法为：

WHERE [NOT] EXISTS (子查询)

任务 8-34 教务人员需要查询从未选修过任何课程的学生信息。

任务分析：学生选修课程情况登记在成绩表中，只要某学生选修了课程，在成绩表中就会有记录。所以，要查询从未选修过任何课程的学生信息，只要查询没有出现在 grade 表中的记录即可，可以通过 NOT EXISTS 谓词来实现。实现本任务的语句及结果如图 8-34 所示。

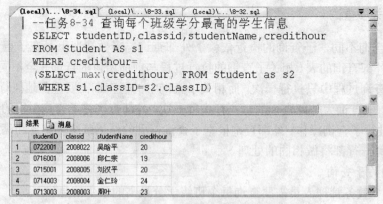

图 8-34 查询从未选修过任何课程的学生

8.5 使用 SSMS 实现简单查询

在 SQL Server 2005 中，基本的查询也可以通过 SSMS 来实现。SSMS 为用户提供了图形化的查询方式，只需要进行简单的设置和选择即可完成一些基本的查询操作。下面简要的介绍其使用方法。

1．SSMS 查询的基本操作

（1）启动 SSMS，在"对象资源管理器"中依次展开"数据库"节点、SGMS 数据库节点。

（2）右击要查询的表，如 Student，选择"打开表"，打开如图 8-35 所示的窗口。

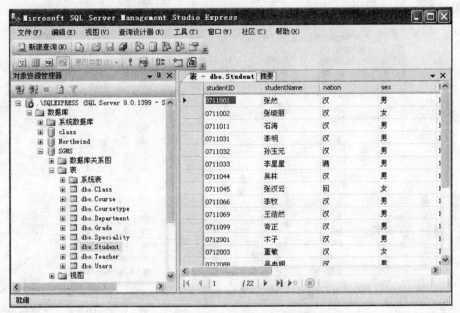

图 8-35　在 SSMS 中实现查询的窗口

（3）在图 8-35 所示的窗口中，工具栏增加了一行"查询设计器"工具栏，下面一一介绍各工具栏的功能。

- ：："显示关系图"按钮，用于打开或隐藏关系图窗格。在打开的窗格中可以设置多表连接的条件，也可用于选择需要显示的目标字段。

- ：："显示条件窗格"按钮，用于显示或隐藏条件窗格。在打开的条件窗格中可以设置查询的条件、分组和汇总等。

- ：："显示 SQL 窗格"按钮，用于显示或隐藏 SQL 语句窗格。在打开的 SQL 窗格中可以直接修改 SELECT 语句。

- ：："显示结果窗格"按钮，用于显示或隐藏查询结果窗格。在这个结果窗格中与查询窗口中的结果窗口不一样，这里的查询结果窗格中的数据是可以修改和编辑的。

- ：："执行 SQL"按钮，用于执行查询操作，在结果窗格中显示查询结果。

- ：："验证 SQL 语法"按钮，用于验证自动生成 SELECT 语句的语法正确性。

- ：："添加分组依据"按钮，用于分组汇总，也可以在条件窗格中完成。

- ：："添加表"按钮，用于多表连接查询时，添加表，也可以在关系图窗格中完成。

（4）在图 8-35 所示的窗口中，也可以通过在右侧的结果窗格中右击选择快捷菜单的方式打开相应的窗格。

2．使用 SSMS 实现基本查询

任务 8-35　使用 SSMS 查询学生表中班级号为 200801 的班级学生学号、姓名信息，并按照学号排序。

实现本任务的基本操作步骤如下：

（1）启动 SSMS，在"对象资源管理器"中依次展开"数据库"节点、SGMS 数据库节点。右击要查询的 Student 表，选择"打开表"，打开如图 8-35 所示的窗口。

（2）单击工具栏中的"显示关系图"按钮和"显示条件窗格"按钮，打开关系图窗格和条件窗格，如图 8-36 所示。

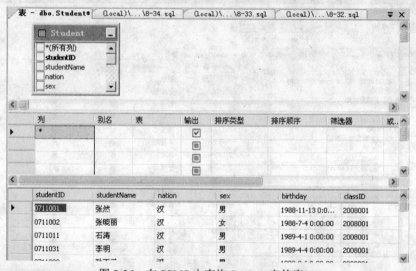

图 8-36　在 SSMS 中查询 Student 表的窗口

（3）在条件窗格中，将第一行的"*"删除，即取消查询所有的列。

（4）在关系图窗格中勾选需要显示的 studentID 和 studentName 两列，此时在条件窗口中也将出现这两列。

（5）在条件窗口中"排序类型"中指定 studentID 列为升序排列。设置好的窗口如图 8-37 所示。

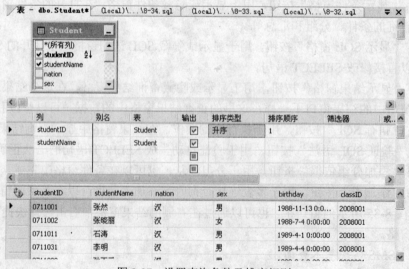

图 8-37　设置查询条件及排序规则

（6）设置完成后，结果集窗格的左上角出现"已更改"的标志，但数据仍未变化。此时需要单击"执行 SQL"按钮，查询结果将出现在结果窗格中。

3. 使用 SSMS 实现分组与汇总

任务 8-36　查询各班级学生人数，返回班级号和人数两列。

实现本任务的基本操作步骤如下：

（1）启动 SSMS，在"对象资源管理器"中依次展开"数据库"节点、SGMS 数据库节点。右击要查询的 Student 表，选择"打开表"，打开如图 8-35 所示的窗口。

（2）单击工具栏中的"显示关系图"按钮和"显示条件窗格"按钮，打开关系图窗格和条件窗格，如图 8-36 所示。

（3）在条件窗口中第一行选择"classID"列，右击选择"添加分组依据"，此时条件窗口中会出现分组依据列，如图 8-38 所示。此时也可以单击"查询设计器"工具栏上的"添加分组依据"按钮实现本操作。

图 8-38　添加分组依据

（4）从条件窗口中第二行开始选择所需汇总的其他列数据，如统计学生人数，即计算 COUNT(*)，在列处输入"*"，分组依据列中选择 COUNT，在别名列输入别名"人数"。

（5）单击"执行 SQL"按钮，结果窗格中将显示查询结果，如图 8-39 所示。

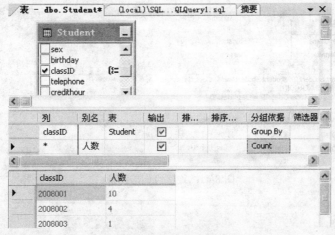

图 8-39　分组汇总后的结果

4. 使用 SSMS 实现连接查询

任务 8-37　查询每个学生的学号、姓名及所在班级。

实现本任务的基本操作步骤如下：

（1）启动 SSMS，在"对象资源管理器"中依次展开"数据库"节点、SGMS 数据库节点。右击要查询的 Student 表，选择"打开表"，打开如图 8-35 所示的窗口。

（2）单击工具栏中的"显示关系图"按钮、"显示条件窗格"按钮，打开关系图窗格和条件窗格，如图 8-36 所示。

（3）在关系图窗格中，右击选择"添加表"，在弹出的对话框中选择 Class 并添加，关闭对话框，如图 8-40 所示。

图 8-40　在关系图窗格中添加表格

（4）在条件窗格中，删除第一行的"*"，然后在关系图窗格中选择 studentID、studentName、className。

（5）在 SQL 窗格中检查 SELECT 语句的正确性，尤其是检查连接的条件。

（6）单击"执行 SQL"按钮，结果窗格中将显示查询结果，如图 8-41 所示。

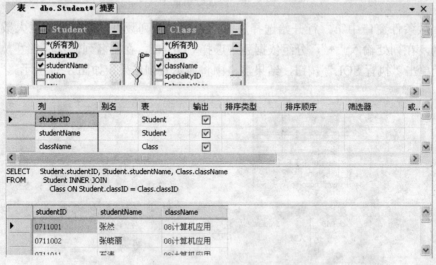

图 8-41　连接查询的结果

一、选择题

1. 下列语句（　　）能够查询所有英语类课程的信息。

    A．SELECT * FROM Course WHERE cname LIKE '*英语*'

    B．SELECT * FROM Course WHERE cname LIKE '%英语%'

    C．SELECT * FROM Course WHERE cname LIKE '_英语_'

    D．SELECT * FROM Course WHERE cname ='*英语*'

2．如果需要返回不重复的结果集，需要使用关键字（　　　）。

    A．DISTINCT   B．ALL

    C．UNION   D．TOP n

3．下面关于查询语句中 ORDER BY 子句使用正确的是（　　　）。

    A．如果未指定排序列，则默认按递增排序

    B．数据表的列都可以用于排序

    C．如果在 SELECT 子句中使用了 DISTINCT 关键字，则排序列必须出现在查询结果中

    D．联合查询不允许使用 ORDER BY 子句中

4．在表 A 和表 B 连接时，如果要求仅返回两张表中匹配连接条件的数据，应该使用下列哪种连接方式（　　　）。

    A．左外连接   B．右外连接   C．内连接   D．自连接

5．下面对 UNION 的描述正确的是（　　　）。

    A．任何查询语句都可以用 union 来连接

    B．union 只连接结果集完全一样的查询语句

    C．union 是筛选关键词，对结果集再进行操作

    D．union 可以连接结果集中数据类型个数相同的多个结果集。

6．（多项选择）关于子查询，以下说法正确的有（　　　）。

    A．一般来说，表连接都可以用子查询替换

    B．一般来说，子查询都可以用表连接替换

    C．相对于表连接，子查询适合于作为查询的筛选条件

    D．相对于表连接，子查询适合于查看多表的数据

7．如果要判断某一值不在某一查询结果中，可以使用关键字（　　　）。

    A．NOT IN   B．<>ANY   C．<>ALL   D．NOT EXISTS

8．在贸易管理系统中，客户信息存储在 customers 表中。表格结构如表 8-4 所示。企划部门要查找出客户比较集中的地区，即客户数量超过 10 个的国家和地区。下列语句能实现此要求的是（　　　）。

表 8-4　customers 表

名称	类型	为空	说明
CustomerID	int 4	否	客户编号
CustomerName	Varchar 30	否	客户名称
ContactName	Varchar 30	否	联系人
Phone	Varchar 20	否	电话
Country	Varchar 20	可	国家

    A．SELECT Country FROM Customers

        GROUP BY Country HAVING COUNT (Country)>10

    B．SELECT TOP 10 Country FROM Customers

    C. SELECT TOP 10 Country FROM Customers

       FROM (SELECT DISTINCT Country FROM Customers) AS X

       GROUP BY Country HAVING COUNT(*)> 10

    D. SELECT Country, COUNT (*) as "NumCountries"

       FROM Customers

       GROUP BY Country ORDER BY NumCountries, Desc

9. 在销控系统中有一个定单表，其设计如图 8-42 所示。需要查询定单信息列表，包括雇员代号、销售金额和定单日期。想按日期降序排列显示，并且对于同一天的定单，按销售金额降序排序。下面语句能够准确地完成该任务的是（　　　）。

列名	数据类型	允许空
定单代号	int	☐
客户代号	int	☐
雇员代号	int	☐
定单日期	datetime	☐
销售金额	money	☐
备注	varchar(200)	☑

图 8-42　订单表设计

    A. SELECT 雇员代号, 销售金额, 定单日期

       FROM　定单表　ORDER BY 销售金额, 定单日期 DESC

    B. SELECT 雇员代号, 销售金额, 定单日期

       FROM　定单表　ORDER BY 定单日期, 销售金额 DESC

    C. SELECT 雇员代号, 销售金额, 定单日期

       FROM　定单表　ORDER BY 定单日期 DESC, 销售金额 DESC

    D. SELECT 雇员代号, 销售金额, 定单日期

       FROM　定单表　ORDER BY 销售金额 DESC, 定单日期 DESC

二、填空题

1. 查询时可以使用"*"代替_____，使用 Distinct 关键字来_____，使用 Top n 关键字来_____。

2. 在 LIKE 运算符连接的通配符中，_____可以通配多个字符，_____可以通配一个字符，_____可以代表一个范围内的一个字符。

3. 在 SELECT 语句中，HAVING 子句必须和_____一起使用，COMPUTE BY 必须和_____一起使用。

4. 如果要想汇总某列数据的平均值，可以使用_____函数；如果要想统计某列数据的和，可以使用_____函数。

5. 连接查询时，内连接使用_____关键字，左外连接使用_____关键字，右外连接使用_____关键字，全外连接使用_____关键字。

三、简答题

1. 简述 SELECT 语句中几个常用子句的功能？

2．字符串通配符有几类，其含义分别是什么？

3．SQL Server 中常用的聚合函数有哪些，它们都用来实现什么功能？

4．什么是连接查询，连接查询有哪几种方式？

5．什么是子查询，在 T-SQL 中有哪几种子查询方式？

上机实验

一、实验目的和要求

1．熟悉基本查询的编写方法。

2．会使用 WHERE 子句筛选满足条件的数据。

3．会使用 GROUP BY 与聚合函数分组汇总数据。

4．会使用连接组合多张表的数据。

5．了解子查询的用途并会编写简单的子查询。

二、实验内容

利用 SQL Server 示例数据库 Northwind，实现如下操作：

（1）查询产品表中价格大于 18 元的产品的编号、名称、单价等信息。

（2）查询产品名称中包含"Sir"字样的产品编号、名称及单价等信息。

（3）查询 1992 年到 1993 年期间雇佣的员工的编号、姓名及雇佣日期。

（4）查询分类号为 1、2、3、8 这四类的产品编号、名称、单价及分类编号。

（5）从供货商信息表(Suppliers)表中查询未登记网址的供应商编号、公司名称及电话。

（6）按客户所在城市排序查看客户的编号、公司名称、所在城市及联系电话。

（7）查询产品表中价格最高的 10 件商品的编号、名称及单价，考虑并列的情况。

（8）按照产品分类查询每个产品类别的产品数量、平均价格及最高价格。

（9）按照供货商分类查询每个供货商供应的产品数量、平均价格及最高价格，仅返回平均价格大于 30 元的记录。

（10）统计产品表每个产品分类的产品数量及平均价格，要求同时返回明细数据。

（11）查询每个产品的编号、名称及分类名称。

（12）查询所有来自美国的供货商供应的产品的编号、名称及其供货商的公司名称。

（13）查询每张订单的编号、客户公司名称及订货时间。假如有客户没有订货也要在将其列出。

（14）查询每个商品的编号、名称、单价、分类名称及供货商公司名称。

（15）使用子查询从产品表检索每类商品价格最高的商品的编号、名称及单价。

（16）使用子查询查询由美国的供货商供应的商品的编号、名称及单价。

（17）选作：查询员工表每个员工的编号、姓名、职位及其下属个数。

（18）选作：查询每个员工的直接领导者的信息。

第 9 章 索引

本章导读

前面介绍了表的创建方法和数据的管理操作。其中,最重要的一个操作莫过于查询操作了。在查询时,除了要编写正确的语句返回用户所需要的数据之外,还要考虑查询的性能。如果在用户提交了一个查询请求,但迟迟得不到结果,那么这个查询就是一个性能低下的查询。那么如何才能提高查询的性能呢? 创建索引。索引就是一个能提高查询性能的数据库对象。有效地设计索引可以大大提高查询的性能。

本章将首先主要介绍索引概念及分类,讨论了索引的优缺点,并通过学生成绩管理系统这个案例介绍了设计索引的方法。重点介绍了索引的创建方法以及创建索引时的选项,还介绍了管理索引的方法。最后,对索引性能下降的可能原因作了分析,介绍了碎片以及统计信息的概念,同时给出了解决碎片和更新统计信息的方法。

本章要点

- 理解索引的概念、结构和分类
- 了解索引的优缺点
- 理解设计索引的方法
- 掌握创建索引的方法及创建索引时的选项
- 了解使用 SSMS 创建和管理索引的方法
- 了解索引的分析方法
- 会使用多种方法整理碎片
- 理解统计信息的概念
- 会配置统计信息的选项

9.1 索引概述

9.1.1 索引的概念

SQL Server 中的索引与书的目录很类似,表中的数据类似与书的内容。我们在看书的时候总是通过书的页码来查看书的内容而不必翻遍书中的每一页。同样 SQL Server 索引中记录了表中的关键值,提供了指向表中行的指针,使得 SQL Server 应用程序能够不扫描全表就能够找到想要的数据。因此,索引被定义成一种为了加速对表中数据行的检索而创建的分散存储结构。

索引是基于表中的数据创建的,它是由除存放表的数据页面以外的索引页面构成。每个索引页面中的行都含有逻辑指针,以便加速检索物理数据。因为对未创建索引的列,SQL Server

要一行一行地去查询,这种扫描所耗费的时间将随着表中数据量的增加而成正比地增加。所以,对表中的列是否创建索引以及创建什么样的索引,对于查询的响应速度都会有很大的影响。创建了索引的列几乎是立即响应,而不创建索引的列,相对来说就需较长的等待时间。

9.1.2 索引的优点与缺点

1. 创建索引的优点

创建索引具有以下优点:

(1)索引可以加速查询。创建索引的一个最大优点就是能够加速数据检索。假如列上未创建索引,在用该列为条件查询时,SQL Server 就要一行一行地去查看整个表,这种扫描所耗费的时间直接同表中的数据量成正比。如果一张表上创建了索引,在数据查询时,SQL Server 会首先扫描索引,找到搜索值所对应的索引值,然后按照索引值对应的位置信息确定数据所在位置。由于索引进行了分类,并且由于索引的行和列比较少,所以对索引的搜索会很快,这样就大大的缩短了查询时间。同样的道理,通过索引来删除数据时,性能也将大大地提升。

(2)加快表与表之间的连接。在进行连接查询时,需要匹配两张表相同的字段,如 A 表的主键和 B 表的外键,主键列上默认建立了聚集索引,这时如果在外键列上创建了索引,可以将这两列数据按一定顺序排列,这样可以大大地减少连接查询时间。

(3)在包含分组和排序的查询中,可以减少分组和排序的时间。建立索引后,索引列的数据将具有一定顺序。排序和分组查询就是要将这些数据按顺序查询出来,所以在包含分组和排序的查询中,速度将大大提升。

(4)有利于 SQL Server 进行查询优化。建立索引后,可以在查询的过程中,使用优化隐藏器,对查询语句进行优化,它将决定系统使用哪个索引性能更高,从而提高系统的性能。

(5)可以强制实施唯一性约束。可以在创建索引时指定其是唯一的,从而可以约束该字段具有唯一性。

2. 创建索引的缺点

既然创建索引有很多的优点,那么为什么不在每个列上都创建索引呢?这种想法固然有其合理性,然而也有其片面性。虽然,索引有许多优点,但是,为表中的每一个列都增加索引,是非常不明智的。具体原因如下:

(1)创建索引和维护索引要耗费时间。创建索引过程中会将指定列的数据排序,毫无疑问,排序将占用大量的系统资源,尤其是在数量大的情况下。数据量越大,创建索引就越耗费时间。在后期维护中,道理也是一样的,需要大量的时间来对其进行维护。

(2)索引需要占物理空间。除了数据表占数据空间之外,每一个索引还要占一定的物理空间,如果要建立聚集索引,那么需要的空间就会更大。在创建索引时,需要占用 1.2 倍于表的空间,创建完成后,一般也需要占据至少表大小的 5%左右的空间。

(3)索引会降低数据修改的性能。当对表中的数据进行增加、删除和修改的时候,索引也要动态的维护,这样就会增加数据修改的时间,降低了数据维护的性能。

9.1.3 索引的结构与分类

1. 索引的结构

默认情况下,SQL Server 的数据是没有索引的,数据将按照物理磁盘的空间状况随机地申请空间并随机地存储。这种无序的状态非常不利于数据的查询,所以才会需要索引。

在 SQL Server 中，索引的结构是一个 B 树，B 树结构以一个根节点开始，这个根节点是索引的起始点，如图 9-1 所示。根节点包含索引行（索引数据行），索引行含有索引键值的范围（A～H）和指向下一个索引节点——分支节点（A～D，E～H）的指针。分支节点依次含有索引行，它们带有指向其他分支节点的更细化的值（A～B，...，G～H）。每级分支节点被称为一个索引级别。在 B 树最底层的节点称为叶子节点。叶子节点含有索引键数据（A，...，H）加上被引用数据位置或数据自身的信息，这主要依赖于索引是非聚集的还是聚集的（这两种索引类型在下一小节介绍）。到达一个叶子节点必须经过的索引级数，决定了找到需要的数据行所必须的 I/O 数量。

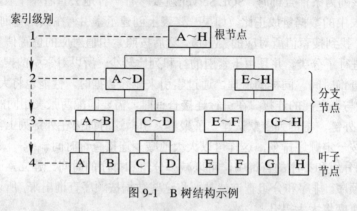

图 9-1　B 树结构示例

2. 索引分类

根据索引的顺序与数据表的物理顺序是否相同，分为两种索引：一种是数据表的物理顺序与索引顺序相同的聚集索引，另一种是数据表的物理顺序与索引顺序不相同的非聚集索引。

（1）聚集索引（CLUSTERED INDEX）。聚集索引确定表中数据的物理顺序。在聚集索引中，数据页就是聚集索引树的叶级页，行的物理存储顺序和索引的逻辑顺序完全相同。因为所有数据行经过排序，所以每个表只能有一个聚集索引。聚集索引的单个结构如图 9-2 所示。

聚集索引类似于电话簿，后者按姓氏排列数据。由于聚集索引规定数据在表中的物理存储顺序，因此一个表只能包含一个聚集索引。但该索引可以包含多个列（即组合索引），就像电话簿按姓氏和名字进行组织一样。汉语字典也是聚集索引的典型应用，在汉语字典里，索引项是字母+声调，字典正文也是按照先字母再声调的顺序排列。

聚集索引对于那些经常要搜索范围值的列特别有效。使用聚集索引找到包含第一个值的行后，便可以确保包含后续索引值的行在物理相邻。例如，如果应用程序执行的一个查询经常检索某一日期范围内的记录，则使用聚集索引可以迅速找到包含开始日期的行，然后检索表中所有相邻的行，直到到达结束日期。这样有助于提高此类查询的性能。同样，如果对从表中检索的数据进行排序时经常要用到某一列，则可以将该表在该列上聚集（物理排序），避免每次查询到该列时都进行排序，从而节省成本。

一般情况下，表上如果存在主键，主键列即自动会创建聚集索引。特殊情况下需要考虑以下情况建立聚集索引：

- 经常按范围查询的列。
- 经常用于分组和排序的列。
- 在连接中常用的列。

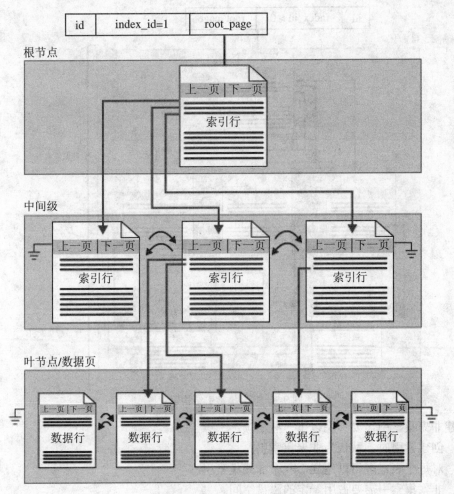

图 9-2   聚集索引结构示意图

在创建聚集索引时应注意以下事项：

- 每张表只能包含一个聚集索引，但可以是多列的组合。
- 由于聚集索引会改变表中数据的物理顺序，所以应该先创建聚集索引，后建立非聚集索引。
- 不能在频繁修改的列上创建聚集索引，这样会浪费大量的成本来维护索引。

（2）非聚集索引（NONCLUSTERED INDEX）。每个表只能有一个聚集索引，因为一个表中的记录只能以一种物理顺序存放。但是，一个表可以有不止一个非聚集索引。记录的物理顺序与逻辑顺序没有必然的联系。非聚集索引的叶级页中记录了指向物理数据位置的信息，可以快速定位到指定数据。非聚集索引则更象字典的笔画检索表，索引表中的顺序通常与实际的页码顺序是不一致的。非聚集索引的单个结构如图 9-3 所示。

非聚集索引依赖与表中数据的原始顺序。如果表中没有聚集索引，则非聚集索引建立在原始无序的数据上；而当表上已经有了聚集索引时，非聚集索引将建立在聚集索引上。在只包含非聚集索引的表中，叶节点包含了具有指针的行标识符，定位到包含键值的数据行。每个行标识符（RID 或 Row ID）由文件 ID、页码行页上的行数构成。当在已经有聚集索引的表上建立非聚集索引的时候，每个非聚集索引的行指示器包含了行的聚集索引键值。

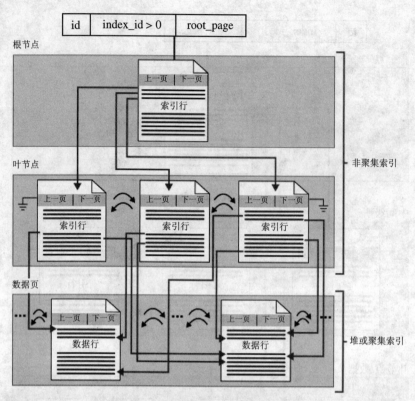

图 9-3　非聚集索引结构示意图

创建非聚集索引需要考虑以下一些事项：

- 创建索引时，默认为非聚集索引。
- 对每个表最多可以建立 249 个非聚集索引。
- 非聚集索引需要占用一定的磁盘空间。
- 会在一定程度上降低向表中插入和更新数据的速度。
- 若表上的聚集索引发生改变（新建或删除），将重建表上现有的非聚集索引。

由此可知，建立非聚集索引要非常慎重。非聚集索引常被用在以下情况：

- 经常用于分组、汇总的列上。
- 经常用于排序的列上。
- 经常用于连接的列上。
- 经常返回总数据量中很少一部分的列上。

9.1.4　设计数据表的索引

通过上面的介绍，创建索引有很多优点，也有很多需要考虑的因素。在建立索引时，不能在表的每一列上创建索引，需要综合考量各种因素，来决定需要创建索引的列。那么，具体来说应该考虑在哪些列上建立索引呢？

1. 考虑创建索引的列

一般来说，如下情况的列考虑创建索引：

（1）主键列上。一般而言，存取表的最常用的方法是通过主键来进行。在作为主键的列上，创建索引可以强制该列的唯一性和组织表中数据的排列结构，大大加快数据查询的速度。

默认情况下，在表上定义主键的时候就会自动创建一个聚集索引。

（2）经常用在连接的列上。用于连接的列若按顺序存放，系统可以很快的执行连接。如外键列，除了用于参照完整性外，还经常用于连接。

（3）经常需要进行范围查询的列上。创建索引后，该列就具备一定顺序，其指定的范围也是连续的。

（4）经常需要排序的列上。因为索引已经排序，这样查询可以利用索引的排序，加快排序查询的时间。

2．不考虑创建索引的列

建立索引需要增加开销，在进行插入和更新数据的操作时，索引也要花费时间。因此，在没有足够必要的情况下，就不考虑创建索引。具体包含以下几种情况：

（1）很少或从来不在查询中引用的列。因为系统很少或从来不根据这个列的值去查找行，所以不考虑建立索引。

（2）只有两个或若干个值的列（如性别列），在这样的列上建立索引是没有意义的。

（3）小表（记录数很少的表）一般也没有必要创建索引。

（4）更新操作比较频繁的列上不适合创建索引。更新操作将导致索引的变化，需要花费代价来进行索引的维护，所以当更新操作的性能比查询性能更重要时不应创建索引。

任务 9-1　设计学生成绩管理系统学生表 Student 的索引。

任务分析：学生表的结构参考附录一。在学生表中经常查询的字段包括：学生编号、学生姓名、性别、班级编号、地址等。其中学生编号是主键列，班级编号是外键列，经常用于连接到班级表的主键班级编号。常用列中的性别列唯一性差、地址列字段较长，均不适合创建索引。所以，可以在学生表上创建如下索引：

（1）聚集索引：在 Student 表的学生编号列上创建主键，并且在创建主键时默认创建聚集索引。

（2）非聚集索引：可以在 Student 表的学生姓名、班级编号两列上分别建立非聚集索引。

任务 9-2　设计学生成绩管理系统中班级表 Class 表的索引。

任务分析：班级表的结构参见附录一。班级表中经常查询的字段包括：班级编号、班级名称、专业编号、班长编号等。其中班级编号是主键列，专业编号和班长编号是外键列，经常用于连接。所以，可以在班级表上创建如下索引：

（1）聚集索引：在 Class 表的班级编号列上创建主键，并且在创建主键时默认创建聚集索引。

（2）非聚集索引：班级名称、专业编号、班长编号三列分别创建非聚集索引。

9.2　创建和管理索引

在 SQL Server 中可以有两种创建和管理索引的方法：

（1）使用 T-SQL 语句中的 CREATE INDEX 语句创建和管理索引。

（2）使用 SSMS 图形化界面创建和管理索引。

9.2.1　使用 CREATE INDEX 语句创建索引

使用 T-SQL 语句创建索引的语法如下：

CREATE [UNIQUE] [CLUSTERED | NONCLUSTERED] INDEX　索引名

ON　{表名|视图名}　(索引列名 [ASC | DESC] [,...n])

[WITH [PAD_INDEX] ,FILLFACTOR=填充因子值][,DROP_EXISTING]

其中，各选项的作用为：

- UNIQUE 关键字用于创建唯一索引。若不指定，则索引允许重复值。
- CLUSTERED 关键字用于创建聚集索引；NONCLUSTERED 关键字用于创建非聚集索引。这两个关键字不能一起使用，但可以都不使用，缺省情况下，将创建非聚集索引。
- [ASC | DESC]，用来确定具体某个索引列的排序规则。ASC 为升序，DESC 为降序。这两个不可同时使用，缺省情况下为 ASC。
- ,...n 它用来指明加到索引关键字中的多个列。
- PAD_INDEX 选项用于告诉 SQL Server 想在每个索引页上留出空间。仅当指定 fillfactor 时，该特性才能使用。缺省时，SQL Server 将会在每一页上留有足够插入一行的空间。
- FILLFACTOR 选项用来告诉 SQL Server 在最初创建索引时，该索引页面的页级填充度是百分之几，可以在 1%～100%之间指定一个值，一般不能指定 100%，除非不再对表进行 INSERT 操作或 UPDATE 操作。
- DROP_EXISTING 选项用来删除已存在的同名索引。

1. 创建聚集索引

任务 9-3　在学生表的学号列上创建聚集索引。

任务分析：默认情况下，主键列上会默认创建聚集索引。以下两种情况还可以创建聚集索引：一是表上没有主键时，二是在创建主键时指定了非聚集索引，而不是聚集索引。本任务仅为举例说明，而不是实际情况。创建聚集索引的语句如下：

CREATE UNIQUE CLUSTERED INDEX IX_Student_ID

ON Student (studentID)

注意

> 在本任务中，有以下问题需要注意：
> - 索引的名称应该遵循标识符命名规则。如使用 IX 开头表示是索引，Student 代替表名，Student_ID 代替列名。
> - 一般情况下，聚集索引都创建在主键列上。如果需要创建在其他列上，应在创建主键时指定主键列为非聚集索引。

2. 创建非聚集索引

任务 9-4　在学生表的姓名列上创建唯一的非聚集索引。

任务分析：聚集索引一般只能有一个，所以在查询中常用到的列上就要创建非聚集索引，而唯一选项一般用于强制数据的唯一性。本任务仅为举例说明，在学生姓名列强制唯一性不是实际情况。

CREATE UNIQUE NONCLUSTERED INDEX IX_Student_Name

ON Student (studentName)

在本任务中，有以下问题需要注意：

注意

- 非聚集索引是默认选项，所以 NONCLUSTERED 关键字可以省略。
- 带有唯一选项 UNIQUE 的索引与唯一约束的功能是一样的，所以如果创建了唯一约束，就不必要再创建唯一索引。
- UNIQUE 选项既可以用于指定聚集索引，也可以用于指定非聚集索引。

3. 创建组合索引

组合索引是指多个列作为索引列，一般用于两列或多列做主键或查询中经常捆绑在一起查询的列。

任务 9-5 在学生成绩表的学生编号列和课程编号列上创建组合的聚集索引。

CREATE CLUSTERED INDEX IX_Grade_StuID_CouID

ON Grade (studentID, courseID)

注意

创建组合索引时，需要注意以下问题：

- 组合索引的列必须来自同一个表，且最多只能组合 16 个列。
- 在创建索引时多个列的先后顺序不一样将直接影响索引的性能。应该将唯一性高的列放在前面，称之为最高顺序。
- 为了让查询优化器使用到组合索引，应首选在 WHERE 子句中引用组合索引的第一列。

9.2.2　创建索引时的选项

在创建索引时，有一些可选的选项，可以通过设置这些选项，改善索引的性能，提高索引的工作效率。

1. FILLFACTOR 选项

FILLFACTOR 选项用于设置填充因子的值。所谓填充因子是指叶级索引页的填满程度。如设置 "FILLFACTOR=90" 就是将叶级索引页上预留出 10% 的空间。那么预留这些空间做什么呢？它可以用来优化包含索引的表中的 INSERT 和 UPDATE 语句的性能。

如果 SQL Server 数据库要经历大量的插入活动，那么很重要的一点是进行计划，以便在索引页和数据页上提供和维持开放空间，防止出现页拆分。当某个索引页或数据页不再能容纳任何新的行，但由于该页中所定义的数据的逻辑顺序需要插入一行时，便会发生页拆分。发生页拆分时，SQL Server 需要分割整页中的数据，并将大约一半数据移动到新的页，以使这两页均有一些开放空间。这会消耗一些系统资源和时间。一开始的时候在叶级索引页适当留出空间，可以减少页拆分的频率，提高性能。这个操作就需要在创建索引时就用到 FILLFACTOR 选项。关于 FILLFACTOR 选项的常见数值有以下说明，如表 9-1 所示。

表 9-1　FILLFACTOR 选项的说明

FILLFACTOR	叶级页	非叶级页	表的操作
0（默认）	完全填充	留出部分空间以容纳更新操作	轻微修改
1~99	填充到指定百分比	填充到指定百分比	一定程度的修改
100	完全填充	完全填充	无修改

任务 9-6　在学生表的班级编号列上创建索引，指定其填充程度为 80%。

CREATE CLUSTERED INDEX IX_Student_classID

ON Student (classID)

WITH FILLFACTOR=80

> 在使用 FILLFACTOR 选项时有以下一些注意事项：
> - FILLFACTOR 选项仅在索引创建和重建时才应用。
> - 默认情况下填充因子为 0，但不能明确指定填充因子 0。
> - 可以将填充因子为 100，此时叶级索引页完全填充。仅当该表为只读表时才可以这样做，否则会影响数据的写入和修改。
> - 设置填充因子可以提高数据写入和更新的效率，但是也一定程度上影响了读的效率，所以应该谨慎操作。

2. PAD_INDEX 选项

PAD_INDEX 选项指定填充非叶级索引页的百分比。PAD_INDEX 选项只有在指定了 FILLFACTOR 选项时才可以使用，因为 PAD_INDEX 需和 FILLFACTOR 的填满程度一致。

任务 9-7　在课程表的专业编号列上创建索引，指定其叶级页和非叶级页的填充程度为 80%。

CREATE CLUSTERED INDEX IX_Class_specID

ON Class (specialityID)

WITH PAD_INDEX, FILLFACTOR=80

9.2.3　使用 T-SQL 语句管理索引

1. 查看索引信息

在创建、修改和删除索引之前，经常会需要查看现有索引的信息。可以通过系统提供的存储过程和 SSMS 来查看表上现有索引的信息。下面几个存储过程可以查看现有索引的信息。

（1）sp_helpindex 存储过程。可以使用 SQL Server 提供的 sp_helpindex 存储过程获取特定表上的索引名称、类型之类的信息。

语法：sp_helpindex 表名

任务 9-8　查看学生表上的索引信息。

实现本任务的语句和结果集如图 9-4 所示。

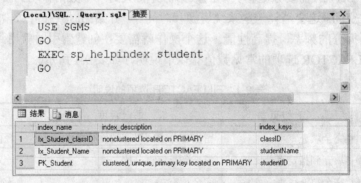

图 9-4　查看学生表上的索引情况

（2）sp_help 存储过程。sp_help 存储过程用于查看表的基本信息，在其返回的结果集中有一个是关于表的索引信息的。所以同样可以通过 sp_help 存储过程查看表的索引信息。

语法：sp_help　表名

任务 9-9　要查看的学生表索引同样可以通过 EXEC sp_help Student 来获取，只是返回的结果集不完全一样。其返回的结果集如图 9-5 所示。

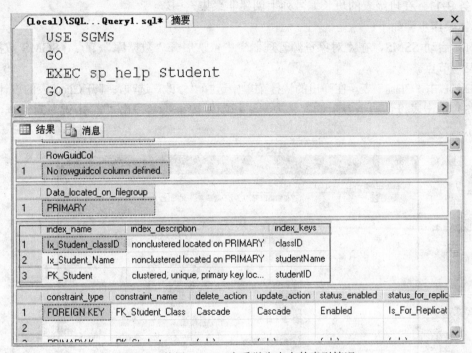

图 9-5　使用 sp_help 查看学生表上的索引情况

2. 删除索引

使用索引虽然可以提高查询效率，但是对一个表来说，如果索引过多，不但耗费磁盘空间，而且在修改数据时会增加服务器的维护索引的时间。有些索引在某个阶段可能使用，过了这一阶段后可能就不再需要了。这时可以使用 DROP INDEX 语句删除表上索引。

语法：DROP INDEX { 表名.索引名 ｜ 视图名.索引名 } [, ...n]

任务 9-10　删除学生表姓名列上的索引。

```
DROP INDEX Student.Ix_Student_Name
GO
```

 注意

在删除索引时应考虑以下一些事项：

- 使用 DROP INDEX 删除索引时必须指定其对象名，即该索引所在的表名或视图名。
- 不能用 DROP INDEX 语句删除主键约束或 UNIQUE 约束创建的索引，这些索引会在删除约束的时候自动删除。
- 删除聚集索引的时候，所有表上的非聚集索引都会自动被重建。
- 不能删除系统表中的索引。

9.2.4   使用 SSMS 创建和管理索引

在 SQL Server 中还可以通过 SSMS 来创建、查看和删除索引，其主要操作分别如下：

1. 创建索引

在 SSMS 中创建索引的方法不止一种，下面就其中一种给大家介绍。

任务 9-11   在班级表的班长编号列上创建非聚集索引。

具体操作步骤如下：

（1）启动 SSMS，在"对象资源管理器"中依次展开"数据库"节点、SGMS 数据库节点、"表"节点。

（2）右击"Class"表，在弹出的快捷菜单中选择"修改"选项，打开 Class 表的设计窗口。

（3）单击表设计器工具上的"管理索引和键"按钮，弹出"索引/键"对话框，如图 9-6 所示。

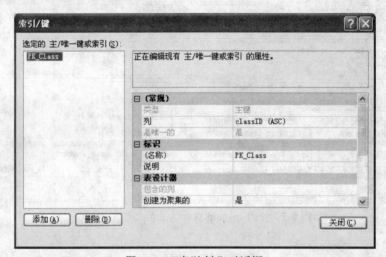

图 9-6   "索引/键"对话框

（4）单击"添加"按钮，此时会在左侧的索引列表框中出现一个新的索引名称。

（5）在右侧的属性框中设置新索引的属性：

● 在"列"中选择 MonitorID，若是多列组合索引，可在弹出的对话框中选择多列。

● 在"(名称)"中输入索引的名称。

● 在"排序顺序"中选择索引的排序顺序，默认情况是升序。

● 如果是唯一索引，应设置"是唯一的"选项的值为"是"。

● 展开"填充规范"属性，可以在下方的"填充因子"属性和"填充索引"属性中设置其值。

（6）设置完成后如图 9-7 所示。

（7）单击"关闭"按钮，然后单击工具栏的保存按钮，保存对表的修改，完成索引的创建。

2. 查看索引信息

除了使用上述提到的两个存储过程来查看索引信息之外，还可以使用 SSMS 来查看索引的信息。在 SSMS 中也有多种操作方法可以查看到索引的信息，其中一种就是在上述创建索引的过程中的"索引/键"对话框中查看当前表的索引信息。下面介绍另外一种方法。

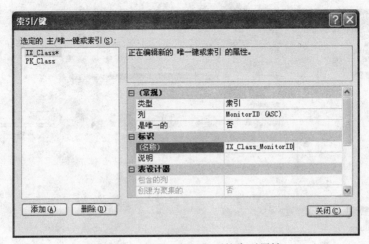

图 9-7　设置 MonitorID 列的索引属性

任务 9-12　查看班级表上的索引信息。

具体操作步骤如下：

（1）启动 SSMS，在"对象资源管理器"中依次展开"数据库"节点、SGMS 数据库节点、"表"节点、Class 节点。

（2）在 Class 节点下可以看到"索引"节点，展开该节点可以看到该表的所有索引，如图 9-8 所示。

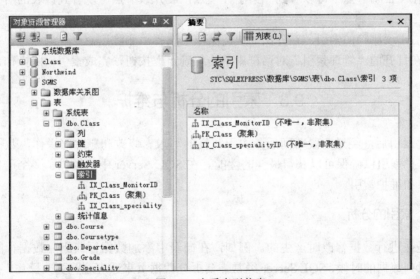

图 9-8　查看索引信息

（3）如果需要查看某个索引的具体信息，可以单击该索引的右键，在弹出的快捷菜单中选择"属性"，弹出"索引属性"对话框，如图 9-9 所示。

3. 删除索引

在某个索引不再需要时，应该把它从数据库中删除，可以使用上述 DROP INDEX 语句删除，也可以使用 SSMS 来删除。使用 SSMS 删除索引的操作步骤如下：

（1）启动 SSMS，在"对象资源管理器"中依次展开"数据库"节点、SGMS 数据库节点、"表"节点、Class 节点。

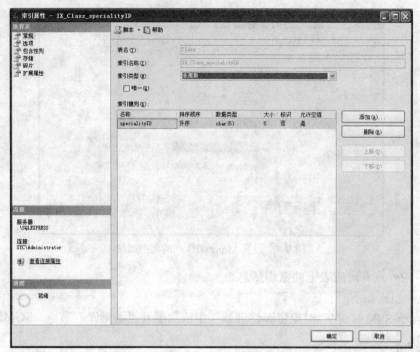

图 9-9　查看索引属性

（2）在 Class 节点下可以看到"索引"节点，展开该节点可以看到该表的所有索引。如图 9-8 所示。

（3）右击要删除的索引，在弹出的快捷菜单中选择"删除"命令。

（4）在打开的"管理索引"对话框中单击"确定"按钮，完成索引删除操作。

9.3　索引的分析与维护

在创建索引后，经过一段时间后，由于数据的写入、修改和删除等操作，数据就变得零碎，必须维护索引以确保可以获得最佳的性能。在 SQL Server 中，提供了多个语句用来分析索引的状态和维护索引。

9.3.1　索引的分析

碎片是在进行数据修改时产生的。例如，在向表中添加数据行或删除数据行的时候或者在修改索引列数据的时候，SQL Server 经常需要拆分数据页来适应这些更改操作。在拆分过程中，增大了表的大小和处理查询的时间。经过一段时间以后，磁盘上的数据会变的零碎，数据可能会分布在大量的零散的磁盘空间上，这将大大的影响到数据查询的性能。

SQL Server 提供了多种分析索引和查询性能的方法，常用的有 SHOWPLAN 选项、STATISTICS IO 选项和 DBCC SHOWCONTIG 语句。

1. SHOWPLAN 选项

SHOWPLAN 选项包括 SHOWPLAN_ALL 和 SHOWPLAN_TEXT 两个选项。打开该选项将不执行其后的 T-SQL 语句，相反，SQL Server 将返回有关语句的执行方式和语句预计所需资源的详细信息。SHOWPLAN 选项以一个层次结构树的形式返回信息，用以表示 SQL Server

查询处理器在执行每个语句时所采取的步骤。其语法格式为：

SET SHOWPLAN_ALL { ON | OFF }

SET SHOWPLAN_TEXT { ON | OFF }

其中，ON 为显示查询执行信息，OFF 为不显示查询执行信息。默认情况下，系统不会显示查询执行的详细信息。

任务 9-13 用户需要查询"08 计算机 1"班学生的学号、姓名和出生日期，请首先显示查询处理过程，查看索引的使用情况。

任务分析：默认情况下，查询语句不显示查询处理过程，若要显示，需要首先打开 SHOWPLAN_ALL 或 SHOWPLAN_TEXT 选项。实现本任务的语句及结果如图 9-10 所示。

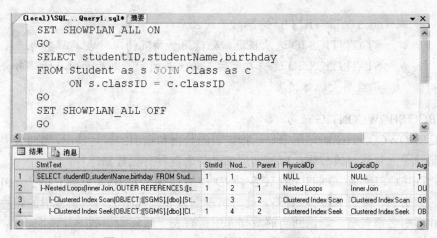

图 9-10 SHOWPLAN 选项打开后返回的结果

 注意

在使用 SHOWPLAN 选项时应该注意：

- SHOWPLAN 语句只返回查询处理情况，不返回查询结果；
- SHOWPLAN_ALL 与 SHOWPLAN_TEXT 的功能基本一样。SHOWPLAN_TEXT 可提供更可读的格式输出，而 SHOWPLAN_ALL 的结果可用于图形化查询工具。
- SHOWPLAN 选项打开后必须关闭，否则后面所有的语句都会只显示查询处理的情况，不返回查询结果。

2. STATISTICS IO 选项

STATISTICS IO 选项用来显示执行查询语句所花费的磁盘活动量统计，即查询过程中所产生的磁盘读写次数。可以利用这些信息来确定是否重新设计索引。

语法：SET STATISTICS IO { ON | OFF }

其中，当 STATISTICS IO 选项设置为 ON 时，显示磁盘统计信息，默认情况下为 OFF，即不显示磁盘统计信息。

任务 9-14 用户需要查询"08 计算机 1"班学生的学号、姓名和出生日期，并查看磁盘活动情况。

任务分析：要显示磁盘活动情况，需要首先打开 STATISTICS IO 选项。实现本任务的语句及结果如图 9-11 所示。

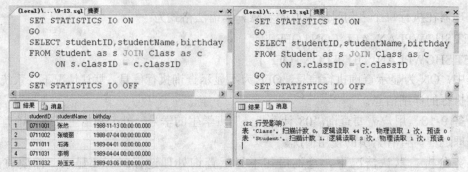

图 9-11　STATISTICS IO 选项打开后返回的结果

> 💡 **注意**
>
> 在使用 STATISTICS IO 选项时应该注意：
> - STATISTICS IO 选项在返回磁盘用量情况的同时也返回查询结果。
> - STATISTICS IO 选项打开后也必须关闭，否则后面所有的语句会一直返回磁盘用量统计情况。

3．DBCC SHOWCONTIG 语句

DBCC SHOWCONTIG 语句用来显示指定表的数据和索引的碎片情况，当向表中添加了大量数据或删除了大量数据的时候，应该使用该语句来查看有无数据碎片。

语法：DBCC SHOWCONTIG [({*表名表 ID*|*视图名视图 ID*}[,*索引名* | *索引 ID*])]

其中，索引名、索引 ID 可以省略，此时将返回该表或视图上的聚集索引的碎片情况；如果将表名和索引名都省略，则返回当前数据库中所有表上聚集索引的碎片情况。

表 9-2 描述了 DBCC SHOWCONTIG 语句返回的统计信息所代表的含义。

表 9-2　DBCC SHOWCONTIG 语句返回的统计信息

统计	描述
扫描页数	表或索引的页数
扫描区数	表或索引中的扩展盘区数
区切换次数	遍历索引或表的页时，DBCC 语句从一个扩展盘区移动到其他扩展盘区的次数
每个区的平均页数	页链中每个扩展盘区的页数
扫描密度[最佳计数:实际计数]	最佳值是指在一切都连续地链接的情况下，扩展盘区更改的理想数目。实际值是指扩展盘区更改的实际次数。如果一切都连续，则扫描密度数为 100；如果小于 100，则存在碎片。扫描密度为百分比值
逻辑扫描碎片	对索引的叶级页扫描所返回的无序页的百分比。该数与堆集和文本索引无关。无序页是指在 IAM 中所指示的下一页不同于由叶级页中的下一页指针所指向的页
区扫描碎片	无序扩展盘区在扫描索引叶级页中所占的百分比。该数与堆集无关。无序扩展盘区是指：含有索引的当前页的扩展盘区不是物理上的含有索引的前一页的扩展盘区后的下一个扩展盘区
每页的平均可用字节数	所扫描的页上的平均可用字节数。数字越大，页的填满程度越低。数字越小越好。该数还受行大小影响：行大小越大，数字就越大
平均页密度（满）	平均页密度（为百分比）。该值考虑行大小，所以它是页的填满程度的更准确表示。百分比越大越好

任务 9-15　查看学生表的聚集索引的碎片情况。

任务分析：要显示索引碎片情况，需要使用 DBCC SHOWCONTIG 语句。默认情况下，该语句就返回聚集索引的碎片情况，所以索引名可以省略。实现本任务的语句及结果如图 9-12 所示。

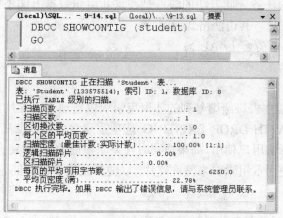

图 9-12　Student 表的聚集索引碎片情况

9.3.2　索引的维护

当数据库中的数据存在碎片时就需要整理这些碎片，在 SQL Server 中有三种整理碎片的方法：第一种是删除并重建索引并通过 FILLFACTOR 选项来指定填充因子值；第二种是使用 ALTER INDEX REORGANIZE 语句重组索引；第三种是 ALTER INDEX REBUILD 语句重建索引。其中第一种方法无疑是最彻底的方法，但是对系统的运行有一定的影响。

1. 使用 WITH DROP_EXISTING 选项重建索引

在索引存在碎片时，最彻底地解决方法就是删除索引并重新创建，即先使用 DROP INDEX 语句删除，再使用 CREATE INDEX 语句创建。除了这种方法外，CREATE INDEX 语句提供了 WITH DROP_EXISTING 选项可以实现相同功能。在使用 WITH DROP_EXISTING 选项重建索引时，可以重新压缩或扩展。

任务 9-16　当系统运行一段时间后，用户发现查询某个学生信息需要很长时间才能相应，现在需要重建学生表姓名列的非聚集索引，并修改其填充因子为 70

任务分析：当遇到查询变慢这样的问题时，需要首先考虑查看索引的性能情况，即有无索引碎片，可以通过使用 DBCC SHOWCONTIG 语句来实现。当数据存在碎片时，在用户允许的情况下可以重建索引来解决这个问题。所以实现本任务的语句如图 9-13 所示。

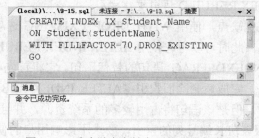

图 9-13　重建学生表姓名列的非聚集索引

2. 使用 ALTER INDEX REORGANIZE 语句重组索引

在 SQL Server 2005 中使用 ALTER INDEX REORGANIZE 语句代替了早期版本的 DBCC INDEXDEFRAG 语句，实现重组索引的功能，以达到整理索引碎片的目的。该语句按逻辑顺序重新排序索引的叶级页。由于这是联机操作，因此在语句运行时仍可使用索引。中断此操作时不会丢失已经完成的任务。此方法的缺点是在重新组织数据方面不如重建索引操作的效果好，而且不更新统计信息。其语法格式为：

ALTER INDEX { 索引名 ｜ ALL }

ON <表名 ｜ 视图名>

REORGANIZE

任务 9-17　重组学生表班级编号列的非聚集索引以整理索引碎片。

任务分析：使用 WITH DROP_EXISTING 选项重建索引可以彻底地整理索引碎片，但是在重建过程中将直接影响用户使用。如果是实时性要求很高的系统，将会带来一定程度的隐患。所以很多情况下可以使用重组索引来整理碎片，以便恢复索引的性能。实现本任务的语句如图 9-14 所示。

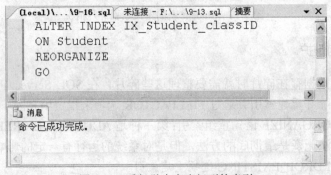

图 9-14　重组学生表班级列的索引

ALTER INDEX REORGANIZE 语句是 SQL Server 2005 提供的新功能，在使用时应注意以下一些事项：

- 在 SQL Server 2005 中，索引包含行锁和页锁这两个选项。如果未打开这两个选项，ALTER INDEX REORGANIZE 语句将执行失败。
- ALTER INDEX REORGANIZE 语句是一个联机操作，不影响用户使用。
- ALTER INDEX REORGANIZE 语句具备收缩大对象的作用，该功能是 DBCC INDEXDEFRAG 语句不具备的。

3. 使用 ALTER INDEX REBUILD 语句重建索引

前面的两种方法各有优缺点，使用 WITH DROP_EXISTING 选项重建索引会影响用户使用，而重组索引又不彻底。此时可以考虑使用 ALTER INDEX REBUILD 语句重建索引。该语句是早期版本中 DBCC INDEXDEFRAG 语句的替代语句。它将首先不删除现有索引，重新申请空间建立一个新的索引，完成后删除旧索引。ALTER INDEX REBUILD 语句是一个联机操作，将不影响用户的使用。但是该语句将占用较多的系统资源，并且需要更多时间。

任务 9-18　重建班级表班长编号列的索引，要求不影响用户的使用。

任务分析：使用 WITH DROP_EXISTING 选项重建索引可以彻底地整理索引碎片，但是在重建过程中将直接影响用户使用。要求不影响用户的使用，只能使用 ALTER INDEX REBUILD 语句重建索引。实现本任务的语句如图 9-15 所示。

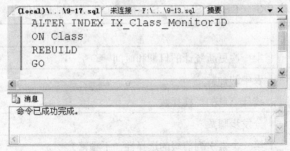

图 9-15　重组班级表班长列的索引

9.3.3　关于统计信息

SQL Server 的查询优化器使用统计信息来优化查询，所以，要了解统计信息的相关概念和创建方法。

统计信息是存储在 SQL Server 中的列数据的样本。这些数据一般用于索引列，但是还可以为非索引列创建统计。SQL Server 维护某一个索引关键值的分布统计信息，并且使用这些统计信息来确定在查询进程中哪一个索引是有用的。查询的优化依赖于这些统计信息的分布准确度。查询优化器使用这些数据样本来决定是使用表扫描还是使用索引。

1. 查看统计信息

可以通过执行 DBCC SHOW_STATISTICS 语句查看索引或列的统计信息。DBCC SHOW_STATISTICS 语句的语法为：

DBCC SHOW_STATISTICS（ *表名，索引名* **）**

任务 9-19　查看学生表主键列上的聚集索引的统计信息。

实现本任务的语句及结果如图 9-16 所示。

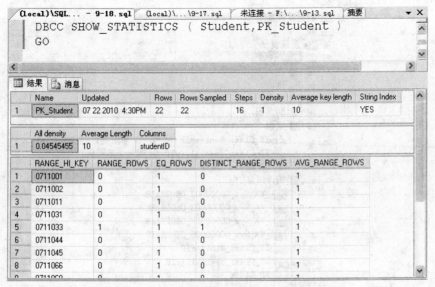

图 9-16　学生表主键列上的聚集索引的统计信息

在上述任务的返回结果中，有大量的数据，入门用户经常会看不懂其意义。表 9-3 描述了 DBCC SHOW_STATISTICS 语句的返回信息。

表 9-3　DBCC SHOW_STATISTICS 语句的返回信息

列名	描述
Updated	上一次更新统计的日期和时间
Rows	表中的行数
Rows Sampled	统计信息的抽样行数
Steps	分发步骤数
Density	第一个索引列前缀的选择性（不频繁）
Average key length	第一个索引列前缀的平均长度
All density	索引列前缀集的选择性（频繁）
Average length	索引列前缀集的平均长度
Columns	为其显示 All density 和 Average length 的索引列前缀的名称
RANGE_HI_KEY	柱状图步骤的上部绑定值
RANGE_ROWS	位于柱状图步骤内的示例的行数，上部绑定除外
EQ_ROWS	示例中值与柱状图步骤的上部绑定值相等的行的数目
DISTINCT_RANGE_ROWS	柱状图步骤内非重复值的数目，上部绑定除外
AVG_RANGE_ROWS	柱状图步骤内重复值的平均数目，上部绑定除外　(RANGE_ROWS/ DISTINCT_RANGE_ROWS for DISTINCT_RANGE_ROWS > 0)

2. 创建统计信息的方法

（1）自动创建统计信息。建立索引后，就会出现一个同名的统计信息。假如一个列没有统计信息，用它来关联表和查询数据，这时，系统会在评估最佳查询计划前，生成一个该列的 "_WA_Sys"的统计信息。例如，学生表的统计信息状况如图 9-17 所示。

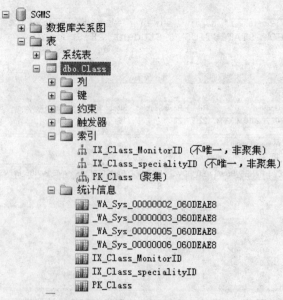

图 9-17　学生表主键列上的聚集索引的统计信息

（2）手动创建统计信息。假如 SQL Server 中没有设置统计信息自动创建选项。这时就需要手工创建统计信息了。用户可以为没有索引的列创建统计信息。手动创建统计信息的语法如下：

CREATE STATISTICS *统计信息名* ON { *表名 | 视图名* } (*列* [,...n])

3．更新统计信息

经过一段时间后，统计信息可能就会过时，这将影响查询优化器的性能。对此必须进行更新，可以自动或手动更新统计信息。

（1）自动更新统计信息。当把 SQL Server 数据选项"自动更新统计信息"设置为打开时，SQL Server 自动更新统计信息。统计信息的更新频率取决于列中的数据量和更改的数据量的相对值。例如，如果表中有 10000 行数据，1000 行数据修改了，那么统计信息可能需要修改。然而，如果只有 50 行记录修改了，那么仍然保持当前的统计信息，并不会更新。

（2）手动创建统计信息。当系统短时间内做了大量数据修改时，统计信息可能来不及更新，或者统计信息的自动更新选项并未打开，这时可以执行 UPDATE STATISTICS 语句或者 sp_updatestats 系统存储过程来手工修改统计信息。使用 UPDATE STATISTICS 语句既可以修改表中的全部索引，也可以修改指定的索引。UPDATE STATISTICS 语句的语法为：

UPDATE STATISTICS 表名 | 视图名 [索引名| (统计信息名 [,...n])]

在使用 UPDATE STATISTICS 语句时如果省略索引名或统计信息名，SQL Server 将更新所有指定表或视图的统计信息。如果需要更新指定数据库所有对象上的统计信息时，可以使用 sp_updatestats 系统存储过程。sp_updatestats 的作用是对当前数据库中所有用户定义的表运行 UPDATE STATISTICS。其语句格式为：

EXEC sp_updatestats [[@resample =] 'resample']

习题9

一、选择题

1．下列（　　　）情况下，SQL Server 不会自动重建现有的非聚集索引。

　　A．删除现有的聚集索引时

　　B．创建聚集索引时

　　C．使用 DROP_EXISTING 选项来改变聚集索引时

　　D．使用 DROP_EXISTING 选项来改变非聚集索引时

2．关于索引，下列描述错误的是（　　　）。

　　A．创建索引时，缺省为聚集索引

　　B．每张表只能有一个聚集索引

　　C．应先创建聚集索引，后创建非聚集索引

　　D．一张表可创建多达 249 个非聚集索引

3．下列数据不适合创建索引的是（　　　）。

　　A．包含太多重复值的列

　　B．是外键或主键的列

　　C．在 ORDER BY 子句中使用的列

    D. 经常在 where 子句中出现的列

4. 下列语句（　　）不能整理碎片。

    A. 在 CREATE INDEX 语句中使用 WITH DROP_EXISTING 选项

    B. 使用 DBCC SHOWCONTIG 语句

    C. 使用带 REORGANIZE 选项的 ALTER INDEX 语句

    D. 使用带 REBUILD 选项的 ALTER INDEX 语句

5. 关于聚集索引，以下说法（　　）是错误的。

    A. 一个表最多只能创建一个聚集索引

    B. 一般情况下，聚集索引比非聚集索引有更快的访问速度

    C. 主键一定是聚集索引

    D. 创建了聚集索引的列可以允许重复值

二、填空题

1. 根据存储结构的不同，索引可以被分为_____和_____两类。

2. 在 SQL Server 中，索引的结构是一个_____，_____的叶节点是数据，而_____的叶节点包含了具有指针的行标识符。

3. 从理论上讲一张表上可以包含_____个聚集索引，最多可以创建_____个非聚集索引。

4. 在表上创建主键约束时，默认将创建_____；在表上创建唯一约束时默认将创建_____。

5. FILLFACTOR 选项用于设置_____的值。PAD_INDEX 选项指定_____的百分比。

6. 使用_____语句的可以查看索引碎片情况，可以分别打开_____选项和_____选项来查看查询语句的执行过程情况。

三、简答题

1. 什么是索引，为什么要使用索引？
2. SQL Server 中索引有哪些类型？各有什么特点？
3. 应该在哪些列上创建索引？哪些列上不考虑创建索引？
4. FILLFACTOR 选项用来设置索引的何种属性？对索引结构有何影响？
5. 简述碎片产生的原因和整理方法。
6. 简述统计信息的概念和作用。

上机实验

一、实验目的和要求

1. 掌握创建索引的方法。
2. 会在创建索引时设置其填充因子等选项。
3. 掌握查看索引碎片及维护索引的方法。

4．了解统计信息的基本操作。

二、实验内容

本实验将继续课堂上未完成的工作，继续实现学生成绩管理系统数据库（SGMS）中其他对象的索引创建工作，并进行维护：

1．完成教材任务 9-3 至任务 9-18 所有的程序和操作。

2．完成部门表（Department）的索引：

（1）查看现有索引状况，如果无聚集索引，则创建聚集索引或建立主键。

（2）在系部名称列（departmentName）上创建非聚集索引。

3．完成教师表（Teacher）的索引：

（1）查看现有索引状况，如果无聚集索引，则创建聚集索引或建立主键。

（2）在教师姓名列（teacherName）上创建非聚集索引。

（3）在教师电话（telephone）列上创建非聚集索引。

（4）在所在系部编号列（departmentID）上创建非聚集索引。

4．完成专业表（Speciality）的索引：

（1）查看现有索引状况，如果无聚集索引，则创建聚集索引或建立主键。

（2）在专业名称列（specialityName）上创建非聚集索引。

（3）在所在系部编号列（departmentID）上创建非聚集索引。

5．完成课程表（Course）的索引：

（1）查看现有索引状况，如果无聚集索引，则创建聚集索引或建立主键。

（2）在课程名称列（coursename）上创建非聚集索引。

（3）在课程类型编号列（coursetypeID）上创建非聚集索引。

6．查看索引碎片：

（1）查看课程表的碎片情况，如果有，请使用删除重建的方法整理这些碎片。

（2）查看教师表的碎片情况，如果有，请使用重组索引的方法整理这些碎片。

（3）查看成绩表的碎片情况，如果有，请使用重建索引的方法整理这些碎片。

7．选作：碎片整理综合训练

（1）创建一个学生表的副本，并使用 WHILE 循环向其中添加 100000 条记录。

（2）查看该表副本的碎片情况，并记录下来。

（3）删除其中 10000 条记录，再查看其碎片情况，并记录下来；使用教材中的第一种方法整理碎片，并记录整理后的效果。

（4）再删除其中 10000 条记录，查看碎片情况，并记录下来；再使用教材中的第二种方法整理碎片，并记录整理后的效果。

（5）再删除其中 10000 条记录，查看碎片情况，并记录下来；再使用教材中的第三种方法整理碎片，并记录整理后的效果。

（6）结合教材中的知识，比较这三种整理碎片的方法。

第 10 章　视图

上一章简要介绍了索引的基础知识，了解索引的重要作用和应用场景。在数据库系统中建立索引的目的就是为了提高查询效率，为查询提供入口，同时也应认识到索引的维护也需要成本。在数据库应用中，用户需求的信息有时要涉及多个基表且不同角色的用户数据需求及访问数据的权限也有差异，此时就要用到虚拟的表——视图。

本章将介绍视图的概念以及与基表的差异，讨论视图的优缺点，结合学生成绩管理系统应用案例重点介绍视图的创建、修改、删除的方法以及实际应用。

本章要点

- 了解视图的概念、优点以及和数据表之间的区别
- 掌握利用 SSMS 和 T-SQL 语句创建、修改和删除视图的方法
- 掌握通过视图修改基表中数据的方法
- 掌握查看视图信息的方法
- 掌握如何通过视图实现数据库的安全管理
- 灵活运用视图以提高系统开发效率

10.1　视图概述

视图作为一种基本的数据库对象，是一个虚拟表，其内容由查询定义，通过把预先定义的查询存储在数据库中，然后就可以在查询语句中调用它。与表不同的是，保存在视图中的数据并不是物理存储的数据，是由表派生的，派生表被称为视图的基本表。此外视图不支持参数的使用。视图来源于一个或多个基表的行或列的子集，也可以是基表的统计汇总，或者是来源于另一个视图或者基表与视图的某种组合。

在实际应用中，通过视图进行查询没有任何限制，通过视图进行数据更新操作时有一定的限制，具体的限制将在 10.4 节中介绍。

10.1.1　视图的优缺点

视图一经定义后，尽管存在一些使用限制，但大多数情形可以像表一样被查询、修改、删除和更新。与直接使用表相比，使用视图又具有许多优点：

（1）为用户集中数据。视图使用户能够着重于他们所感兴趣的特定数据和所负责的特定任务，不必要的数据或敏感数据可以不出现在视图中。这样既将用户感兴趣的数据集中起来，

又提高了基础表中数据的安全性。

（2）简化数据库查询。原数据库的设计可能很复杂，但是使用视图可以屏蔽复杂的数据结构，可以使用易于理解的名字来命名视图，使用户眼中的数据库结构简单、清晰。

对于复杂的查询，可以写在视图中，这样用户只需要使用视图就可以实现复杂的操作，避免重复写复杂的查询语句。

（3）简化用户权限管理。视图可以让特定的用户只能查看指定的行或列的数据，这样在设计数据库应用系统的基于用户的权限管理功能模块时，对不同的用户定义不同的视图，使机密数据不出现在不应看到这些数据的用户视图上，可以大大简化权限管理的内容。

（4）方便导出和导入数据。可使用视图将数据导出到其他应用程序或外部文件中，便于做进一步分析。例如，用户可能希望使用 SGMS 数据库中的 student、grade 和 course 表在 Microsoft Excel 中分析学生课程成绩数据。为此，可基于 student、grade 和 course 表创建视图，然后使用 BCP 实用工具导出由该视图定义的数据。

（5）自定义数据。视图允许用户以不同方式查看数据，即使在他们同时使用相同的数据时也是如此。这在具有许多不同目的和技术水平的用户共用同一数据库时尤其有用。

但视图在应用中也存在如下缺点：

（1）视图的使用将降低 SQL Server 的性能。由于 SQL Server 必须将视图的查询转化成对基础表的查询，如果视图由多表查询所定义，则 SQL Server 在执行时将把该视图变成一个基于多个基础表的查询，因此必然出现因时间的花销而降低 SQL Server 的性能。

（2）修改的限制。由于视图是虚拟表，其对应的数据并不是以视图结构的形式存储在数据库中，因此用户对视图的记录进行修改时，系统必须将修改转为对视图所对应基础表的修改，当面对比较复杂的视图时，则可能存在修改限制。

10.1.2　视图类型

在 SQL Server 2005 中，有三种视图：标准视图、索引视图和分区视图。

（1）标准视图：它组合了一个或多个表中的数据，用户可以获得使用视图的大多数好处，包括将重点放在特定数据上以简化数据操作。

（2）索引视图：它是被具体化了的视图，即它已经过计算并存储。可以为视图创建索引，即对视图创建一个唯一的聚集索引。索引视图可以显著地提高某些类型查询的性能。索引视图尤其适于聚合许多行的查询。但它们不太适于经常更新的基本数据集。

（3）分区视图：它是在一台或多台服务器间水平连接一组成员表中的分区数据。这样，数据看上去如同来自于一个表。连接同一个 SQL Server 实例中的成员表的视图是一个本地分区视图。如果视图在服务器间连接表中的数据，则它是分布式分区视图。分布式分区视图用于实现数据库服务器联合。联合体是一组分开管理的服务器，但它们相互协作分担系统的处理负荷。通过这种分区数据形成数据库服务器联合体的机制可以向外扩展一组服务器，以支持大型的多层网站的处理需要。

本书主要讲述标准视图的创建，特此说明。

10.2　创建视图

视图在数据库中是作为一个对象来存储的。创建视图前，要保证创建视图的用户已被数据库所有者授权使用 CREATE VIEW 语句，并且有权操作视图所涉及的表或其他视图。SQL Server 2005 提供了两种创建视图的方法：一种是使用 SQL Server Management Studio，另一种是使用 T-SQL 语句。

10.2.1 使用 T-SQL 创建视图

使用 T-SQL 语句中的 CREATE VIEW 创建视图，CREATE VIEW 必须是查询批处理中的第一条语句，其语法形式如下：

CREATE VIEW [*数据库名*.][*拥有者*.] *视图名* [(*列名 1*,*列名 2* [,...n])]

[WITH ENCRYPTION | SCHEMABINDING | VIEW_METADATA]

AS <SELECT 语句>

[WITH CHECK OPTION]

其中，各参数说明如下：

- 数据库名：当前数据库名称。
- 拥有者：当前数据库的拥有者，在绑定架构时不可缺。
- 视图名：用于指定视图的名称，符合标识符的命名规则。
- 列名：视图中包含的列名。若使用与源表或视图中相同的列名时，则不必给出列名，如果是计算得到的值则必须指定列名。
- WITH ENCRYPTION：用于加密包含 CREATE VIEW 脚本。
- SCHEMABINDING：将视图绑定到基础表的架构。如果指定了 SCHEMABINDING，则不能按照将影响视图定义的方式修改基表或表。必须首先修改或删除视图定义本身，才能删除将要修改的表的依赖关系。使用 SCHEMABINDING 时，在 SELECT 语句里所用到的数据表或视图名，必须要用"拥有者.对象名"方式来表示。所有引用的对象必须在同一个数据库内。
- VIEW_METADATA：表示如果某一查询中引用该视图且要求返回浏览模式的元数据时，那么 SQL Server 将向 DBLIB 和 OLE DB API 返回视图的元数据信息，而不是返回给基表或其他表。
- SELECT 语句：定义视图的 SELECT 语句。在视图中可以使用的 SELECT 语句有一些限制，10.2.3 节将做详细介绍。
- WITH CHECK OPTION：强制针对视图执行的所有数据修改语句都必须符合在 <SELECT 语句>中设置的条件。

1. 使用简单 CREATE VIEW 语句创建视图

任务 10-1 创建视图（girl_view），包含所有女生的学号、姓名、性别、出生年月、班级和专业等信息。

任务分析：将 SGMS 数据库的 student、class、department 表中的相关数据集中到视图（girl_view）中以方便用户查询，可以使用内联接或等值联接，如果字段列表中包含多个表中存在的列名，必须给该列指定所属表名。

实现任务 10-1 的 T-SQL 语句如图 10-1 所示。

2. 使用 WITH ENCRYPTION 加密视图

任务 10-2 创建视图 View_Student，包含学生姓名、性别、出生日期等信息，同时加密其定义脚本，防止他人查看。

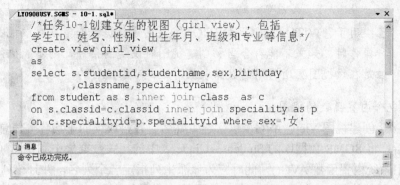

图 10-1 创建返回所有女生的视图（girl_view）

任务分析：将 SGMS 数据库的 Student 表中的相关数据集中到视图（View_Student）中以增强安全性。可以使用 WITH ENCRYPTION 加密视图的定义脚本。

实现任务 10-2 的 T-SQL 语句如图 10-2 所示。

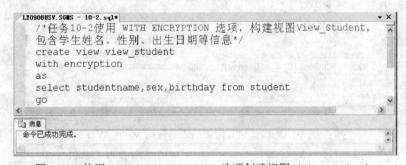

图 10-2 使用 WITH ENCRYPTION 选项创建视图（view_student）

3. 使用 WITH CHECK OPTION

任务 10-3 创建视图 View_S_C_G，包含所有汉族学生的姓名、民族、课程名、成绩等信息，并约束后面对该视图的修改必须满足特定的条件。

任务分析：该任务要使用 WITH CHECK OPTION 参数，通过该参数创建的视图还可以实现约束功能，当视图中有新记录插入或被修改时，若不符合视图的创建条件时，将会被拒绝执行。此外，该视图的创建涉及 SGMS 数据库中的 Student、Course、Grade 表，因此在 SELECT 语句中要使用内联接或等值连接。

实现任务 10-3 的 T-SQL 语句如图 10-3 所示。

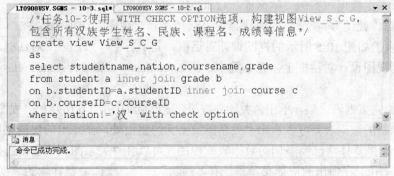

图 10-3 使用 WITH CHECK OPTION 选项创建视图（VIEW_S_C_G）

>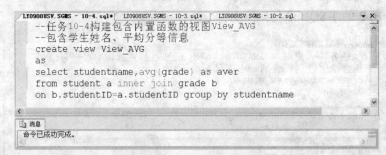
> 已经用了"WITH CHECK OPTION"设定了数据检查，在对该视图里的数据进行操作时，如果不能符合当初创建视图时设定的条件，则不能执行更新操作。但是在该视图里所引用的数据表里，还是可以执行的。

4. 构建包含内置函数的视图

任务10-4 创建视图 View_AVG，包含学生姓名、各科成绩的平均分等信息。

任务分析：将 SGMS 数据库的 Student、Grade 表中的相关数据集中到视图（View_AVG）中，需要使用系统内置函数 AVG()，此时应为该派生列指定一个列名，并且该列不允许更新。在 SELECT 语句中使用 GROUP BY 字句，字段列表中只能出现 GROUP BY 所涉及字段和聚集函数。

实现任务 10-4 的 T-SQL 语句如图 10-4 所示。

```
--任务10-4构建包含内置函数的视图View_AVG
--包含学生姓名、平均分等信息
create view View_AVG
as
select studentname,avg(grade) as aver
from student a inner join grade b
on b.studentID=a.studentID group by studentname
```

消息
命令已成功完成。

图 10-4　构建包含内置函数的视图 View_AVG

10.2.2　使用 SSMS 创建视图

除了使用 T-SQL 脚本创建视图外，还可以使用 SSMS 创建。在 SSMS 中创建视图的方法与创建数据表的方法不同，下面结合任务 10-5 说明如何在 SSMS 中创建视图。

任务10-5 创建视图 View_C，查询计算机应用技术专业学生的姓名、课程名、成绩、专业、班级等信息。

任务分析：将 SGMS 数据库的 Student、Grade、Course、Class、Speciality 表中的相关数据集中到视图（View_C）中，便于对数据进行查询和修改。

实现任务 10-5 的步骤如下：

（1）启动 SQL Server Management Studio，连接到本地默认实例，在"对象资源管理器"窗口里，选择本地数据库实例"数据库"→SGMS→"视图"。

（2）右击"视图"，在弹出的快捷菜单里选择"新建视图"选项。

（3）出现的如图 10-5 所示的视图设计对话框，其上有个"添加表"对话框，可以将要引用的表添加到视图设计对话框上，在本例中，添加 student、course、grade、class 和 speciality 五个表。

（4）添加完数据表之后，单击"关闭"按钮，返回到如图 10-6 所示的"视图设计"窗口。如果还要添加新的数据表，可以右击"关系图窗格"的空白处，在弹出的快捷菜单里选择"添加表"选项。如果要移除已经添加的数据表或视图，可以在"关系图窗格"里选择要移除的数据表或视图，右击，在弹出的快捷菜单里选择"移除"选项，或选中要移除的数据表或视图后，直接按 Delete 键移除。

图 10-5　视图设计对话框

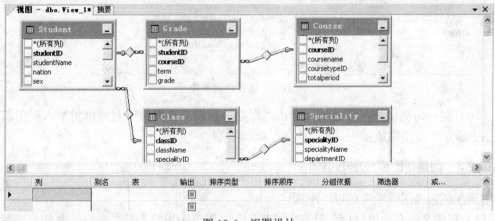

图 10-6　视图设计

（5）在"关系图窗格"里，可以建立表与表之间的 JOIN…ON 关系，如 Student 表的 studentID 与 Grade 表中的 studentID 相等，那么只要将 Student 表中的 studentID 字段拖拽到 Grade 表中的 studentID 字段上即可。此时两个表之间将会有一根线相连。

（6）在"关系图窗格"里选择视图要输出的字段，即勾选该字段前的复选框。此外，也可以在"条件窗格"里通过下拉列表框选择要输出的字段，如图 10-7 所示。

（7）在"条件窗格"里还可以设置要过滤的查询条件，如图 10-8 所示。

（8）设置完成后的 SQL 语句，会显示在"SQL 窗格"里，如图 10-8 所示。这个 Select 语句也就是视图所要存储的查询语句。

（9）所有查询条件设置完毕之后，单击"执行 SQL"按钮，此时将返回该视图的测试结果，如图 10-8 所示。

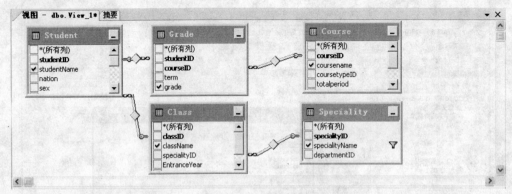

图 10-7　选择输出字段

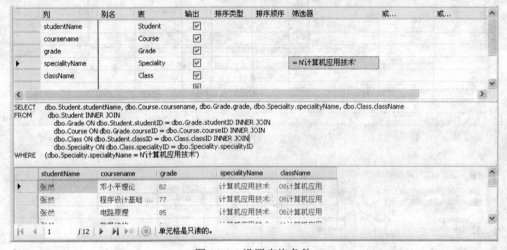

图 10-8　设置查询条件

（10）在一切测试都正常之后，单击"保存"按钮，在弹出的对话框里输入视图名称，再单击"确定"按钮完成操作。

10.2.3　创建视图应注意的事项

用户在创建视图时应考虑以下准则：

（1）视图名称必须遵循标识符的命名规则，且对每个用户都必须唯一。此外，该名称不得与该用户拥有的任何表的名称相同。

（2）可以基于已存在的视图创建视图。SQL Server 2005 允许嵌套视图。但嵌套不得超过 32 层。根据视图的复杂性及可用内存，视图嵌套的实际限制可能低于该值。

（3）视图不同于表，不能将规则或 DEFAULT 定义与视图相关联。

（4）定义视图的查询不能包含产生多结果集的 COMPUTE 子句或 COMPUTE BY 子句，也不能包含 INTO 关键字。

（5）定义视图的查询不能包含 ORDER BY 子句，除非在 SELECT 语句的选择列表中还有一个 TOP 子句。

（6）不能创建临时视图，也不能对临时表创建视图。

（7）下列情况下必须指定视图中每列的名称：①视图中列是从算术表达式、内置函数或常量派生而来的列；②视图中有两列或多列原应具有相同名称（如联接查询引用的两张表中有相同名称的列）；③希望为视图中的列指定一个与其源列不同的名称。

10.3　管理视图

10.3.1　使用 T-SQL 管理视图

1. 查看视图信息

在 SQL Server 中，每当创建了一个新的视图后，则在系统说明的系统表中就定义了该视图的存储。在实际应用中，一般不建议直接查询系统表，而建议使用系统提供的存储过程来查看这些信息。可以使用系统存储过程 SP_HELP 显示视图特征，使用 SP_HELPTEXT 显示视图在系统表中的定义，使用 SP_DEPENDS 显示该视图所依赖的对象。它们的语法形式如下：

（1）SP_HELP　数据库对象名称

（2）SP_HELPTEXT　视图（触发器、存储过程）名

（3）SP_DEPENDS　数据库对象名称

任务 10-6　使用系统存储过程 SP_HELPTEXT 查看 Girl_View 视图的定义信息。

实现任务 10-6 的 T-SQL 语句如图 10-9 所示。

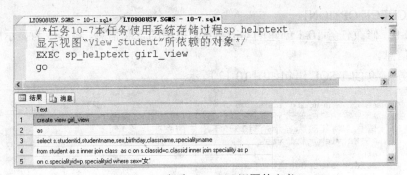

图 10-9　查看 girl_view 视图的定义

任务 10-7　使用系统存储过程 SP_HELP 显示视图 View_Student 视图的特征。

实现任务 10-7 的 T-SQL 语句如图 10-10 所示。

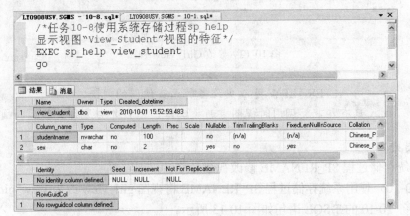

图 10-10　使用系统存储过程 SP_HELP 显示视图 View_Student 的特征

任务 10-8 使用系统存储过程 SP_DEPENDS 显示视图 View_Student 所依赖的对象。

实现任务 10-8 的 T-SQL 语句如图 10-11 所示。

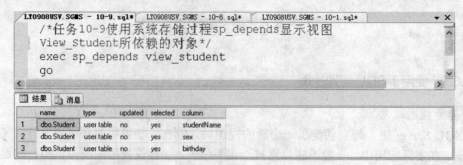

图 10-11 使用系统存储过程 SP_DEPENDS 显示视图 View_Student 所依赖的对象

2. 修改视图

要改变一个已经创建的视图的定义，则用 ALTER VIEW 语句，参数的含义与创建视图 CREATE VIEW 命令中的参数含义相同。其语法格式如下：

ALTER VIEW [数据库名.][拥有者.] 视图名 [(列名 1,列名 2 [,...n])]

[WITH ENCRYPTION | SCHEMABINDING | VIEW_METADATA]

AS <SELECT 语句>

[WITH CHECK OPTION]

任务 10-9 修改任务 10-1 创建的 Girl_View 视图的定义信息，将其改为显示所有 1989 年出生的女生信息。

实现任务 10-9 的 T-SQL 语句如图 10-12 所示。

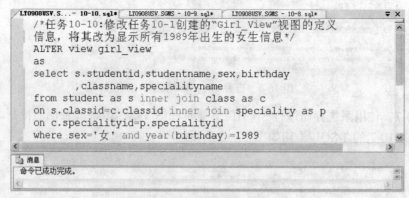

图 10-12 修改 Girl_View 视图

注意
- 用 ALTER VIEW 可以更改当前正在使用的视图；
- 只有在下次调用时视图重新被编译，用户才会见到更新后的视图显示。

3. 视图更名

使用系统存储过程 SP_RENAME 修改视图名称。

任务 10-10 使用系统存储过程 SP_RENAME 将视图 girl_view 改为 view_girl。

实现任务 10-10 的 T-SQL 语句如图 10-13 所示。

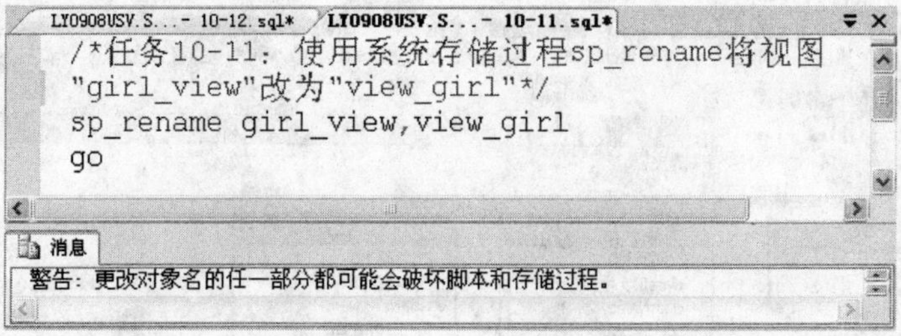

```
/*任务10-11: 使用系统存储过程sp_rename将视图
"girl_view"改为"view_girl"*/
sp_rename girl_view,view_girl
go
```

消息
警告: 更改对象名的任一部分都可能会破坏脚本和存储过程。

图 10-13　使用系统存储过程 SP_RENAME 将视图 girl_view 改回为 view_girl

4. 删除视图

用 DROP VIEW 从当前数据库中删除视图。删除视图时，将从相关的系统表中删除视图的定义及其他有关视图的信息。语法格式为：

DROP VIEW　视图名[,…n]

可以使用该命令同时删除多个视图，只需在要删除的视图名称之间用逗号隔开即可。

任务 10-11　删除任务 10-2 所创建的视图 view_student

实现任务 10-11 的 T-SQL 语句如图 10-14 所示。

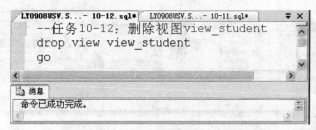

```
--任务10-12: 删除视图view_student
drop view view_student
go
```

消息
命令已成功完成。

图 10-14　删除视图 view_student

10.3.2　使用 SSMS 管理视图

1. 使用 SSMS 修改视图

任务 10-12　修改任务 10-1 所创建的视图 girl_view，要求显示所有女生的姓名、性别、专业、班级和所在系部。

实现任务 10-12 的步骤如下：

（1）启动 SQL Server Management Studio，逐层展开到 SGMS 数据库中的"视图"位置，单击"视图"前面的"+"，使其展开，在 dbo.girl_view 位置右击，在弹出的快捷菜单中选择"设计"。

（2）在设计视图窗口，按住鼠标右键，单击"添加表"，添加 department 表，如图 10-15 所示，添加后选定 departmentname 列，如图 10-16 所示。

（3）单击工具栏中的"保存"按钮，保存修改后的视图。

2. 使用 SSMS 删除视图

任务 10-13　删除任务 10-12 修改过的视图 girl_view。

实现任务 10-13 的步骤如下：

（1）启动 SQL Server Management Studio，在"对象资源管理器"中逐层展开到 SGMS 数据库中的"视图"位置，单击"视图"前面的"+"，使其展开，在视图 dbo.girl_view 处，右击，在弹出的快捷菜单中选择"删除"。

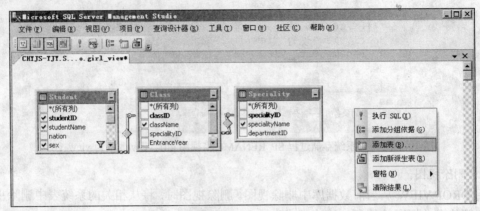

图 10-15　添加基表

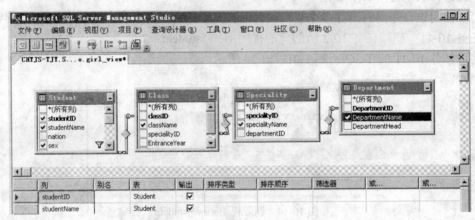

图 10-16　添加 departmentname 列

（2）在"删除对象"对话框中单击"确定"按钮后，完成视图的删除操作。

3. 使用 SSMS 重命名视图

任务 10-14　重命名任务 10-2 创建的视图 view_student，将其重命名为 v_student。

实现任务 10-14 的步骤如下：

（1）启动 SQL Server Management Studio，在"对象资源管理器"中逐层展开到 SGMS 数据库中的"视图"位置，单击"视图"前面的"+"，使其展开，在视图 dbo.view_student 处，右击，在弹出的快捷菜单中选择"重命名"。

（2）直接输入新的视图名称 v_student，回车即可完成修改操作。

10.4　使用视图

视图与基本表的使用方法基本相同，不同之处是有些视图是不可更新的，只能对这些不可更新的视图作查询操作，不能通过它们更新数据。

10.4.1　视图的查询

利用视图可以大大简化查询的操作，相当于对需要进行的复杂查询进行了分解，这样可以使 SQL 语句的可读性增强，并且可以实现更加复杂的查询。

视图定义后，用户可以像对基表查询一样对视图进行查询。对视图执行查询时，首先进行有效性检查，检查查询涉及的表、视图等是否在数据库中存在，如果存在，则在数据字典中取出查询涉及的视图的定义，把定义中的子查询和用户对视图的查询结合起来，转换成对基表的查询，然后再执行这个经过修正的查询。

任务 10-15 对任务 10-1 创建的视图执行查询操作，用于显示相关信息。

任务分析：对视图执行查询操作没有任何限制，和对基表的查询一致。

实现任务 10-15 的 T-SQL 语句及执行结果如图 10-17 所示。

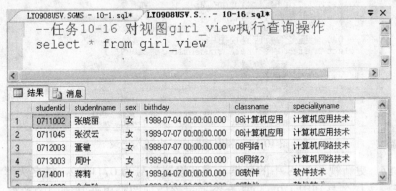

图 10-17 对视图执行查询操作

10.4.2 利用视图更新基本表数据

更新视图包括插入（INSERT）、删除（DELETE）和修改（UPDATE）三类操作。由于视图是不实际存储数据的虚表，因此对视图的更新，最终要转换为对基本表的更新。

对于视图的更新有以下限制：

（1）任何修改（包括 UPDATE、INSERT 和 DELETE 语句）都只能引用一个基表的列。

（2）视图中被修改的列必须直接引用表列中的基础数据。不能通过其他方式对这些列进行派生，例如：通过聚合函数（AVG、COUNT、SUM、MIN、MAX、GROUPING、STDEV、STDEVP、VAR 和 VARP）计算，不能通过表达式并使用列计算出其他列。使用集合运算符（UNION、UNION ALL、CROSSJOIN、EXCEPT 和 INTERSECT）形成的列得出的计算结果不可更新。

（3）正在修改的列不受 GROUP BY、HAVING 或 DISTINCT 子句的影响。

（4）如果在视图定义中使用了 WITH CHECK OPTION 子句，则所有在视图上执行的数据修改语句都必须符合定义视图的 SELECT 语句中所设置的条件。

（5）在基础表的列中修改的数据必须符合对这些列的约束，例如为空值、约束及 DEFAULT 定义等。如果要删除一行，则相关表中的所有基于 FOREIGN KEY 约束必须仍然得到满足，删除操作才能成功。

任务 10-16 创建一个学生基本信息视图 V_S，并向其中添加一条记录：studentID 为 0722008，姓名为 clinton，credithour 为 25。

任务分析：首先创建一个学生基本信息视图 V_S，再向 V_S 中添加一条记录，一定要满足基表的约束条件，student 表中 studentID、studentName 和 credithour 字段不能为空值，因此 INSERT INTO 语句中必须包含这三个字段。添加新记录成功后用 SELECT 语句加以验证。

实现任务 10-16 的 T-SQL 语句及执行结果如图 10-18 所示。

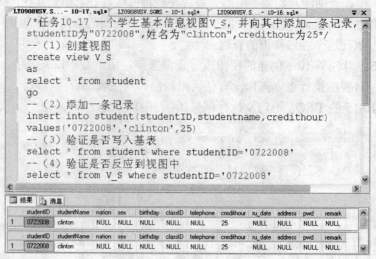

图 10-18　利用视图向基表插入记录

任务 10-17　更新视图 V_S 中的数据，重新设置学号为 0711002，姓名为"许昕"。

任务分析：该任务是利用 UPDATE 命令通过修改视图来更新基表中的数据，修改的结果反映到视图和基表中，当然前提是视图中不存在更新限制的字段且有更新权限。

实现任务 10-17 的 T-SQL 语句及执行结果如图 10-19 所示。

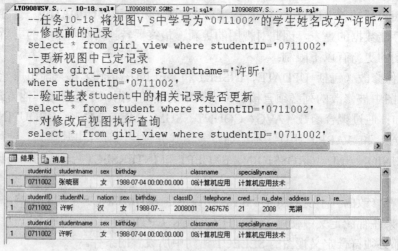

图 10-19　利用视图更新基表数据

任务 10-18　删除已存在视图 girl_view 中学号为 0711011 的学生信息。

任务分析：该任务是利用 Delete 命令删除视图中相关记录，同时基表中的相关记录也被删除，前提是视图中的数据没有前述的更新限制。

实现任务 10-18 的 T-SQL 语句及执行结果如图 10-20 所示。

通过本章的学习，应掌握以下内容：

（1）视图是定义在一个或多个基表或视图上的一系列 SQL SELECT 语句；视图可被看成是虚拟表或存储查询，目的是提高数据库性能和安全性。

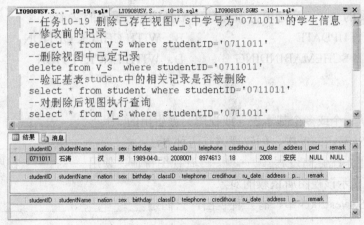

图 10-20 利用视图删除基表数据

（2）视图可以定义、更改和删除，其实现方法有两种：一种是通过 SSMS；另一种是通过 SQL 语句实现。

（3）通过视图可以查询基础表数据、更改基础表数据、删除基础表数据和向基础表插入数据。

一、选择题

1．下列说法正确的是（　　）。

   A．视图是观察数据的一种方法，只能基于基本表建立

   B．视图是虚表，观察到的数据是实际基本表中的数据

   C．索引视图是基于表上的索引建立的视图

   D．视图是基于表创建的一个新的表

2．下面说法正确的是（　　）。

   A．视图是一种常用的数据库对象，使用视图不可以简化数据库操作

   B．使用视图可以提高数据库的安全性

   C．删除视图时同时删除基表

   D．视图和表一样是由数据构成的

3．下面语句中，（　　）是用来创建视图。

   A．CREATE TABLE   B．ALTER VIEW

   C．DROP VIEW   D．CREATE VIEW

4．下面语句中，（　　）是用来删除视图。

   A．CREATE TABLE   B．ALTER VIEW

   C．DROP VIEW   D．CREATE VIEW

5．下面语句中，（　　）是用来修改视图。

   A．CREATE TABLE   B．ALTER VIEW

   C．DROP VIEW   D．CREATE VIEW

6．建立视图的（　　　）选项将加密 CREATE VIEW 语句的文本。

  A．WITH UPDATE   B．WITH CHECK OPTION

  C．WITH SCHEMABINDING   D．WITH ENCRYPTION

二．填空题

1．视图是从一个或多个基本表（或视图）派生出的_____表。

2．在 SQL Server 2005 中，创建视图有两种方法：_____和_____。

3．可以使用系统存储过程_____查看视图特征，使用_____视图的定义文本，使用_____显示该视图所依赖的对象。

4．在 SQL Server 2005 中，有三种视图，它们是_____、_____和_____。

三、简答题

1．简述视图的概念和优点？

2．创建视图时，需要注意哪些事项？

3．视图和数据表之间的主要区别是什么？

4．使用视图修改数据时，需要注意的几点是什么？

5．使用哪些存储过程可以查看视图的信息？

上机实验

一、实验目的和要求

1．了解视图的概念和优点。

2．掌握视图的创建方法。

3．会使用更新基表的数据。

4．会使用利用视图查询数据。

二、实验内容

利用本书案例数据库 SGMS（学生成绩管理系统数据库），实现如下操作：

（1）创建名为 view_men 的视图，该视图仅查看 student 表中男生的基本信息，要用到 WITH CHECK OPTION 选项。

（2）创建名为 view_all 的视图，该视图查看 student、class 表中所有学生的学号、姓名、性别、出生日期、民族、家庭住址、班级、成绩、课程信息。

（3）通过 T-SQL 语句创建一个视图，计算各个班级的各门课程的平均分。

（4）通过 T-SQL 语句创建一个视图，显示"高等数学"未过的学生的信息，要用到 WITH ENCRYPTION 选项。

（5）通过 T-SQL 语句创建一个视图，查询的数据为某个班学生的考试成绩。

（6）使用前面创建的视图 view_men 来更新 student 表中的相关数据。

第 11 章　存储过程和触发器

　　上一章介绍了视图的基本概念及优缺点，详细介绍了视图的创建、修改和删除以及如何通过视图来查询、修改基表中的数据。但是视图中只能执行简单的 SELECT 语句，不能接受输入、输出参数，只能返回查询的结果集，由此导致应用程序的灵活性大打折扣。如何提高程序的执行效率，如何执行复杂的业务逻辑呢？存储过程和触发器可以满足更高的应用需求，存储过程可以提高应用效率，触发器可以实现比约束更强的业务规则。本章将介绍存储过程、触发器的概念、用途和类型，分析它们的特点和工作原理，并结合学生成绩管理系统这个案例，重点介绍存储过程与触发器的创建、执行（触发）、修改、删除的方法以及创建时的注意事项。

本章要点

- 了解存储过程的基本概念、用途和类型
- 了解触发器的基本概念、用途和类型
- 掌握存储过程的创建、修改、执行和删除等操作
- 掌握触发器的创建、修改、触发和删除等操作
- 理解和掌握 DML 触发器的特点和创建方式
- 理解和掌握 DML 触发器的工作原理
- 理解 AFTER 触发器和 INSTEAD OF 触发器
- 理解和掌握 DDL 触发器的特点和创建方式
- 灵活运用存储过程和触发器提高系统开发效率

11.1　存储过程

　　在 SQL Server 2005 中，存储过程扮演着相当重要的角色，基于其预编译并存储在 SQL Server 数据库中的特性，提高了系统的运行效率和执行速度。

11.1.1　存储过程概述

　　存储过程（Stored Procedure）是一组为了完成特定功能的 T-SQL 语句集，经编译后存储在 SQL Server 服务器端数据库中。利用存储过程可以加速 SQL 语句的执行。

　　在 SQL Server 中使用存储过程而不是在客户计算机上调用 SQL 编写的一段程序，原因在于存储过程具有许多突出的优点，归纳如下：

　　（1）存储过程允许用户进行模块化程序设计，大大提高了用户设计程序的效率。例如，

存储过程创建之后，可以在程序中多次调用。这样既提高了程序设计的效率又提高了应用程序的可维护性，并且允许应用程序按照统一的方式访问数据库。

（2）存储过程已经在服务器上注册，这样可以提高 T-SQL 语句的执行效率。一般情况下，存储过程的执行速度比 SQL 语句执行速度快 2～10 倍。

（3）存储过程具有安全性和所有权链接，可以执行所有的权限管理。用户可以被授予执行存储过程的权限而不必拥有直接对存储过程所引用对象的执行权限。

（4）存储过程可以提高应用程序的安全性，可以防止 SQL 嵌入式攻击。如果仅仅使用 T-SQL 语句，将不能有效地防止 SQL 的嵌入式攻击。

（5）存储过程是一组命名代码，允许延迟绑定。也就是说，可以在存储过程中引用当前不存在的对象，但是，这些对象在存储过程执行时应该存在。

（6）存储过程可以大大减少网络通信流量。例如，如果有一千条 T-SQL 语句的命令写成一条执行存储过程的命令，这时在客户机和服务器之间进行传输就会大大节省时间和降低网络负担。

在 SQL Server 2005 系统中，提供了 3 种基本类型的存储过程：系统存储过程、用户自定义存储过程和扩展存储过程。

（1）系统存储过程。系统存储过程是指用来完成 SQL Server 2005 中许多管理活动的特殊存储过程。系统存储过程在 SQL Server 安装成功后，就已经存储在系统数据库 master 中并以 sp_为前缀，并且系统存储过程主要是从系统表中获取信息，从而为数据库系统管理员管理 SQL Server 提供支持。通过系统存储过程，SQL Server 中的许多管理性或信息性的活动（如获取数据库和数据库对象的信息）都可以被顺利有效地完成。

（2）用户自定义存储过程。用户自定义存储过程是主要的存储过程类型，是由用户创建并能完成某一特定功能（如查询用户所需数据信息）的存储过程，是封装了可重用代码的 SQL 语句模块。用户自定义存储过程可以接受输入参数、向客户端返回表格或标量结果和消息、调用数据定义语言（DDL）和数据操作语言（DML）语句，以及返回输出参数。

在 SQL Server 2005 系统中，用户自定义的存储过程有两种类型：T-SQL 存储过程和 CLR（公共语言运行时）存储过程。T-SQL 存储过程是指保存着 T-SQL 语句的集合，可以接受和返回用户提供的参数。CLR 存储过程是指对 .NET Framework 公共语言运行时方法（CLR）的引用，可以接受用户提供的参数并返回结果。

（3）扩展存储过程。扩展存储过程是指使用某种编程语言（例如 C 语言等）创建的外部例程，是可以在 Microsoft SQL Server 实例中动态加载和运行的 DLL。但是，微软公司宣布，从 SQL Server 2005 版本开始，将逐步删除扩展存储过程类型，因为使用 CLR 存储过程可以可靠而又安全地实现扩展存储过程的功能。

此外，存储过程与视图相比较，存在以下几点差异：

（1）可以在单个存储过程中执行一系列 T-SQL 语句，而在视图中只能是 SELECT 语句。

（2）视图不能接受参数，只能返回结果集；而存储过程可以接受参数，包括输入、输出参数，并能返回单个或多个结果集以及返回值，这样可以大大提高应用的灵活性。

一般来说，人们将经常用到的多个表的连接查询定义为视图，而存储过程完成复杂的一系列的处理，在存储过程中也会经常用到视图。

11.1.2　创建存储过程

1. 创建存储过程

SQL Server 2005 中可以用 CREATE PROCEDURE 语句来定义存储过程，语法如下：

CREATE { PROC | PROCEDURE } *存储过程名称* [;*数值*]

[{ @*参数　数据类型* }

[VARYING] [= *参数的默认值*] [OUTPUT]] [,...n]

[WITH {RECOMPILE|ENCRYPTION|RECOMPILE,ENCRYPTION}]

AS { <SQL 语句> [;][...n]

在上面的语法描述中，其中各参数的含义如下：

- 存储过程名称：新存储过程的名称，必须符合标识符命名规则。
- 数值选项：便于对存储过程进行分组，这样在删除存储过程时可以将同一个组中的所有过程同时删除。比如，一个组中有两个存储过程，insproc;1、insproc;2，那么可以使用 DROP PROCEDURE insproc 删除整个组。
- 参数：过程中的参数。参数名必须以"@"为前缀，在 CREATE PROCEDURE 语句中可以声明一个或多个参数。每个参数都需要确定一个数据类型。
- VARYING：指定结果集作为输出参数。仅适用于 CURSOR 参数。
- 默认值：参数的默认值。
- OUTPUT：用来表明参数是输出参数。
- RECOMPILE：用来表明数据库引擎不缓存该存储过程的执行计划，每次运行时都将自动重新编译。
- ENCRYPTION：用来将存储过程的定义进行加密。
- SQL 语句：在存储过程中需要执行的操作。

（1）创建简单的存储过程。

任务 11-1　创建一个简单的存储过程 Proc_kc，它不包含任何参数，只包含一条简单 Select 查询语句。该存储过程用于查询所有课程的信息。

任务分析：构建存储过程 Proc-kc，不包含任何输入、输出参数，只涉及到多表查询。

实现任务 11-1 的 T-SQL 语句及执行结果如图 11-1 所示。

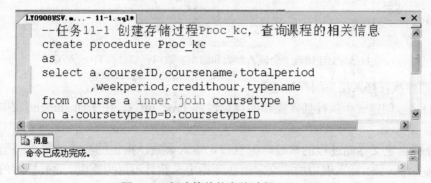

```
--任务11-1 创建存储过程Proc_kc,查询课程的相关信息
create procedure Proc_kc
as
select a.courseID,coursename,totalperiod
        ,weekperiod,credithour,typename
from course a inner join coursetype b
on a.coursetypeID=b.coursetypeID
```

命令已成功完成。

图 11-1　创建简单的存储过程 Proc_kc

（2）创建一个带有输入参数的存储过程。

任务 11-2　创建一个带有输入参数的存储过程 Proc_S_G_C，查询指定课程的学生成绩信

息，默认情况下返回"105101"号课程的成绩。

任务分析：存储过程可以带输入参数，可以声明一个或多个参数。用户在执行存储过程时提供每个所声明参数的值（除非定义了该参数的默认值），存储过程最多可以有 2100 个参数。存储过程的输入参数接受调用存储过程时传递的实参，构建存储过程时，在定义输入参数时需指定参数的数据类型，调用时传递的实参应与定义的输入参数类型一致。

实现任务 11-2 的 T-SQL 语句及执行结果如图 11-2 所示。

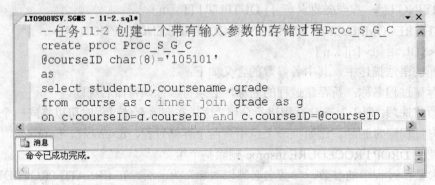

```sql
--任务11-2 创建一个带有输入参数的存储过程Proc_S_G_C
create proc Proc_S_G_C
@courseID char(8)='105101'
as
select studentID,coursename,grade
from course as c inner join grade as g
on c.courseID=g.courseID and c.courseID=@courseID
```
消息
命令已成功完成。

图 11-2　创建带有一个输入参数的存储过程 Proc_S_G_C

（3）创建一个带输入参数和输出参数的存储过程。

任务 11-3　创建一个带有输入参数和输出参数的存储过程 Proc_AVG，用于返回学生所学课程的平均分。

任务分析：定义存储过程的参数时需要定义输入、输出参数及数据类型，输出参数要使用 OUTPUT 语句，此外 Select 语句中包含聚集函数 AVG( )。

实现任务 11-3 的 T-SQL 语句及返回结果如图 11-3 所示。

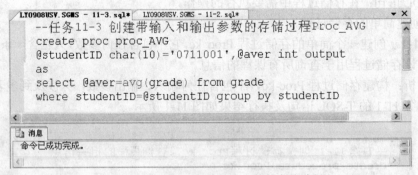

```sql
--任务11-3 创建带输入和输出参数的存储过程Proc_AVG
create proc proc_AVG
@studentID char(10)='0711001',@aver int output
as
select @aver=avg(grade) from grade
where studentID=@studentID group by studentID
```
消息
命令已成功完成。

图 11-3　创建带有一个输入参数和输出参数的存储过程 Proc_AVG

（4）创建执行插入操作的存储过程。

任务 11-4　创建一个执行插入操作的存储过程 Proc_ins_s，用于向 student 表中插入一条记录。

任务分析：定义存储过程的参数时需要指定输入参数，指定的参数的数据类型与拟插入表中的数据类型一致，插入表中的非空字段必须指定参数且不可为空值。此外插入的数值不可以违反任何约束。为了增强健壮性，给非空字段的输入参数设定默认值。classID 字段由于与class 表是主从表的关系，应该遵循参照完整性规则。

实现任务 11-4 的 T-SQL 语句及执行结果如图 11-4 所示。

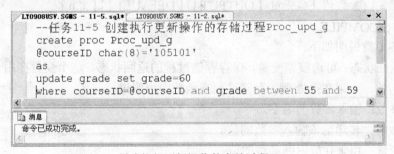

图 11-4　创建执行插入操作的存储过程 Proc_ins_s

（5）创建执行更新操作的存储过程。

任务 11-5　创建一个带有输入参数的基于更新的存储过程 Proc_upd_g，用于在 grade 表中为指定课程的成绩（介于 55～59 分）之间的学生成绩都修改为 60 分。

任务分析：定义存储过程的参数时需要指定输入参数课程号，默认值为 105101，指定的参数的数据类型与拟插入表中的数据类型一致，修改后的数值不应违反基表的约束。

实现任务 11-5 的 T-SQL 语句及返回结果如图 11-5 所示。

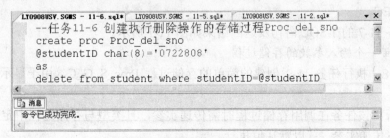

图 11-5　创建执行更新操作的存储过程 Proc_upd_g

（6）创建执行删除操作的存储过程。

任务 11-6　创建一个带有输入参数的存储过程 Proc_del_sno，用于删除 student 表中指定学号的学生信息。

任务分析：该任务适用于当某学生毕业或被开除后，学生表中该学生的相关信息将被删除，可以联系后续的触发器加以理解。

实现任务 11-6 的 T-SQL 语句及返回结果如图 11-6 所示。

```
LY0908USV.SGMS - 11-6.sql*   LY0908USV.SGMS - 11-5.sql*   LY0908USV.SGMS - 11-2.sql*   ▼ ×
  --任务11-6 创建执行删除操作的存储过程Proc_del_sno
  create proc Proc_del_sno
  @studentID char(8)='0722808'
  as
  delete from student where studentID=@studentID
消息
命令已成功完成。
```

图 11-6　创建执行删除操作的存储过程 Proc_del_sno

2. 创建存储过程的注意事项

使用存储过程时，需要注意以下几点：

（1）存储过程可以参考表、视图或其他存储过程；

（2）如果在存储过程中创建了临时表，那么临时表只在该存储过程执行时有效，当存储过程执行完毕时，临时表也消失；

（3）在一个批命令中，CREATE PROCEDURE 语句不可以与其他的 T-SQL 语句混合使用，需要在它们之间加入 GO 命令；

（4）存储过程可以嵌套使用，但最多不能超过 32 层，当前嵌套层的数据值存储在全局变量@NESTLEVEL 中，如果一个存储过程调用另一个存储过程，那么内层的存储过程可以使用另一个存储过程所创建的全部对象，包括临时表。

（5）限定存储过程所引用的对象名称，并且名称应避免使用 sp_ 前缀，便于与系统的存储过程相区别；

（6）尽量少用可选参数，以免执行额外的工作，降低系统性能。

11.1.3　执行存储过程

存储过程创建完成后，可以使用 EXECUTE 语句来执行存储过程。执行存储过程的语法格式如下：

[｛ EXEC | EXECUTE｝] ｛ [@返回状态 =]｛存储过程名｝｝

[[@参数=] ｛参数值 |@变量 [OUTPUT] | [DEFAULT]] [,...n]

[WITH RECOMPILE]

其中，各参数说明如下：

- @返回状态：可选整型变量，保存存储过程的返回状态，这个变量在用于 EXECUTE 语句前，必须在批处理、存储过程或函数中声明过。
- @参数：输入参数的名字。
- 参数值：传递给该输入参数的值。
- @变量：用来存放返回参数的值。
- OUTPUT：指明这是一个输出传递参数，与相应的存储过程中的输出参数相匹配；
- DEFAULT：根据过程的定义，提供参数的默认值。
- WITH RECOMPILE：执行存储过程时强制进行编译。

【说明】若 EXECUTE 语句是批处理的第一条语句时，可以省略 EXECUTE。

1. 执行简单的存储过程

任务 11-7　执行任务 11-1 创建的简单的存储过程 Proc_kc，用于显示所有课程的信息。

任务分析：该任务只需直接调用存储过程 Proc_kc 就可以了，如果是批处理的第一条语句，可以省略 EXEC。

实现任务 11-7 的 T-SQL 语句及返回结果如图 11-7 所示。

2. 执行带一个输入参数的存储过程

任务 11-8　执行任务 11-2 创建的简单的存储过程 Proc_S_G_C，用于显示某个特定课程的成绩信息。

任务分析：该任务在调用存储过程时需传递实参，且类型与存储过程中定义的输入参数一致，如果不传递实参，就以默认值执行。

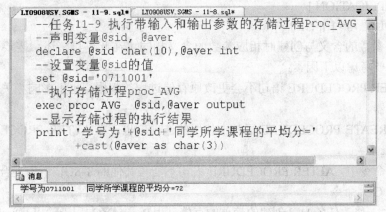

```
LY0908USV.SGMS - 11-7.sql*    LY0908USV.SGMS - 11-6.sql*
--任务11-7 执行存储过程Proc_kc,显示课程相关信息
exec proc_kc
```

结果　消息

	courseID	coursename	totalperiod	weekperiod	credithour	typename
1	100000	邓小平理论	60	4	2	校级必修课
2	100001	大学英语	200	4	2	专业课
3	102001	英语翻译	60	4	3	专业课
4	102002	英语精读	60	4	3	专业课
5	105101	程序设计...	64	4	3	专业基础课

图 11-7　执行简单的存储过程 Proc_kc

实现任务 11-8 的 T-SQL 语句及执行结果如图 11-8 所示。

```
LY0908USV.SGMS - 11-8.sql*    LY0908USV.SGMS - 11-7.sql*
/*任务11-8 执行带一个输入参数的存储过程Proc_S_G_C
用于显示某个特定课程的成绩信息Proc_S_G_C */
exec Proc_S_G_C  @courseID='100000'
```

结果　消息

	studentID	coursename	grade
1	0711001	邓小平理论	82
2	0711069	邓小平理论	90
3	0714001	邓小平理论	90
4	0714005	邓小平理论	90

图 11-8　执行带一个输入参数的存储过程 Proc_S_G_C

3. 执行带一个输入参数和输出参数的存储过程

任务 11-9　执行任务 11-3 创建的简单的存储过程 Proc_AVG，用于输出某个同学的考试成绩平均分。

任务分析：该任务在调用存储过程时需传递实参并接收存储过程输出参数返回的值，且类型与存储过程中定义的输入参数、输出参数一致，如果不传递实参，就以默认值执行，输出参数的值将保存在变量@aver 中，为了更好的显示结果，可以利用 cast 函数和 convert 函数将@aver 变量转换成字符型。

实现任务 11-9 的 T-SQL 语句及执行结果如图 11-9 所示。

```
LY0908USV.SGMS - 11-9.sql*    LY0908USV.SGMS - 11-8.sql*
--任务11-9 执行带输入和输出参数的存储过程Proc_AVG
--声明变量@sid, @aver
declare @sid char(10),@aver int
--设置变量@sid的值
set @sid='0711001'
--执行存储过程proc_AVG
exec proc_AVG  @sid,@aver output
--显示存储过程的执行结果
print '学号为'+@sid+'同学所学课程的平均分='
       +cast(@aver as char(3))
```

消息

学号为0711001　同学所学课程的平均分=72

图 11-9　执行带一个输入参数和输出参数的存储过程 Proc_AVG

4. 执行带多个输入参数的存储过程

任务 11-10 执行任务 11-4 创建的具有插入操作功能的存储过程 Proc_ins_s，用于向 student 表中插入记录。

任务分析：在调用该存储过程时需传递多个实参，要求实参类型与数据库表中字段变量的类型一致，插入操作不能违反任何字段级的约束和参照完整性约束。如果当任务中所有参数都提供值时，可以采用按顺序赋值的方式，省去"@参数名="部分。实现任务 11-10 的 T-SQL 语句及执行结果如图 11-10 所示。

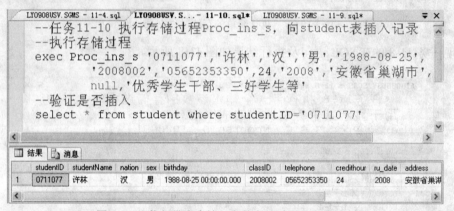

图 11-10　执行带多个输入参数存储过程 Proc_ins_s

11.1.4　修改与删除存储过程

可以像修改和删除数据表一样，对存储过程进行修改和删除操作。创建好的存储过程可以根据用户的要求或者基表、视图等定义的改变而改变。

1. 修改存储过程

SQL Server 2005 中可以使用 ALTER PROCEDURE 语句以命令方式实现。其语法形式如下：

ALTER { PROC | PROCEDURE } *存储过程名称* [;*数值*]

[{ @参数　数据类型　}

[VARYING] [= 参数的默认值] [OUTPUT]] [,...n]

[WITH {RECOMPILE|ENCRYPTION|RECOMPILE,ENCRYPTION}]

[FOR REPLICATION]

AS { <SQL 语句> [;][...n]

其中，各参数的含义与创建时相应参数的含义相同，在此不再赘述。需要强调的是在修改存储过程时要考虑以下因素：

● ALTER PROCEDURE 语句不会更改原存储过程的权限，也不影响相关的存储过程或触发器。

● 在 CREATE PROCEDURE 语句中使用的选项，也应在 ALTER PROCEDURE 语句中使用。

在一个批命令中，ALTER PROCEDURE 语句不能与其他的 T-SQL 语句混合使用，需要在它们之间加入 GO 命令。

任务 11-11 修改任务 11-3 创建的简单的存储过程 Proc_AVG，用于输出某门课程的平均分。

任务分析：该任务需要改变输入参数，输入参数将会变成课程号（@courseID），且类型与 Grade 表中 courseID 字段的数据类型一致。

实现任务 11-11 的 T-SQL 语句及执行结果如图 11-11 所示。

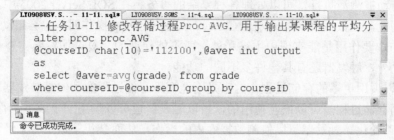

图 11-11　修改存储过程

2. 删除存储过程

删除存储过程可以使用 DROP 命令，DROP 命令可以将一个或多个存储过程从当前数据库中删除，其语法格式如下：

DROP PROCEDURE 　{存储过程名} [,…n]

下面以实例讲解如何删除存储过程。

任务 11-12　删除任务 11-1 创建的简单的存储过程 Proc_kc。

任务分析：该任务非常简单，只需要执行 DROP PROCEDURE 语句即可，如果删除多个存储过程，只需在存储过程名处用逗号分隔。

实现任务 11-12 的 T-SQL 语句及执行结果如图 11-12 所示。

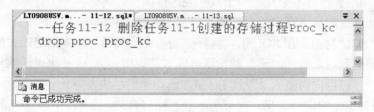

图 11-12　删除存储过程

11.2　触发器

11.2.1　触发器概述

触发器实际上就是一种特殊类型的存储过程，它是在执行某些特定的 T-SQL 语句时自动执行的一种存储过程。例如，当对一个表执行诸如 UPDATE、INSERT、DELETE 这些操作时，SQL Server 就会自动执行触发器所定义的 T-SQL 语句，从而确保对数据的处理必须符合由这些 T-SQL 语句所定义的规则。在 SQL Server 2005 中，根据 SQL 语句的不同，把触发器分为两类：一类是 DML 触发器，一类是 DDL 触发器。

1. 触发器的作用

在 SQL Server 2005 里，可以用两种方法来保证数据的有效性和完整性：约束（check）和触发器（Trigger），约束是直接设置于数据表内，只能实现一些比较简单的功能操作，例如：

实现字段有效性和唯一性的检查、自动填入默认值、确保字段数据不重复（即主键）、确保数据表对应的完整性（即外键）等功能。触发器则可以实现较为复杂的完整性和有效性控制。

触发器是针对数据表或数据库的特殊存储过程，当这个表发生了 Insert、Update 或 Delete 操作时，会自动被激活执行，可以处理各种复杂的事务。在 SQL Server 2005 中，触发器有了更进一步的功能，在数据表（库）发生 Create、Alter 和 Drop 操作时，也会自动激活执行。

触发器的主要作用是能实现由主键和外键所不能保证的、复杂的参照完整性和数据的一致性，除此之外，触发器还有其他许多不同的功能。

（1）可以调用更多的存储过程。约束是不能调用存储过程的，但是触发器本身就是一种存储过程，而存储过程是可以嵌套使用的，所以触发器也可以调用一个或多个存储过程。

（2）跟踪变化。触发器可以侦测数据库内的操作，从而禁止了数据库未经许可的更新和变化，使数据库的修改、更新操作更安全，数据库运行更稳定。

（3）可以强化数据条件约束。触发器能够实现比 CHECK 语句更为复杂的约束，更适合在大型数据库管理系统中用来约束数据的完整性。

（4）级联和并行运行。触发器可以侦测数据库内的操作，并自动地级联影响整个数据库的各项内容。例如，某个表的触发器中包含有对另外一个表的数据操作，如删除、更新、插入，而该操作又导致该表上的触发器被触发。

（5）检查 SQL 是否允许执行。触发器可以检查 SQL 所做的操作是否被允许。例如：在产品库存表里，如果要删除一条产品记录，在删除记录时，触发器可以检查该产品库存数量是否为零，如果不为零则取消该删除操作。

（6）修改其他数据表里的数据。当一个 SQL 语句对数据表进行操作的时候，触发器可以根据该 SQL 语句的操作情况来对另一个数据表进行操作。例如：一个订单取消的时候，那么触发器可以自动修改产品库存表，在订购量的字段上减去被取消订单的订购数量。

（7）发送 SQL Mail。在 SQL 语句执行完之后，触发器可以判断更改过的记录是否达到一定条件，如果达到这个条件的话，触发器可以自动调用 SQL Mail 来发送邮件。例如：当一个订单交费之后，可以向物流人员发送 Email，通知他们尽快发货。

（8）返回自定义的错误信息。约束是不能返回信息的，而触发器可以。例如插入一条重复记录时，可以返回一个具体的友好的错误信息给前台应用程序。

（9）更改原本要操作的 SQL 语句。触发器可以修改原本要操作的 SQL 语句，例如原本的 SQL 语句是要删除数据表里的记录，但该数据表里的记录是重要记录，不允许删除的，那么触发器可以不执行该语句。

（10）防止数据表结构更改或数据表被删除。为了保护已经建好的数据表，触发器可以在接收到 Drop 和 Alter 开头的 SQL 语句里，不进行对数据表的操作。

由此可见，触发器可以实现高级形式的业务规则、复杂的行为限制和定制记录等功能。

2．触发器的类型

按照触发事件的不同，可以把 SQL Server 2005 系统提供的触发器分成两大类型，即 DML 触发器和 DDL 触发器。

（1）DML 触发器：DML 触发器是当数据库服务器中发生数据操作语言（Data Manipulation Language）事件时执行的存储过程。能触发触发器的 DML 事件包括在指定表或视图中修改数据的 INSERT、UPDATE 或 DELETE 语句。DML 触发器可以查询其他表，还可以包含复杂的 T-SQL 语句。系统将触发器和触发它的语句作为可在触发器内回滚的单个事务对待，如果检测到错误（如磁盘空间不足），则整个事务自动回滚。DML 触发器又分为两类：After 触发器和 Instead of 触发器。

在 SQL Server 2005 系统中，按照触发器事件类型的不同，可将 DML 触发器分成 3 种类型：INSERT 类型、UPDATE 类型和 DELETE 类型。当向一个表中插入数据时，如果该表有 INSERT 类型的 DML 触发器，当对该触发器表中的数据执行插入操作时，该 INSERT 类型的 DML 触发器就触发执行；如果该表有 UPDATE 类型的 DML 触发器，则当对该触发器表中的数据执行更新操作时，该触发器就触发执行；如果该表有 DELETE 类型的 DML 触发器，当对该触发器表中的数据执行删除操作时，该 DELETE 类型的 DML 触发器就触发执行。也可以将这三种触发器组合起来使用。

按照触发器和触发事件的操作时间划分，可以把 DML 触发器分为 After 触发器和 Instead of 触发器。After 触发器是在记录已经改变完之后，才会被激活执行，它主要是用于记录变更后的处理或检查，一旦发现错误，也可以用 Rollback Transaction 语句来回滚本次的操作。After 触发器只能在表上定义。Instead of 触发器一般是用来取代原本的操作，在记录变更之前发生的，它并不去执行原来 SQL 语句里的操作（Insert、Update、Delete），而去执行触发器本身所定义的操作。Instead of 触发器既可以建在表上，也可以建在视图上。通过在视图上建立触发器，可以大大增强通过视图修改表中数据的功能。

（2）DDL 触发器：DDL 触发器是 SQL Server 2005 的新增功能。DDL 触发器是在响应数据定义语言（Data Definition Language）事件时执行的存储过程。DDL 触发器一般用于执行数据库中管理任务。如审核和规范数据库操作、防止数据库表结构被修改等。DDL 触发器与 DML 触发器的相同之处在于都需要触发事件进行触发，但是，它与 DML 触发器不同的是，它不会为响应针对表或视图的 UPDATE、INSERT 或 DELETE 语句而触发，相反，它会为响应多种数据定义语言（DDL）语句而触发，如 CREATE、ALTER 和 DROP 语句。

3. DML 触发器的工作原理

在 SQL Server 2005 里，为每个 DML 触发器都定义了两个特殊的表，一个是插入表 inserted，一个是删除表 deleted。这两个表是建在数据库服务器的内存中的，是由系统管理的逻辑表（虚拟表），而不是真正存储在数据库中的物理表。对于这两个表，用户只有读取的权限，没有修改的权限。这两个表的结构与触发器所在数据表的结构是完全一致的，当触发器的工作完成之后，这两个表也将会从内存中删除。

插入表 inserted 里存放的是更新前的记录：对于 INSERT 操作来说，inserted 表里存放的是要插入的数据；对于 UPDATE 操作来说，inserted 表里存放的是要更新的记录。

删除表 deleted 里存放的是更新后的记录：对于 UPDATE 操作来说，deleted 表里存放的是更新前的记录（更新完后即被删除）；对于 DELETE 操作来说，deleted 表里存入的是被删除的旧记录。

（1）After 触发器的工作原理。After 触发器是在记录变更完之后才被激活执行的。以删除记录为例，当 SQL Server 接收到一个要执行删除操作的 SQL 语句时，SQL Server 先将要删除的记录存放在删除表里，然后把数据表里的记录删除，再激活 After 触发器，执行 After 触发器里的 SQL 语句。执行完毕之后，删除内存中的删除表，退出整个操作。

一个表中可以有多个给定类型的 Instead of 触发器，只要它们的名称不相同即可。但是，每个触发器只能应用于一个表，尽管一个触发器可以应用于三个用户操作（UPDATE、INSERT、DELETE）的任何子集。

（2）Instead of 触发器的工作原理。Instead of 触发器与 After 触发器不同。After 触发器是在 Insert、Update 和 Delete 操作完成后才激活的，而 Instead of 触发器，是在这些操作进行之前就激活了，并且不再去执行原来的 SQL 操作，而去运行触发器本身的 SQL 语句。

一个表（视图）只能具有一个给定类型的 Instead of 触发器。

4. 设计 DML 触发器的注意事项及技巧

在了解触发器的种类和工作原理之后，现在可以开始动手来设计触发器了，不过在动手之前，还有以下一些注意事项必须先了解一下：

（1）设计触发器的限制。

在 DML 触发器中不允许使用下列 T-SQL 语句：ALTER DATABASE、CREATE DATABASE、DROP DATABASE、RECONFIGURE、LOAD LOG、LOAD DATABASE、RESTORE LOG、RESTORE DATABASE。

（2）After 触发器只能用于数据表中，Instead of 触发器可以用于数据表和视图上，但两种触发器都不可以建立在临时表上。

（3）一个数据表可以有多个触发器，但是一个触发器只能对应一个表。

（4）在同一个数据表中，对每个操作（如 Insert、Update、Delete）而言可以建立多个 After 触发器，但 Instead of 触发器针对每个操作只能建立一个。

（5）如果针对某个操作即设置了 After 触发器又设置了 Instead of 触发器，那么 Instead of 触发器一定会激活，而 After 触发器就不一定会激活了。

（6）Truncate Table 语句虽然类似于 Delete 语句可以删除记录，但是它不能激活 Delete 类型的触发器。因为 Truncate Table 语句是不记入日志的。

11.2.2　创建触发器

因为触发器是一种特殊类型的存储过程，因此它和存储过程的创建方式有很多相似之处。下面来详细陈述各种类型触发器的创建。

1. 创建 DML 触发器

创建 DML 触发器的语法格式如下：

```
CREATE TRIGGER 触发器名  ON { 表名 | 视图名 }
  [ WITH ENCRYPTION ]
  { { {FOR|AFTER|INSTEAD OF } { [DELETE] [,][INSERT] [,] [UPDATE] }
   AS
  [ { IF UPDATE (列名)  [ { AND | or } UPDATE  (列名 )]  [ ...n ]
  | IF ( COLUMNS_UPDATED ( ) {AND|OR }
updated_bitmask )  {>|=} column_bitmask [ ...n ] } ]
  SQL 语句  [ ...n ]    } }
```

在上面的语法描述中，其中各参数的含义如下：

- 表名 | 视图名：是在其上执行触发器的表或视图，有时称为触发器表或触发器视图。
- WITH ENCRYPTION：用于加密 CREATE TRIGGER 语句的文本。
- AFTER：用于指定触发器只有在触发 SQL 语句中指定的所有操作都已成功执行后才激发。所有的引用级联操作和约束检查也必须成功完成后，才能执行此触发器。如果仅指定 FOR 关键字，则 AFTER 是默认设置。

- INSTEAD OF：用于指定执行触发器而不是执行触发 SQL 语句，从而替代触发语句的操作。
- { [DELETE] [,][INSERT] [,] [UPDATE] }：用于指定在表或视图上执行哪些数据修改语句时将激活触发器的关键字。
- IF UPDATE(列名)：检测指定的列是否被插入或更新，但不与删除操作使用在一起。
- IF (COLUMNS_UPDATED())：用于测试是否插入或更新了所涉及的列，仅用于删除或更新。
- updated_bitmask：整型位掩码，表示实际更新或插入的列。
- column_bitmask：要检查的列的整型位掩码。
- SQL 语句：是触发器的条件和操作。触发器条件指定其他准则，以确定 Delete、Insert 或 Update 语句是否导致执行触发器操作。

在创建触发器时，需要注意以下问题：

- CREATE TRIGGER 必须是批处理中的第一条语句，并且只能应用于一个表。
- 触发器只能在当前的数据库中创建，但是可以引用当前数据库的外部对象。
- 创建触发器的权限默认分配给表的所有者，且不能将该权限转给其他用户。
- 虽然不能在临时表或系统表上创建触发器，但是触发器可以引用临时表。
- 如果一个表的外键包含对定义的 DELETE 或 UPDATE 操作的级联，则不能定义 INSTEAD OF 和 INSTEAD OF UPDATE 触发器。
- 在触发器内可以指定任意的 SET 语句。选择的 SET 选项在触发器执行期间保持有效，然后恢复为原来的设置。

任务 11-13　为 Course 表创建一个 INSERT 触发器，当有新的课程（如网络数据库）插入时，需要及时更新 coursetype 表中该类型（专业课）课程的数量（加 1）。

任务分析：该任务非常简单，只需要在 course 表上建立 INSERT 触发器，当用户向 course 表中插入新的课程信息时，与之相关联的 coursetype 表中该课程类型的数量将会发生变化，因此需要通过触发器修改该字段的值，需要保证该课程类型已存在，且要用到临时表 INSERTED。

实现任务 11-13 的 T-SQL 语句及执行结果如图 11-13 所示。通过图 11-14 可见，当向课程表中新添加一门课程后，该课程分类现有课程的数量已从 7 改成 8 了。

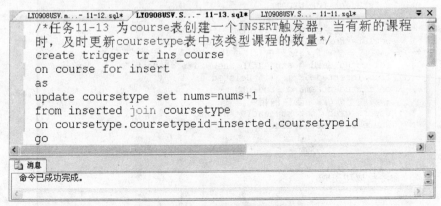

图 11-13　创建 INSERT 触发器

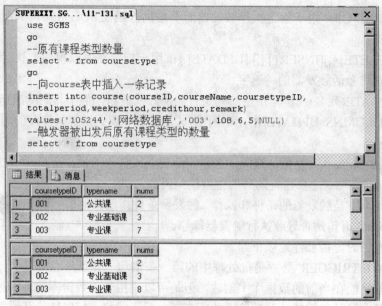

图 11-14   INSERT 触发器触发后

> 💡 **注意**　练习本任务需为 coursetype 表添加 nums 字段，字段类型为 tinyint 型，默认值为 0，并且依据 course 表为 nums 字段输入数值。

任务 11-14　为 student 表创建一个 UPDATE 触发器，当更新了某位学生的学号时，就激活触发器级联更新 grade 表中相关成绩记录中的学号信息。

任务分析：该任务需要在 student 表上建立 UPDATE 触发器，当 student 表中的学号为 0711001 的"张然"同学的学号被改为 0711080 时，触发器被触发，自动执行将与之相关联表（grade 表）中的相应字段值更改，使之保持一致性。该任务需要用到虚拟表 INSERTED 和 DELETED。

实现任务 11-14 的 T-SQL 语句及执行结果如图 11-15 和图 11-16 所示。

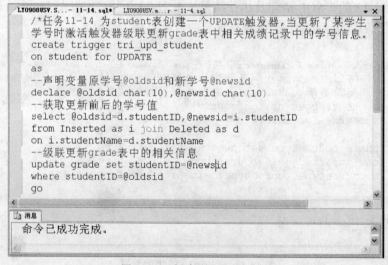

图 11-15　创建 Update 触发器

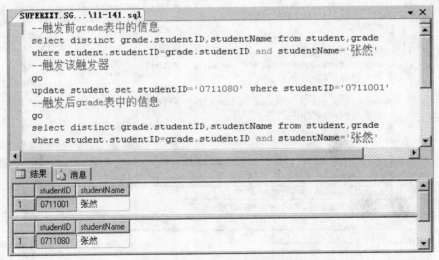

图 11-16　Update 触发器触发后

任务 11-15　为 student 表创建一个 Delete 触发器,当删除某位学生的信息时,就激活触发器级联删除 grade 表中的相关信息。

任务分析:该任务需要在 student 表上建立 DELETE 触发器,当 student 表中的学号为 0711069 的该条记录时,触发器被触发,自动执行将与之相关联表(grade 表)中的相应记录删除,使之保持一致性。该任务需要用到临时表 DELETED。

实现任务 11-15 的 T-SQL 语句及执行结果如图 11-17 和图 11-18 所示。

```
/*任务11-15 为student表创建一个Delete触发器,当删除
学生表记录时,就激活触发器级联删除grade表中相关记录。*/
create trigger tri_del_student
on student for DELETE
as
--声明变量学号@sid
declare @sid char(10)
--获取删除学生的学号值
select @sid=studentID from Deleted
--级联删除grade表中的相关信息
delete from  grade where studentID=@sid
go
```

消息
命令已成功完成。

图 11-17　创建 Delete 触发器

通过图 11-18 可以看出当删除 student 表中学号为 0711069 的学生记录后,触发器 tri_del_student 被触发,grade 表中相关记录也被删除,保证了数据的一致性。

任务 11-16　为 grade 表创建一个 Update 触发器用来检测成绩列是否被更新。

任务分析:该任务需要用到 Update 函数或 COLUMNS_UPDATED 函数来检测 grade 表中的成绩列是否被更新,当有更新发生时分别列出所作的更新,即显示学号、课程号、原成绩和新成绩信息。需要用到临时表 DELETED 和 INSERTED。

实现任务 11-16 的 T-SQL 语句及执行结果如图 11-19 所示。

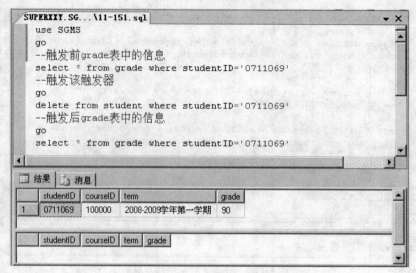

图 11-18　Delete 触发器触发后

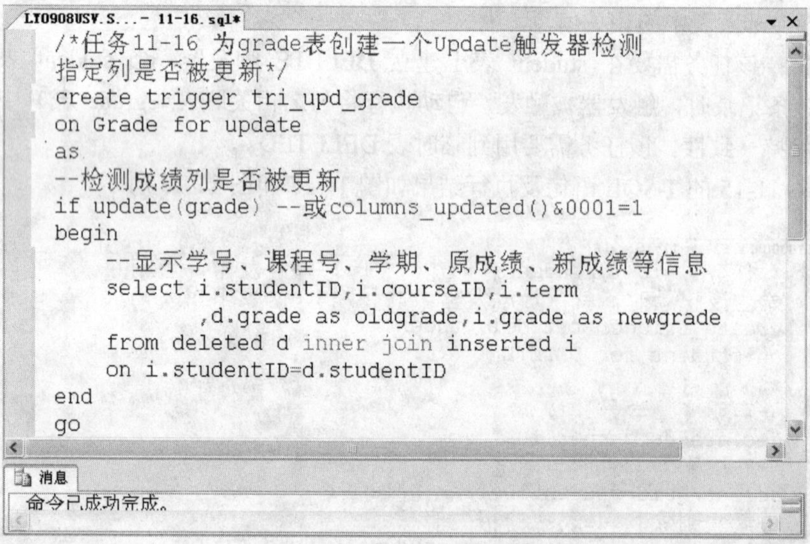

```
/*任务11-16 为grade表创建一个Update触发器检测
指定列是否被更新*/
create trigger tri_upd_grade
on Grade for update
as
--检测成绩列是否被更新
if update(grade) --或columns_updated()&0001=1
begin
    --显示学号、课程号、学期、原成绩、新成绩等信息
    select i.studentID,i.courseID,i.term
            ,d.grade as oldgrade,i.grade as newgrade
    from deleted d inner join inserted i
    on i.studentID=d.studentID
end
go
```

消息
命令已成功完成。

图 11-19　创建 Update 触发器

2. 创建 Instead of 触发器

Instead of 触发器也归属 DML 触发器，本书中将 Instead of 触发器单独列出来讲解以凸显与 After 触发器的差异。Instead of 触发器在 SQL Server 服务器接收到执行 SQL 语句请求后，先建立临时的 Inserted 表和 Deleted 表，然后就触发了 Instead of 触发器，至于触发该触发器的 SQL 语句是插入数据、更新数据还是删除数据，就一概不管了，把执行权全权交给了 Instead of 触发器，由它去完成之后的操作。

Instead of 触发器可以同时在数据表和视图中使用，通常在以下几种情况下，建议使用 Instead of 触发器：

（1）数据库里的数据禁止修改。例如电信部门的通话记录是不能修改的，一旦修改，则通话费用的计数将不正确。在这个时候，就可以用 Instead of 触发器来跳过 Update 修改记录的 SQL 语句。

（2）有可能要回滚修改的 SQL 语句。此情景下不宜用 After 触发器，而应用 Instead of 触发器，在更新条件不满足时，就中止了更新操作，避免在修改数据之后再做回滚操作，减少服务器负担。

（3）在视图中使用触发器。因为 After 触发器不能在视图中使用，如果想在视图中使用触发器，就只能用 Instead of 触发器。

（4）用自己的方式去修改数据。如不满意 SQL 直接的修改数据的方式，可用 Instead of 触发器来控制数据的修改方式和流程。

创建 Instead of 触发器与 After 触发器的语法几乎一致，只是简单地把 After 改为 Instead of。

任务 11-17 创建视图查询专业及班级的详细信息，同时创建触发器用来向该视图中插入数据。

任务分析：该任务首先需要创建视图，返回班级及其所属专业的信息。该视图的创建语句如图 11-20 所示。该视图是包含一个连接语句，连接了专业表和班级表，因此是不可以直接更新的。为了解决此问题，可以使用 Instead of 触发器。当视图上发生 Insert 操作时，首先判断该数据在基表中是否存在，如果不存在，则分别将数据写入两个基表中，如果已存在，则不写入。实现此操作的触发器如图 11-21 所示。对该触发器的调试如图 11-22 所示。

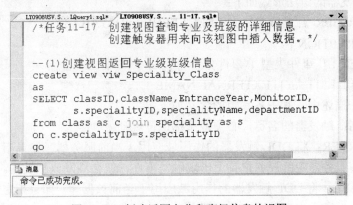

```
/*任务11-17    创建视图查询专业及班级的详细信息
              创建触发器用来向该视图中插入数据。*/

--(1)创建视图返回专业级班级信息
create view viw_Speciality_Class
as
SELECT classID,className,EntranceYear,MonitorID,
       s.specialityID,specialityName,departmentID
from class as c join speciality as s
on c.specialityID=s.specialityID
go
```

命令已成功完成。

图 11-20　创建返回专业和班级信息的视图

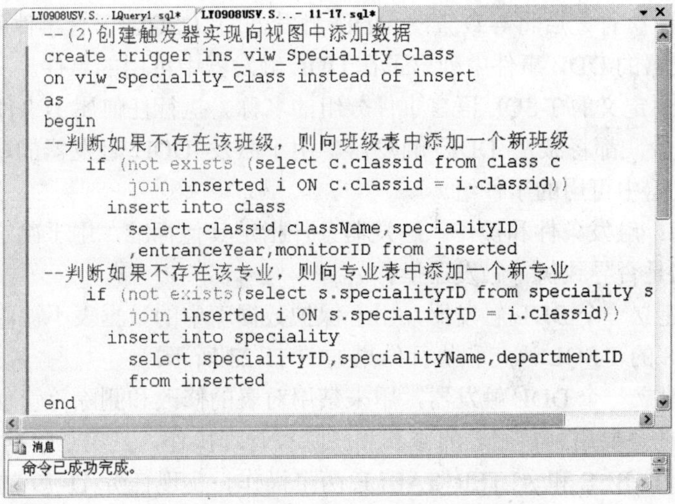

```
--(2)创建触发器实现向视图中添加数据
create trigger ins_viw_Speciality_Class
on viw_Speciality_Class instead of insert
as
begin
--判断如果不存在该班级，则向班级表中添加一个新班级
    if (not exists (select c.classid from class c
        join inserted i ON c.classid = i.classid))
      insert into class
        select classid,className,specialityID
        ,entranceYear,monitorID from inserted
--判断如果不存在该专业，则向专业表中添加一个新专业
    if (not exists(select s.specialityID from speciality s
        join inserted i ON s.specialityID = i.classid))
      insert into speciality
        select specialityID,specialityName,departmentID
        from inserted
end
```

命令已成功完成。

图 11-21　创建触发器向视图中添加数据

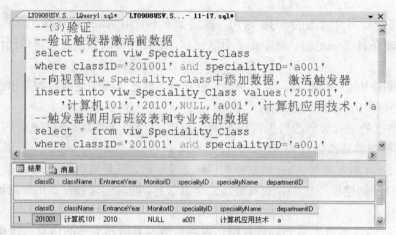

图 11-22　Instead of 触发器的验证

3. 创建 DDL 触发器

在此之前已经阐述了 DDL 触发器和 DML 触发器的区别，而设计 DDL 触发器与设计 DML 触发器却很类似，下面以实例讲解如何去设计一个 DDL 触发器。

创建 DDL 触发器的语法形式如下：

CREATE TRIGGER　触发器名　ON { ALL SERVER | DATABASE }

[WITH ENCRYPTION]

{ FOR | AFTER } { 事件类型 | 事件分组 } [,...n]

AS { SQL 语句 [;] [...n] | EXTERNAL NAME }

在上面的语法描述中，其中各参数的含义如下：

- 触发器名：触发器的名称，必须遵循标识符规则。
- ALL SERVER：将 DDL 触发器的作用域应用于当前服务器。如果指定了此参数，则只要当前服务器中的任何位置上出现触发事件，就会激发该触发器。
- DATABASE：将 DDL 触发器的作用域应用于当前数据库。如果指定了此参数，则只要当前数据库中出现触发事件，就会激发该触发器。
- WITH ENCRYPTION：对 CREATE TRIGGER 语句的文本进行加密。
- 事件类型：执行之后将导致激发 DDL 触发器的 T-SQL 语言事件的名称。用于激发 DDL 触发器的 DDL 事件中列出了在 DDL 触发器中可用的事件。
- 事件组：预定义的 T-SQL 语言事件分组的名称。执行任何属于事件分组的 T-SQL 语言事件之后，都将激发 DDL 触发器。用于激发 DDL 触发器的事件组中列出了在 DDL 触发器中可用的事件组。
- SQL 语句：触发条件和操作。触发器条件指定其他标准，用于确定尝试的 DML 或 DDL 语句是否导致执行触发器操作。

任务 11-18　建立一个 DDL 触发器，用于保护数据库中的数据表不被修改，不被删除。

实现任务 11-18 的 T-SQL 语句和执行结果如图 11-23 所示。

任务 11-19　建立一个 DDL 触发器，用来禁用对表的修改和删除等管理操作。

任务分析：该任务要用到禁用表的修改和删除等管理操作，是属于数据库层面的 DDL 语句，包含了 DROP_TABLE 和 ALTER_TABLE 两个操作。实现任务 11-19 的 T-SQL 语句和执行结果如图 11-24 所示。

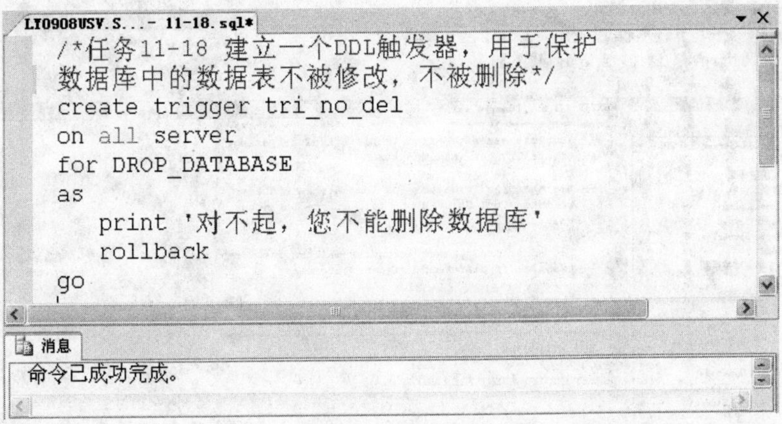

图 11-23　创建 DDL 触发器 tri_no_del

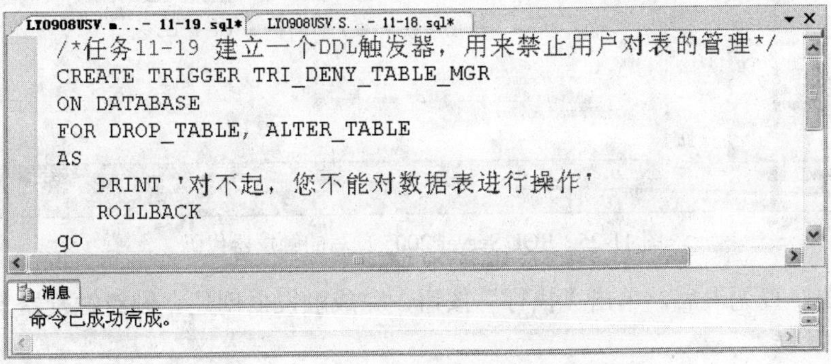

图 11-24　创建 DDL 触发器禁用对表的管理

4. 使用 SSMS 创建触发器

任务 11-20　本任务创建一个简单的 After Insert 触发器,这个触发器的作用是在向 student 表中插入一条记录的时候,发出"又添加了一位新同学"的友好提示。

实现任务 11-20 的步骤如下:

(1) 启动 SSMS,登录到指定的服务器上。

(2) 在"对象资源管理器"下选择"数据库",定位到"SGMS"数据库-"表"-"dbo.Student",并找到"触发器"项。

(3) 右击"触发器",在弹出的快捷菜单中选择"新建触发器"选项,此时会自动弹出"查询编辑器"对话框,在"查询编辑器"的编辑区里 SQL Server 已经预写入了一些建立触发器相关的 SQL 语句,如图 11-25 所示。

(4) 修改"查询编辑器"里的代码,将从 CREATE 开始到 GO 结束的代码改为满足需求的 T-SQL 语句即可。脚本如下:

```
CREATE TRIGGER tri_ins_s
ON Student AFTER INSERT
AS
BEGIN
    PRINT  '又添加了一位新同学'
END
GO
```

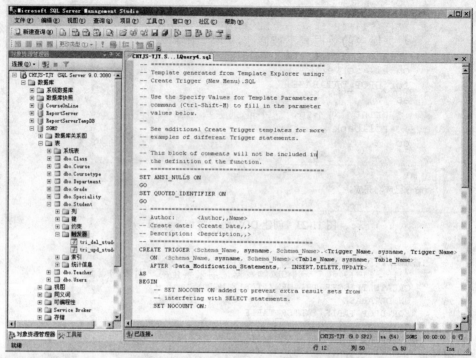

图 11-25　SQL Server 2005 预写的触发器代码

（5）语法检查无误后，单击"执行"按钮，完成触发器创建。刷新触发器节点，可以看到新创建的触发器。

11.2.3　修改、查看、删除触发器

触发器的修改、查看和删除操作可以使用 SSMS 或使用系统的存储过程以及 T-SQL 语句进行，在 SSMS 中的操作很简单，在此不再赘述。下面详细介绍其他的实现方法。

1. 修改触发器

任务 11-21　使用 SP_RENAME 系统的存储过程将任务 11-13 创建的触发器 tri_ins_course 的名称改为 tri_insert_c。

任务分析：该任务需调用系统的存储过程 SP_RENAME，掌握其语法格式即可。

实现任务 11-21 的 T-SQL 语句及执行结果如图 11-26 所示。

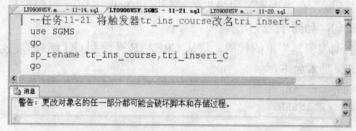

图 11-26　修改触发器的名称

任务 11-22　使用 ALTER TRIGGER 命令修改任务 11-16 创建的触发器 tri_upd_grade 的正文，将其修改为当有更新成绩信息的操作时，让它返回提示信息。

任务分析：本任务和建立触发器相似，只需将 create 改成 alter，其他的语法格式和参数的

含义是一致的。根据触发器所要实现的功能修改原正文内容。

实现任务 11-22 的 T-SQL 语句及执行结果如图 11-27 所示。

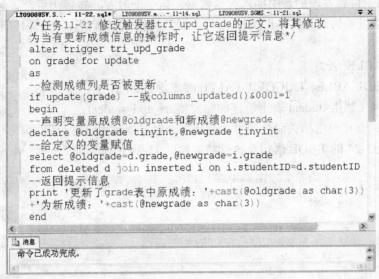

图 11-27 修改触发器的内容

2. 查看触发器

同样可以使用系统提供的存储过程 SP_HELP 等查看触发器的相关信息。

系统的存储过程 SP_HELP、SP_HELPTEXT、SP_DEPENDS 查看触发器的具体用途和语法格式如下：

SP_HELP：用于查看触发器的一般信息，如触发器的名称、属性、类型和创建时间。

SP_HELP '触发器名称'

SP_HELPTEXT：用于查看触发器的正文信息。

SP_HELPTEXT '触发器名称'

SP_DEPENDS：用于查看指定触发器所引用的表或者指定的表涉及到的所有触发器。

SP_DEPENDS '触发器名称'

3. 删除触发器

删除触发器用 DROP TRIGGER 语句，可以同时删除一个或多个触发器，语法如下：

DROP TRIGGER 触发器名[,...n] ON { DATABASE | ALL SERVER } [;]

任务 11-23 删除任务 11-15 创建的触发器 tri_del_student。

任务分析：直接使用 DROP TRIGGER 命令，如果删除多个触发器，用逗号分隔即可。

实现任务 11-23 的 T-SQL 语句及执行结果如图 11-28 所示。

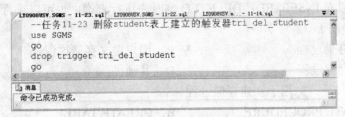

图 11-28 删除触发器

4. 禁止和启用触发器

在使用触发器时，用户可能会遇到需要禁止某个触发器起作用的场合，例如，用户需要向某个有 INSERT 触发器的表中插入大量数据。当一个触发器被禁止后，该触发器仍然存在于表上，只是触发器的动作将不再执行，直到该触发器被重新启用。禁止和启用触发器的具体语法如下：

ALTER TABLE *表名*

{ENABLE|DISABLE} TRIGGER {ALL| *触发器名*[,…n] }

任务 11-24　禁止 student 表上所建的触发器 tri_upd_student。

任务分析：直接使用相关命令即可，禁止多个触发器时用逗号分隔。

实现任务 11-24 的 T-SQL 语句及执行结果如图 11-29 所示。

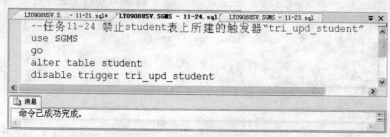

图 11-28　禁用触发器

如果要再次启用该触发器，只需将 disable 改成 enable 即可。

习题 11

一、选择题

1. 下面关于存储过程的描述中（　　　）是正确的。

　　A. 自定义存储过程与系统存储过程名称可以相同

　　B. 存储过程最多能够支持 64 层的嵌套

　　C. 命名存储过程中的标识符时，长度不能超过 256 个字符

　　D. 存储过程中参数的个数不能超过 2100

2. 下列对触发器的描述中错误的是（　　　）。

　　A. 触发器属于一种特殊的存储过程

　　B. 触发器与存储过程的区别在于触发器能够自动执行并且不含有参数

　　C. 触发器有助于在添加、更新或删除表中的记录时保留表之间已定义的关系

　　D. 既可以对 INSERTED、DELETED 临时表进行查询，也可以进行修改

3. SP_HELP 属于（　　　）。

　　A. 系统存储过程　　　　　　　　　　B. 用户定义存储过程

　　C. 扩展存储过程　　　　　　　　　　D. 其他

4. 下列语句（　　　）用于创建存储过程。

　　A. CREATE PROCEDURE　　　　　　B. CREATE TABLE

　　C. DROP PROCEDURE　　　　　　　D. 其他

5. 下列语句（   ）用于创建触发器。

    A．CREATE PROCEDURE   B．CREATE TRIGGER

    C．ALTER TRIGGER   D．DROP TRIGGER

二、填空题

1. _____是存储在文件中的一系列 SQL 语句，即一系列按顺序提交的批处理。

2. 在 SQL Server 2005 中，一共有三种基本类型的存储过程，分别为：_____、_____和_____。

3. 用户对数据进行添加、修改和删除时，自动执行的存储过程称为_____。

4. 一个存储过程的名称不能超过_____个字符。

5. 使用_____语句可以对存储过程进行重命名。

6. 触发器可以引用临时表_____和_____。

三、简答题

1. 使用存储过程的主要优点有哪些？

2. 存储过程分哪几类？各有何特点？

3. 什么是触发器？存储过程与触发器有什么联系与区别？

4. 触发器的主要用途是什么？

5. 简述触发器与约束的异同？

上机实验

一、实验目的和要求

1. 能正确理解存储过程的概念。

2. 会使用 SSMS 和 T-SQL 语句管理存储过程。

3. 会使用存储过程传递参数。

4. 能正确理解触发器的概念、功能和类型。

5. 会使用 SSMS 和 T-SQL 语句管理触发器。

6. 掌握触发器、存储过程的修改、删除方法。

二、实验内容

利用本书案例数据库 SGMS（学生成绩管理系统数据库）实现如下操作：

（1）创建一个存储过程 tri_stud_grade_info，查询班级、学号、姓名、性别、课程名称、成绩等信息。

（2）创建一个存储过程 proc_stud_info，根据输入的学号，查询某学生的基本信息。

（3）创建一个存储过程 proc_stud_age，根据输入的学生姓名，计算该学生的年龄。

（4）创建一个存储过程 proc_GetAvgGradeByCno，根据输入的课程号返回该课程的平均成绩。

（5）创建一个 Insert 触发器 tri_StudentInsert，当向 student 表插入一记录时，向客户端显示一条"您正在插入学生的数据"信息。

（6）创建一个 Update 触发器 tri_StudentUpdate，。当修改 student 表的记录时，向客户端显示一条"原姓名与新姓名"消息；并执行修改语句，验证触发器的运行。

（7）创建一个 Delete 触发器 tri_StudentDelete，当学生表的数据删除时，该数据被自动地增加到毕业生表（需要新建）中；并删除 student 表中的数据，并返回毕业生表中的数据，验证触发器的操作。

（8）创建一个 INSTEAD OF 触发器 tri_Grade_Insert，当向 grade 表插入数据时，先检索 student 表和 course 表中是否有该学号的同学以及该课程号的课程。如果没有，给出提示"学生表中没有该学号的同学!课程表中没有该课程号的课程"；有则插入该数据，并执行插入语句测试触发器的动作。

管理篇 | SQL Server 2005 配置管理

第 12 章　管理 SQL Server 2005 的安全性

第 13 章　数据库的日常维护与管理

第 12 章　管理 SQL Server 2005 的安全性

本章导读

前面介绍了表的创建方法和数据的管理操作。作为数据库管理员拥有足够的权限可以轻松完成以上任务。但对于其他用户如何访问 SQL Server 服务器，完成这些任务，并且还要保证其拥有适当的权限，防止用户未经授权访问，没有给出解决的方法。本章将通过介绍 SQL Server 2005 的安全机制来帮助读者解答这一系列的问题。数据库建立以后，对于一个数据库管理员来说数据库的安全性尤为重要。数据库的安全性是指保护数据库以防止不合法的使用所造成的数据泄露、更改或破坏。

本章将首先主要介绍 SQL Server 2005 的安全体系，介绍了四层安全机制。通过对 SGMS 数据库访问重点介绍了服务器级别安全、数据库级别安全和表和列级的安全的管理。同时，分析了两类角色权限管理机制。

本章要点

- 了解 SQL Server 2005 的安全体系
- 理解 SQL Server 2005 的登录验证模式
- 掌握管理两类 SQL Server 2005 登录账户的方法
- 掌握管理 SQL Server 2005 数据库用户的方法
- 了解基于角色的权限管理
- 掌握管理服务器角色的方法
- 掌握管理数据库角色的方法
- 掌握管理权限的方法

12.1　SQL Server 的安全体系

作为一个关系数据库系统，在数据库建立之后，数据的安全性就显得尤为重要。数据库的安全性是指保护数据库以防止不合法的使用所造成的数据泄露、更改或破坏。SQL Server 2005 提供了内置的安全性和数据保护机制，这种管理既有效又容易实现。SQL Server 2005 安全性体系由四层构成：操作系统的安全性、服务器的安全性、数据库的安全性以及表和列级的安全性，如图 12-1 所示。

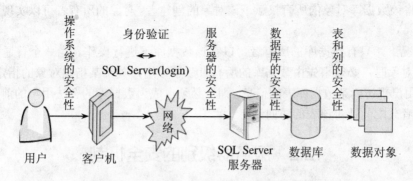

图 12-1　SQL Server 的安全性控制策略四层体系

12.1.1　操作系统级别安全性

在用户使用客户计算机通过网络实现对 SQL Server 服务器的访问时，用户首先要获得客户计算机操作系统的使用权。

一般来说，在能够实现网络互连的前提下，用户没有必要向 SQL Server 服务器的主机进行登录，除非 SQL Server 服务器就运行在本地计算机上。SQL Server 可以直接访问网络端口，所以可以实现对 Windows NT 或 Windows 2000 Server 安全体系以外的服务器及其数据库的访问。操作系统的安全性是操作系统管理员或网络管理员的任务。

12.1.2　服务器级别的安全性

SQL Server 服务器的安全性是建立在控制服务器登录账号和口令的基础上的。SQL Server 采用了标准的 SQL Server 登录和集成 Windows 登录两种方法。无论是哪种登录方式，用户在登录时提供的登录账号和口令决定了用户能否获得对 SQL Server 服务器的访问权，以及在获得访问权后用户可以利用的资源。设计和管理合理的登录方式是 SQL Server 数据库管理员（DBA）的重要任务，在 SQL Server 的安全体系中，DBA 是发挥主动性的第一道防线。

SQL Server 事先设计了许多固定的服务器角色，可供具有服务器管理员资格的用户分配和使用，拥有固定服务器角色的用户可以拥有服务器级的管理权限。

12.1.3　数据库级别的安全性

在用户通过 SQL Server 服务器的安全性检查以后，将直接面对不同的数据库入口。这是用户接受的第三次安全性检查。默认情况下，只有数据库的所有者才可以访问该数据库内的对象，数据库的所有者可以给其他用户分配访问权限，以便让其他用户也拥有针对该数据库的访问权。一个用户取得合法的登录账号，只表明该账号可以通过 Windows 认证或 SQL Server 认证、其在当前服务器上可以访问哪些数据库，以及对数据库内的数据及数据对象进行哪些操作，与该账号对应的数据库用户所有的权限有关。

SQL Server 提供了许多固定的数据库角色，可以用来在当前数据库内向用户分配部分权限。同时，还可以创建用户自定义的角色来实现特定权限的授予。

12.1.4　数据库对象级别的安全性

数据库对象的安全性是核查用户权限的最后一个安全等级。在创建数据库对象时，SQL

Server 自动将该数据库对象的所有权赋予该对象的创建者。对象的所有者可以实现对该对象的完全控制。

默认情况下，只有数据库的所有者可以在该数据库下进行操作。当一个普通用户想访问数据库内的对象时，必须事先由数据库的所有者赋予该用户关于某指定对象的指定操作权限。例如，一个用户想访问某数据库表的信息，则他必须在成为数据库的合法用户的前提下获得由数据库所有者分配的针对该表的访问许可。

12.2 服务器级别的安全机制

SQL Server 服务器的安全性是建立在控制服务器登录账号和口令的基础上的。SQL Server 采用了标准的 SQL Server 登录和集成 Windows 登录两种方法。服务器的的身份验证模式决定了登录账号数据的存储机制。SQL Server 事先设计了许多固定的服务器角色，可供具有服务器管理员资格的用户分配和使用，拥有固定服务器角色的用户可以拥有服务器级的管理权限。

12.2.1 选择身份验证模式

SQL Server 2005 登录身份验证用来确认该用户是否具有连接 SQL Server 的权限。任何用户在使用 SQL Server 数据库之前，必须通过系统的安全身份验证。SQL Server 2005 提供了两种确认用户的验证模式，即"Windows 身份验证模式"和"SQL Server 和 Windows 身份验证模式"。

1. Windows 身份验证

Windows 身份验证模式是指只允许使用 Microsoft Windows 登录账户连接 SQL Server 服务器。这是默认的身份验证模式。它要求用户登录到 Windows，当用户访问 SQL Server 数据库时，不必再次进行登录验证，这就表明服务器将客户机的身份验证任务完全交给了 Windows 操作系统。Windows 身份验证通过强密码的复杂性验证提供密码策略强制，提供账户锁定支持，并且支持密码过期。

2. SQL Server 和 Windows 身份验证模式（混合模式）

混合模式是指允许用户使用 Windows 身份验证或 SQL Server 身份验证进行连接 SQL Server 服务器。用户使用 Windows 身份验证与上面相同。用户使用 SQL Server 身份验证时，用户登录到 Windows，当用户再访问 SQL Server 数据库时，它要求必须提供一个已存在的 SQL Server 登录账户和密码，这些登录信息存储在系统表 syslogins 中，与 Windows 登录账户无关。SQL Server 自己执行认证处理，如果输入的登录信息与系统表 syslogins 中的某条记录相匹配，则表明登录成功。

如果必须选择"混合模式身份验证"并要求使用 SQL Server 登录，则应该为所有的 SQL Server 账户设置强密码。这样密码不容易被人猜出，也不容易受到恶意程序的攻击，从而提高了数据库服务器的安全性。

任务 12-1 更改身份验证模式。

任务分析：SQL Server 2005 安装时，默认的身份验证模式是"Windows 身份验证模式"，若在安装时未更改身份验证模式，可以通过在 SSMS 做相应地设置来更改身份验证模式。此时用户必须使用系统管理员账号，登录 SSMS 来做如下操作，具体步骤如下：

（1）打开 SSMS，右击 SQL Server 服务器名称，在弹出的快捷菜单中选择"属性"选项，弹出"服务器属性"对话框。在窗口左端选择"安全性"选择页，如图 12-2 所示。

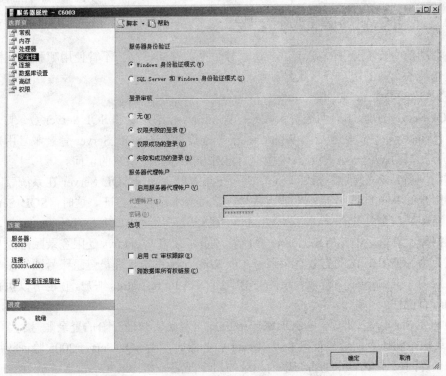

图 12-2　"服务器属性"窗口中的"安全性"选择页

（2）根据需要单击"服务器身份验证"下面对应的"Windows 身份验证模式"或"SQL Server 和 Windows 身份验证模式"单选按钮，单击"确定"按钮，系统会显示如图 12-3 所示的提示信息。

图 12-3　改变身份验证模式后的提示信息框

（3）对身份验证模式的配置需要重新启动 SQL Server 服务。可以通过以下两种方式重新启动 SQL Server 服务：

- 打开 SQL Server 配置管理器，单击窗口左边的"SQL Server 2005 服务"，在窗口右边找到"SQL Server 服务"，并重新启动它。
- 在 SSMS 中，右击 SQL Server 服务器名称，在弹出的快捷菜单中选择"重新启动"。

> **注意**　Windows 身份验证模式比 SQL Server 认证模式具有更多的优点。微软公司将 SQL Server 与 Windows 系统绑定，因此 Windows 认证模式集成了 NT 或 Windows 2000 的安全系统，并且 NT 安全管理具有众多的特征。当用户试图登录到 SQL Server 时，它从 NT 或 Windows 2000 的网络安全属性中获取登录用户的账号和密码，并使用 NT 或 Windows 2000 验证账号和密码的机制来检验登录的合法性，从而提高了 SQL Server 安全性。

12.2.2　使用 SSMS 创建和管理登录账号

服务器端的身份验证模式决定了登录账号数据的存储机制。不管使用哪种认证模式，用户都必须先具备有效的用户登录账号。

1. 登录账号类型

在 SQL Server 2005 中有两类登录账号：Windows 登录账号和 SQL Server 登录账号。

（1）Windows 登录账号是由 Windows 服务器负责验证 SQL Server 登录账号用户身份的身份验证方式，由 Windows 账号或组控制用户对 SQL Server 系统的访问。

当使用 Windows 登录账号访问 SQL Server 系统时，如果 SQL Server 在系统表 syslogins 中找到该用户的 Windows 登录账号或组账号，就接受本次身份验证。这时，SQL Server 系统不需要重新验证口令是否有效，因为 Windows 已经验证用户的口令是有效的。但是，在该用户连接数据库服务器之前，SQL Server 系统管理员必须将 Windows 受限登录账号或 Windows 组账号定义为 SQL Server 的有效登录账号，但 Windows 系统管理员登录账号或组账号将被系统自动映射为 SQL Server 的有效登录账号 BUILTIN\Administrators 账户，它也可以执行服务器范围内的所有操作。

（2）SQL Server 登录账号是 SQL Server 2005 自身负责验证身份的登录账号。当使用 SQL Server 登录账号和口令的用户连接 SQL Server 服务器时，由 SQL Server 2005 验证该用户是否在 syslogins 表中，且其口令是否与以前记录的口令匹配。

SQL Server 2005 服务器在安装成功后，已经自动创建了一些登录账户，在 SQL Server 2005 的 SSMS 的树型目录中依次展开"服务器"下的"安全性"，选择"登录名"，可以查看当前该服务器所有的登录账户信息，如图 12-4 所示。

图 12-4　在 SSMS 中查看服务器的登录账号信息

对于操作系统内建的本地组，如 administrators、users 和 guests 的账号名中可以用 BUILTIN 代替域名或计算机名，比如内建的 administrators 组，账号名为 BUILTIN\administrators。当 Windows 账户类型为计算机管理员，则该账户被 SQL Server 系统自动定义为 Windows 登录账号。

2. 创建登录账号

无论使用哪种身份验证，用户必须以一种合法的账号登录。下面首先介绍使用 SSMS 创建登录账号的方法。

任务 12-2　使用 SSMS 为 Windows 用户 Mary 创建登录，授权其登录 SQL Server。

任务分析：只有 sysadmin 或 securityadmin 服务器角色的成员可以创建、修改和删除登录账号。如果该用户已在 Windows 系统中存在，可以通过以下步骤创建：

（1）使用 SQL Server 账户 sa 或 Windows 账户 administrator 或具有 sysadmin 角色权限的用户登录 SSMS。

（2）在"对象资源管理器"中依次展开"安全性"、"登录名"节点。右击"登录名"，在弹出的快捷菜单中单击"新建登录名"，弹出"登录名－新建"对话框，如图 12-5 所示。

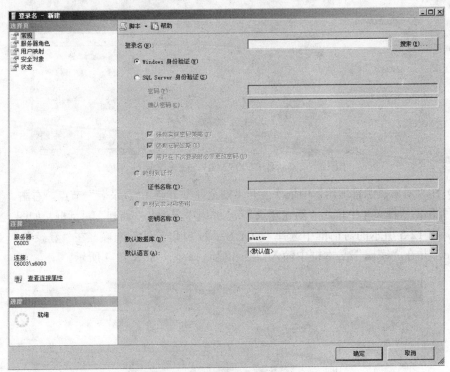

图 12-5　"登录名－新建"对话框

（3）选择 "Windows 身份验证模式"，单击"搜索"按钮，在打开的对话框中选择新建的 Windows 账户 Mary，单击"确定"按钮，既可将账户 Mary 添加到 SQL Server 2005 中。系统会自动生成此登录账号的全名，如 C6003\Mary（C6003 为计算机名），如图 12-6 所示。

（4）在"默认数据库"下拉列表框中选择默认数据库，表示登录名在连接到 SQL Server 2005 服务器默认工作的数据库。在"默认语言"下拉列表框中选择需要默认的语言。

（5）单击"确定"按钮完成登录名的创建。此时 Windows 用户 Mary 就可以访问当前 SQL Server 服务器了。

任务 12-3　使用 SSMS 创建 SQL Server 账号 Rose。

任务分析：如果某用户不具备当前 Windows 系统的使用权限，即没有合法的 Windows 账户，但必须使用当前 Windows 服务器上的 SQL Server 服务，此时可以为其创建 SQL Server 账号。具体的创建步骤如下：

（1）使用具有 sysadmin 角色权限的用户登录 SSMS。

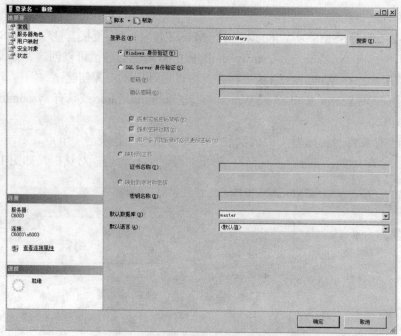

图 12-6　"新建 C6003\Mary"登录账号对话框

（2）在"对象资源管理器"中依次展开"安全性"节点、"登录名"节点。右击"登录名"节点，在弹出的快捷菜单中单击"新建登录名"，弹出"登录名—新建"对话框，如图 12-5 所示。

（3）在 12-5 所示的对话框中选择"SQL Server 身份验证"选项。在"登录名"文本框中输入 Rose，并在"密码"文本框中输入口令和确认口令，如图 12-7 所示。

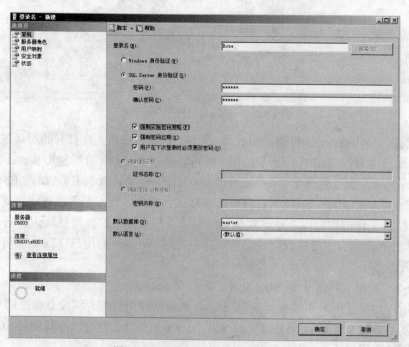

图 12-7　创建 SQL Server 账号 Rose

（4）在"默认数据库"下拉列表框中选择默认数据库，表示登录名在连接到 SQL Server

2005 服务器默认工作的数据库。在"默认语言"下拉列表框中选择需要默认的语言。

（5）单击"确定"按钮完成登录名的创建。此时 SQL Server 用户 Rose 就可以访问当前 SQL Server 服务器了。

3. 拒绝或禁用登录账号

任务 12-4　使用 SSMS 拒绝 Windows 登录账号 Mary。

任务分析：有时可能需要暂时拒绝或禁用一个登录账户连接到 SQL Server 服务器，过一段时间后再恢复，此时可以在暂时修改该登录名的状态。实现本任务的步骤如下：

（1）使用具有 sysadmin 角色权限的用户登录 SSMS。

（2）在"对象资源管理器"中依次展开"安全性"节点、"登录名"节点。右击需要修改账号名称（本任务右击 Mary），在弹出的快捷菜单中单击"属性"选项，弹出"登录属性 -C6003\Mary"对话框。

（3）选择"状态"选项页，并选中"拒绝"或"禁用"单选按钮，如图 12-8 所示。

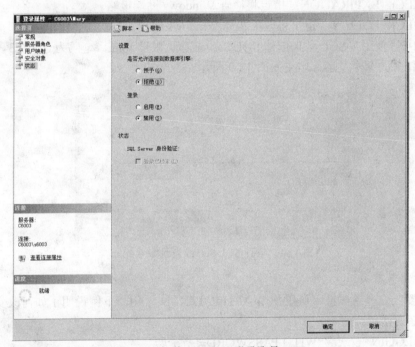

图 12-8　拒绝 Windows 登录账号 Mary

（4）单击"确定"按钮。完成账号的禁用操作。

如果想恢复此账号的访问权，遵循上述步骤修改即可。

4. 删除登录账号

任务 12-5　使用 SSMS 删除 Windows 登录账号 Mary。

任务分析：如果某些账户不再需要了，为了方便管理可以将其删除，可以使用 SSMS 直接删除登录账号。本任务的操作步骤如下：

（1）在 SSMS 中，展开 SQL Server 服务器组中相应服务器。

（2）选择"安全性|登录名"，在右侧窗口的登录账户列表中右击要删除的账户（如 Mary），从弹出的快捷菜单中选择"删除"选项，弹出"删除对象"对话框，单击"确定"按钮，在确认对话框中选择"是"按钮，这个登录账号就永久地删除了。

12.2.3　使用 T-SQL 创建和管理登录账号

SQL Server 2005 也可以使用 T-SQL 语句方式来创建和管理登录账号。在 SQL Server 中可以使用 CREATE LOGIN 语句创建登录账户，使用 ALTER LOGIN 语句修改登录的属性，使用 DROP LOGIN 删除登录账户。

1. 创建登录账号

创建 Windows 登录的基本语法如下：

CREATE LOGIN [*域名\用户名*] FROM WINDOWS

创建 SQL Server 登录的基本语法如下：

CREATE LOGIN *登录名* WITH PASSWORD='*密码*'

对于 SQL Server 登录，可以在创建登录时指定如下选项：

- MUST_CHANGE：指定用户在下次登录时必须更改密码。
- CHECK_EXPIRATION：指定将检查 Windows 过期策略。
- CHECK_POLICY：指定将应用本地 Windows 密码策略。

任务 12-6　使用 T-SQL 语句创建 SQL Server 登录账号 John，密码为 Abc123。

实现本任务的脚本及运行结果如图 12-9 所示。

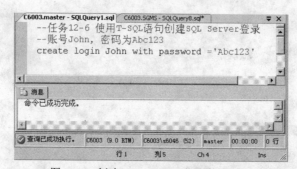

图 12-9　创建 SQL Server 登录账号 John

2. 修改登录账号

如果需要改变登录属性，可以使用 ALTER LOGIN 语句。下例说明了如何改变一个 SQL Server 登录名的密码：

ALTER LOGIN *登录名* WITH PASSWORD='*新密码*'

任务 12-7　使用 T-SQL 语句方式修改 SQL Server 账户 John 密码为 Abc123#S。

实现本任务的脚本及运行结果如图 12-10 所示。

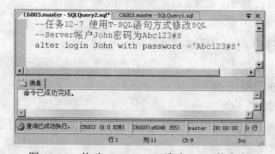

图 12-10　修改 SQL Server 账户 John 的密码

3. 删除登录账号

如果需要删除一个登录名，可以使用 DROP LOGIN 语句：

DROP LOGIN *登录名*

也可以使用如下语句删除一个 Windows 登录名：

DROP LOGIN [*域名\用户名*]

任务 12-8　使用 T-SQL 语句删除 John。

实现本任务的脚本及运行结果如图 12-11 所示。

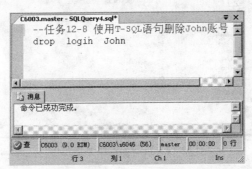

图 12-11　删除 SQL Server 登录账号 John

12.2.4　服务器角色

角色是一种权限机制，可以方便管理员对用户权限的集中管理，大大减少了管理员的工作量。SQL Server 管理者可以将某一组用户设置为某一角色，这样只要对角色进行权限设置便可以实现对所有用户权限的设置。当若干个用户被赋予同一个角色时，它们都继承了该角色拥有的权限；若角色的权限变更了，这些相关的用户权限都会发生变更。SQL Server 提供了通常管理工作的预定义服务器角色和数据库角色。

1. 服务器角色概念

服务器角色是执行服务器级别管理操作的用户权限的集合。它根据 SQL Server 的管理任务，以及这些任务相对的重要性等级来把具有 SQL Server 管理职能的用户划分为不同的用户组，每一组所具有的管理 SQL Server 的权限都是 SQL Server 内置的，即不能对其进行添加、修改和删除，只能向其中加入或删除用户或者其他角色。

SQL Server 提供的 8 个固定服务器角色，其具体含义如表 12-1 所示。

表 12-1　SQL Server 2005 的服务器角色

固定服务器角色	权限描述
Sysadmin	可以在 SQL Server 中做任何事情
Serveradmin	管理 SQL Server 服务器范围内的配置
Setupadmin	添加、删除连接服务器，建立数据库复制，管理扩展存储过程
Securityadmin	管理数据库登录
Processadmin	管理 SQL Server 进程
Dbcreator	创建数据库，并对数据库进行修改
Diskadmin	管理磁盘文件
Bulkadmin	可以运行 Bulk Insert 语句

在 SSMS 的"对象资源管理器"中，依次展开"安全性"、"服务器角色"，在右侧窗口中将显示所有服务器角色，如图 12-12 所示。

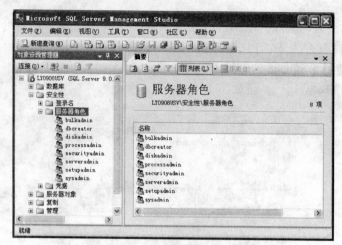

图 12-12　查看固定服务器角色

2. 将登录名映射到服务器角色

任务 12-9　使用 SSMS 将 Rose 映射到服务器角色 sysadmin 中。

任务分析：SQL Server 服务器角色是内置的，只能将用户映射到该角色或从角色中删除。实现本任务的具体步骤如下：

（1）使用具有 sysadmin 角色权限的账户登录到 SSMS，在"对象资源管理器"中，依次展开"安全性"、"服务器角色"。

（2）双击右侧窗口的服务器角色列表中要更改的服务器角色，或右击该角色在弹出的快捷菜单中选择"属性"选项，弹出"服务器角色属性"对话框，其中显示出当前服务器角色成员列表，如图 12-13 所示。

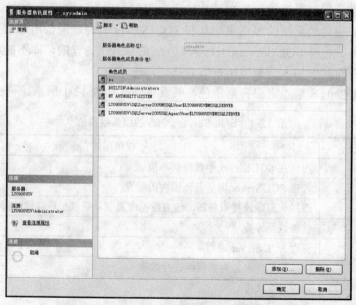

图 12-13　服务器角色属性对话框

（3）单击"添加"按钮，将弹出"选择登录名"对话框，如图 12-14 所示。

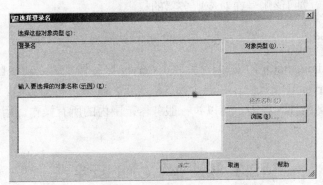

图 12-14　"选择登录名"对话框

（4）单击"浏览"按钮，会弹出"查找对象"对话框，如图 12-15 所示。选中待添加成员 Rose 前面的复选框，单击"确定"按钮，可以将选中的一个或多个登录账户添加到服务器角色成员列表中。

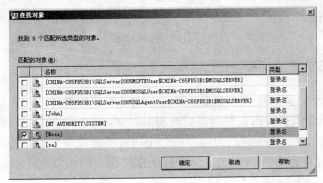

图 12-15　"查找对象"对话框

（5）单击"确定"按钮，Rose 被成功添加。

任务 12-10　使用 T-SQL 语句将 John 映射到服务器角色 sysadmin 中。

任务分析：　sp_addsrvrolemember 将登录账号添加到当前服务器的固定服务器角色中，成为该角色的成员，从而具有该角色的权限。语法格式如下：

sp_addsrvrolemember *登录名,角色名*

实现本任务的 T-SQL 脚本及运行结果如图 12-16 所示。

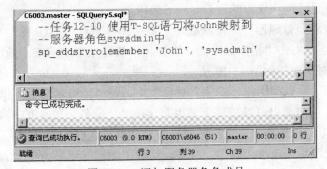

图 12-16　添加服务器角色成员

当然也可以删除服务器角色成员，利用 sp_dropsrvrolemember 将前服务器的固定服务器角色中删除登录账号，收回该账号在对应服务器的权限。

12.2.5　关于 sa

sa 为 System Adminstrator 的缩写，是 SQL Server 服务器安装成功后自动创建的特殊登录账户。sa 是 SQL Server 登录账户，在混合模式情况下，sa 账户自动启用。sa 属于 sysadmin 角色，因此它拥有最高的管理权限，可以执行服务器范围内的所有操作。用户不能更改 sa 的属性，也不能删除它。

12.3　数据库级别的安全性

由 SQL Server 四层安全体系可知，一个用户在取得合法的登录账号时，只表明该账号可以通过 Windows 认证或 SQL Server 认证，但并不表明其可以访问数据库或对数据库对象进行某些操作。其在当前服务器上可以访问哪些数据库，以及对数据库内的数据及数据对象进行哪些操作，与该账号对应的数据库用户所有的权限有关。数据库管理员必须在数据库中为登录账号建立一个数据库用户，并授予该数据库用户访问数据库及数据库对象的权限后，登录账号才可以访问数据库操作。下面将讲述数据库用户的创建和管理。

12.3.1　使用 SSMS 添加和管理数据库用户

在 SQL Server 中，数据库用户和登录账号是两个不同的概念。一个服务器登录账号要访问数据库，必须在这个数据库内有数据库用户与其对应。每个数据库用户都和服务器登录账户之间存在着一种映射关系。系统管理员可以将一个服务器登录账户映射到用户需要访问的每一个数据库中的一个用户账号和角色上。一个登录账户在不同的数据库中可以映射成不同的用户，从而拥有不同的权限。

1. 添加数据库用户

任务 12-11　使用 SSMS 将登录账号 John 添加到 SGMS 数据库中，用户名为 John1。

任务分析：一个服务器登录账号要访问数据库，必须在数据内有数据库用户与其对应，而且也只能有一个。系统管理员可以将一个服务器登录账户映射到用户需要访问的每一个数据库中的一个用户账号和角色上，该数据库用户拥有的权限决定了登录账号在该数据库上的操作权限。只有 sysadmin 服务器角色成员或数据库的所有者可以创建数据库用户账号。实现本任务的具体操作步骤如下：

（1）使用具有足够操作权限的用户登录 SSMS。

（2）在"对象资源管理器"中依次展开"数据库"节点、"SGMS"节点、"安全性"节点以及"用户"节点。右击"用户"节点，在弹出的快捷菜单中单击"新建用户"，弹出"数据库用户—新建"对话框，如图 12-17 所示。

（3）在打开的"数据库用户—新建"对话框中，在"用户名"文本框中输入要创建的数据库用户名 John1，用户名也可以与登录名相同，在"登录名"文本框中输入与该用户名对应的登录账号，也可以通过单击"浏览"按钮打开对话框来选择。

（4）设置好选项后，单击"确定"按钮，完成了数据库用户 John1 的创建。

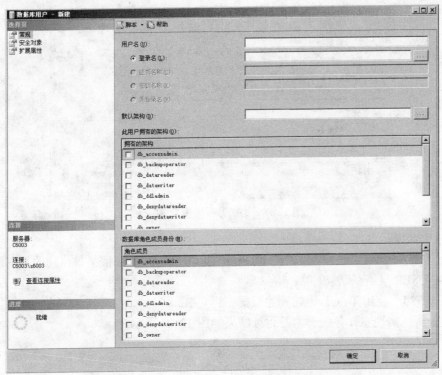

图 12-17　"数据库用户－新建"对话框

2. 删除数据库用户

当不允许某个登录账号在数据库中访问时，可以删除与其对应的数据库用户。

任务 12-12　使用 SSMS 删除数据库用户 John1。

任务分析：删除数据库用户实际上就是删除一个登录账户到一个数据的映射，并不会删除该登录账户。如本任务将删除数据库用户 John1，但并不会删除登录账户 John。本任务的具体操作步骤如下：

（1）使用具有足够操作权限的用户登录 SSMS。

（2）在"对象资源管理器"中依次展开"数据库"节点、SGMS 节点、"安全性"节点以及"用户"节点。右击 John1 节点，在弹出的快捷菜单中选择"删除"命令。

（3）在弹出的"删除对象"对话框中单击"确定"按钮即可将该用户从数据库中删除即可。

12.3.2　使用 T-SQL 语句添加和管理数据库用户

在 SQL Server 中，可以使用 T-SQL 语句实现数据库用户的映射和管理操作。可以使用 CREATE USER 语句新建数据库用户，将登录账户映射到指定数据库中；可以使用 DROP USER 将数据库用户从数据库中删除。

1. 添加数据库用户

为了使登录名能够访问一个数据库，需要为每个需要访问该数据库的登录名创建一个数据库用户，而且应在该用户需要访问的数据库中建立该用户。创建数据库用户的基本语法如下：

CREATE USER *数据库用户名* FOR LOGIN　*登录名*

任务 12-13　使用 T-SQL 语句将登录账号 Rose 映射到 SGMS 数据库中，用户名为 Rose1。

实现本任务的脚本及运行结果如图 12-18 所示。

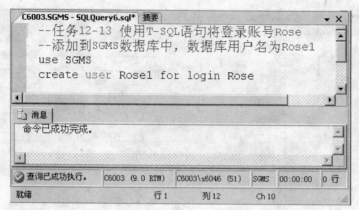

图 12-18　添加数据库用户 Rose1

2. 删除数据库用户

如果该用户不再继续使用，可以使用 DROP USER 语句将其删除，该语句的基本语法如下：

DROP USER *数据库用户名*

任务 12-14　使用 T-SQL 语句删除数据库用户 Rose1。

任务分析：实现本任务的脚本及运行结果如图 12-19 所示。

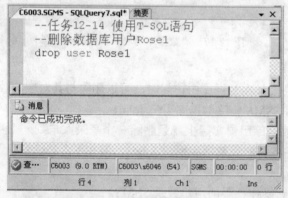

图 12-19　删除数据库用户 Rose1

登录账号和数据库用户是两个截然不同的概念。登录账号代表的是服务器上的操作权限，而数据库用户账号代表的是数据库上的权限。用户使用登录账号登录服务器后，按照登录账号的服务器权限可以操作服务器；使用登录账号映射的数据库用户可以操作数据库。

12.3.3　固定数据库角色

与服务器角色一样，数据库中也定义了角色的概念。数据库角色是为某一用户或某一组用户授予不同级别的管理或访问数据库以及数据库对象的权限，这些权限是数据库专有的，并且还可以给一个用户授予属于同一数据库的多个角色。

SQL Server 提供了两种数据库角色：固定数据库角色和用户自定义数据库角色。

1. 固定数据库角色

固定数据库角色是在数据库级别定义的，并且存在于每个数据库中。SQL Server 已经预定义了这些角色所具有的管理、访问数据库的权限，而且 SQL Server 不能对其所具有的权限进行修改，只能向其中加入或删除数据库用户或者其他角色。

在数据库中使用固定数据库角色可以将不同级别的数据库管理工作分给不同的角色，从而有效地实现工作权限的传递。SQL Server 在安装成功后，提供了 10 种固定数据库角色，其具体含义如表 12-2 所示。

表 12-2　SQL Server 2005 的固定数据库角色含义

固定数据库角色	描述
db_owner	拥有数据库的所有许可
db_securityadmin	能修改角色成员的身份和管理权限
db_accessadmin	能添加或删除用户、组或角色
db_backupoperator	能备份数据库
db_datareader	能从数据库表中读数据
db_datawriter	能修改数据库表中的数据
db_ddladmin	能添加、修改或删除数据库对象
db_denydatareader	不能从数据库表中读数据
db_denydatawriter	不修改数据库表中的数据
public	维护全部默认的权限

在固定的数据库角色中，public 是一个特殊的数据库角色，每个数据库用户都属于 public 数据库角色。当尚未对某个用户授予或拒绝对安全对象的特定权限时，则该用户将继承授予该安全对象的 public 角色的权限。

任务 12-15　使用 SSMS 将数据库用户 John1 添加到 db_datareader 角色中。

任务分析：SQL Server 不能对固定数据库角色所具有的权限进行修改，只能向其中加入或删除数据库用户或者其他角色。本任务通过 SSMS 将数据库用户 John1 添加到 db_datareader 角色中。操作步骤如下：

（1）使用具有足够操作权限的用户登录 SSMS。

（2）在"对象资源管理器"中依次展开"数据库"节点、SGMS 节点、"安全性"节点、"角色"节点以及"数据库角色"节点。

（3）右击 db_datareader 数据库角色，在弹出的快捷菜单中选择"属性"选项，会打开"数据库角色属性"窗口，如图 12-20 所示。

（4）在"数据库角色属性"窗口中可以看到目前此角色包含的成员，单击"添加"按钮，选择 John1 数据库用户，若单击"删除"按钮将删除已有的数据库用户。

（5）单击"确定"按钮即可完成数据库用户的添加到指定的角色中。

任务 12-16　使用 T-SQL 语句向 db_datareader 数据库角色中添加成员 Rose1。

任务分析：利用 T-SQL 语句存储过程 sp_addrolemember 同样可以向固定数据库角色中添加成员，其语法形式如下：

sp_addrolemember *角色名, 数据库用户名*

如果删除数据库角色的成员则使用如下语法格式：

sp_droprolemember *角色名, 数据库用户名*

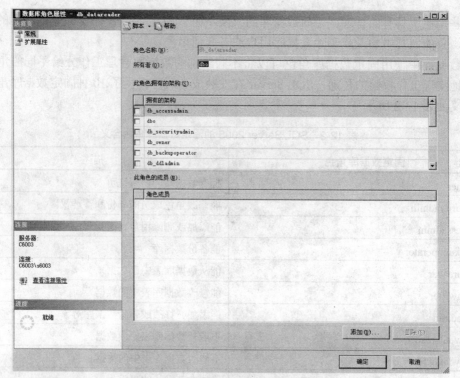

图 12-20 "数据库角色属性"窗口

实现本任务的脚本及运行结果如图 12-21 所示。

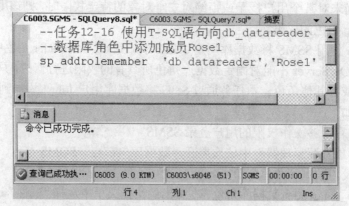

图 12-21 添加数据库角色成员 Rose1

2. 用户自定义数据库角色

当打算为某些数据库用户设置相同的权限，但这些权限不等同于固定数据库角色所具有的权限时，就可以定义新的数据库角色来满足这一要求，从而使这些用户能够在数据库中实现某一特定功能。

任务 12-17 创建自定义数据库角色 role1。

任务分析：在 SQL Server 中，可以使用 SSMS 和 T-SQL 语句两种方法来创建和管理用户自定义角色。使用 SSMS 创建 role1 角色的具体操作步骤如下：

（1）在"对象资源管理器"中，依次展开要操作的"数据库"节点、SGMS 节点、"安全性"节点、"角色"节点、"数据库角色"节点。

（2）选中"数据库角色"并右击，在弹出的快捷菜单中选择"新建数据库角色"命令，弹出"数据库角色—新建"对话框，如图 12-22 所示。

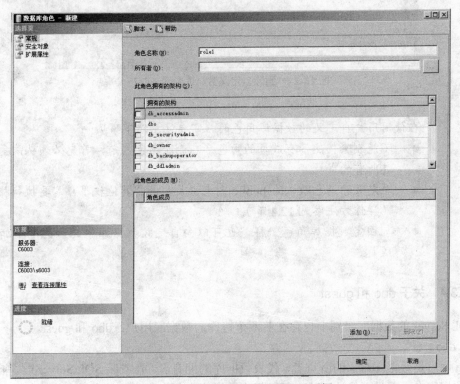

图 12-22　"数据库角色—新建"对话框

（3）在"数据库角色—新建"对话框中输入自定义角色的名称，如 role1。

（4）单击"确定"按钮即可完成用户自定义角色的创建。

任务 12-18　利用 T-SQL 语句创建自定义数据库角色 role2。

任务分析：使用存储过程 CREATE ROLE 语句也可以创建数据库角色。其语法格式为：

CREATE ROLE *角色名*

实现本任务的脚本及运行结果如图 12-23 所示。

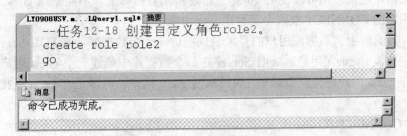

图 12-23　创建自定义数据库角色 role2

任务 12-19　使用 T-SQL 语句删除自定义数据库角色 role2。

任务分析：使用 DROP ROLE 语句可以删除自定义的数据库角色。其语法格式为：

DROP　ROLE *角色名*

实现本任务的脚本及运行结果如图 12-24 所示。

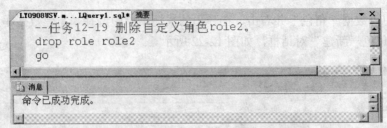

图 12-24 删除自定义数据库角色 role2

在使用用户自定义的数据库角色时，需要注意以下事项：
- 不能删除仍然带有成员的角色。在删除角色之前，首先必须从该角色删除其所有的成员。
- 自定义的角色默认为 public 角色成员，如需其他权限，需要执行相应操作（操作方法参见 12.4 节）。
- 与固定数据库角色一样，也可以向自定义数据库中的角色中添加或删除成员。

12.3.4 关于 dbo 和 guest

SQL Server 的数据库级别上也存在着两个特殊的数据库用户：dbo 和 guest。

1. dbo

dbo 用户是数据库对象的所有者，代表数据库的拥有者。在安装 SQL Server 时，被设置到 model 数据库中，而且不能被删除，所以每个数据库中都存在，且具有最高权限，可以在数据范围内执行一切操作。

默认情况下，用户数据库的 dbo 用户对应于创建该数据库的登录账号。Sysadmin 服务器角色的成员都被自动映射成 dbo 用户。

2. guest

guest 用户主要是允许没有对应数据库用户的登录账号访问数据库，从而使该登录者能够访问具有 guest 用户的数据库。当数据库中有 guest 用户时，服务器登录账号即使在数据库上没有对应的数据库用户，也可以使用 guest 身份连接到数据库上。不能删除 guest 用户，但可通过撤消该用户的 CONNECT 权限将其禁用。

如果一个没有映射到数据库用户的登录名试图访问一个数据库，则 SQL Server 将自动查找该数据库中有没有 guest 用户。SQL Server 在每个数据库中创建一个 guest 用户。在默认情况下，不允许 guest 用户连接到数据库。通过激活 guest 用户，可以允许 guest 连接，其基本语法如下：

GRANT CONNECT TO Guest

如果需要禁止通过执行如下语句可以撤消 guest 连接：

REVOKE CONNECT TO Guest

在用户自定义数据库中使用 guest 用户要谨慎，因为这样会为数据库系统环境带来安全隐患，尽量使用数据库角色来实现这一功能。

12.4　数据库对象级别的安全性

权限用来指定授权用户可以使用的数据库对象和这些授权用户可以对这些数据库对象执行的操作。数据库内的权限始终授予数据库用户、角色和 Windows 用户或组，不能授予 SQL Server 登录账号。用户在登录到 SQL Server 之后，根据其用户账户所属的 Windows 组或角色，决定了该用户能够对哪些数据库对象执行哪种操作以及能够访问、修改哪些数据。

12.4.1　权限种类

在每个数据库中用户的许可独立于用户账号和用户在数据库中的角色，每个数据库都有自己独立的许可系统，在 SQL Server 中包括三种类型的许可权限，即对象权限、语句权限和暗示性权限。

1. 对象权限

处理数据或执行过程时需要的权限称为对象权限。对象权限决定了能对表、视图等数据库对象执行哪些操作。如果用户想要对某一对象进行操作，其必须具有相应的操作权限。不同类型的对象支持不同的针对它的操作例，如不能对表对象执行 EXECUTE 操作。将针对各种对象的可能操作列举如表 12-3 所示。

表 12-3　对象权限表

对象	可执行的操作
表	SELECT、INSERT、UPDATE、DELETE、REFERENCE
视图	SELECT、INSERT、UPDATE、DELETE
列	SELECT、UPDATE
存储过程	EXECUTE

2. 语句权限

语句权限表示对数据库的操作权限。也就是说，创建数据库或者创建数据库中的其他内容所需要的权限类型成为语句权限。只有 sysadmin、db_ower 和 db_securityadmin 角色的成员才能授予语句权限。语句权限包括：

（1）CREATE DATABASE：创建数据库。

（2）CREATE DEFAULT：创建默认。

（3）CREATE FUNCTION：创建函数。

（4）CREATE PROCEDURE：创建存储过程。

（5）CREATE RULE：创建规则。

（6）CREATE TABLE：创建表。

（7）CREATE VIEW：创建视图。

（8）BACKUP DATABASE：备份数据库。

（9）BACKUP LOG：备份事务日志。

3. 暗示性权限

暗示性权限是指系统安装以后有些用户和角色不必授权就具有的权限。其中的角色包括固定服务器角色和固定数据库角色，用户包括数据库对象所有者。暗示性权限控制那些只能由预定义系统角色的成员或数据库对象所有者执行的活动。

12.4.2 使用 SSMS 管理权限

在每个数据库中，用户的权限独立于用户账户和用户在数据库中的角色，每个数据库都有自己独立的权限系统。权限的管理主要是完成对权限的授权、拒绝和回收。在 SQL Server 中，可以通过 SSMS 和 T-SQL 语句管理权限。下面进行一一介绍。

数据库用户或自定义角色创建好后，默认数据 public 角色。一般情况下，public 角色的权限是很少的。要使数据库用户或自定义角色拥有特定操作的权限，需要为他们授权。SSMS 对对象权限授权可以有两种方法：一种是从数据库对象的角度来管理，另一种是从用户或角色的角度来管理。本书仅介绍其中一种，其他方法读者可自学。

1. 使用 SSMS 授予用户对象权限

任务 12-20 为 SGMS 数据库用户 Rose1 授予 Student 表的添加数据的权限。

任务分析：在当前状态下 Rose1 只是 public 角色的成员，不具有添加数据的权限。要想让其具备这样的权限，必须为其授予 Student 表的 INSERT 权限。具体操作步骤如下：

（1）使用具有足够操作权限的用户登录 SSMS。

（2）在"对象资源管理器"中依次展开"数据库"、SGMS、"表"节点。右击 Student 节点，在弹出的快捷菜单中单击"属性"，弹出"表属性"对话框，如图 12-25 所示。

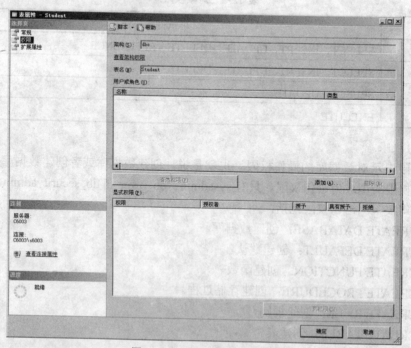

图 12-25 "表属性"对话框

（3）单击"权限"选项页，单击右侧窗口中"用户和角色"列表框下方的"添加"按钮，弹出如图 12-26 所示的"选择用户或角色"对话框。

（4）单击"浏览"按钮弹出"查找对象"对话框，如图 12-27 所示。在此对话框中勾选需要授权的数据库用户或角色，如 Rose1。

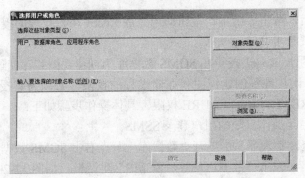

图 12-26　"选择用户或角色"对话框

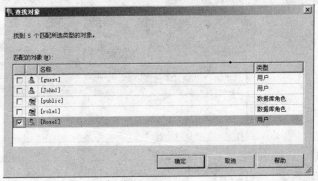

图 12-27　"查找对象"对话框

（5）单击"确定"按钮确认选择，返回"表属性"对话框，此时在窗体的下方出现可供授予的权限列表，如图 12-28 所示。在"授予"列上勾选 INSERT 行。

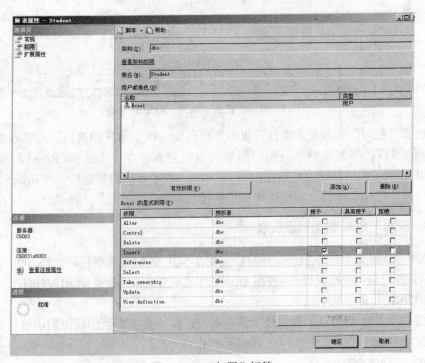

图 12-28　"权限"标签

（6）设置完毕后，单击"确定"按钮即可完成 Rose1 用户权限的授予操作。

2. 使用 SSMS 授予用户语句权限

任务 12-21　为用户 Rose1 授予在 SGMS 数据库中创建视图和存储过程的权限。

任务分析：要想让其具备创建视图和存储过程的权限，必须为其授予 SGMS 数据库的 CREATE VIEW 和 CREATE PROCEDURE 权限。具体操作步骤如下：

（1）使用具有足够操作权限的用户登录 SSMS。

（2）在"对象资源管理器"中展开"数据库"节点右击 SGMS 数据库节点，在弹出的快捷菜单中选择"属性"，弹出"数据库属性—SGMS"对话框，如图 12-29 所示。

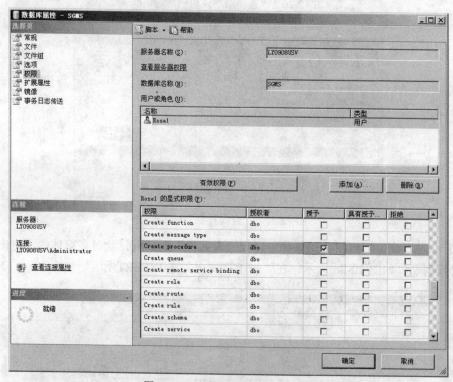

图 12-29　"数据库属性"对话框

（3）选择"权限"选项页，将打开权限管理页面。在"用户和角色"列表框中选择要管理语句权限的用户，下方将列出该用户的显式权限列表。在上方选择 Rose1，在下方勾选 CREATE VIEW 和 CREATE PROCEDURE 行对应的"授予"列的复选框，为 Rose1 用户授权。

（4）单击"确定"按钮，完成语句权限的授权操作。

12.4.3　使用 T-SQL 语句管理权限

除了使用 SSMS 来管理权限外，还可以使用 T-SQL 语句来管理权限。在 SQL Server 中，使用 GRANT 语句来实现授权操作，使用 DENY 来实现拒绝权限，使用 REVOKE 来收回权限。

1. 使用 T-SQL 语句授予权限

GRANT 语句用于把指定的权限授予某一用户，授予数据库语句权限的语法格式如下：

GRANT { ALL | *权限* [, …n] }　TO *用户* [, …n]

[WITH GRANT OPTION]

授予数据库对象，如指定表、视图、存储过程上相关权限的语法格式如下：

GRANT { ALL | *权限* [, …n] } { ON {*表 | 视图 | 存储过程*}

TO *用户* [, …n]　[WITH GRANT OPTION]

授予表或视图上列级权限的语法格式如下：

GRANT { ALL | *权限* [, …n] } { ON {*表 | 视图* }(*列名* [, …n])

TO *用户* [, …n]　[WITH GRANT OPTION]

任务 12-22　授予数据库用户 Rose1 对 Grade 表的 Select 和 update 权限。

实现本任务的脚本及运行结果如图 12-30 所示。

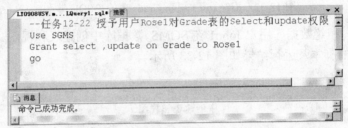

图 12-30　为 rose1 授权的 T-SQL 脚本

任务 12-23　为用户 Rose1 和 John1 授予 SGMS 数据库中的 CREATE TABLE 和 CREATE VIEW 语句权限。

实现本任务的脚本及运行结果如图 12-31 所示。

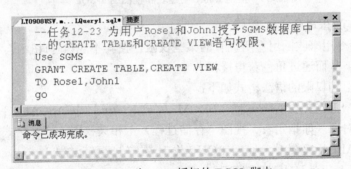

图 12-31　为 rose1 授权的 T-SQL 脚本

2. 使用 T-SQL 语句拒绝权限

DENY 语句用于显式地禁止用户或角色成员对一个对象执行特定的操作。即使这个用户是角色的成员，或者已经被授予了其他权限，如果他被显式地拒绝了权限或者被通过任何角色成员拒绝，就不能执行相关的操作。

显式拒绝数据库语句权限的语法格式如下：

DENY { ALL | *权限* [, …n] }　TO *用户* [, …n]　[CASCADE]

显式拒绝数据库对象（如指定表、视图、存储过程）上相关权限的语法格式如下：

DENY　{ ALL | *权限* [, …n] } { ON {*表 | 视图 | 存储过程* }

TO *用户* [, …n]　[CASCADE]

显式拒绝表或视图上列级权限的语法格式如下：

DENY　{ ALL | *权限* [, …n] } { ON {*表 | 视图* }(*列名* [, …n])

TO *用户* [, …n]　[CASCADE]

任务 12-24 拒绝 Rose1 更新 SGMS 数据库中的 Grade 表。

实现本任务的脚本及运行结果如图 12-32 所示。

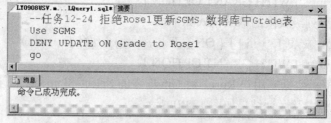

图 12-32 拒绝 rose1 更新 Grade 表的 T-SQL 脚本

任务 12-25 拒绝数据库用户 John1 在 SGMS 数据库中创建表和视图。

实现本任务的脚本及运行结果如图 12-33 所示。

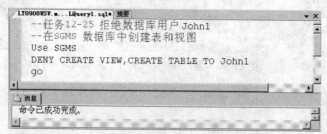

图 12-33 拒绝 John1 创建表和视图的 T-SQL 脚本

3. 使用 T-SQL 语句收回权限

REVOKE 命令用来收回用户所拥有的某些权限，使其不能执行此操作，除非该用户被加入到某个角色中，从而通过角色获得授权。

收回数据库语句权限的语法格式如下：

REVOKE { ALL | *权限* [, …n] }　FROM *用户* [, …n]　[CASCADE]

收回数据库对象（如指定表、视图、存储过程）上相关权限的语法格式如下：

REVOKE { ALL | *权限* [, …n] } { ON { *表* | *视图* | *存储过程* }

FROM *用户* [, …n]　[CASCADE]

收回表或视图上列级权限的语法格式如下：

REVOKE { ALL | *权限* [, …n] } { ON { *表* | *视图* } (*列名* [, …n])

FROM *用户* [, …n]　[CASCADE]

任务 12-26 收回 Rose1 对 Grade 表的 UPDATE 权限。

实现本任务的脚本及运行结果如图 12-34 所示。

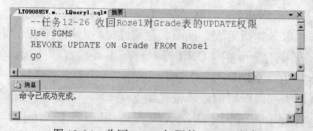

图 12-34 收回 Rose1 权限的 T-SQL 脚本

注意 REVOKE 语句用来收回用户的某些权限，使其不能执行此操作，如果该用户被加入到某个角色中，还是可以通过角色获得授权。如果使用 DENY 语句禁止用户获得某个权限，那么以后将该用户添加到已得到该权限的组或角色时，该用户不能继承角色权限。

习题12

一、选择题

1. 下列（　　）属于登录账号。

　　A．dbo　　　　　　　　　　　B．guest

　　C．sa　　　　　　　　　　　　D．Setupadmin

2. 下列（　　）属于数据库用户。

　　A．dbo　　　　　　　　　　　B．Public

　　C．sa　　　　　　　　　　　　D．db_owner

3. 下列（　　）固定服务器角色具有创建数据库的权限。

　　A．bulkadmin　　　　　　　　B．dbcreator

　　C．diskadmin　　　　　　　　D．processadmin

4. SQL Server 的权限不可以被（　　）。

　　A．授予　　　　　　　　　　　B．回收

　　C．拒绝　　　　　　　　　　　D．删除

5. SQL Server 的权限类型不包括（　　）。

　　A．数据库对象权限　　　　　　B．数据库语句权限

　　C．暗示性权限　　　　　　　　D．自定义权限

6. 下列（　　）语句用来创建数据库角色。

　　A．CREATE USER　　　　　　B．CREATE LOGIN

　　C．CREATE TABLE　　　　　　D．CREATE ROLE

二、填空题

1. SQL Server 的安全性控制策略包括四个方面：操作系统的安全性、_____、_____和_____。

2. SQL Server 2005 的身份验证模式有两种：_____和_____身份验证模式。

3. 授予数据库用户或自定义角色权限的命令是_____，拒绝权限的命令是_____，收回权限的命令是_____。

4. SQL Server 的角色包括三类：_____、_____和_____。

5. _____用户主要是允许没有对应数据库用户的登录账号访问数据库。在默认情况下，不允许该用户连接到数据库。可以通过授予其_____权限将其启用。

三、简答题

1. SQL Server 2005 服务器的两种身份模式有什么区别？
2. SQL Server 2005 中登录账户和数据库用户的作用是什么？
3. SQL Server 2005 中有哪些默认的登录账号和数据库用户账号，简述其功能？
4. 简述数据库权限管理中有哪两大类角色及其作用，这两类角色中分别包含哪些固定角色？

上机实验

一、实验目的和要求

1. 理解 SQL Server 2005 的登录验证模式。
2. 会使用 SSMS 和 T-SQL 语句两种方法添加和删除登录账户。
3. 会使用 SSMS 和 T-SQL 语句两种方法添加和删除数据库用户。
4. 会使用 SSMS 和 T-SQL 语句两种方法管理权限。
5. 理解登录账号和数据库用户账号的关系。
6. 理解服务器角色和数据库角色。

二、实验内容

利用 SQL Server 用户数据库 SGMS，实现如下操作：

（1）创建登录账户。

1）为教务管理系统管理员创建 Windows 类型的登录账户，其 Windows 用户名为 Davilo（若不存在，创建之）。

2）为各部门的教务管理秘书创建 SQL Server 类型的登录账户，登录名分别为 Jessica、Angela、Sophia（若不存在，创建之）。

3）为数据库管理人员创建 Windows 类型登录账户，其 Windows 用户名为 Stanford、Jones。

4）将 Davilo 映射到 sysadmin 角色。

（2）数据库级别安全性。

1）将上述用户都映射到 SGMS 数据库中，使他们都能够访问该数据库，数据库用户名可以采用默认（与登录名相同）。

2）将 Stanford 添加到 db_securityadmin 和 db_accessadmin 角色，专门负责管理该系统的安全性。

3）将 Jones 添加到 db_backupoperator 角色中，专门负责对该系统的备份和还原。

（3）用户权限管理。

1）使用最简单的方法授予教务管理秘书查询所有表和视图的查看权限。

2）拒绝教务管理秘书对 Grade 表的更新权限。

3）拒绝教务管理秘书对 Student 表的删除权限。

第 13 章　数据库的日常维护与管理

本章导读

在数据库系统建立以后，日常的运行维护和管理也很重要。前面已经介绍了最重要的日常管理任务之一——安全性管理。除了对安全性进行管理外，还有很多日常的维护和管理任务，如备份、还原、数据导入与导出等。SQL Server 2005 提供了高性能的备份和还原功能。数据的导入与导出功能是 SQL Server 数据处理的基本功能。SQL Server 2005 还提供了许多自动化方式帮助用户更好地管理数据库，比如作业、警报等，它们统称为系统自动化的任务管理。

本章将首先介绍数据库备份和还原的基本概念，并通过案例详细介绍数据库备份和还原的过程，然后通过案例演示如何实现数据的导入与导出，最后介绍了利用作业和警报实现数据库的自动化管理的方法。

本章要点

- 理解备份与还原的概念
- 掌握使用 T-SQL 语句实现数据库备份的方法
- 会使用 SSMS 进行数据库备份
- 掌握使用 T-SQL 语句还原数据库的方法
- 会使用 SSMS 还原数据库
- 了解数据的导入与导出的方法
- 掌握作业的创建与管理方法
- 了解警报的创建方法

13.1　数据库备份与还原

备份与还原是 SQL Server 2005 提供的非常重要的数据保护功能，以保护存储在 SQL Server 数据库中的关键数据。"备份"是数据的副本，用于在系统发生故障后还原和恢复数据。一旦数据库因意外而遭到破坏，就必须使用这些备份来还原数据，因此应该掌握好数据库备份和还原的用法。

13.1.1　备份与还原概述

备份与还原组件是 Microsoft SQL Server 2005 的重要组成部分。备份就是指对数据库或事务日志进行拷贝。数据库备份记录了在进行备份这一操作时数据库中所有数据的状态，如果数据库因遭到意外而损坏，这些备份文件将被用来恢复数据库。执行备份操作必须拥有对数据库备份的权限许可，SQL Server 2005 只允许系统管理员（Sysadmin）、数据库所有者（dbo）和数据库备份执行者（db_backupoperator）进行备份数据库。在数据库备份之前，应该检查数据库中数据的一致性，这样才能保证数据库备份在以后能够顺利地被还原。

还原数据库是一个装载数据库备份，然后应用事务日志重建的过程。应用事务日志之后，数据库就会还原到最后一次事务日志备份之前的状态。在数据库的还原过程中，用户不能进入数据库，当数据库还原后，数据库中的所有数据都会被替换掉。

13.1.2 备份类型及备份设备

1. 备份类型

SQL Server 2005 的备份一般可分为四种类型：数据库完整备份、差异备份、事务日志备份以及文件和文件组备份。

（1）数据库完整备份是指包含一个或多个数据文件的完整映像的任何备份。数据库完整备份会备份所有数据和足够的日志，以便恢复数据。完整备份可以对全部或部分数据库、一个或多个文件进行数据备份。

（2）差异备份基于之前进行的数据库完整备份，称为差异的"基准备份"。基准备份是差异备份所对应的最近完整或部分备份。差异备份仅包含基准备份之后更改的数据。在还原差异备份之前，必须先还原其基准备份。

（3）事务日志备份（也称为"日志备份"）中包括了在前一个日志备份中没有备份的所有日志记录。只有在完整恢复模式和大容量日志恢复模式下才可以进行事务日志备份。

（4）文件和文件组备份是针对某一个文件或文件组的复制。对于非常庞大的数据库，有时执行完整备份并不可行，这时就可以进行数据库的文件或文件组备份。在备份文件或者文件组时必须执行以下操作：

- 必须指定逻辑文件或者文件组。
- 为了使还原的文件与数据库的其他部分相一致，必须执行事务日志备份。
- 为了确保定期备份所有的文件及文件组，应该制定轮流备份每个文件的计划。
- 最多可以指定 16 个文件或者文件组。

2. 备份设备

SQL Server 将数据库、事务日志和文件备份到备份设备上。在创建数据库备份时，必须选择备份设备。SQL Server 使用物理设备名称或逻辑设备名称标识备份设备。

（1）物理备份设备是指磁带机或操作系统提供的磁盘文件。物理备份设备的名称包括物理路径和文件名，如 C:\Backup\SGMS.bak。

（2）逻辑备份设备是用户给物理设备定义的一个别名。逻辑设备的名称保存在 SQL Server 2005 数据库的系统表中。逻辑设备的优点是可以简单地使用逻辑设备名称而不用给出复杂的物理设备路径，使用逻辑设备也便于用户管理备份信息。

13.1.3 恢复模式

数据库恢复模式是数据库运行时记录事务日志的模式，它控制了将事务记录在日志中的方式、事务日志是否需要备份以及允许的还原操作。恢复模式是数据库的一个属性，可以理解为数据库备份和恢复的方案，它不仅决定了恢复的过程，还决定了备份的行为。恢复模式一共有以下三种：

（1）完整恢复模式。

完整恢复模式完整地记录了所有的事务，并保留所有事务的完整日志记录，直到将它们备份。完整恢复模式能使数据库恢复到任意时间点，而且不会丢失任何数据。

在完整恢复模式下，用户可以进行"完整"、"差异"、"事务日志"以及"尾日志"备份类型的操作。

（2）大容量日志恢复模式。

在大容量日志恢复模式下，进行大容量操作（如 bulk insert）时不是将每一项事务都记录到日志中，而是只对这些操作进行开始和结果等基础信息的记录，不记录实际的操作事务过程。在大容量日志恢复模式下，数据库只能恢复到日志备份的结尾，而不是恢复到某个时间点或日志备份中某个标记的事务。

在大容量日志恢复模式下，可以进行"完整"、"差异"、"事务日志"备份类型的操作。

（3）简单恢复模式。

简单恢复模式可以理解为没有事务日志的备份，在简单恢复模式下，数据库的备份和恢复因为没有日志的参与，简化了其处理的过程。简单恢复模式只能将数据库恢复到备份时刻，而且会丢失数据库备份后的所有操作。

在简单恢复模式下，用户只可以进行"完整"、"差异"备份类型的操作。

13.2 备份数据库

备份就是指对数据库或事务日志进行拷贝。数据库备份记录了在进行备份这一操作时数据库中所有数据的状态。在 SQL Server 2005 中，可以使用 SSMS 备份和 T-SQL 语句备份两种方式。

13.2.1 使用 SSMS 备份数据库

任务 13-1 创建一个名称为 SGMSBACKUP 的备份设备，用于容纳 SGMS 数据库的备份。

任务分析：在对数据库进行备份之前应先创建备份设备。创建备份设备的过程如下：

（1）启动 SSMS，连接到 SQL Server 服务器，在"对象资源管理器"中展开"服务器对象"节点。

（2）右击"备份设备"，单击"新建备份设备"命令，打开"备份设备"窗口，如图 13-1 所示。

（3）在"设备名称"框输入设备名称"SGMSBACKUP"。它将被作为新的逻辑设备标识。

（4）如果需要重新确定备份存储位置，就在"文件"选项中输入目标路径及文件名或单击"…"按钮选择新的路径。

（5）单击"确定"按钮完成备份设备的创建。

任务 13-2 使用 SSMS 对完整恢复模式的 SGMS 数据库进行完整备份

任务分析：完整备份可以作为以后备份的基础，使用 SSMS 备份数据库的过程也比较简单。完成该任务的过程如下：

（1）启动 SSMS，连接到 SQL Server 服务器，在"对象资源管理器"中展开"数据库"节点。

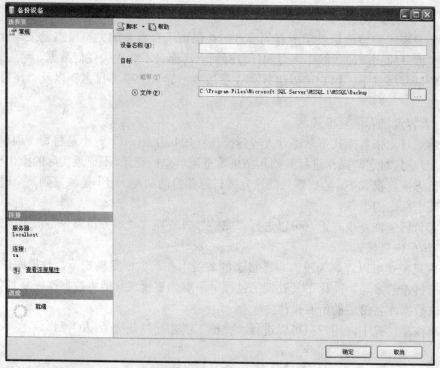

图 13-1 "备份设备"窗口

（2）右击 SGMS 数据库，在弹出的快捷菜单中依次选择"任务"→"备份"，打开"备份数据库"窗口，如图 13-2 所示。

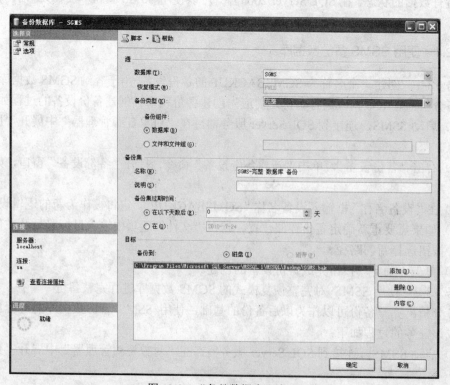

图 13-2 "备份数据库"窗口

（3）选择备份类型。在"备份类型"下拉列表中选择需要的备份类型（默认为"完整"）。

（4）选择备份目标。默认情况下备份位置在 SQL Server 所在目录的 Backup 目录下，如果要修改备份的位置，可以按照如下步骤操作：单击"删除"按钮删除现有的备份目标，再单击"添加"按钮，会弹出"选择备份目标"窗口，如图 13-3 所示。在该窗口中选择"备份设备"选项，选择在前面建立的 SGMSBACKUP 逻辑设备，单击"确定"按钮，返回到"备份数据库"窗口。

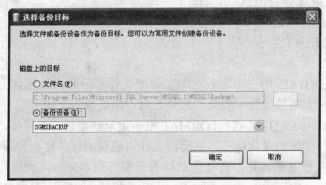

图 13-3　选择备份目标

（5）单击"确定"按钮，系统将进行数据库的完整备份，完成后会弹出提示窗口。

任务 13-3　查看 SGMSBACKUP 备份设备的信息

（1）启动 SSMS，连接到 SQL Server 服务器。

（2）在"对象资源管理器"中依次展开"服务器对象"、"备份设备"。

（3）双击 SGMSBACKUP 备份设备，在弹出的"备份设备"窗口中单击"选择页"中的"媒体内容"页，即可看到备份设备的信息，如图 13-4 所示。

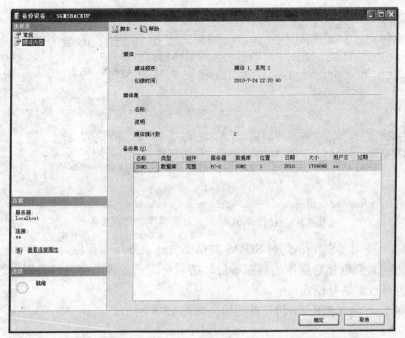

图 13-4　备份设备信息

13.2.2 使用 T-SQL 语句备份

除了使用 SSMS 来进行数据备份外，还可以使用 T-SQL 语句来实现备份。BACKUP DATABASE 语句用来备份数据库，BACKUP LOG 语句用来备份数据库日志。基本语法格式为：

BACKUP {DATABASE | LOG} *数据库名* TO <*备份目标*>

    [WITH   [DIFFERENTIAL]

        [[,] { FORMAT | NOFORMAT }]

        [[,] { INIT | NOINIT }]

        [[,] NAME = { *备份名称* }]   ]

其中：

（1）DIFFERENTIAL 用于指定数据库备份或文件备份应该只包含上次完整备份后更改的数据库或文件部分。差异备份一般会比完整备份占用更少的空间。

（2）FORMAT | NOFORMAT：FORMAT 用于指定创建新的媒体集，将在用于此备份操作的所有卷上写入一个新的媒体标头，从而覆盖任何现有的媒体标头和备份集。FORMAT 选项会格式化一个备份设备或媒体，将使全部现有的媒体内容失效，所以使用 FORMAT 需要谨慎。NOFORMAT 指定不将媒体标头写入用于此备份操作的所有卷，是默认选项。

（3）INIT |NOINIT：INIT 指定应覆盖所有备份集，但是保留媒体标头。如果指定了 INIT，将覆盖该设备上所有现有的备份集。NOINIT 是默认选项，表示备份集将追加到指定的媒体集上，以保留现有的备份集。

（4）NAME = { backup_set_name }指定备份的名称，如果未指定，它将为空。

任务 13-4　　使用 T-SQL 语句对 SGMS 数据库进行完整备份。

任务分析：在数据库的管理与维护中，可以使用 BACKUP DATABASE 语句备份数据库。实现该任务的 T-SQL 语句及返回结果如图 13-5 所示。

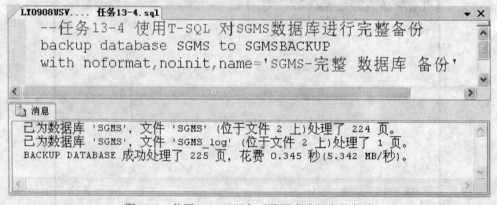

图 13-5　使用 T-SQL 语句对数据库进行完整备份

任务 13-5　　使用 T-SQL 语句对 SGMS 数据库进行事务日志备份。

任务分析：若要创建数据库的日志备份，必须在完整备份之前将该数据库改为完整恢复模式或者大容量日志恢复模式。

实现任务 13-5 的 T-SQL 语句及返回结果如图 13-6 所示。

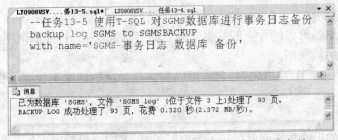

图 13-6　使用 T-SQL 语句对数据库进行事务日志备份

13.3　还原数据库

通过备份，管理员可以保存 SQL Server 数据库及其对象的特定状态。在系统出现故障时，管理员可以通过还原将数据库还原到以前的正常状态，从而降低用户的损失。SQL Server 2005 支持 SSMS 还原和 T-SQL 语句还原两种方式。

13.3.1　使用 SSMS 还原数据库

任务 13-6　使用 SSMS 对完整恢复模式的数据库 SGMS 进行还原。

任务分析：使用 SSMS 对数据库进行还原，主要是利用"还原数据库"向导来实现，还原过程如下：

（1）启动 SSMS，连接到 SQL Server 服务器，在"对象资源管理器"中展开"数据库"节点。

（2）右击 SGMS 数据库，在弹出的快捷菜单中依次选择"任务"→"还原"→"数据库"，打开"还原数据库"窗口，如图 13-7 所示。

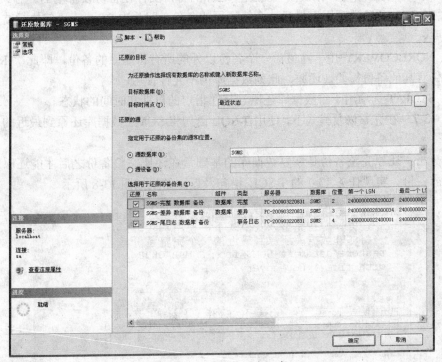

图 13-7　"还原数据库"窗口

（3）还原的目标：

- 如果要还原当前已经存在的数据库到以前的状态，在"目标数据库"下拉列表框中选择要还原的数据库。
- 如果该数据库不存在或已损坏，可以直接在目标数据库下拉列表框中输入数据库的名称。

（4）还原的源：

- 如果还原的来源数据库已存在于当前服务器，则在"源数据库"中选择 GSMS 数据库。
- 如果待还原的数据库已不可使用或在当前服务器中不存在，可以从指定设备还原。选中"源设备"单选按钮，单击文本框右侧的"…"按钮，选择存放备份的备份设备。

（5）在"备份集列表"中选择用于还原的备份集。

（6）单击"确定"按钮，SQL Server 将按照设置情况完成还原。

13.3.2 使用 T-SQL 语句还原数据库

在 SQL Server 2005 中可以使用 RESTORE DATABASE 和 RESTORE LOG 语句进行数据库备份还原和事务日志备份还原。它们的基本语法格式：

RESTORE {DATABASE | LOG} *数据库名*

[FROM <*备份设备*>]

[WITH [[,]FILE= *备份编号*] [[,] {RECOVERY | NORECOVERY]

[[,] STOPAT =*指定时间点*]]

其中：

（1）FROM <*备份设备*>：用于指定要从哪些备份设备还原备份。

（2）FILE= *备份编号*：指定用于数据库还原的备份文件在备份设备中的编号。

（3）RECOVERY 选项用于最后一个待还原的备份，即此次 Restore 语句执行结束后即可使用数据库。

（4）NORECOVERY 用于除最后一个备份以外的所有待还原的备份，即此次 Restore 语句执行后仍有其他备份需要被还原，此刻数据库仍不允许使用。

（5）STOPAT 选项用于将数据库还原到其在指定的日期和时间的状态。

任务 13-7　在完整恢复模式下，使用 T-SQL 语句将 SGMS 数据库还原到最近的一个完整备份。

任务分析：还原完整备份是恢复数据库的基础，在还原完整备份之后才能还原差异备份和事务日志备份。实现任务 13-7 的 T-SQL 语句及返回结果如图 13-8 所示。

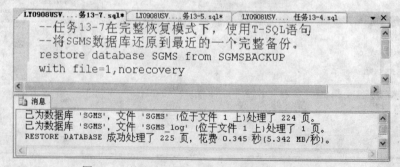

图 13-8　使用 T-SQL 语句还原数据库完整备份

任务 13-8 在上一任务的基础上，使用 T-SQL 语句将 SGMS 数据库还原到最近的事务日志备份时的状态。

任务分析：还原数据库日志备份的命令是 RESTORE LOG。

实现该任务的 RESTORE LOG 语句及返回结果如图 13-9 所示。

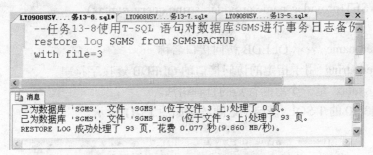

图 13-9 使用 T-SQL 语句还原事务日志备份

13.4 数据导入与导出

在数据库的管理过程中经常需要将一种数据环境中的数据传输到另一种数据环境中，这就是数据的导入与导出，利用导入导出工具可以提高数据录入的效率和安全。

13.4.1 数据的导入

SQL Server 支持多种导入数据的方式。这里主要学习两种：（1）使用 T-SQL 语句导入；（2）使用数据转换服务（DTS）导入。

1. 使用 T-SQL 语句导入数据

使用 T-SQL 语句可以将相同或不同类型的数据库中的数据相互导入或导出。在 SQL Server 数据库之间进行数据导入导出比较简单，速度也比较快。语法格式如下：

SELECT INTO 数据库.[架构名].目标表 FROM 数据库名.[架构名].源表

在异构数据库之间进行数据导入导出时，要利用 SQL Server 提供的 OPENROWSET 函数，OPENROWSET 的结果相当于一个记录集，可以将其当成一个表或视图使用。

任务 13-9 使用 T-SQL 语句将 SGMS 数据库中的 class 表里的数据导入到 Northwind 数据库中，新的表名为 classbak。

任务分析：使用 T-SQL 语句在 Microsoft SQL Server 数据库之间导入数据主要使用 select into 命令，可以按照上面的语法格式完成。

实现任务 13-9 的 T-SQL 语句及返回结果如图 13-10 所示。

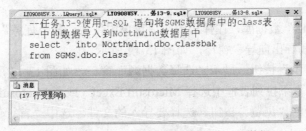

图 13-10 在 SQL Server 数据库之间导入数据

任务 13-10 使用 T-SQL 语句将 EXCEL 文件 Test.xls 中 class 工作表里的数据（追加）导入到 SGMS 数据库中的 class 表中。

任务分析：使用 T-SQL 语句将其他类型数据库中的数据导入 Microsoft SQL Server 数据库之中，要用到 OPENROWSET 函数。OPENROWSET 函数的语法如下：

OPENROWSET(provider_name,provider_string,query_syntax)

其中：

- provider_name 表示 OLEDB 访问接口名称。
- provider_string 用于指定的访问接口的 OLEDB 连接字符串。
- query_syntax 是一个返回行集的查询语法。

实现任务 13-10 的 T-SQL 语句及返回结果如图 13-11 所示。

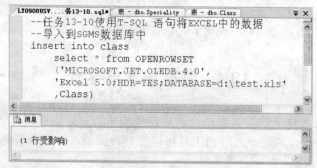

图 13-11 使用 T-SQL 语句导入 EXCEL 数据

如果需要使用 OPENROWSET 函数来导入数据，需要启用 STATEMENT 的 OpenRowset/OpenDatasource 支持。该支持选项在 SQL Server 2005 的配置工具之一的"外围应用配置器"中设置。配置步骤如下：SQL Server 2005 配置工具菜单-外围应用配置器-功能的外围应用配置-即远程查询，在打开的选项页中勾选"启用 OpenRowset 和 OpenDatasource 支持"前面的复选框即可。

2. 使用数据转换向导实现数据导入

DTS 是 SQL Server 中导入导出数据的主要工具，它除了具有和 SQL 语句相同的功能外，还可以对数据进行检验、净化和转换。

任务 13-11 使用数据转换服务向导将 Excel 中的数据导入到 SGMS 数据库中。

任务分析：数据转换向导不仅可以灵活地处理数据，而且在数据导入导出时效率也很高，操作过程也比较简单。完成该任务的过程如下：

（1）启动 SSMS，连接到 SQL Server 服务器，在"对象资源管理器"中展开"数据库"节点。

（2）右击"SGMS"数据库，在弹出的快捷菜单中依次选择"任务"→"导入数据"，打开"SQL Server 导入和导出向导"窗口，如图 13-12 所示。

（3）单击"下一步"按钮，显示"选择数据源"窗口，如图 13-13 所示。

（4）在"数据源"下拉列表框中选择 Microsoft Excel（或者 Microsoft Access 等数据库类型），单击文件路径中的"浏览"按钮，选择要导入的文件。选中"首行包含列名称"选项，如图 13-14 所示。

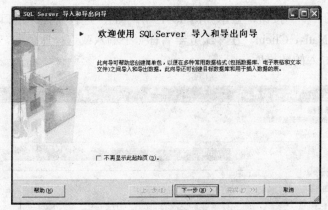

图 13-12 "SQL Server 导入和导出向导"窗口

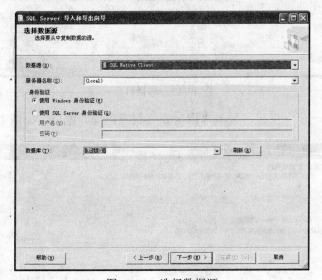

图 13-13 选择数据源

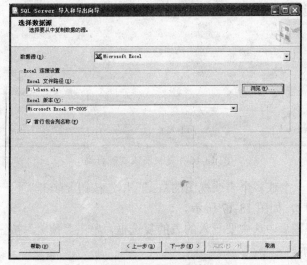

图 13-14 选择数据源

（5）单击"下一步"按钮，显示如图 13-15 所示的"选择目标"窗口，在"目标"下拉列表框中选择 SQL Native Client。在"服务器名称"中输入或选择服务器，在"数据库"下拉列表中选中确定要导入的数据库。

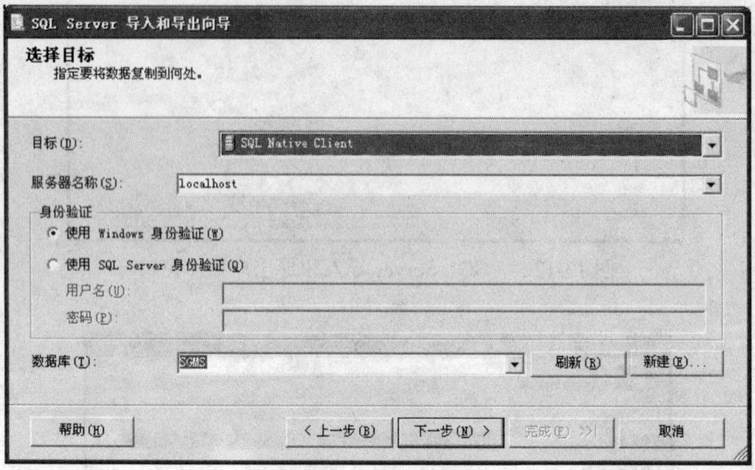

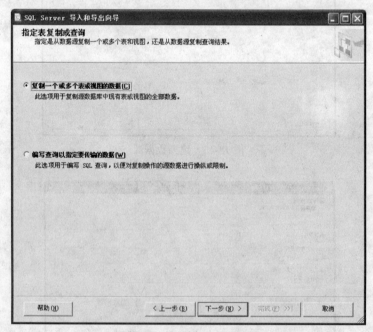

图 13-15　选择目标

（6）单击"下一步"按钮，显示"指定表复制或查询"窗口，如图 13-16 所示。

图 13-16　复制表或复制查询

（7）选中"复制一个或多个表或视图的数据"单选按钮。单击"下一步"按钮，显示"选择源表和源视图"窗口，如图 13-17 所示。

（8）在"表和视图"中选中要导入的表的复选框，单击"预览"按钮，打开"预览数据"窗口，如图 13-18 所示。

（9）单击"确定"和"下一步"按钮，显示"保存并执行包"窗口，如图 13-19 所示。

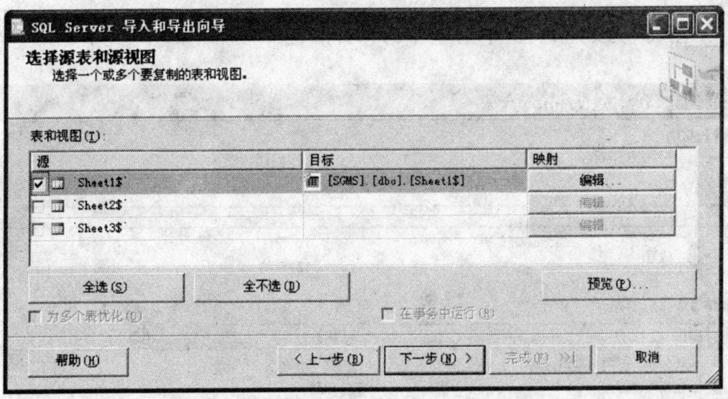

图 13-17　选择源表和源视图"窗口

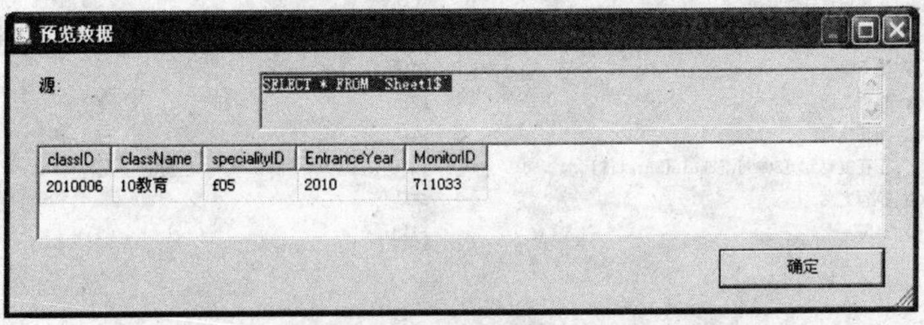

图 13-18　"预览数据"窗口

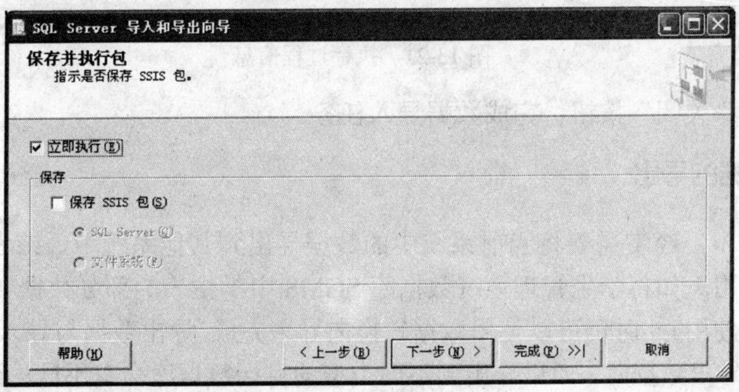

图 13-19　保存并执行包

（10）单击"下一步"按钮，显示"完成该向导"窗口，如图 13-20 所示。

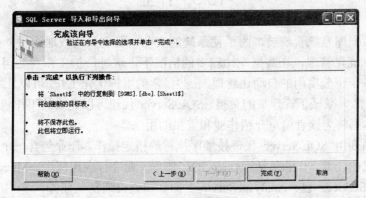

图 13-20　完成向导

（11）单击"完成"按钮，显示操作的详细信息，如图 13-21 所示。

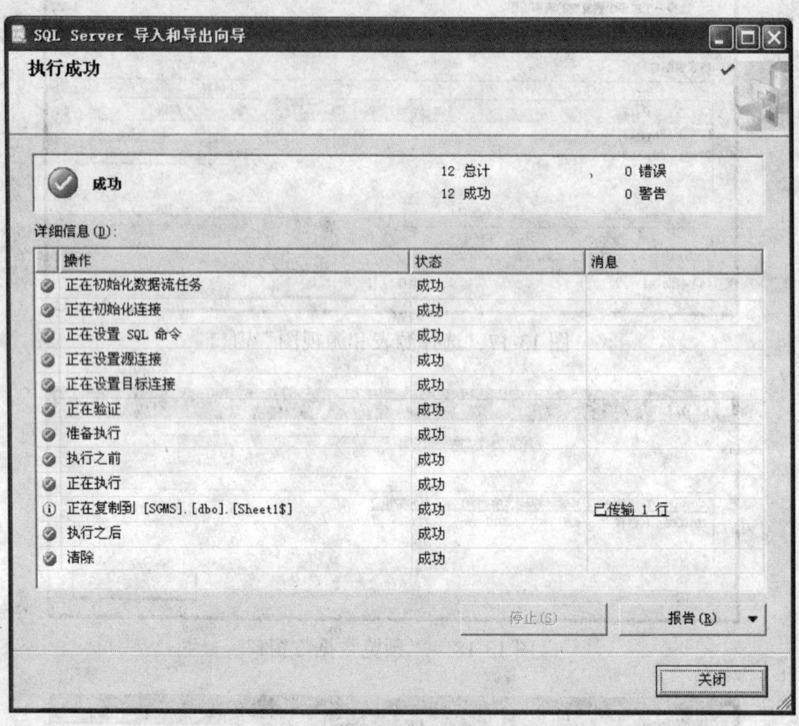

图 13-21　执行过程信息

（12）单击"关闭"按钮，完成数据导入任务。

13.4.2　数据的导出

在实际应用中，经常需要将当前系统中的数据导出到其他系统中，或者转换为其他格式的数据供用户使用。如将学生管理系统数据库 SGMS 中学生表的部分数据转换为 Excel 表格，供学生管理人员使用。此时仍可以使用数据转换向导来完成。导出数据与导入数据的方法类似，在此不再赘述。导出数据时，如果导出到不同类型的目标数据库会有不同的选项，可以根据向导提示逐步完成。

13.5　作业

作为一个数据库系统管理员，为了使系统能安全、稳定、高效地运行，必须要时常对数据库进行维护，优化管理，在数据库比较多的情况下，这种维护工作会变得负重不堪。SQL Server 2005 提供了十分实用的自动化管理，一些日常的维护优化工作，可以让 SQL Server 2005 自己完成任务，大大减轻了管理员的负担。SQL Server 代理可以完成的工作包括作业、警报及操作员三种。本书将为读者简单介绍作业和警报的用法。

作业是一系列由 SQL Server 代理按顺序执行的指定操作。作业包含一个或多个步骤，每个步骤都有自己的任务。作业包括运行 T-SQL 脚本、命令行应用程序、Microsoft ActiveX 脚本、Integration Services 包、Analysis Services 命令和查询或复制任务。

作业可以运行重复任务或那些可计划的任务，它们可以通过生成警报来自动通知用户作业的状态，从而极大地简化 SQL Server 管理。作业只能由其所有者或 sysadmin 角色的成员进行编辑，用户可以手动运行作业，也可以将作业配置为根据计划或响应警报来运行。

作业依赖于 SQL Server 代理服务运行，所以在创建作业之前需要确认 SQL Server 代理服务的状态。如果该服务未启动，可以通过在 SQL Server Configuration Manager 或 SQL Server Management Studio 或服务管理器中启动它。

13.5.1 创建作业

用户可以使用 SSMS 或者 T-SQL 语句创建作业，这里主要学习使用 SSMS 创建方式。创建作业的过程包括：①创建新作业；②定义作业步骤；③创建作业时间计划。

1．创建作业

任务 13-12 创建一个名称为 newjob 的作业。

任务分析：在 SQL Server 中可以使用新建作业向导来创建作业。过程如下：

（1）启动 SSMS，连接到 SQL Server 服务器，在"对象资源管理器"中展开"SQL Server 代理"节点。

（2）右击"作业"节点，选择"新建作业"命令，打开"新建作业"窗口，如图 13-22 所示。

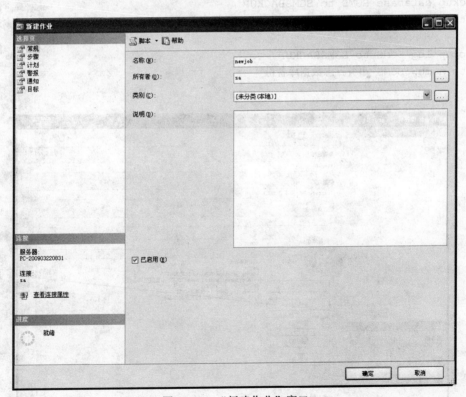

图 13-22 "新建作业"窗口

（3）作业名称：在"常规"页的"名称"框中输入作业名称 newjob。

（4）启用状态：如果不希望在创建作业后立即运行作业，就清除"已启用"复选框。

（5）说明：在"说明"框中输入对作业功能的说明。

（6）单击"确定"按钮，完成作业的创建。

2. 创建作业步骤

任务 13-13　在作业 newjob 中创建一个名称为 step01 步骤，功能是对数据库分别进行完整备份和事务日志备份。

任务分析：作业步骤是作业对数据库或服务器执行的操作，每一个作业至少要有一个作业步骤。完成该任务的过程如下：

（1）启动 SSMS，连接到 SQL Server 服务器，在"对象资源管理器"中展开"SQL Server 代理"节点。

（2）展开"作业"节点，右击 newjob 作业，打开"作业属性"窗口。

（3）在"作业属性"窗口中，单击"步骤"选项页，再单击"新建"按钮，弹出"新建作业步骤"窗口。

（4）在"步骤名称"框中，键入作业的步骤名称 step01。

（5）在"类型"列表中，选择"Transact-SQL 脚本(T-SQL)"。

（6）在"数据库"列表中，选择 SGMS 数据库。

（7）在命令框中输入以下命令，如图 13-23 所示。

```
use MASTER
go
backup database SGMS to SGMSBACKUP
with noformat,noinit,name='SGMS-完整数据库备份'
go
backup log SGMS to SGMSBACKUP
with name='SGMS-事务日志数据库备份'
go
```

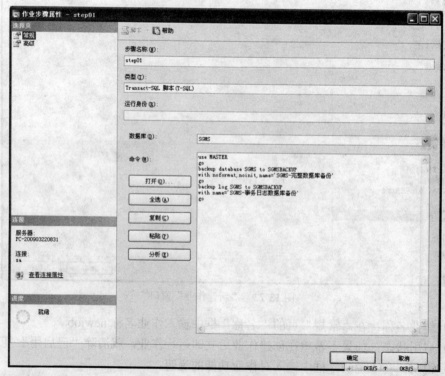

图 13-23　"作业步骤属性"窗口

（8）单击"高级"选项页，可以设置高级特性，在此不做详细描述。

（9）单击"确定"按钮，关闭"作业步骤属性"窗口。

3．创建作业时间计划

任务 13-14　给作业 newjob 创建时间计划，名称为 timejob，使作业在每天的 23:50:00 运行一次。

任务分析：作业时间计划是作业自动执行的时间的计划表，制定完"作业计划"后 SQL Server 代理可以根据时间计划自动运行作业。完成该任务的过程如下：

（1）启动 SSMS，连接到 SQL Server 服务器，在"对象资源管理器"中展开"SQL Server 代理"节点。

（2）展开"作业"节点，右击 newjob 作业，选择"属性"，打开"作业属性"窗口。

（3）选择"计划"选项页，单击"新建"命令，弹出"新建作业计划"窗口，如图 13-24 所示。

（4）在"名称"框中输入新计划的名称 timejob。

（5）如果不希望计划在创建后立即生效，则清除"已启用"复选框。

（6）设置好"计划类型"、"频率"、"持续时间"等，如图 13-24 所示。

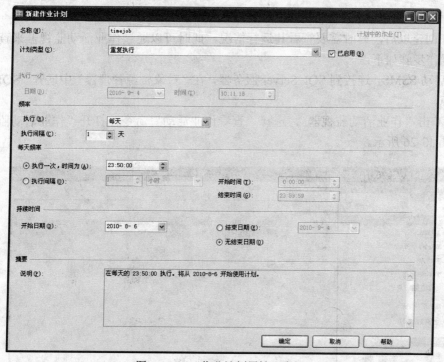

图 13-24　"作业计划属性"窗口

（7）单击"确定"按钮，关闭"新建作业计划"窗口。

13.5.2　管理作业

作业的管理包括作业的开始与停止、监视作业活动情况、查看作业历史日志等。

1．开始作业

一般情况下，在作业创建完成后可以先测试其执行情况，此时可以不定义作业的调度计划，而选择一次性的执行作业。

任务 13-15 开始运行作业 newjob。

（1）启动 SSMS，连接到 SQL Server 服务器，在"对象资源管理器"中展开"SQL Server 代理"节点。

（2）展开"作业"节点，右击 newjob 作业，选择"开始作业"命令，打开"开始作业"窗口，如图 13-25 所示。

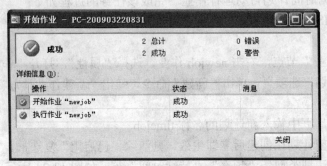

图 13-25　"开始作业"窗口

2. 监视作业活动

作业在创建以后，有时需要查看其运行情况，此时可以通过作业活动监视器来查看。查看的具体操作步骤如下：

（1）启动 SSMS，连接到 SQL Server 服务器，在"对象资源管理器"中展开"SQL Server 代理"节点。

（2）右击"作业活动监视器"，选择"查看作业活动"命令，打开"作业活动监视器"窗口，如图 13-26 所示。

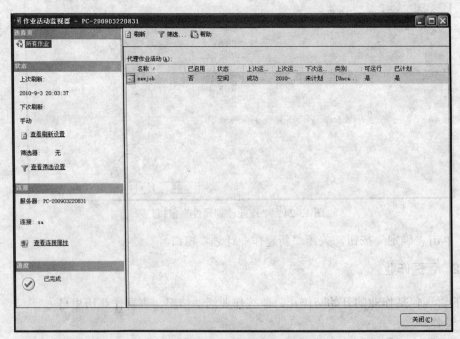

图 13-26　作业活动监视器

3. 查看作业历史日志

任务 13-16　查看作业 newjob 的日志记录。

任务分析：在 SQL Server 中可以使用 SSMS 查看作业运行的历史信息，完成本任务的过程如下：

（1）启动 SSMS，连接到 SQL Server 服务器，在"对象资源管理器"中展开"SQL Server 代理"节点。

（2）展开"作业"节点，右击作业 newjob，在弹出的快捷菜单中选择"查看历史记录"命令，打开"日志文件查看器"窗口，如图 13-27 所示。

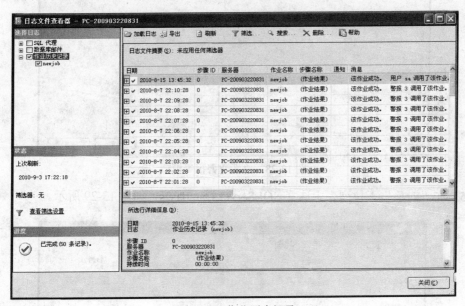

图 13-27　作业历史记录

13.6　警报

"警报"是对事件的自动响应，用户可以针对一个或多个事件定义警报，指定希望 SQL Server 代理如何响应发生的这些事件。警报可以通过通知管理员或运行某项作业来响应事件。通过定义警报，管理员可以更有效地监视和管理 SQL Server。

13.6.1　创建警报

任务 13-17　创建一个名为 newalter 的警报，当 SGMS 的数据库日志使用率大于 90% 时自动响应警报，并执行作业 newjob。

任务分析：在 SQL SERVER 中可以使用向导创建警报，完成该任务的过程如下：

（1）启动 SSMS，连接到 SQL Server 服务器，在"对象资源管理器"中展开"SQL Server 代理"节点。

（2）右击"警报"，选择"新建警报"命令，弹出"新建警报"窗口，如图 13-28 所示。

（3）在"名称"框中输入警报名称 newalter。

（4）在"类型"下拉列表中选择"SQL Server 性能条件警报"。

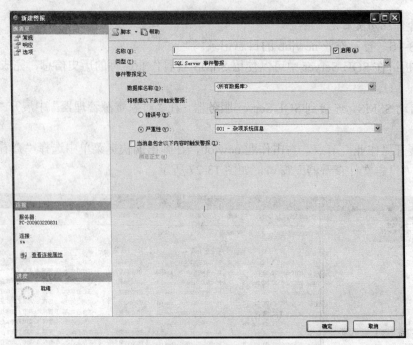

图 13-28　"新建警报"窗口

（5）在"对象"下拉列表中选择 SQLServer:Databases，如图 13-29 所示。

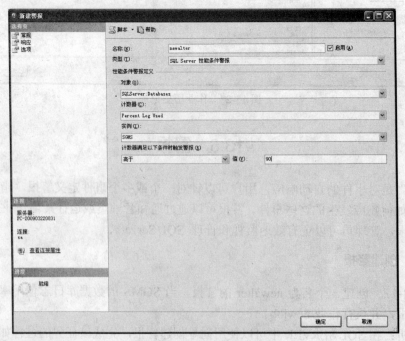

图 13-29　"新建警报"窗口

（6）在"计数器"下拉列表中选择 Percent Log Used。

（7）在"实例"下拉列表中选择 SGMS。

（8）在"计数器满足以下条件时触发警报"下拉列表中选择"高于"。

（9）在"值"框中输入 90。

（10）在"响应"页中，选择"执行作业"，将要执行的作业设置为 newjob，如图 13-30
所示。

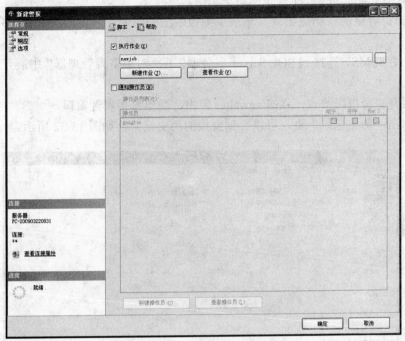

图 13-30 "新建警报"窗口

（11）在"选项"页中将两次响应之间的延迟时间值设置为 1 分钟，如图 13-31 所示。

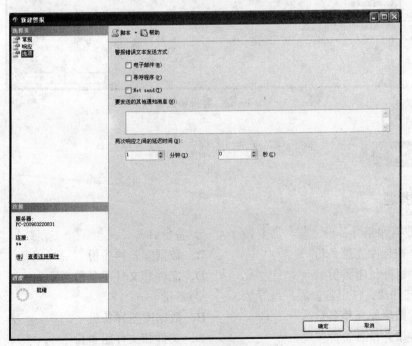

图 13-31 "新建警报"窗口

（12）单击"确定"按钮，关闭"新建警报"窗口。

13.6.2 查看警报历史记录

任务 13-18 查看 newalter 警报的历史记录。

任务分析：警报的"历史记录"记录了警报响应的时间，发生的次数等。完成该任务的步骤如下：

（1）启动 SSMS，连接到 SQL Server 服务器，在"对象资源管理器"中展开"SQL Server 代理"节点。

（2）展开"警报"节点，双击 newalter 警报，弹出警报属性窗口。

（3）单击"历史记录"页，可以看到警报的历史记录，如图 13-32 所示。

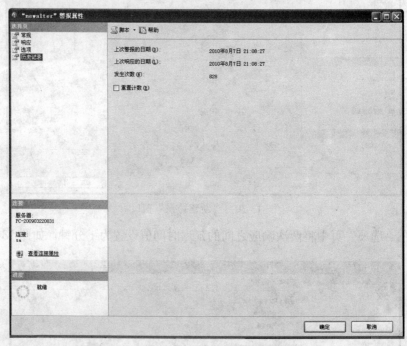

图 13-32 警报属性窗口

一、选择题

1. 做数据库差异备份之前，需要做（   ）备份。
   - A．数据库完整备份
   - B．数据库差异备份
   - C．事务日志备份
   - D．文件和文件组备份
2. 做文件及文件组备份后，最好做（   ）备份。
   - A．数据库完整备份
   - B．数据库差异备份
   - C．事务日志备份
   - D．文件和文件组备份
3. 关于 SQL Server 2005 的恢复模式叙述正确的是（   ）。
   - A．简单恢复模式支持所有的文件恢复

　　　B．大容量日志模式不支持时间点恢复

　　　C．完全恢复模式是最好的安全模式

　　　D．一个数据库系统中最好是用一种恢复模式，以避免管理的混乱

4．SQL Server 作业和警报的运行依赖于以下（　　）服务。

　　　A．SQL Server Database Services　　　B．Integration Services

　　　C．Analysis Services　　　　　　　　D．SQL Server Agent

5．下列语句或工具中，（　　）不能实现数据的导入（或导出）功能。

　　　A．数据导入和导出向导

　　　B．SELECT…INTO 语句

　　　C．SELECT…FROM OPENROWSET()语句

　　　D．复制数据库向导

二、填空题

1．SQL Server 2005 提供的备份类型包括＿＿＿＿＿、＿＿＿＿＿和＿＿＿＿＿。

2．SQL Server 数据库的恢复模式包括＿＿＿＿＿、＿＿＿＿＿和＿＿＿＿＿。

3．＿＿＿＿＿是指将数据库从 SQL Server 表复制到其他数据文件；＿＿＿＿＿是指将数据从数据文件加载到 SQL Server。

4．SQL Server 可以使用＿＿＿＿＿让需要定期执行的管理和配置任务自动化，可以使用＿＿＿＿＿来响应系统中的错误和性能问题。

5．在 RESTORE 语句中，＿＿＿＿＿选项用于最后一个的待还原的备份，＿＿＿＿＿选项用于除最后一个备份以外的所有待还原的备份，＿＿＿＿＿选项用于将数据库还原到其在指定的日期和时间时的状态。

三、简答题

1．什么是备份？备份有什么作用？

2．SQL Server 2005 提供了哪几种备份类型？各有什么特点？

3．SQL Server 2005 支持哪几种恢复模式？各有什么特点？

4．给出一个在完整恢复模式下将数据库恢复到故障点的备份还原方案。

5．其他类型的数据导入到 SQL Server 数据库中应该注意哪些问题？

6．作业有什么作用？如何创建作业？

7．警报有什么作用？如何创建警报？

上机实验

一、实验目的和要求

1．掌握数据库备份与还原的各种方法。

2．掌握 SQL Server 数据库与其他数据库之间数据的导入与导出方法。

3．掌握作业及警报的创建过程及管理。

二、实验内容

利用 SGMS 示例数据库，实现如下操作：

（1）创建一个备份设备 SGMSBak，存放在 E 盘根目录。

（2）使用 SSMS 对 SGMS 数据库进行完整备份，将其备份到 SGMSBak。

（3）使用 T-SQL 语句对 SGMS 数据库进行差异备份，将其备份到 SGMSBak。

（4）使用 T-SQL 语句对 SGMS 数据库进行事务日志备份，将其备份到 SGMSBak。

（5）使用 T-SQL 语句依次还原刚刚建立的完整备份、差异备份、事务日志备份，将其还原至最新状态。

（6）新建一个 Access 数据库 DBStudent，将 SGMS 数据库中所有表中的数据导出到 Access 数据库中。

（7）创建一个作业 Job_SGMS_logBackup，任务是每天晚上 22:00:00 对 SGMS 数据库进行数据库差异备份。

（8）创建一个警报 Alert_SGMS_file，当 SGMS 数据库中数据文件可用大小少于 10%时发出警报，并调用作业 Job_SGMS_logBackup。

附录 学生成绩管理系统数据库 SGMS 表结构设计

1. 概述

根据教学案例功能，数据库将以学生成绩管理为中心存储相关数据，配合 SQL Server 数据库系统中提供的数据管理，实现学生档案管理、班级管理、系部、专业管理、教师管理、课程和成绩管理等业务功能。

数据库设计将以存储员工信息的学生表、课程表、成绩表为基础，包括对基本的教学流程的处理。数据库系统主要的实体关系如附图 1 所示。

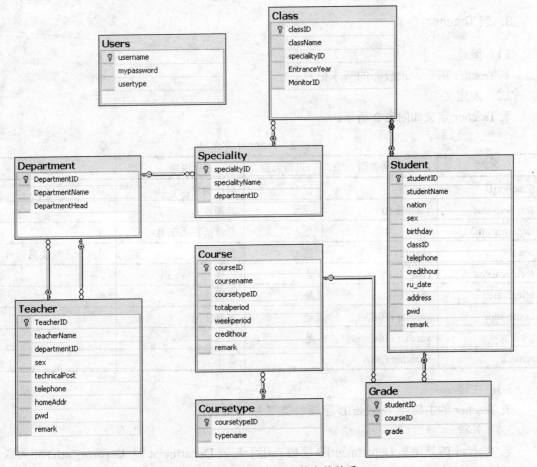

附图 1 数据库系统主要的实体关系

2. 表 Department

2.1 概述

表 Department 用于记录教学系部的基本信息。

2.2 表定义

表 Department 定义如附表 1 所示。

附表 1 Department 定义

名称	数据类型	可否为空	说明	备注
DepartmentID	char (3)	否	系部编号	
DepartmentName	varchar 30	否	系部名称	
DepartmentHead	char 8	是	部门负责人	

2.3 主键

表 Department 的主键是 DepartmentID 字段，类型为 char (3)。

2.4 外键

表 Department 的外键是 DepartmentHead 字段，用于与表 Teacher 的 TeacherID 相关联。

3. 表 Teacher

3.1 概述

表 Teacher 用于记录教师的基本信息。

3.2 表定义

表 Teacher 定义如附表 2 所示。

附表 2 Teacher 定义

名称	数据类型	可否为空	说明	备注
TeacherID	char (8)	否	教师编号	
teacherName	varchar 10	否	教师姓名	
departmentID	char (3)	是	教师所在系部 ID	
sex	char (2)	是	性别	男或女，默认男
technicalPost	char (16)	是	职称	
telephone	char (16)	是	电话	
homeAddr	varchar (50)	是	家庭住址	
pwd	varchar (16)	是	密码	
remark	nvarchar (200)	是	备注	

3.3 主键

表 Teacher 的主键是 TeacherID 字段，类型为 char (8)。

3.4 外键

表 Teacher 的外键是 DepartmentID 字段，用于与表 Department 的 DepartmentID 相关联。

4. 表 Speciality

4.1 概述

表 Speciality 用于记录专业的基本信息。

4.2 表定义

表 Speciality 定义如附表 3 所示。

附表 3 Speciality 定义

名称	数据类型	可否为空	说明	备注
specialityID	char (5)	否	专业编号	
specialityName	varchar (30)	否	专业名称	
departmentID	char (3)	是	专业所在系部 ID	

4.3 主键

表 Speciality 的主键是 SpecialityID 字段，类型为 char (5)。

4.4 外键

表 Speciality 的外键是 DepartmentID 字段，用于与表 Department 的 DepartmentID 相关联。

5. 表 Coursetype

5.1 概述

表 Coursetype 用于记录课程分类信息，如基础课、专业基础课、专业课、专业方向选修课等。

5.2 表定义

表 Coursetype 定义如附表 4 所示。

附表 4 Coursetype 定义

名称	数据类型	可否为空	说明	备注
coursetypeID	char (3)	否	课程类型编号	
typename	varchar (18)	否	课程类型名称	

5.3 主键

表 Coursetype 的主键是 coursetypeID 字段，类型为 char (5)。

6. 表 Course

6.1 概述

表 Course 用于记录课程的信息。

6.2 表定义

表 Course 定义如附表 5 所示。

附表 5 Course 定义

名称	数据类型	可否为空	说明	备注
courseID	char (8)	否	课程编号	
coursename	varchar (20)	否	课程名称	
coursetypeID	char (3)	是	课程类型编号	
totalperiod	tinyint	是	总课时	
weekperiod	tinyint	是	周课时	
credithour	tinyint	是	学分	大于 0
remark	varchar (50)	是	备注	

6.3　主键

表 Course 的主键是 courseID 字段，类型为 char (8)。

6.4　外键

表 Course 的外键是 coursetypeID 字段，用于与表 coursetype 的 coursetypeID 相关联。

7. 表 Class

7.1　概述

表 Class 用于记录所有班级的信息。

7.2　表定义

表 Class 定义如附表 6 所示。

附表 6　Class 定义

名称	数据类型	可否为空	说明	备注
classID	char (7)	否	班级编号	
className	varchar (12)	否	班级名称	
specialityID	char (5)	是	专业编号	
specialityName	Varc har (30)	是	专业名称	
EntranceYear	char (4)	是	入学年份	
MonitorID	char (10)	是	班长编号	

7.3　主键

表 Class 的主键是 classID 字段。

7.4　外键

表 Class 的外键是 specialityID 和 MonitorID 字段，分别用于与表 Speciality 的 SpecialityID 和表 Student 的 StudentID 相关联。

8. 表 Student

8.1　概述

表 Student 用于记录所有学生的基本信息。

8.2　表定义

表 Student 定义如附表 7 所示。

附表 7　Student 定义

名称	数据类型	可否为空	说明	备注
studentID	char (10)	否	学生编号	
studentName	varchar (10)	否	学生姓名	
nation	char (10)	是	民族	
sex	char (2)	是	性别	男或女，默认男
birthday	datetime	是	出生日期	
classID	char (7)	是	班级编号	
telephone	varchar (16)	是	联系电话	
credithour	tinyint	否	已修学分	大于0
ru_date	char (4)	是	入学年份	

名称	数据类型	可否为空	说明	备注
address	varchar (50)	是	家庭住址	
pwd	varchar (16)	是	密码	
remark	varchar (200)	是	备注	

8.3 主键

表 Student 的主键是 studentID 字段。

8.4 外键

表 Student 的外键是 classID 字段，用于与表 Class 的 classID 相关联。

9. 表 Grade

9.1 概述

表 Grade 用于记录学生的成绩。

9.2 表定义

表 Grade 定义如附表 8 所示。

附表 8 Grade 定义

名称	数据类型	可否为空	说明	备注
studentID	char (10)	否	学生编号	
courseID	char (8)	否	课程编号	
Term	nvarchar(20)	否	学期	
grade	tinyint	是	学生成绩	在[0,100]之间

9.3 主键

表 Grade 的主键是 studentID 与 courseID 字段的组合。

9.4 外键

表 Grade 的外键是 studentID 和 courseID 字段，分别用于与表 student 的 studentID 和表 Course 的 CourseID 相关联。

10. 表 Users

10.1 概述

表 Users 用于记录系统管理员账户的信息。

10.2 表定义

表 users 定义如附表 9 所示。

附表 9 users 定义

名称	数据类型	可否为空	说明	备注
username	char (10)	否	登录用户名	仅为英文字符
mypassword	varchar (50)	否	密码	
usertype	varchar (20)	是	用户类型	

10.3 主键

表 users 的主键是 username 字段。

参考文献

[1] 王珊，萨师煊. 数据库系统概论（第四版）. 北京：高等教育出版社，2006.

[2] 孙锋. 数据库原理与应用. 北京：清华大学出版社，2008.

[3] 仝春灵. 数据库原理与应用——SQL Server 2005. 北京：中国水利水电出版社，2009.

[4] 周慧. 数据库应用技术（SQL Server 2005）. 北京：人民邮电出版社，2009.

[5] 刘志成. SQL Server 2005 实例教程. 北京：电子工业出版社，2008.

[6] 郭更麒，王槐彬. 数据库原理与应用——SQL Server 2005 项目教程. 北京：中国水利水电出版社，2009.

[7] 李伟红. SQL Server 实用教程. 北京：中国水利水电出版社，2009.

[8] 朱如龙. SQL Server 2005 数据库应用系统开发技术. 北京：机械工业出版社，2006.

[9] 罗运模，王珊等. SQL Server 数据库系统基础. 北京：高等教育出版社，2002.

[10] 邹建. 中文版 SQL Server 2000 开发与管理应用实例. 北京：人民邮电出版社，2005.

高等院校计算机科学规划教材

本套教材特色：

(1) 充分体现了计算机教育教学第一线的需要。

(2) 充分展现了各个高校在计算机教育教学改革中取得的最新教研成果。

(3) 内容安排上既注重内容的全面性，也充分考虑了不同学科、不同专业
   对计算机知识的不同需求的特殊性。

(4) 充分调动学生分析问题、解决问题的积极性，锻炼学生的实际动手能力。

(5) 案例教学，实践性强，传授最急需、最实用的计算机知识。

世纪智能化网络化电工电子实验系列教材

21世纪高等院校计算机科学与技术规划教材

1世纪高等院校课程设计丛书

1世纪电子商务与现代物流管理系列教材

本套教材是为了配合电子商务，现代物流行业人才的需要而组织编写的，共24本。

经验丰富的作者队伍

知识点突出，练习题丰富

案例式教学激发学生兴趣

配有免费的电子教案

高等院校规划教材

适应高等教育的跨越式发展　符合应用型人才的培养要求

本套丛书是由一批具备较高的学术水平、丰富的教学经验、较强的工程实践能力的学术带头人和主要从事该课程教学的骨干教师在分析研究了应用型人才与研究人才在培养目标、课程体系和内容编排上的区别，精心策划出来的。丛书共分3个层面，百余种

程序设计类课程层面

强调程序设计方法和思路，引入典型程序设计案例；注重程序设计实践环节，培养程序设计项目开发技能

专业基础类课程层面

注重学科体系的完整性，兼顾考研学生需要；强调理论与实践相结合，注重培养专业技能

专业技术类应用层面

强调理论与实践相结合，注重专业技术技能的培养；引入典型工程案例，提高工程实用技术的能力

高等学校精品规划教材

本套教材特色：

（1）遴选作者为长期从事一线教学且有多年项目开发经验的骨干教师

（2）紧跟教学改革新要求，采用"任务引入，案例驱动"的编写方式

（3）精选典型工程实践案例，并将知识点融入案例中，教材实用性强

（4）注重理论与实践相结合，配套实验与实训辅导，提供丰富测试题

新世纪电子信息与自动化系列课程改革教材

名师策划　　名师主理　　教改结晶　　教材精品

教材定位： 各类高等院校本科教学，重点是一般本科院校的教学

作者队伍： 高等学校长期从事相关课程教学的教授、副教授，学科学术带头人或学术骨干，不少还是全国知名专家教授、国家级教学名师和教育部有关"教指委"专家、国家级精品课程负责人等

教材特色：

（1）先进性和基础性统一

（2）理论与实践紧密结合

（3）遵循"宽视窄用"内容选取原则和模块化内容组织原则

（4）贯彻素质教育与创新教育的思想，采用"问题牵引"、"任务驱动"的编写方式，融入启发式教学方法

（5）注重内容编排的科学严谨性和文字叙述的准确生动性，务求好教好学